小说卷

中国当代著名女作家大系

心爱的树

蒋　韵 作品

陕西新华出版传媒集团
太白文艺出版社

图书在版编目（CIP）数据

心爱的树 / 蒋韵著. — 西安：太白文艺出版社，2018.1（2018.05重印）
（中国当代著名女作家大系 / 何向阳，张莉主编. 小说卷）
ISBN 978-7-5513-1323-0

Ⅰ. ①心… Ⅱ. ①蒋… Ⅲ. ①小说集—中国—当代 Ⅳ. ①I247

中国版本图书馆CIP数据核字（2017）第276075号

心爱的树
XINAI DE SHU

作　　者　蒋　韵
责任编辑　卢虹竹
装帧设计　焚香图文
内文设计　前程设计
出版发行　陕西新华出版传媒集团
　　　　　太白文艺出版社（西安北大街147号 710003）
　　　　　太白文艺出版社发行：029-87277748
经　　销　新华书店
印　　刷　西安市建明工贸有限责任公司
开　　本　787mm×1092mm 1/16
字　　数　337千字
印　　张　21.25
插　　页　4
版　　次　2018年1月第1版 第1次印刷
　　　　　2018年5月第2次印刷
书　　号　ISBN 978-7-5513-1323-0
定　　价　46.80元

蒋韵，1954年3月生于山西太原，祖籍河南开封。1981年毕业于太原师范专科学校中文系。现为山西省作家协会副主席。1979年开始发表文学作品，迄今已出版、发表小说、散文随笔等近三百万字。主要作品有长篇小说《隐秘盛开》《栎树的囚徒》《红殇》《闪烁在你的枝头》《我的内陆》《行走的年代》等，小说集《失传的游戏》《完美的旅行》《晚祷》等，散文随笔集《春天看罗丹》《悠长的邂逅》《活着就有眷恋》等。曾获郁达夫小说奖、赵树理文学奖、《小说月报》百花奖、老舍文学奖等。中篇小说《心爱的树》获第四届鲁迅文学奖。有作品被翻译为英、法、韩、日语等在海外出版。

2007 年，在北京为新书《人间》做宣传

2004 年 4 月，与李锐在巴黎授勋仪式上

和李锐、笛安

序言

社会变革中的女性声音

何向阳

进入21世纪以来，中国社会发生了巨大变化，作为目睹社会进步的中国作家，未曾缺席于社会变革的记录，而在中国社会前进历程的忠实的录记者中，当代中国女作家已成为一种不容忽视的力量。于新时期蹒跚起步、于新世纪日臻成熟的当代女作家，无论其社会观察的视野，人性探索的深度，还是对人类文化的传承与借鉴，对艺术风格与艺术手法的积淀和历练，就整体风貌而言，都较20世纪初、中期女作家写作有极大的进步。文学史将会对这一代，甚或几代女作家的写作成就做出高分值的评估。作为中国改革开放受益者的当代女作家，正以她们敏锐的洞察和细腻的书写，投入中国突飞猛进的现代化进程中，并为后人提供着观照和研究这一时代变化的精神档案。

20世纪末，我曾以《夏娃备案：1999》为题，对1999年的由女作家写作、以女性作为主人公的十二部小说加以梳理。20世纪、21世纪的世纪更替之年，中国女作家经由写作提出的一些与自身、与人类相关的问题，给出了寻勘身心发展的道路，其对于性别心理与社会发展的深入思考，不仅丰富了文学的承载量，更提供了人类认知自我的新经验，比如铁凝《永远有多远》传递给我们母性教育的传统乃至本能；王安忆《剃度》展示了特立独行的时代女性的决绝个性；而方方《在我的开始是我的结束》让我们看到的是女性在亲密关系中寻求自我的渴望或是在他者身上印证自我的失败。分歧的，共生的，冲突的，裂变的，未成型的，已板结的，需解冻的，身体的，心灵的，灵魂的，我们从她们的文学中得到的东西根植于一个国度一个时代却终将超越对一个国度一个时代的了解。

哲人曾言，“女性的进步是社会进步的一面镜子”，足见女性在社会中的重要地位。文化亦然。女性的文化进步是社会文化进步的投影，其实两者更是深层互动的，女性对于文化、身份、性别、社会的思考，已成为推动整体社会向前运动的力量。

这种力量的成因源于中国女性在20世纪经历的三次解放。1919年，新文化运动，使中国妇女从封建性的三从四德中解放出来。这次的解放，思想解放意义大于经济独立意义，男女平等平权的思想深入人心，于此，如丁玲、冰心、林徽因、萧红等女作家写出了她们年轻时期的代表作。其中，《莎菲女士的日记》《生死场》影响深远。1949年，新中国成立，宪法规定男女平等，中国妇女的地位与作用发生了巨大变化，经济上的独立使其摆脱了对男性的依附，而在各领域取得进步与成就。女作家得益于这一社会风气之先，丁玲、杨沫、茹志鹃等均有佳作推出，中国女作家的写作开始受到国外研究者的重视。1978年，中国实行改革开放，思想上的解放使作家焕发出极大的创造力，女作家作为思想活跃、敏感的一个群体，在思考社会问题的同时，更注重对性别文化的勘探。张洁《爱，是不能忘记的》、宗璞《三生石》等作品代表了这一时期的探索。三次思想文化上的洗礼和社会发展的互动，使得中国文学在1978年之后迎来了迅速发展的黄金时代。

中国自20世纪70年代末改革开放以来，这一时期的文学被称为新时期文学，新时期文学近四十年来，女作家写作发展迅速，可以说，就是从这个新时期开始，中国女作家集体发声，并以其强劲的写作，呈现出时代女性对于社会发展的文化“干预”。巾帼不让须眉，这种独有的文化现象引人瞩目，以致在新世纪成熟壮大，被一些文化研究者们称为她世纪。20世纪80年代，女作家的性别觉醒与文化自觉开始较早，她们在关注外部世界变革的同时，开始关注内心，关注精神。张洁《爱，是不能忘记的》、张抗抗《隐形伴侣》写社会问题，但却是女性立场上对于情感的深度审视与叩问。张辛欣《在同一地平线上》，关注精神上的两性平等与女性自我价值的实现，以及知识分子女性在爱情与自我之间试图寻找到一个两全存在空间的努力。刘索拉《你别无选择》，反思男性文化传统，也对传统女性化写作提出了颠覆性的质疑。刘西鸿《你不可改变我》《花儿为什么这样红，为什么这样红》的女性书写，将“我”与“你”即女性与男性的一系列性别问题提出来，并均做出了来自女性个人的答案——你别无选择！你不可改变我！其勇敢的姿态更是对历史框定的女性顺从与懦弱的文化性格的诘问与反叛。

20世纪八九十年代，叶文玲、池莉、赵玫、范小青、裘山山等佳作频仍，其在多个文体间的跨越更打磨了小说的锋芒；90年代始，林白、陈染、海男等期望通过身体而将视点拉回到性别关注上来。这种写作在历史、个人、身体、社会、情感间跳跃，呈现出女性写作的犹豫和艰难的自我调整。而从20世纪80年代《对一个精神病患者的调查》、90年代《羽蛇》，到21世纪《炼狱之花》《天鹅》，三十年跨度始终坚守女性精神自我深度写作的徐小斌引人瞩目。新一代女作家，注重隐藏在身体性后面的社会文化，不那么尖锐，更倾向温暖、幽默、智性的表达，但她们心底仍然保留着一个完整的女性空间，如徐坤《厨房》、迟子建《世界上所有的夜晚》、潘向黎《白水青菜》、魏微《大老郑的女人》、盛可以《手术》、叶弥《小男人》等，都体现了以女性文化视角介入历史现实的丰富性追求。

新世纪伊始，女作家写作成果斐然，杨绛等老一代作家也有新作推出。张抗抗《把灯光调亮》在坚守其新时期开端之作《北极光》的浪漫主义理想底色的同时，强化了传统知性写作的典雅；叶广芩《梦也何曾到谢桥》《黄金台》为代表的我称之为“后视镜”式的写作，在对传统文化与现代化的可持续性发展的探索方面可谓独树一帜；方方的《水随天去》等探讨经济不平衡发展对于纯真爱情的挤压；蒋韵《心爱的树》《完美的旅行》《行走的年代》试图在对“已逝”岁月的追踪中确立传统价值的独立性；林白《长江为何如此远》和《妇女闲聊录》提供给了我们回溯历史与观察现实的与众不同的角度；孙惠芬《歇马山庄的两个女人》等系列作品将观察点定位于出走与还乡两大母题，使其作品在现实性的叙事之上平添了哲学的意蕴；葛水平《喊山》《地气》承续了中华山川地气中深藏的诗意之美，其利落的行文中苍凉的味道耐人寻味；邵丽《明惠的圣诞》聚焦纷繁复杂的社会环境中日常生活的个人体验与情感微澜；金仁顺《云雀》《桃花》等根植饮食男女，其心思缜密又声色不动的叙事兼具温润与冷凛两种魅力；乔叶《走到开封去》等承续了她个人创作中对“慢”的探求，审视的目光于小事情间不经意扫过，却如探照灯一般揭示出最深处的幽怨和最原始的黑暗；鲁敏的写作确如“取景器”，隐秘的、细微的、节制的，带有缠绕感甚或是残缺的生活，成就了她小说的“气象与光泽”，《思无邪》《饥饿的怀抱》均写日常生活的不如意处，却在极简主义式的写作中透出干净与温暖；付秀莹《爱情到处流传》《六月半》篇篇出手不凡，以感伤与坚忍并存的从容气度体认着中华美学的精髓，并使诗化小说通过个人的写作向前推进了一步；滕肖澜《美丽的日子》等笔触在沪上弄堂里小人物的日常生活间腾挪有致，有柴米油盐的实在，也有细碎世俗中的温情；阿袁《长门赋》《鱼肠剑》等让我们看到了人性的丰富驳杂，其小说的精神分析与反讽意味承接了现代写作的传统。

以上列举的只是活跃于文坛的当代女作家群体的一小部分。无论是社会发展还是写作环境，当代女作家们都身处一个创造力得以充分发挥的时代。1977 年以来，作为中国文学长篇小说最高奖的茅盾文学奖，评出九届，有四十余部长篇小说正式获奖，女作家占八部，所占比例五分之一。1995 年以来，作为除长篇小说以外的其他门类文学作品的最高奖鲁迅文学奖，已评六届，共有二百多人获奖，女作家超过四十人次，所占比例五分之一。1980 年以来，全国优秀儿童文学奖，评出十届，获奖者中，女作家在小说、童话、幼儿文学（绘本）等均有收获。20 世纪 70 年代始评的全国少数民族文学创作骏马奖，获奖者中多次见到女作家的身影。而由中国当代文学研究会下属的中国女性文学研究会设立的中国女性文学奖，有效推动了女性文学的创作与理论探索。获奖只是专业荣誉，更广泛的社会承认，还包括作家文学作品的读者拥有度、文学作品的文化艺术衍生品以及国外研究与译介，在此不一一列举。总之，女作家无论创作还是思想，都表现出不让须眉的强劲实力，她们通过文学所表达的对于社会人生诸多问题的思考，在整体上已然超越了文学史上她们前辈的书写。

这就是我们今天编选《中国当代著名女作家大系》的原因。当今世界正发生着日新月异的变化，置身于这样一个时代是作家们的幸运，作为中国社会变革的见证者，同时也是人类社会发展的一个重要组成部分的女作家，她们的录记、思考与贡献，我们不能忘记。

2017 年 10 月 12 日　北京

（何向阳，女，中国作家协会创作研究部主任，研究员。出版诗文集《思远道》《自巴颜喀拉》、理论集《夏娃备案》、专著《人格论》等，获鲁迅文学奖，作品译成英、俄、西班牙文）

目录

心爱的树

1890 年或者 1891 年，一个人带着行装上路了。他离开海边的大道，沿灌木丛里一条草木繁茂的小路，准备做一次环岛旅行。后来他有了一匹马，是别人借给他的。他就骑着这马继续走向岛屿的纵深。一路上，不断有人向他打着招呼，说："哈埃雷——马依——塔马阿！"意思是说"来我家吃饭吧"。他笑笑，却并没有停下他的脚步。后来有一个人叫住了他，是一个像阳光般赤热明亮的妇女。

"你去哪里？"她问他。

"我去希提亚阿。"他回答。

"去做什么？"

"去找个女人。"

"希提亚阿有不少美女，你想讨一个吗？"

"是的。"

"你要愿意，我可以给你一个，是我女儿。"

"她年轻吗？"

"年轻。"

"长得健壮吗？"

"健壮。"

"那好。请把她找来。"

就这样，欧洲人高更在希提亚阿找到了他的珍宝，他年轻健壮俊美、皮肤像蜜一样金黄的塔希提新娘。他用马把他的新娘、他幸福和灵感的源泉驮回了岛上的家。

两年后，这个男人离开了，他乘船离开塔希提回法国去。他的女人坐在码头的石沿上，两只结实的大脚浸在温暖的海水里，总是插在耳边的鲜花枯萎了，落在双膝上面。一群女人，塔希提女人，望着远去的轮船，望着远去的男人，唱起一首古老的毛利歌曲："南方来的微风啊，东方来的轻风，你们在我头顶上会合，互相抚摸互相嬉闹。请你们不要再耽搁，快些动身，一起跑到另一个岛。请你们到那里去寻找啊，寻找把我丢下的那个男人。他坐在一棵树下乘凉，那是他心爱的树。请你们告诉他，你们看见过我，看见过泪水满面的我。"

——取材自《诺阿诺阿》

一、梅巧和大先生

梅巧十六岁那年嫁给了大先生。大先生比她大很多，差不多要大二十岁，所以梅巧不可能是大先生的结发妻子。大先生的发妻死于肺痨，给他留下了一双儿女。迎娶梅巧时，大先生的长子已经考到了北京城里读书，而女儿也快满十三岁了，一直跟随祖母在乡下大宅里生活。

嫁给大先生，梅巧是有条件的。梅巧本来正在读师范，女师，由于家境的缘故辍了学，梅巧的条件就是让她继续上学读书。

"让我念书，我就嫁，"她说，"七十岁也嫁。"

这后半句，她说得狠歹歹的，赌气似的。其实，和谁赌气呢？梅巧就是这样，是那种能豁出去的女人。当然，从她脸上你是看不到这一点的。她一脸的稚气，两只幼鹿一样的大黑眼睛很温驯，嘴唇则像婴儿般红润娇艳，看上去格外无辜。她坐在窗下做针线，听到门响，一抬头。这一抬头受惊的神情就像幅画一样，在大先生心里整整收藏了五十年。

这是座小城，至少在梅巧心里它是小的。梅巧向往更大的天地、更大的城市。如果具体一点，这个"更大的"城市大概叫作巴黎。

因为梅巧想做一个画家。

七八十年前，梅巧的城市一定是灰暗的。北方城市通常都是这样一种暗淡的灰色。如果站在高处，比如说城东那座近千岁的古塔上，你会觉得这小城安静得就像沉在水底的鱼，灰色的瓦像鱼鳞一样密不透风，覆盖着小城的身体。这让梅巧郁闷，梅巧就在画上修改着这城市的面貌。她把屋瓦全部涂抹成热烈的红色。一片红色的屋顶，铺天盖地，蒸腾着，吼叫着，像着了大火。大先生评价说："恐怖。"

此时梅巧已是身怀六甲，身子很笨了，不能再去学校上课。大先生就利用每天晚上的时间为她补习功课。白天，她守着一座空旷的两进的四合院，闲得发慌。日影几乎是一寸一寸移动着，她伸手一抓，摊开手掌，满掌的阳光。又一抓，握紧了，再摊开，又是满满一掌。这么多的时光要怎么过才过得完？梅巧叹息着，听见树上的蝉，知了知了叫得让人空虚。

大先生是个严谨的人，严谨、严肃、古板，不苟言笑，很符合他的身份。大先生是这城中师范学校的校长，兼数学教员。大先生教数学可谓远近闻名，是这行中的翘楚。论在家里的排行，他并不是老大，可人人都这么叫他。大先生原来是一种尊称。

这阅人无数的大先生惊讶地发现，他的小新娘、拙荆、贱内，竟然冰雪聪明！他为她补习数学，真是一点就透。他掩藏着兴奋，试验着带领她朝前走，甚至是跳跃，甚至设置陷阱，却没有一样难得倒她。她就像一匹马，一匹青春的、骄傲的小母马，而数学则是一片任她撒欢飞奔的草原。大先生渐渐不服气了，想绊住那马蹄，四处寻来了偏题、怪题，可是哪里绊得住？她总是能像刘备胯下的的卢一样在最后关头越过檀溪。煤油灯的玻璃罩擦得雪亮，灯焰在她脸上一跳一跳，这使她垂头的侧影有一种神秘和遥远的气息，不真实。大先生不禁想起《红楼梦》中关于黛玉的那句判词——心较比干多一窍，突然就有了一点不祥的预感。

现在梅巧不再是梅巧，而是大师母了，所有人的大师母。习惯这称呼不是一天两天的事。起初，人家一叫她大师母，她的脸就红到了耳根，觉得那称呼很讽刺。只有在学堂里，她的同窗们才叫她一声名字。大先生是守信用的人，婚后他果然送梅巧重返了女师学堂。也只有在那里，梅巧还是范梅巧，甚至是范君。她们几个要好的朋友总是彼此以君相称：张君、李君、范君。女师学堂设在一座西式建筑里，是那种殖民风格的楼房，石头基座，高大的罗马柱，哥特式的尖顶，走廊里永远是幽暗的，有着很大的回声。从前梅巧不知道自己是爱这里的，现在她知道了。

生下第一个孩子，还没有满月，梅巧就跑去参加期末考试了。在7月的暑热季节，她的两只大乳房胀得生疼，乳汁在里面翻江倒海，不一会她的前襟就湿透了。巡堂监考的先生关切地停在了她面前，犹豫着要不要递给她一块手帕。那一刻，她恨不得钻到地缝里去。她吞咽下羞耻的眼泪，在心里发誓说，再也不要生小孩了！

可是这事哪里由得了她？那些不知情的小生命，那些孩子，还是接踵而来了。有了老二、老三，说话间肚子里又有了老四。她的身板真是太好了，年轻、肥沃，漫不经心撒下种子，就有好收成。她折腾自己，在学堂操场上一圈一圈跑步；在沙坑里练跳远，两条腿磕得青一块紫一块。可是那一团温暖的诡异的血肉就像吸附在她体内一般，坚不可摧。她吃巴豆吞蓖麻油，甚至还在身上藏了咒人流产的符咒，一切都没能阻挡那血肉一天天壮大，成熟。大先生的娘，她婆婆，在她生下老二从乡下来看她时就发了话，说："凌香她妈，快别去学堂现眼了，拖儿带女的，就做了女状元又能咋？"她的亲娘也劝她，说："闺女呀，别犟了，认命吧，人谁能犟过命去？"大先生呢？大先生嘴里不劝，可是那些劝阻的言语都写在了眼睛里。梅巧就回避着大先生的眼睛，坚持着，那坚持可真是需要耐力啊！本来三年的学业，她休了念，念了又休，到第六个年头，这场艰苦卓绝的坚持才见分晓：梅巧终于拿到了盖着鲜红大印的女师的毕业证书。

她捧着那证书跑回娘家，一进门哈哈大笑，热泪狂流。

大先生嘘出一口长气，心想，该消停了、安静了。

老四在她肚子里一天一天长大。她果然安静下来，或许太安静了些。她本来就不是一个多言多语的人，现在差不多变成了一个哑巴。她使尽了气力似的，眼神变得涣散和呆滞。北方的夏季已经临近尾声，却又突然来了秋老虎。她搬一把躺椅在树下乘凉，肚子像山丘一样耸立。那是一棵槐树，说不出它的年纪，枝繁叶茂，浓荫洒下来，遮住半座院子。槐树是这城市最常见的树，差不多是这城市的象征。梅巧不喜欢这树老气横秋的样子。她就在画上修改这树，她恶作剧地解气地把树叶涂染成了蓝色。一大片蓝色的槐林，有着汹涌的、澎湃的、逼人的气势，乍一看就像云飞浪卷的大海，翻滚着激情和——邪恶。

临产前不久，一天深夜，大先生被梅巧的惊叫惊醒了。原来她做了噩梦。她惊恐地抓住大先生的手，说："我要死了！"说完就哭了起来。这么多年来，她还从来、从来没这样子哭过呢，当着大先生的面，哭得这么软弱、无助、放纵和悲伤——她一直都像敬畏父亲似的害怕着他。大先生被她哭得手足无措，心里发毛，嘴里却在说："别胡思乱想，哪能呢？胡医生是最好的妇产科医生……"话一出口，他就知道这不是她想要的许诺。

分娩果然是不顺利的，胎位不正。留学日本的胡医生使出了浑身解数，最后动了刀剪，下了产钳。梅巧在产床上忍受了两天一夜的煎熬，生死的煎熬。接下来就是产后忧郁症，厌食、低烧、不说话，莫名其妙地流眼泪，哭泣。孩子被奶妈抱去了，她一滴奶水也分泌不出来，倒省了以往回奶的麻烦。孩子是那么小的一个小东西，还不足五斤，剥了皮的狸猫似的，头被产钳夹成了长长的紫茄子。她一看到这孩子就厌恶地战栗，又厌恶，又怜悯。

大先生接来了岳母，让岳母陪伴她坐月子。岳母盘腿坐在炕上，小心翼翼地跟她说东说西。说一百句她也不理不睬，说一千句她也不理不睬。她不说话，也吃不下东西，喝一碗沁州黄小米汤也反胃，倒像害喜似的，人一大天瘦下去，憔悴下去，枯萎下去。岳母无计可施，哭了："梅巧呀，放着好好的日子不过，你这是自己作死哪！"

这话可谓一针见血，让人惊心，也只有亲生亲养的娘说得出口。她娘说完这话，叹着气回家了，也是眼不见、心不烦的意思。可是大先生不行，大先生不能眼不见啊，大先生不能落荒而逃啊！终于有一日，大先生回家来，叫过大女儿凌香，给了她一样东西。六岁的凌香拿着这东西进了母亲的房门。凌香喊了一声妈，爬上炕，把这东西递了过去。

梅巧接过来，先是一怔，渐渐地，她的手颤抖了。她一把抱过凌香，把她紧紧揽在怀里。她感到凌香的小身子那么温暖、柔软和芳香，她感到这小生命那么温暖和芳香。生命得救了。

那是一张聘书。

国民小学校的聘书。

春节过后，梅巧就成了国民小学校的一名教师。她先教四年级的算学，后来就教了美术。这教职，不用说是大先生替她谋来的。别人谋职大约要费一些力气，可是在大先生，也就是一句话的事。只是，这一句话说还是不说，却一定是个折磨大先生的问题。大先生是清楚这女人心病的症结的：她是害怕四合院里这平常人家主妇的日子，她年轻茂盛的身子和心抵抗这日子！有什么办法呢？救人一命胜造七级浮屠啊！

天气还没有转暖，梅巧就脱去了棉袍，换上了春装：阴丹士林布面的大褂，上身罩一件开司米绿毛衣，那绿真是又清新又理直气壮，春草似的嘹亮霸气。生育了四个孩子之后，梅巧的身材竟然没有太大的变化，站在那里，仍然是玉树临风的一个人，一个新鲜的人，出淤泥而不染。这新鲜的人清早出门，傍晚回家，手上沾了粉笔灰或是水彩，甚至还有墨渍，衣襟上也蹭了粉笔灰，却仍然是新鲜的、明亮的。外面的世界，一个阔大的天地在滋养着她呢。说起来，她倒并不是多么热爱教书这职业，她热爱这外面的世界。

国民小学距离她的家走路也就十几分钟的样子，课业也不重。还有一桩意外的高兴事，那就是当年她在女师读书时的好朋友，她们称作张君的一位，竟也在这所学校里任教呢！张君比梅巧早毕业几年（梅巧不是因为一次又一次怀孕、生产耽搁了吗?)，毕业后回到了家乡，一个离这城市近百里、盛产葡萄和陈醋的小县份，一来二去就失去了音讯。不想竟在这里撞上了，还做了同事！梅巧真是高兴坏了。

“哎呀哎呀，”她叫着，“还以为你在哪儿呢，还以为再也见不着了呢，原来你就在我家门口啊！”

“是啊是啊，我埋伏在这儿，守株待兔呢。”张君回答。

两个人的眼睛里都闪着泪光，流露出了女学生的天性和情状。可她们终究不是女学生了。就在这一刻，她们突然感觉到了时间，就在耳边呼呼地，如同大风一样呼啸而过，刮得她们心里一阵茫然。

“我结婚了。”张君说。

从前，张君是那么英气的一个少女，宽肩、长颈、浓眉，身板像杨树一样永远挺得笔直。她们开玩笑叫她美男子。这狂妄的美男子曾经叫嚣，要一辈子守住她洁净的处子之身。如今，似乎是一切如旧，肩还是宽的，颈还是长的，身板仍然是挺的，可从前的誓言灰飞烟灭了。

那一天中午，这两个重逢的好友在校门外一间山东人开的馆子里吃了午饭，是梅巧做东。她们甚至还喝了一点酒，竹叶青。那真是用竹叶泡出的好酒，清澈而碧绿，喝在嘴里有一股奇特的异香。她们把着盏，彼此诉说着别后的经历。梅巧的经历三言两语就道尽了，那就是生孩子，接二连三地一口气生出四个。而张君则要复杂得多，有戏剧性，那就是抗婚、私奔，和心爱的人一路出逃——是一个时代的故事。

“哎呀哎呀！”梅巧连连叫着，因为酒，也因为兴奋，双颊变成了桃腮，灼灼燃烧着，“张君，你真是不平凡哪！”

张君在国民小学只教了短短一个学期就辞职了，她丈夫突然接到了武汉某所学校的聘书。暑假里，最热的伏天，她离开了这城市，匆匆前往长江边那个火炉里去。临行前，她来向梅巧辞别。她给梅巧留下了通信的地址，说：“给我写信啊。”

梅巧点点头，心里翻江倒海。

“若有机会，就来南边看我啊。”

梅巧不再点头了，泪水一下子涌上来。这样的机会，怕是永远也不会有的，永远也不会有啊！她背过了身去，再回头时，朋友已经不见了，院子里空荡荡，洒满树荫，鸟的噪声像突然浮起似的遮蔽了一切。知了——知了——知了，那是先知的声音。

二、来了个席方平

这天，大先生回家来，对梅巧说：“让人收拾出一间客房吧。有个北京来的先生，一时没找着合适的房子，我留他住几天。”

梅巧家，头道巷十六号，两进的四合院，外带一座小小的跨院，大大小小的房屋二十几间。虽说是孩子多，人口多，红红火火的一大家人，可闲着的空屋子总还是有的。梅巧吩咐用人们把后院的一间西屋拾掇了出来。那屋子里没有盘炕，而是架了一张时新的铜架子的弹簧床。

来人就是席方平。

一听这名字，梅巧就忍不住想笑，这不是一个活生生的聊斋人物吗？样子也有些像呢，清秀疏朗的眉眼，人生得白白净净。起初梅巧还以为，这从北京来的先生不知是个多威严的老先生呢，不想竟是这样一个年轻、文雅、像女人般俊美的书生。

说起来，这席方平原来还是大先生的学生、弟子，得意的弟子，家道贫寒，寡母扶孤长大，后来考取了北京师范大学，如今刚毕业，就收到了大先生的聘书——不用说，大先生是很钟爱这个弟子的。

那一晚，大先生在家中设了家宴，算是给这弟子接风。请来作陪的也是几个亲近的弟子。大先生拿出了他珍藏的好酒，一坛花儿酒，是他家乡的特产，用柿子酿出的一种奇异的果酒佳酿，大先生甚至还详尽地给大家讲了这花儿酒的妙处。一餐饭宾主尽欢。席间，梅巧走进来给大先生添茶，也是提醒他不要过量的意思。这时，只见那个席方平红着脸站了起来，恭恭敬敬地端起了面前的酒杯。

"大师母，"他喊了一声，脸越发红了，人人都看得出他是不胜酒力的，"给你添麻烦了，我敬你一杯。"

他一仰脖，一饮而尽，亮了下杯底。他眼睛里似乎汪着许多的水。这哪里是男人的眼睛？梅巧抿嘴一笑，说："有什么麻烦的？房子空在那里，不也是空着？"

是啊，房子就是要住人的，人不住鬼就要住了。梅巧这么想着就又笑了。怎么今天总是想到鬼呢？大概都是席方平这三个字招惹的吧？梅巧端着灯，不觉又走进了后院里，前边酒宴还没有散，后院人却都已睡了。奶妈带着孩子们沉入了梦乡。北房、东房、南房一片漆黑。只有西房里一灯如豆，悠悠地在等待着夜归的客人。梅巧轻轻推门走进去，似乎想看看还有什么不妥当的。她自己的影子，巨大的黑影一下子投在墙壁上，倒把她吓了一跳。

这一夜梅巧做梦了，梦很乱，飘飘忽忽的。梦中的梅巧还是从前的样子，出嫁前的样子，十六岁，梳着齐耳的短发，白衣、青裙，站在葡萄架下，一个人走过来，说："原来你在这里呀，原来你藏在这里呀，让我好找！"那个人，那说话的人，原来就是，就是现在的梅巧。

第二天在早餐桌上，席方平看到梅巧，脸又一下子红了。

这事是让人别扭的。照说，一个大师母是不应该让人脸红心跳的。一个大师母应该是慈祥、端庄、安静、温暖，像一棵没有杂念的秋天的树。可是眼前这个大师母，这个光焰万丈咄咄逼人的女人，这个让人不敢和她眼睛对视的女人，和一个真正意义上的大师母相比，相差何止千里万里！

要快点找房子搬家啊！他想。

后来，他们熟识之后，她让他看她的画，那是一次敞开和进入：那些燃烧的暧昧的屋瓦，那些波涛汹涌凶险邪恶的树冠，那些扭曲变形阴恻恻的人脸，看得他惊心动魄。他用手轻轻抚摸它们，爱惜地、心疼地说道：“你这不屈服的囚犯啊！”

三、凌香

所有的孩子里，凌香最依恋母亲。

四个孩子，一人一个奶妈，凌香的奶妈是最费了周折的。月子里她一直吃梅巧的奶，等到梅巧要去上学，把她交给新雇来的奶妈时，坏了，她死活不肯去叼奶妈的奶头。她闭着眼睛，张大嘴，哭得死去活来，哭得一张起皱的小脸由红转青，她宁肯去啃自己可怜的小拳头，却饿死不食周粟。更要命的是，她这里一哭，隔了半座城，那边课堂上的梅巧就如听到召唤一般，两肋一麻，霎时间，两股热流挡也挡不住，汹涌着奔腾而来，一下子前襟就湿透了。

梅巧的眼睛也湿了。

有几次，她忍不住溜出了校门，雇一辆洋车就朝家跑，去搭救她的孩子。那凌香到了她怀中，一头就扎进她胸口，凶狠地、仇恨地、以命相拼地噙住那奶头，两只小手紧紧紧紧抱住她救命的食粮，像只疯狂的危险的小兽。

没办法，梅巧只好向这小小的女儿缴械。从此，每天清早，出门前她喂饱她，中午匆匆坐洋车回家，再喂她饱餐一顿。晚上倒是叫她跟奶妈睡觉，半夜里听到她的哭声，梅巧就爬起来，喂她一餐夜宵。梅巧的奶水真是旺盛啊！一年下来，那凌香养得好精彩哟，又白又胖，两只小胳膊一节一节，像粉嫩的鲜藕，可以给任何一家乳品公司做广告。梅巧却一日千里地瘦下去，直到后来，突然地，有一天，奶水奇迹般失踪了。

有了这教训，后来那几个一生下来，梅巧就交给奶妈去喂养了。后来那几个谁也没再吃过亲娘的奶水，和亲娘就总有那么一点点“隔”。

那几个各人有各人的奶妈，疼着，宠着，护着。凌香的奶妈却是早早地就离开了这个家。虽说凌香没吃过她的奶，却也是被她抱在怀中，朝朝暮暮，抱了那么大，就是块石头也焐热了。奶妈的离去是凌香平生经历的第一桩伤心事。她不知道奶妈为什么突然就走了。后来她才知道了原委：奶妈的离去是因为家中的孩子得了绝症。那一年，凌香刚满四岁，人家就让她跟弟弟凌寒的奶妈一起睡觉。好大一盘炕，奶妈搂着凌寒睡一头，凌香自己睡另一头。半夜里她小解，醒来了喊奶妈，却没人理，她悄悄哭了。

第二天早晨，凌寒的奶妈一睁眼，发现炕的那一边空荡荡的，凌香那个小祖宗不见了！这一惊非同小可，慌忙下地来，跑到院子里四处寻找，哪里有她的影子？又不敢声张喊叫，正没主意呢，一抬眼，看见对面南屋的门虚掩着，露着宽宽一道门缝，那是凌香和她奶妈住过的屋子。她急急地冲进去，只见宽旷的一盘大炕上，那小祖宗一个人蜷成一团，泪痕满面，睡着，怀里抱着她奶妈枕过的枕头，身上胡乱盖着她奶妈的花棉被……

梅巧当天就听说了这件事，到晚上，她抱来了被褥，把那小冤家搂在自己的怀抱里。凌香的小脑袋有点害羞地扎在她怀中，一动也不动。忽然，她叫了一声妈，说："真的是你呀？"

梅巧的鼻子一下子就酸了，她搂紧了这孩子，说："是我，是我，不是我是谁？"凌香抽泣起来，大颗大颗的眼泪热乎乎地，像蜡油一样烫着梅巧的胸口。梅巧一夜搂着那小小的伤心的孩子，想，这孩子像谁呢？

后来凌香问过梅巧一句话，凌香说："妈妈呀，会不会有一天，你也像奶妈一样不要我了呢？"梅巧回答说："小傻瓜呀，宝，我怎么会不要你？"

可是梅巧不知道，这世上所有的小孩子都是先知。

有时梅巧自己也弄不明白，为什么这孩子总是生活在恐惧之中？每当梅巧出门去，回来得稍晚一点，一进门，这孩子就扑上来抱住她，死死地，再也不肯撒手，就像失而复得一般。有时一清早，她还没睁眼，忽然这孩子就慌慌张张跑进来，用手摸摸她的脸，说道："妈妈，你在这里呀！"仿佛做着一个确认。

梅巧望着这孩子，望着她大大的黑暗的眼睛，想，这孩子，她怕什么呢？这样想着，心里就掠过一丝人生莫测的怅然，还有不安。

现在，终于，梅巧知道了那答案。

事情是怎么开始的呢？八岁的凌香不知道，可她知道有一件大事发生了，有一个大危险来临了。那危险的气味啊，像刺鼻的槐花的气味一样，弥漫在5月的空气中，无孔不入。如果在白天，似乎看不出这家里发生了什么变故，一切都和往常一样：爹一早出门，穿戴得整整齐齐，乘洋车去上班；妈也是一早出门，穿戴得也很整齐，不过不乘车，就走着去上班。天气一天天热起来，爹和妈都换上了夏布做的新大褂。爹是一件月白色的，而妈则是粉底，上面洒满星星点点的小碎花。人走过去，就飘过一股新布的香味。

但是，太阳总会落下去的，夜总归是要来临的。危险就是在夜幕的遮蔽下现出原形的。晚饭是那危险的前奏、序曲，妈一连好几天都没有回家吃晚饭了。爹阴沉着脸，不说一句话，那咀嚼着的牙齿似乎格外用力。人人都知道这是风暴来临的前奏。一家人屏住了呼吸，战战兢兢，就连最小的弟弟，刚刚两岁的小凌天，爹爹的心头肉，也变得很乖。一餐饭吃得鸦雀无声，草草收场，然后各自回到各自的房中，仍旧是不敢出大气。奶妈们早早安顿自己的孩子睡下，而女用和男工则躲在跨院伙房间，压低了嗓子交头接耳。人人都在等待，等待着那风暴——那是躲不过逃不掉的，就是沉入睡梦也躲不过。人人的耳朵这时都灵敏极了，掉一片树叶也能听到那响动，更别提那吱扭的门声。那吱扭的门响简直就是炸药的捻子，女主人的脚步踢踏踢踏，要惊破天似的，起落间就是生死。此刻，人们反倒是横下了心，知道要来的终于来了。

说是吵，其实只听见大先生一人的怒吼和咆哮。大先生发起脾气真是可怕呀，地皮也要抖三抖的。可是，渐渐地有了回应。那回应声不算高，却有着一种愤怒的激烈，有一种不顾生死亡命的激烈。说来，那才是更让人害怕的，那亡命的不顾生死的激烈是可摧毁什么的。这才是那个大危险，那个悬而未决的噩运。大先生的怒吼、咆哮甚至砸东西不过是烘托，烘云托月，为这个大危险做一个黑暗的铺垫而已。

这一天，吵到最激愤的时刻，大先生动手了。他劈头朝女人挥出一掌，那一掌是地动山摇的一掌，像拍一只苍蝇，是一个灭顶的打击。不仅仅是对梅巧，也是对他自己。那一掌把梅巧击倒了，口鼻流血。血使他怔住了，他浑身冰冷。梅巧慢慢爬起来，用手在脸上一抹，抹了鲜红的一掌。她就把那只血手朝洁白的墙壁上抹了一把，立时，一个血巴掌惊心动魄地跳出来，像一个鲜红的小妖孽。梅巧看了看，二话没说，笑笑，就摇晃着走出去了。

到早晨，人人都看见了那暴力的结果。梅巧的脸肿得很厉害，上面还有着瘀青。可是她神情安详，头发梳理得一丝不苟，夏布长衫，齐齐整整。她就这样昂着头带着伤痕出门去了，临走还吩咐了奶妈几句琐碎的事情，仿佛这是一个和平常的日子没什么两样的早晨。凌香追上去，拦腰抱住了她，她迟疑片刻，掰开了那两只缠绕着她的小胳膊，头也不回，说："宝，去上学。"

这一天是煎熬的一天。每一分钟，凌香都忍受着折磨和煎熬。她上课走神，走路碰壁，吃饭吃不到肚里。她一分钟一分钟盼着太阳下山，盼着天黑，盼着夜深人静，甚至盼着吵架。她告诉自己，这一天其实和昨天没什么两样，和前天、大前天，和以往所有的日子没什么两样；这并不是多么特别的一天，不是不祥的一天。她挺着身子，坚定地安慰着自己，却忍不住一阵又一阵地打寒战，就像生了热病。这一天真是长于百年啊！终于太阳下山了，全家人又聚在饭厅里，只缺妈妈一个。不过没关系，昨天、前天，很多天不也都是这样？爹的脸阴沉着，一家人仍旧是大气不敢出。可是爹的咀嚼好像没那么凶狠了，爹的咀嚼声没了那一股杀气，而且爹的饭也吃得很少很少。凌香忽然心乱如麻，不知道这是什么预兆。

后来人们就看见凌香一个人站在院子里，做饭的孙大出来打水看见了，问她："你在这儿干什么？黑灯瞎火的。"声音压得低低的。凌香回答说："等我妈。"女用杨妈出来小解看见了，也问她："你在这儿干什么？黑灯瞎火的。"声音也压得低低的。她还是回答："等我妈。"人人都知道这丫头的脾气秉性，知道劝不动她，也就由她去。渐渐地，院子里静寂了，她一个人站在槐树下，站了大半夜。

槐花盛开着，那香气浓得化也化不开。往年槐花初放时，孙大就用长竿把那白色的花串打下来，洗净了和上面粉，给他们这些孩子蒸槐花布烂子吃。孙大喜欢说："应时应景，尝个鲜。"今年，孙大没有心思让他们尝鲜了。许是因为这个，今年的槐花比往年繁密许多，那香气也霸道许多，浓郁许多，不容分说，是一种强悍的邪香。

夜露下来了，像树的眼泪，一大颗一大颗滴下来，是那种无法言说的大伤心。不知名的虫子们唱起来。凌香的腿又酸又胀，就要站不住了。墙根下，西番莲榆叶梅就要开了，牵牛花也爬上了架。那都是妈撒下的种子、移来的花木。妈还在后院里种玫瑰，种月季芍药牡丹，妈喜欢那些颜色热烈浓艳的花朵，丰腴的花朵。妈总是说："这院子太素了。"她就用那些花来打扮这院子。

花啊，快点开吧。凌香在心里叫喊，花开了，妈就喜欢这院子了。今年花好像开得特别晚，特别慢，特别阴险，所以妈才会讨厌回这个家吧？凌香突然打个冷战，绝望地哭了。

吱扭一声，门响了。这吱扭的声响是多么慈悲。凌香几乎不相信自己的耳朵，不相信这大慈大悲的声音，直到踢踏踢踏的脚步停在她面前，黑黑的亲爱的人影停在她面前，吃惊地问她：“你怎么在这里？”她如同起死回生一般，一头扑在了来人怀中，说：“我还以为你再也不回来了呢！”

梅巧抱住了她，抱紧了她，她抽泣，浑身颤抖。梅巧用自己受伤的脸颊摩挲、抚弄她被夜露打湿的头发。她叫着她的名字，说：“凌香啊，凌香啊，宝……”她搂着这孩子，把她送回后院房中。她扯下毛巾，为她揩干头发，又为她铺被子，脱衣裳，好像她还是一个极小的幼儿，不满四岁，刚刚离了奶妈……她安顿她睡下，睡稳，然后久久、久久凝望这孩子的脸，美丽的、难割难舍的、血肉相连的脸，说了一句：“宝，我的宝，你睡吧。”就走了出去。

整整一座宅子黑着，只有书房里亮着一盏灯，就像审判者的眼睛，神的眼睛。梅巧朝那灯光走去。她走进去，看见大先生无声地站了起来。他们无声地、默默地对视了很久。然后梅巧就跪下了，梅巧跪下去，朝着大先生恭恭敬敬地磕了一个头。

这一晚出奇地静，没有吵闹。一家人，上上下下揪着心、竖着耳朵等待着的那一场风暴没有降临。这似乎是许久以来最风平浪静的一夜、平安的一夜。人人都松了一口气。这一夜，合宅的人都睡得很沉，很酣，梦都没做一个。

到早晨，太阳升起来，才知道天地变色。

到早晨，榆叶梅突然地爆开了一树，一树光明灿烂的粉红，云蒸霞蔚。他们素净的院子被这一片粉霞照亮了，可是凌香却再也等不回母亲，永远也等不回了。

四、花儿酒、柿子树和其他

有一处地方叫峨眉岭。这峨眉岭不是那峨眉山，不在四川，在河东，河东最大的旱塬。河东盛产柿子，《西厢记》有这样一句唱词：“晓来谁染霜林醉，总是离人泪。”那霜林其实不是枫林，而是柿树林。柿树在秋天，叶子一经霜打，红如血染，是河东的奇观。

峨眉岭上，遍山遍塬都是柿子树。峨眉岭上的柿子有种奇功，那就是可用来酿酒——不是普通的酒，而是花儿酒。什么叫花儿酒？你看，提壶把盏，细细地斟满酒杯，盏中心慢慢开出一簇酒花，花花相随，走马一般排着队，沿一线齐齐滚向杯沿，碰壁即灭，这叫走马花，那就是说这酒只有三十度；若是那酒花沿杯盏口密匝匝排满一圈，那就叫满扣花，就是说这酒要烈一些，差不多四十度；倘若是花堆花，层层叠叠，满盏花堆成一个花绣球，也有个名字，叫楼上楼，那这酒就足足有五十五度！这就叫作对花鉴酒，可说是河东一绝。

酿造这花儿酒是一独门绝技。那手艺和秘籍相传是秘不示人的，代代一脉单传，传媳不传女。听来就像一个武侠故事了。那酿酒的原料还必须是峨眉岭上霜降之后的空心柿。这种空心柿酿出的酒会拉丝，是花儿酒中的极品。

说来这花儿酒也是酒之一祖呢，可见其古老。它幽柔醇香，回味绵长，最妙的是一口下肚，浑身的血脉就像被疏浚的河道，流得分外通畅，是能用来做药引的，引百药以入十二经。若身上有跌打损伤，它还有着外用的奇效，一搽即好。总之是一宗宝啊。

后来，有一个叫杨深秀的读书人把这花儿酒带到了京城。这杨深秀正是峨眉岭人，他携带着峨眉古酿，每每自乡返京，必设宴招饮，款待同侪。谭嗣同一定是饮过这酒了，杨锐林旭刘光第一定是饮过这酒了。或许康有为梁启超也饮过这佳酿呢！他们灯下把盏，盏中，走马花、满扣花、楼上楼，千万朵花儿滚着绣球，他们开怀畅饮，锦心绣口，商谈着变法的大计，何其快哉！

还有光绪皇帝呢，光绪皇帝想来也是饮过这美酒的。皇帝和他的红颜知己对花鉴酒，分享着这琼浆中的奇观。那红颜知己在月下焚香奠酒祝祷，不是这样唱吗：“愿圣明天子福寿高，雨露承恩同偕老。”想来那杯中的酒也是这花儿酒呢！满盏的酒花就如同盛开的心事，用来祈天，真是再合适不过。这一对天真的男女，在心中有着怎样美好的憧憬啊？只不过，那憧憬比这杯中的走马花破灭得还要快：随着六君子人头落地，花儿酒从此就在北京城绝迹了。

星移斗转，又过了许多年，日本鬼子来了。这一年，日本鬼子开进了峨眉岭，开进了大旱塬。要说这小鬼子还真是识宝呢，他们一下子就被这峨眉古酿吸引住了，那对花鉴酒的奇观简直让他们看傻了眼。他们连连喊着：“神奇呀，神奇呀，吆——西！”他们当然不是喊叫一番赞美一番就算了，他们要这绝技！第二年，柿子挂果了，丰收在望，酿酒的节令就要到了，他们“请”来了塬上最好的酿酒师傅，他们的人马进驻了有最好酒窖的村庄，就等着收获的日子、采撷的日子了。他们的人，侵略者已经按捺不住兴奋，嘴里咿咿呜呜的，唱起他们家乡庆丰收的歌谣来了。

忽然有一天，半夜里刮起了大风。那一场大风啊，惊天动地，自古以来，这塬上还从没有谁见过秋天刮这样凶猛的风呢！只听见，满山满塬的树们，千棵万棵柿子树在风中呜呜地吼了一夜，喊了一夜，狂哭了一夜。到早晨，人们爬起来，只见峨眉岭再没有一棵树上挂果了！这河东最大的旱塬之上，满山遍野的柿子树万众一心地坠落了它们的果实——它们十月怀胎孕育的孩子。一夜间，坠落的红柿让峨眉岭变成了一片血海。事情还不算完呢，接下来，突如其来地起了大雾，蓝色的大雾，铺天盖地，一下子把峨眉岭给吞没了。这一下，白天变成了黑夜，黑夜比地狱还黑，人们伸出巴掌，连自己的五指都看不见了！十村八村的狗惊得汪汪乱叫，还以为天狗吞了月亮和日头。鸡也乱了方寸，大半夜打鸣报晓。这一场大雾，三天三夜不散，到第四天，天开了，出了太阳，太阳照见了一个最惨烈悲壮的旱塬，只见遍地坠落的红柿，无一例外烂了柿蒂，它们无一例外地在大雾中开膛剖腹自戕，它们万众一心地自戕。峨眉岭上，方圆几百里横尸遍野，密匝匝睡了一地的英灵。

鬼子酿酒的计划就这么成为泡影。

这就是我们的河东，我们的宝地啊。你可知道她的来历？差不多五千年前，有一天，一个人来到了这里，来到这旱塬深处，举目四望，只见四野一片浩瀚的黄土，两条大河，黄河与汾水茫茫苍苍地在这黄土的怀抱中交汇。这里的地貌有一种不可思议的诡谲、奇异和神秘，就好像一个巨大的女人的私处。这旱塬、大地、后土，在这里毫不遮掩地向着天宇，袒露出了自己最隐秘最神圣最蓬勃的私处。这个人被震撼了，他为这袒露感动，为大地这母亲般的袒露感动。他不能自已，他知道这是天地的大恩、大美和大善，他还知道这是一个启示和寓言！他扫地为坛，撮土为香，敬畏地、感激地跪下来，对着这一片后土长拜不起。从此，人们就把这里称作汾睢——大地的私处，也称作轩辕氏轩辕黄帝扫地为坛处。

过了许多年，差不多两千多年后，又有一个人来到了这里。这个人乘船而来，溯黄河，入汾河，来祭祀后土。那一天，汾河之上万船竞发，箫歌齐鸣，秋风浩荡。船夫们齐声高唱着欢快的棹歌，雁阵则从他们头上飞过。这个人，他弃船登岸，来到了汾睢之上，当年轩辕黄帝扫地祭坛处如今已是一座壮观的祠堂。他登上后土祠，极目远望，两千年岁月如风而过，忽然百感交集。他禁不住放声吟唱起来：

秋风起兮白云飞
草木黄落兮雁南归——

这个叫刘彻的人，汉武大帝，那一刻不再是一个君临天下的天子，而成了一个感时伤怀、领会着生命悲情的诗人，你听他唱道：

泛楼船兮济汾河
横中流兮扬素波
箫鼓鸣兮发棹歌
欢乐极兮哀情多
少壮几时兮奈老何

就这么，一首千古绝唱《秋风辞》，在这广袤的旱塬之上，大地蓬勃的私处诞生了。应运而生的还有一座恢宏的建筑——秋风楼。

又过了许多年，差不多又是两千年后，大先生来了。大先生登上了秋风楼。那一年，1939 年，省城沦陷了，大先生在省城沦陷时携家小逃出了那座亡城，回到家乡峨眉岭避难。谁想没多久，家乡也沦入铁蹄。大先生的声名不知怎么，连日本人也知道了，他们竟让大先生出任伪县长！他们搬来了一个又一个说客，说客们踏破了大先生家的门槛。这一日，又有说客登门。大先生不等那说客开口就说，正要趁霜晴去登秋风楼。大先生他们村庄和那秋风楼相距不算太远。说客不知大先生葫芦里卖的是什么药，只好一边嘴里说着“好兴致啊”，一边就随了大先生，和二三友人朝那秋风楼出发。说来这秋风楼早已不是那秋风楼，这后土祠也早已不是那后土祠，由于河水泛滥、冲刷、改道，它们几次落架迁建，最终落脚在了这叫作庙前村的村庄。可这又有什么关系？那巍峨的秋风楼仍然在我们的土地上屹立着呢。这一日，大先生焚了三炷香，先拜了后土祠，又一级一级攀了九九八十一级阶梯，登上了秋风楼。立刻，黄河来到了眼底，汾河来到了眼底，广袤的黄土旱塬来到了眼底。秋风浩荡，千万棵柿子树坠落了果实，只剩下霜打过的柿树叶红如血海，也来到了眼底。大先生嘘出一口长气，对那说客说道："这里是什么地方？想必你也知道，华夏大地之脽，轩辕黄帝祭祀后土的地方！这里，就连树也知廉耻，不敢数典忘祖，你说，莫非我还不如一棵树？"

说客目瞪口呆。

大先生又说："这秋风楼有多高，你可知道？我告诉你，它楼高三十三米，十一丈，人若从这楼上跳下去，想来神仙也救不活他！今天大不了我从这儿朝下一跳，也学学咱峨眉岭上那些有情有义的柿子……"

说罢，大先生纵身一跃，被同来的友人拦腰死死抱住了。

说客吓跑了。

第二天，说客带着日本人冲进了大先生的村庄，包围了大先生的家，却扑了一个空。大先生一家人去屋空，只剩下一条看门狗，冲着那侵略者汪汪乱叫。日本人里里外外搜了一个遍，捣了水缸，砸了面缸，摔了酒坛，毁了锅灶，最后掏出枪来，一枪撂倒了狂吠不已的大黑狗。

大先生一家人逃进了中条山里。那里是大先生妻子的娘家，当然是现在的妻子。

五、大萍还有山中岁月

起初，谁也不敢在大先生面前提续弦这档子事。他明显老了，仿佛一下子老了十岁，一头墨染似的乌发中有了星星点点的银针。夜里常听到他咳嗽，吭吭吭，声音很空，在寂静中传得很远，有一种让人不忍的哀痛。当然在白天，他仍然是一个令人敬畏的大先生，重创和耻辱，最深刻的羞辱没有改变他端正肃穆的夫子仪态。

四个儿女，最小的只有两岁，还不懂事，时不时地会迸出一句："妈妈呢？"除了这个幼儿，再没有谁在大先生面前提起过这个女人。那孩子出麻疹是半年后的事，不想竟把他奶奶给染上了，原来那乡下女人没出过疹子。大先生只好从家乡接来了自己年迈的姑母帮忙照料。那时，大先生的母亲也已经过世三年多了。姑母想，若是自己再一死，这世上就再没有谁能主大先生的事，这世上也再没有谁心疼这个男人。姑母这样想着，心如刀绞，她一不做二不休，索性从家乡为大先生接来了一个女人——大萍。

这大萍，一切都和从前的那女人反着来。从前那女人是女秀才、女先生，这大萍没上过学，没念过书，斗大的字不识一筐；从前那女人，巴掌大的小脸，杨柳细腰，这大萍却是脸若银盆，肥臀粗腰，敦敦厚厚，磨盘一样撼她不动。大先生哭笑不得，可这大萍二话不说，进门来先抱起了大病中的孩子，把这没娘的幼儿裹在她肥厚温软的怀中，眼里流露的全是怜惜的神情。这一下，把大先生要说的话堵了回去。

那句话，拒绝的话，从此，再没有说出口，一辈子。

起初，这女人大先生视而不见，只当她是没有。她出来进去，清早用铜盆端来洗脸水，晚上则是端来洗脚水。大先生在书房里看书，不管多晚，回到卧房，那一盆洗脚水就悉心悉意地等在那里了，并且总是冒着热气。炕上早已铺好了被褥，黄铜的汤婆子埋在棉被里，鼓鼓的，像孕妇的肚子。而几上则是一壶热茶。那茶壶套着保温的棉套，像穿了棉袄一样。棉套是用那种家织土布做的，红红的小格子，很拙，很亮，看着就让人一暖，是大先生家乡的风格。

渐渐地，这女人的气息就无处不在了。先是三岁的凌天，有一天突然穿上了虎头鞋，戴上了虎头帽，兴奋地在院子里跑来跑去，把他写着王字、花红柳绿又拙又憨的老虎脚伸给每一个人看。这只活生生的小老虎在院子里一晃，就晃了一个冬天。再后来，全家人都换上了家做的棉窝或是俗名踢倒山的布鞋，千层底，刷了桐油。每一双鞋里还都垫着花红柳绿的鞋垫，上面绣着富贵牡丹、喜鹊登梅、月宫折桂，还有万字不到头。餐桌上常常会冒出一盘花馍，盘成各种花样，点着红绿的颜色，嵌着甜香的大红枣，这也是大先生家乡的面食。还有一碟红油辣椒，他们叫油酥辣子的，喷香红亮的一小碟，是三餐都少不了的，用来夹热馍吃，那也是大先生家乡最正宗的口味。这大萍浑然不觉，却把这个家、这个宅院，用悉心悉意的日子填成了实心。

腊月里，雪一场接一场，屋檐下的冰凌挂了有一尺多长。耳朵都快要冻掉了，可是屋子里却暖洋洋。炉中的炭火烧得哔剥响，上面坐着铜壶。酒枣开了封，搅好的柿子也开了封。那酒枣是她秋天里一颗一颗挑选出来的，每一颗都端正漂亮。柿子则是她一层一层码在坛子里，码一层，中间放一个苹果。酒枣和柿子都用白麻纸严严地封起来，如今开了封，满屋子酒香，还有那一股温软奇特的果香，扑面而来，氤氲着，是专用来填那些还没填满的空隙的。酒枣和柿子盛在大盘子里，摆到了大先生书房窗下的条案上，人一撩门帘走进来，熏风扑面。大先生一阵怅然，一阵心痛：从前这个节令，那条案上供的是蜡梅，或是水仙。他望着这些朴素的、红火的、实打实的果实，眼圈红了。

这一晚，她端来了洗脚水，转身离去时，大先生伸手拽住了她的胳膊。

“你不嫌我?”大先生开口说。

她鼻子一酸，石头终于说话了，铁树终于开花了。泪光慢慢蒙住了她的眼睛，她问道：“嫌你啥?”

“老。”大先生哑着嗓子回答。

她摇头，眼泪流下来，她回身伸手抹了一把。这回身低头抹泪的动作，让大先生心头一痛。傻女人哪！他怜惜地想，他知道他一辈子会对这女人好。

那一晚是腊月二十三，灶王爷上天的时辰。外面鞭炮声响成了一片，噼噼啪啪，十分嚣张热闹，是个喜庆的日子。

现在，这一家人都来到了大萍的娘家。那是个小山村，窝在中条山里，山根下面。那山可是座宝山，埋藏着各种有色金属，铜、铝矾土，还有别的什么。那里满山都生长着药材，黄芪、川穹、菖蒲。春天，惊蛰一过，采菖蒲的人就进了山。有经验有运气的采药人甚至还能挖到冬虫夏草。核桃也是那里的一宝，还有柿子树。冬天，第一场雪后，山洼里或是向阳的山坡上，柿子树的大叶子竟然还未落尽，白雪一映，真是精神，就像最红的玛瑙，美不胜收，人看了就觉得抖擞和感动。

这山中的岁月，在大先生是避世，在大萍则是如鱼得水。她扶起磨杠推磨，拿起梭子织布，抄起扁担挑水，进山挖药，下地开荒，没有她不会的。男工女用到这时已星散而去，只剩下做饭的孙大两口子还忠心耿耿跟随着他们。山根下，几孔土窑，一个大院子，安置了这一家人。院子空荡荡的，来年开春，大萍就一镢一镐地开垦出来，撒下菜籽，捉来鸡娃，养了奶羊，是一户过日子的农家了。到夏天，南瓜开了花，茄子扁豆爬上架，也开了花，黄的黄，紫的紫，大朵小朵，竟也是姹紫嫣红蜂飞蝶舞的气象。大先生挥毫写下了几个字：竹篱茅舍自甘心。没有宣纸，就写在糊窗户的白绵纸上，算是明志，其实是满心的不甘，不甘心也没办法的事。

这一年凌香十六岁了，高中还没有毕业。大弟凌寒也将满十五，两个人都失学在家。夏天就快过去的时候，一天，有一个人辗转从西安来到了这山村里，要把凌寒带出去读书。这个人当然也是大先生的学生，冒了风险才来到这里。本来说好了是只带凌寒一个人出去的，可是事到临头，谁也没想到，突然冒出了个挡道的凌香。

“带上我！”凌香说。

凌香说话从来不会疾言厉色，可是却说一不二，掷地有声。一家人除了大先生，人人都有点怕她，用人、弟弟们，包括大萍。其实就连大先生，对这个长女也是心存顾忌的，还有着难以言说的心疼。她孤僻、冷漠，不爱说话，独往独来，和这家里的人似乎谁也不亲。大先生其实是知道那原因的，正因为知道，所以尤其没有办法。一来二去，弄得大先生独自和这孩子面对时，就总有些小心翼翼，总有些局促和不自然。

兵荒马乱，一个女孩子出门在外，总归是让人不放心的，何况眼下家里的经济状况十分拮据，一下子供两个人出去念书，哪里是件容易的事？大先生犯愁了，踌躇再三，说出两个字：“再说。”凌香听了久久不语，忽然扑通一声跪下了。这一跪让大先生悲从中来，万箭钻心一般。他从这孩子脸上、眼睛里，分明看到的是另一个人的神情，是另一个人的复活。这一跪是悬崖绝壁前的摊牌，是生死的摊牌，不容分说，决绝，大义凛然。

第二天，来人从山里带走的就不只是凌寒一个人了，还有凌香。凌香走出去很远，一直不敢回头，她知道父亲就在村口那棵柿子树下站着，一头灰苍苍的头发，她怕他看见自己眼里的泪水。

六、告诉你一句话

但是，凌香是必然要走的。她一直、一直等待着这一天，从八岁的某一天起就一直等待着这一天，这是一个不能更改的命运，也是一个召唤。

她来到西安，很顺利地通过了考试，插进了高三年级，吃住自然都在学校，就这样做了一名流亡的学生。读书在她从来不算一件困难的事，许多隐秘的快乐是别人体会不到的。日子自然是苦的，流离失所怎么会不苦？可流亡学生千千万万，又不是她一个。她是很能吃苦的呢，这一点连她自己原先也不知道。从家里带来的一点点钱，她花得十分十分仔细，花每一分钱都让她又心疼又愧疚。后来，一个偶然的机会，她开始给报纸投稿，再后来，竟在一家报纸开辟了一个小专栏：流亡学生日记，写那些沦陷区的所见所闻。这一来就有了一点小小的收入，虽然不多，可是积攒起来，也是能派大用场的。

父亲的学生，能托付子女的学生，自然不会是泛泛之交。她不喜欢拐弯抹角，有一天，当这学生来学校探望她时，她忽然单刀直入了，她说："你有我妈的消息吗？"

妈这个字，这个字眼，已经许多年没有出口了。这个字哽在喉头，堵在心口，吐不出也咽不下。她从来没有管大萍叫过妈，尽管她知道，大萍其实是当得起妈这个称呼的。有一年她得伤寒，高烧不退，大萍在她身边，衣不解带地守了她七天七夜。她弄脏的内衣裤都是大萍亲手帮她洗净的。病中，大萍那张铜盆大脸俯下来，热烘烘，带着身体的善意，贴近她的时候，一股一股的热浪在她身子里汹涌着，让她眼热鼻酸。可是，她还是叫不出那个字，那个要命的字。那个字若一出口，她就彻底崩塌了。

父亲的学生做梦也没有想到，这孩子，她会给他出这样一个大难题。他大惊失色，张口结舌，支吾着乱摇头。可是这十六岁的姑娘，脸上有一种让他害怕的表情，豁出去的烈士的表情，还有着黑洞似的绝望。他心里不禁一动，拿谎言搪塞这孩子是残忍的啊，他想。于是他回答："很久没有她的消息了，有好几年了。"

"那，最后得到她的消息，她在哪里？"

"汉口。"

汉口，她想，咽了一下口水。并不算远，不在天边，也不在海角。她的神情让父亲的学生深感不安。父亲的学生说："不过她现在肯定不在汉口了。席方平，哦，他最后一封信上说，他们……"他停顿了一下："他们就要出国了。"

出国！凌香闭了下眼睛，浑身冰冷，就像周身的血脉都被冰封住了，凝结成了剔透的树挂。她攥着的拳头也冻成了冰坨，两条腿则成了冰柱。父亲的学生以为她会掉泪，会哭，可是没有。慢慢慢慢，她缓过来，活过来，有了血色和人气，她说："谢谢你。"

父亲的学生暗自松出一口长气，以为这事就算是过去了。不想几天后，她忽然找上了家门。她单刀直入，劈头就问："你有没有张君的地址？"

他又是一惊，不知道她是从哪里得知了张君这至关重要的名字。不等他开口，她穷追不舍地又是一句："张君是在汉口吧？当年他们去汉口就是投奔张君，是不是？"

他一步步地被逼进了死角，没了退路。她虎视眈眈，横在前面，就仿佛猎人和猎物狭路相逢。他摇摇头，对她说："你让我想想。"

三天后，父亲的学生给了她需要的东西：张君的地址。他想了三天三夜，才做出这样一个痛苦的决定，妥协的决定。父亲的学生这样想：假如不给她指一条明路，谁知道这孩子一个人还要怎样瞎闯瞎撞？这孩子是那种一条道走到黑的人，是那种撞了南墙也不回头的人，是那种明知是火坑也要跳的人。他很透彻地看清了这点，也看清了那潜在的更大的危险。还有，还有那就是，这孩子她太叫人不忍，她盲人骑瞎马似的奋不顾身，她从小小年纪起一天一天积攒起的思念与痛苦让他不忍。他对这孩子说："你要记住，是你让我做了背叛先生的事。"

一个月后，这孩子她上路了。得到张君回信的第二天，她就刻不容缓地出发。她给父亲的学生留了一张便条，上面写着：大恩大德，此生不忘。其时，距离考试和寒假只有一个月了。可这孩子一天都不能再等，她等了八年，等了三千天，耗尽了她的耐心，谁知道这一月内，这三十个白昼和黑夜会发生什么样的变故？这孩子她从小就是一个最没有安全感的人，她不信任时间。

现在，她的目的地是确凿的：四川、重庆、青木关，剩下的就一片茫然了。她怀揣着可怜的一点盘缠、一点干粮，踏上了一辆长途汽车。她只知道那车是朝南，开往石泉的。朝南总归不会错，四川不就在陕西的南边吗？那车拥挤不堪，走走停停。公路十分糟糕，又被日本人的炸弹炸出了许许多多的弹坑。她坐在后座，无数次她整个人被抛起来，头碰到了车顶，浑身的骨头颠散了架。可是这一晚，他们的车并没有预期抵达石泉，而是只停在了宁陕。一车旅客下来打尖，人家都去了羊肉泡馍馆，她没有，只在一家茶摊上要了一大碗白开水，泡自家带的馍吃。

生平第一次，她一个人坐在夜行的汽车上。四周黑如深渊，只有车灯的光束移动着，像黑夜划开的伤口。车厢里起着鼾声，可她睡不着。她没有丝毫睡意。她大睁着眼睛，望着漆黑的陌生的窗外。她心里一阵一阵地恐惧、害怕，不知道这么走下去，能不能真的到达她要去的地方？重庆、青木关，在这无边的深渊似的黑暗里，这名字给人无限虚幻和缥缈的感觉，极端不真实，仿佛那是天国的某个地方，天国的车站。她听到某种清脆的琳琅的响声，一阵又一阵，原来那是她自己的牙齿在打战。

汽车在黎明时分抵达石泉。小镇还昏睡着，空气清新而凛冽，那是田野、牛粪还有河流的气味，人间的气味。小小一条镇街，由于这笨拙的汽车与一车人的到达，竟有了一点喧腾。勇气就是在这时又回到了凌香身上。她看着太阳一点点升起来，想，条条大路通罗马，何况一个青木关？

再往前，朝西，应该就是汉中了。可据说公路被炸毁了，不再通汽车。凌香就是在这里等车子时遇到了几个东北流亡学生。那几个学生也是要去重庆的。凌香从此就加入了他们的行列。他们先是乘马车，后来又乘驴车，再后来步行，一段段、一里里、一步步地接近着巴山蜀水。总算，汉中到了。很幸运地，他们在汉中搭上了开往广元的大卡车。广元那里已经是四川的地面了。在广元，他们乘上了船。

船在嘉陵江上航行，顺流而下。是一条大木船，八个船夫扳桨，一个老大掌舵，还有个烧饭的船娘。船客除了他们这几个流亡学生，就只有两个商人、一个教书先生。船本是载货的，载人算是夹带。这一路行来，他们风餐露宿，可说是吃尽了苦头。一天吃不上一餐饭的时候也是有的，在破庙里、在人家的牛圈里、在山洞中过夜更是家常便饭。如今，这船在他们眼中，竟有了挪亚方舟的意味，救世的意味。竹篷子船舱虽然矮，可是安全，就像窑洞的穹顶；两边长长的木板铺平平坦坦，是世上最舒坦的炕；船娘烧出的糙米饭、辣子笋干，是人间最好吃的美味。甲板上，扳桨的船夫哟嗬、哟嗬齐声喊着的号子，那也是和平世界的声音。凌香舒展身板躺在舱里，在这和平的、又痛苦又欢乐的号子声里睡熟了。

醒来时，舱里很静，很暗，所有的声音似乎都在极远的远处。有一会她忘了自己身在何处，很茫然。船身摇荡着，就像一个巨大的摇篮，一个久违的摇篮。摇它的那双手啊！她觉得一阵迷糊，像做梦。就在这时她听到了舱外的人声，真切的人声，原来流亡学生们都在甲板上呢，大家都在甲板上。“我的家在东北松花江上……”一个男声颤巍巍地唱起来。江这个字，让她想起了自己身在何方。平生第一次，她来到了一条大江上，哟嗬哟嗬的号子，那是川江上的号子，那是蜀天蜀地的声音！她静静地听着，热泪涌出了眼睛，哭了。

傍晚，船泊剑阁，船老大望着天边的晚霞，说：“好天气啊，顺风顺水！”

真的是顺风顺水。三天后，船就抵达了合川。碰巧，一队敌人的飞机从江面上飞过，是要去轰炸重庆的，顺便朝江心投下几枚炸弹。江面开了花，有一枚炸中了他们的船尾。船被巨浪掀翻了，一船人，八个船工、船老大和船娘、商人、教书先生，还有历尽艰辛就要抵达目的地的流亡学生，全部葬身江底。

只救上来一个人，凌香。

合川过去是北碚，北碚过去就是重庆。在重庆与北碚之间有一个小镇，叫青木关。青木关有一片竹林，在临近江边的坡上。竹林外有几间草屋，草屋里住着一户最普通的逃难的人家，男人教书，女人也教书。

这一天，黄昏时分，女先生在灶火旁正料理着晚饭。从旁边屋子里不停地传来男先生阵阵咳嗽的声音，空空地，是害着肺病的人的咳嗽。一群孩子在竹林外一小片空场地上抽着木陀螺。冬天的太阳早早地沉进江里去了，江水变成了一条奔腾的血河。有人从江那边走来了，跛着腿，衣衫褴褛，沿着石头台阶一级级地朝坡上爬，慢慢地露出了黑黑的头顶、脸、半个身子、腿和脚，来到了空场上，竹林外的空场上。那一群玩耍的孩子瞪大了眼睛，瞧着这不速之客。客人问了孩子们一句什么，只见一个五六岁的小姑娘转身朝屋里跑，嘴里喊着：“妈，妈！有个要饭的找你！”

女先生闻声出来了，从茅屋里钻出来，蓬着头，青菜叶沾在手上，一身的柴烟味。起初她没有认出来人，说：“谁呀？”突然间她的嘴张大了，人就像被钉在了地上，她的脸和手一下子变得雪白，浑身的血仿佛被什么东西在一刹那间吸光了。她站在那里，就像一个苍白透明的惊叹号。只见来人一步步地跛着朝她走来。走到和她近在咫尺的对面，来人说：“你说过永远也不会丢下我，八年来我没有一天忘记过这话。我来是要告诉你一句话，你——不值得我这么、这么样牵挂！”

说完她掉头而去。

“凌香！宝……”女先生梅巧大喊一声，倒在地上。

七、传奇的结局

入冬以来，席方平就一直咳嗽不止。梅巧想为他生一个火盆，却没有钱买木炭——木炭的价钱比黄金还要贵！梅巧就把厚厚的草纸烤热了，一层层给他敷在脊背上，又把橘子在火上烤熟了，上面滴一滴麻油，让他每天空腹吃下去。她还用梨煮水，用白萝卜熬粥，总之她把她知道的那些民间偏方验方一一都试过了，可是那咳嗽的趋势仍旧是愈演愈烈。

夜晚，他咳嗽得最剧烈的时候，她就把他抱在怀里，就像抱一个孩子。

“好一点不?”她总是这样问。

“好多了。”他总是这样回答。

他在她温暖的怀里，那让他更加软弱。他们常常相拥着到天亮。有时他会说：“要是能睡在一盘暖炕上，该多舒服啊！”她就把他抱得更紧一些，说：“是啊，南方哪儿都好，就这一样不好。”她知道，他心里想说的其实不是这些话。他也知道她知道。

他们都躲避着一个字眼、一个事实，那就是肺结核，或者说肺痨。可他们心里比谁都清楚他们遭遇了它，遭遇了这瘟神。他们彼此在对方面前掩藏着内心巨大的恐惧。失眠的夜晚，他们躺在南方阴冷潮湿的草房里谈论的永远都是一些鸡毛蒜皮的小事，关于北方的小事，比如小米粥，比如冬天的烘柿子，比如一碗热腾腾的“头脑”，那是家乡冬季早晨最美的美食。他空空的剧烈的咳嗽像电流一样一波一波传导到她身上，让她害怕得发抖。她只有把他抱得更紧，她想，一遍一遍地想，上帝，这是我的，我唯一的，你不能把他夺去……

有一夜，他突然讲起了他亡母的一件小事。他说，他们家乡河东有一个习俗，婚后的女人要送丈夫一件信物，一件绣品，类似荷包的一只小口袋，可却并不是普通的荷包，不装钱，不装烟，而是——牙袋！知道那是做什么用的?人老了，掉牙了，满口的牙一颗一颗地脱落，那口袋就是装这落牙的。

一颗一颗的落牙装进这小荷包里，到最后的时刻，是要携带在身上，一颗也不能少，带到另一个世界里去的。这样的荷包、牙袋，女人要绣两只，绣一对，一只给丈夫，一只给自己，那意思就是白头偕老，那是对白头偕老的郑重承诺。

“我娘身上就贴身系着一只这牙荷包、牙袋，红绸子底，绣着鸳鸯。另一只让我爹带走了，只不过我爹的那只荷包里面是空的——他没活到掉牙的年纪，就撇下我们撒手去了，他辜负了那只牙袋……”

他搂着梅巧，他的女人，这么说。她浆果一样成熟的、温暖的、经血旺盛的身体让他无限依恋和难舍。多么好的身子啊！他把脸紧紧贴在她的脸上，突然地哭了。

一周后，他的枕边多了一样东西，一件绣品，小小的，红布做底，钩着牙边，上面绣了两只五彩的鸳鸯：最俗、最艳的图案，可却绣得风生水起，惊心动魄，针针见血。另一只，同样的两只让人惊心的鸳鸯攥在梅巧的手里。梅巧俯下身来，黑森森的眼睛对了他的脸，一字一顿地说道：“席方平，你听好了，你是不能辜负这只牙荷包的啊！”

梅巧说完这话，眼泪就滚了出来。

这就是他们的故事，以传奇开始，却没有一个传奇的结局。两个心高万丈生死相随的有为青年最终落在了生活艰辛的窘境之中。不是所有的浪漫出逃最终都会在巴黎的塞纳河边、伦敦的老街区或是上野的樱花树下，戏剧性地落脚。而更多的时候则是，这世上又多了一对贫贱夫妻而已。

其实，在凌香看到梅巧的最初一刹那，她就原谅她了。看到她从茅屋里烟熏火燎地钻出来，蓬着头发，穿打补丁的衣服，手上沾着菜叶的那一刹那，她就原谅她了。或者说更早，在她乘坐的木船被炸沉，整整一船人葬身水底，那和她一路行来已情同手足的流亡学生们，那和她一样年轻一样茁壮健康的生命瞬间灰飞烟灭的那一时刻，她就原谅她了。可她还是说了那句话，那句话哽在喉头，坠在心头，是必须要说的。说完了，她才能重新成为一个善良温情柔软的孩子，一个悲天悯人的孩子。

八、困难时期

又是许多年过去了。

这一年不仅是乡村，城里人也在挨饿。所有的城市，也许除了北京和上海，都陷落在了饥馑之中。在凌香的城市，许多人都患上了浮肿病，皮肤肿得明晃晃，头脸都显得很大，像橡皮人。有许多年轻的女人闭了经。这些浮肿患者，有时凭医院的证明，可以去购买一些“营养品”，比如用麦麸和糠做的饼干。

人们都在为吃忙碌着，动着各种各样的脑筋。城郊的野菜早就让人挖光了，豆腐渣还有喂牲口的豆饼成了人们四处寻觅的最抢手最热门的食物。不知谁发明了一种饮品，叫小球藻，是一种藻类的东西，养在大池子里，绿莹莹的，据说营养价值很高，幼儿园和小学校的孩子们排着队，去领一茶缸小球藻喝。当然，供应浮肿患者的糠饼干也是发明之一。

这一年，凌香三十七岁，是两个孩子的母亲。这两个孩子，一个十二，一个十岁，正是长身体的时候，正是怎么吃也吃不饱的时候。配给供应的粮食自然不够他们吃的，逢年过节凭证购买的肉、蛋，不够他们填牙缝的。这就需要大量购买高价的粮食和高价的食品。好在凌香还有这能力。她丈夫是一家大型企业的高工，她自己则在一所高校任教，两个人的月收入还有一些积蓄，一分不剩，全用来买吃的了。

每月发薪水后的那个星期天，是凌香最忙碌的日子。一大早，她就携带一些吃食，乘三十公里汽车去看望父亲。她父亲大先生，新中国成立后就一直担任着一所高等专科学校的校长。那学校不在省城，却设在这个交通并不十分便利的小城里。大先生不光担任校长，还教书，还著书，他喜欢小城这种避世的安静的气氛。

学校坐落在汾河岸边，校园十分辽阔，有一种跑马占地的豪气和奢侈。那里面的建筑全都出自苏联专家的设计，笨拙、坚固、大，也是奢侈的。这样的建筑群里必定要有一座礼堂，上面耸立着克里姆林宫式的尖顶和红星。大先生的家是一栋独立的建筑，西式的平房，红砖，石头台阶，带长长的有出檐的前廊。院子很大，种着石榴、香椿和枣树，而那些空地则被大萍一块块开垦出来，种各种蔬菜，甚至还种玉米这样的粮食。

在 20 世纪 60 年代，这样的开垦和种植就有了拯救的意思。

大先生四个儿女如今天南地北，全不在身边，只有凌香一人离得最近。一个月至少有一个星期天是大先生的节日。这一天之前，前好几天，大先生和大萍就开始为这节日做准备了。大萍挎着篮子去排各种各样的长队，买凭票证供给的宝贵的东西：粮、油，一点点肉、蛋之类。大先生则去排另外的队，去买更加宝贵的高价白糖、糕点，还有好一些牌子的香烟等珍稀物品。像大先生这样的人士，偶尔会有一些特殊的供给，不多，大先生都攒着，是要将这好钢用在刀刃上。到了这一天，一大早大萍就拌好了饺子馅，猪肉白菜，或者是羊肉胡萝卜，香香的一大盆。大萍的饺子是很拿得出手的，皮薄馅大，鼓着肚子，白白胖胖，排着队，整整齐齐几盖帘。一家子三口人，食量再大，几盖帘饺子哪里吃得完？剩下的也都煮出来，晾好了，一个个码进饭盒里。大先生说："带走吧。"

凌香从来都是吃罢午饭就告辞，大先生和大萍也从不多留她。那些糕点、白糖一样样地，全让大萍塞进了她的提包里。永远是她带来的少，带走的太多、太多。若她推辞，大先生就生气，说："又不是给你的，带回去给明明亮亮吃。"

带走的不仅仅是糕点、白糖、煮好的饺子，常常还有晒干的各种蔬菜：茄子条、萝卜干、干豆角等，也是一包一包的。还有一条烟，大前门或者凤凰。这烟总是由大先生亲手拿出来，沉默不语地给她塞到提包里。

是啊，大前门或者凤凰总不能再拿明明和亮亮做幌子了。凌香的丈夫也是从不抽烟的，这烟就显得很没头没脑和突兀。凌香心知肚明，却从不说破，她拎着大包小包出门去，走出好远，回头看，大萍搀着大先生还在那门前站着，朝她这边望呢。

现在，现在凌香该到她的第二站了，三十公里外的省城。

20 世纪 50 年代初叶，席方平和梅巧带着他们唯一的女儿，回到了这里，这个悲情城市。

他们回到北方当然是健康的原因，席方平再也不能承受南方阴冷潮湿的冬季。所以，当他终于接受了家乡省城一所中学的聘书时，他想，他这是向自己的青春缴械了。

他在那所中学里教数学，梅巧也一样，仍旧是教小学，做孩子王。他们的家就安在离那所中学不远的一处四合院里，租住了人家两间东屋。自己动手搭建了小厨房。这一住就是十年。他们的女儿从这四合院里考入了北京的一所大学，毕业后一下子被分配到了甘肃，支边去了。

困难时期到来了，让人措手不及。前两年还红红火火闹大食堂呢，吃饭不要钱，仿佛到了共产主义。可困难时期一下子就来了，说来就来了。要说梅巧其实是很会过日子的，很会精打细算，可任凭她再会过日子，也没办法让一日三餐都吃饱肚子，再精打细算，也调度不开那有限的、可怜的三五斤细粮以及每人每月的二两棉籽油。还在三年前，由于肺病，席方平就病休在家，吃了劳保，而一个小学教师的工资又实在是有限，买高价粮的钱都捉襟见肘，何况营养品？梅巧就把所有的细粮省下来给席方平吃，自己吃掺干菜、掺糠的窝窝，把油省下来给席方平炒菜，自己吃腌制的酸菜、咸菜。逢年过节那区区一斤肉，则是买来肥膘，炼成猪油，油渣做馅，配上萝卜白菜，给席方平蒸包子。

“你呢，你怎么不吃?”席方平端起饭碗疑惑地问她。

她抽着一支劣质的香烟，最便宜的白皮烟，这是她从年轻时就染上的嗜好，也是从前的日子留在她身上的唯一印迹。她深深地吸一口烟，回答说：“你先吃，我还赶着判作业呢。”要不就是说：“刚才包子出笼，我趁热先吃过了。”席方平不相信，审问地盯着她的脸。她面不改色，说：“你看你这个人，就这点讨厌，婆婆妈妈。我现在饭量大，饿不到时候嘛。”她还说：“这些日子我比从前能吃多了，都吃胖了。”

她的脸真的是胖了，明光光的，晃人眼。席方平知道，那是浮肿。

他愤怒了，他说：“梅巧，你当我是傻子呀！你当我瞎了眼呀！”

梅巧的脸突然之间变得十分严肃。她盯住了他，慢慢地开了口，她说：“我身体好，吃什么都扛得住。你不行，你全靠营养来撑着，没有营养，你活不了几天！你听好了，我不让你把我扔到半路上，那样我也活不了——你要救你自己，救我！所以，你必须闭上眼、狠下心，吃！”

她恶狠狠地、一字千钧地说出那个吃字，眼圈红了。

有一天，凌香来省城参加一个会议。晚饭后，会议上没有安排什么事情，她就到梅巧家去了。说来，这些年来，凌香姐妹兄弟四人，只有她一个和梅巧保持着联络。凌寒、凌霜、凌天对梅巧，就当世界上没她这个人。只有凌香月月给梅巧写信，寄一些钱，知道他们的生活是不宽裕的。有时去省城出差或开会，就到她那里去看一看。当然从没有过夜留宿，因为有席方平在，毕竟是很不方便的。席方平一直让凌香感到局促和为难，不知道拿这人怎么办。这一生，凌香只听父亲提到过一次席方平这名字。那还是很多年前，除夕夜，全家人在一起吃团圆饭，那一晚大先生喝了酒，喝醉了，他忽然用筷子指点着大家，没头没脑冒出一句："你们要记住，记好了，席——方——平，这个人是咱们全家人的仇敌！"

那时，凌寒、凌霜、凌天全都回过头来，同仇敌忾地瞧着大姐。他们的眼睛在说，你听听，你听听，你居然认贼作父！他们都知道这些年来凌香和梅巧来往的事情，他们都知道凌香舍不下梅巧。这让他们不愉快，觉得这人背叛了全家，背叛了父亲。他们是将梅巧和席方平合二为一了。不过凌香这个人，谁又能拿她怎么样？不是就连日本鬼子的炸弹也没能把她怎么样吗？凌香没有生气，只是很意外，这么多年了呀！她以为那件事对父亲来说已经过去了，可原来并没有——过去。

她很惊讶。

这一天，凌香从会议上出来去看梅巧，进了那日益拥挤混乱的四合院，一看，梅巧家厨房里亮着一盏昏灯，就进去了。一推门，就看到梅巧正坐在灶台边的小板凳上，吃着一个糠窝窝。听到动静，梅巧一仰脸，凌香吓一跳，那张脸肿得就像戴了一张橡皮面具！凌香呆了半晌，走上去，从梅巧手里夺过那黑乎乎团不成团的东西，咬了一口，眼泪就下来了。

下一个星期天，凌香又来了，背了大包和小包，也不说话，大包里是粮食，都是高价粮——挂面、小米和玉茭面，小包里则是白糖、水果糖还有鸡蛋。她一样一样往外掏，绷着脸，像是和谁生气。这些东西，救命的东西，则摊了半炕头。梅巧用手摸摸这样，摸摸那样，哭了。

一月一次的探望就是始于这个时候。从前，凌香每月是必要去探望大先生的，现在她延长了这路线，延长了三十多公里，大先生那里就成了一个中转站。从前，她背包里带去的东西是要掏空的，现在则是掏一半留一半。从前，在大先生家她待得很从容，现在则是撂下午饭的碗筷就要匆匆出发。起初她不知道怎样跟大先生解释，她想了一些笨拙的理由作为提前告辞的借口，比如明明不舒服，要不就是亮亮不舒服，或者说家里有点什么什么事。这样说的时候，她从不去看大先生的眼睛。忽然有一天，她发现自己不需要再找任何借口了：那一天，大先生把一条凤凰牌香烟悄悄塞进了她提包里。她如雷轰顶，知道了大先生、父亲心里是明镜高悬的啊！

只不过她不说，他也不说，都不说破，很默契。不同的是，她从父亲家里带走的东西比从前多了许多。这叫她不安，可是父亲不由分说，父亲指挥着大萍，装这个，带那个。凌香想拦拦不住。拦紧了，父亲就叹息一声，说："又不是给你！"她知道，她当然知道这个，七十多岁的父亲在饥饿的年代，从自己牙缝里节省出、克扣出这一点一滴的食物，这恩义是为了谁。所以，她才尤其地不安，难过。

她逼迫梅巧当着她面，一个一个地吃下她带去的饺子。她像阎罗一样不留情面地逼迫着她吃下一饭盒，一个不许剩。这是她能为父亲做的唯一的事情，她能为白发苍苍的父亲做的唯一的事情。

九、心爱的树

三年的困难时期过去了。更大的灾难还没有到来。一段和平的丰衣足食的日子来临了。那每月一次的探望仍旧继续着，成了一种习惯。现在，到了那一天，梅巧也能张罗着为凌香包饺子弄吃的东西了。

梅巧的饺子是另一种风格，很细巧、精致，像她这个人。凌香一边吃一边称赞，梅巧坐她对面，抽着香烟说："你包的饺子也很香啊，就是样子笨了点。"

"那是大萍包的。"凌香脱口说。

梅巧怔了一怔。香烟在她指间缭绕着。许久，她笑了一声，说："你父亲还那样吗？"

"哪样？"

"古板，霸道，不通情理，狭隘，脏，留那么长的黑指甲，吃饭吧唧嘴。"

凌香放下了筷子，狠狠地严厉地盯着梅巧，父亲从前的妻子，说道："我从来，几十年来，没从我父亲嘴里听到说你一个不字，几十年来，他没说过你一个不好……"

"他嘴里不说，心里可是在诅咒我！"梅巧打断了凌香的话，"他在心里一天要咒我八十遍！他亲口跟我说过，他说，梅巧，你这么背叛我，你这么走了，我一天咒你八十遍……"她哽了一下，眼圈红了，长长一截烟灰噗地落下来，落在饭桌上。她背过了脸："你爸爸，他还好吧？"她声音变得伤感，温存。

“好。”凌香回答。

他并不好，凌香却一点不知道。儿女们他谁也没告诉。他怀里揣了一张前列腺癌的诊断书，医生让他住院开刀，他不。他从不相信西医的刀和剪，不相信现代医学的神话。他确实是个古板的人。他在一个老中医也是他的老朋友那里接受治疗，老朋友给他开出一剂剂汤药、丸药，他勤勉地、恭敬地吃下去。老朋友说：“大先生啊，这世上的药，从来都是只治能治好的病的。”

他笑了，哪能听不懂？他回答说：“老弟，我知道你不是神仙，开不出一剂起死回生汤。”

他躲进书房里，清理一些东西，书稿、讲义、讲稿，他一生的心血，点点滴滴全在这里了，他一生的时光也在这里了。他抚摸它们，爱惜地一张一张掀动，和它们做着告别。他清理架上的书，线装的、简装的，一本一本都是老朋友，知己知彼，不离不弃，陪伴了他几十年，也是恩深义重的。他心怀感激抽出一本，掀掀，翻翻，再抽出一本，掀掀，翻翻，又抽出一本，掀掀，翻翻。忽然，一张纸飘下来，大蝴蝶一样，翩翩地落在了地板上，落在他脚边。

是一张信笺，宣纸，上面有水印的字迹：不二斋。那是从前他书斋的宅号。

他拾起来，只见上面用毛笔写着这样几个字：“梅，你这可恨的女人，你还好吧……”

是一封没有发出的信，永不会发出的信，不知什么时候藏在了那里。他的手抖起来，他站不住了。几十年的岁月像浩荡长风一样扑面而来，思念扑面而来。他的眼睛潮湿了。

下一次，凌香来探望他和大萍时，他告诉凌香，下周他要去省城参加一个会议。他问道：“你能不能陪我去？”

那是一个可开可不开的会，务虚的会议，平时大先生是不喜欢开这样的会议的，可这一次，他很踊跃积极。这踊跃的态度让凌香生疑。当他们父女俩终于坐在了开往省城的火车上时，凌香发问了：“爹，你到底有什么事？说吧。”

大先生沉吟了一下，把眼睛望向了车窗外：“我，想见你妈一面，行吗？”

20世纪60年代中叶，1965年，这个地处内陆的北方城市没有咖啡馆，也没有茶座。他们两个人，大先生和梅巧，见面的地点约在了火车站。

火车站候车室。

这个城市交通不算发达，它不在那些重要的铁路干线上，每天从这城市过往的车辆不算很多，下午两三点钟的辰光，几乎没有列车在这里停靠，是候车室里比较安静的时候。

梅巧来了。

凌香推了推大先生，把远远走来的梅巧指给他看。他看见了一个——老太婆。这老太婆径直朝他们走来，逆着时光，朝大先生走来。十六岁的梅巧嘴唇像鲜花般红润，两只大大的清水眼，吃了惊吓，就像鹿的眼睛。这幅画在大先生心里，不褪色地收藏了四十多年。一时间他很糊涂，不知道这两鬓霜染的老太婆和梅巧有什么相干？

他听到凌香叫“妈”，站起来，他也站起来。现在他们面对面站在了一个车站上。那永不再年轻的脸，衰老的脸，刹那间让他大痛。四十多年的时光呼呼地，如同大风，刮得他站不住脚，睁不开眼。他们愣愣地，你望我，我望你，对视了半晌，身边是来来往往的旅人。凌香说：“坐吧。”他们就都坐下了，左一个，右一个，中间隔着一个凌香。都不知道该说些什么，还是凌香先开了口，凌香说：“热吧？”

梅巧摇摇头，说：“不热。”

“我去买汽水。”凌香站起了身，走了。

头顶上，大大的几个电风扇旋转着，发出嗡嗡的响声。一时间，有一种奇怪的安静，笼罩了午后的车站。所有的声音都远去了，人声、车声、广播声，一切一切，如退潮的水一样渐行渐远。只有他们裸露着，像两块被岁月击打的礁石。大先生摸索了一阵，从衣兜里掏出烟来，是一盒凤凰。他夹出一支，递到了梅巧面前，说：“抽一支吧？”

梅巧接了过来，说：“好。”

他自己也夹出一支，然后摸出打火机，打，打，却打不着。梅巧就从他手里把打火机接过来，一打，着了。蓝蓝的小火苗悠悠的，那么美，那么伤感，楚楚动人。梅巧把它举到大先生脸前，他凑了上去，猛吸两口，竟呛出了泪似的。梅巧自己也点着了，他们就坐着吸烟。

“你还好吧?”大先生开口了。

“还好。”梅巧回答道，“你也好吧?”

“好。”他说。

梅巧吐出一口烟雾，那烟有一种辛辣的熟知的浓香，那是梅巧喜爱的味道。

“那些烟，都是你让凌香捎来的吧?”梅巧忽然问出这么一句话。

大先生愣了一下。

“还有那些东西?”

“不全是。”大先生忙纠正。

原来梅巧心里也是明镜高悬的呀，知道得清清楚楚，那些救命的食物，那些粒粒赛珠玑的粮食，那些糕点、白糖是出自哪里。她没有拒绝，心里是领了他这深恩厚义的。

“大恩不言谢。”梅巧眼睛望着别处，轻轻地却异常清晰地说，“大恩不言谢。”她声音哽了一下。

“梅巧，不要这么说。”

“大先生，我不说。”

他们都不知道此时此境再说些什么。两个人默默望着。他们要说的话都化作了袅袅香烟。他们跨过了三十四年的岁月，来到一个车站，好像就是为了在一起抽一根烟。一根烟抽尽了，大先生捺灭了烟头，说道：“昨天我去了趟头道巷，转了转十六号院子……”他顿了一顿，头道巷，十六号，那是他们从前的家：“十六号院子还在呢，做了小学校，不过那棵树，大槐树，多好的一棵大树呀，不在了，让人家锯掉了。”

从前，很久以前，她总是把大槐树的叶子涂染成汹涌的澎湃的蓝色。那时她心里是多么不安分啊！梅巧笑了一笑。

“我知道，”她回答说，“锯掉好几年了。说来也巧，那天我刚好有事路过那里。成年八辈子也不路过一回，就那天，偏偏路过了——看见工人们正在那里伐它呢。两个人扯着大钢锯，吱啦吱啦扯过来，锯口那儿就留出一大串眼泪，吱啦吱啦扯过去，又是一串眼泪，我看得清清楚楚，老槐树哭呢……”

她不说了，别过了脸。

这脸刻着时间的痕迹、岁月的痕迹，有了真实感。是梅巧，唯一的梅巧，老去的不能挽回的梅巧。午后的阳光从阔大的玻璃窗里照射进来，她整个人沐浴在那光中，永逝不返的一切，沐浴在那光中。那光就好像神光。远处，有一列火车轰鸣着，朝这里开来了，是大先生就要登上的列车，是所有人终将登上的列车。他眼睛潮湿了。

他想说，梅巧，下辈子若是碰上了，还能认出你吗？却没有说出口。

2005 年 10 月 20 日草成

2005 年 12 月 24 日二稿于太原

发表于《北京文学》2006 年第 5 期

转载于《小说月报》2006 年第 6 期

《中篇小说选刊》2006 年第 4 期

获新世纪第三届《北京文学》奖

《中篇小说选刊》2006—2007 年度“优秀中篇小说奖”

第四届鲁迅文学奖中篇小说奖

朗霞的西街

一、活泼地

西街是朗霞的家。她家住在西街一个叫北砖道巷的小巷子里。从那条小巷子里出来，一抬头就看到了巍巍的鼓楼，那是这个小城最醒目也最壮阔的地标。

鼓楼建于何年何月，朗霞不知道，也从来没想过这一类的问题。在朗霞的眼里，它好像一个自然的、地老天荒永恒的存在，就像城外的田野、远山和那条叫作乌马河的河流。东西南北四条街道，从它巍峨的身下向四方伸展开来，组成了这小城毫不复杂的端正格局，就是一个初来乍到的陌生人，也很少在这端正清白的小城中迷路。

西街是一条长街，石板路两旁都是灰砖灰瓦高大的老建筑，长长的出檐，露明柱，坚固的石础。楼上的房屋缩身回去数尺，再宏大的楼宇看上去也有了一种谨慎而谦恭的姿态，不炫耀，不声张。出檐下，家家挑着两只走马灯。夜晚走马灯亮起来，无论寒暑冬夏，一团团昏黄的光晕为夜行人照路。在没有路灯的年代，那是西街的仁慈，也是西街的一点奢侈。

自古以来，这小城就是东街穷，西街富。

西街上曾云集了各种商号：这个隆那个昌，或是什么裕什么泰的。这些商号都是大买卖，分号设在全省甚至全国各地，而西街则是它们的大本营。所以西街上的商号从不在这条街上设门面。迎来送往的都是大客商。也正是因为这个，平日里，这条街比起店铺商铺鳞次栉比的南街来，反而要幽静、清冷，就像一条不动声色的幽深的大河。

当然这是在没有朗霞之前。从朗霞记事之后，那些个商号，这个隆那个昌的，就都慢慢消失了。有的公私合营，有的干脆没了下落。旧时王谢堂前燕，飞入寻常百姓家。所以，朗霞的西街已是兴衰史落幕之后的那种家常和平淡。尽管如此，走在西街上，那深宅大院，那在一个孩子眼中分外宏大的楼宇，仍旧有一种掩盖不住的神秘，又神秘又衰败。

朗霞的家北砖道巷，是西街中腰的一条小横巷，窄窄的，长长的，她家在巷底，独门独院，院门坐西朝东。小小一座四合院，进门就是照壁，拐进去，院子齐齐整整，青砖墁地，北屋前一左一右，种了一棵石榴一棵丁香。春天丁香开白花，夏天石榴开红花。也许是这两棵树的缘故，通往后院的月洞门上，一里一外各凿了两个字，一边是如云，一边是似锦。这树、这字，从朗霞家买下这宅子时就在那里了。没人知道它们已经存在了多少年，也没人知道种这树凿这字的人，如今又在哪里。

拐进月洞门就是后院。后院里有一棵老榆树，有茅厕，还有一个地窖，那是为储存冬菜用的。这黄土地上的小城，几乎家家都有这样一个储存冬菜的地窖，平地里深深地挖下去，再将一侧朝里掏空，如同战时的防空洞。只不过有的人家讲究一些，用砖将洞碹起来，就像碹窑洞，而大多人家则是一个裸窖。那地窖里冬暖夏凉，盖子一盖，是天然的储藏室。

家家后院差不多都是这样的格局。

朗霞家有一点不同的地方，说来有趣，那就是她家的茅厕上方，门楣的条石上竟也凿了几个字，那几个字是活泼地。

幼小时，朗霞不知道那几个字是什么字。后来上了学，念了书，慢慢大起来，每次如厕，进门时一抬头，常常会心地一笑。朗霞想，从前住在这院子里的人，盖这院子的人一定是个十分有趣的人。

朗霞自己则是一个心思细腻的孩子。

这孩子在西街的这个家里，一直住了十年。本来，她以为自己至少要到十八岁，也就是高中毕业才会离开西街，离开这个叫作谷城的小城，却不知道，自己竟会以那样一种惨烈的方式和它告别。

马兰花嫁给陈宝印那年，陈宝印还是国民党军队的一个连长。用她娘的话说，人长得还算排场，只是比马兰花大了整整十岁。马兰花刚满十八，而陈宝印则是二十八。马兰花的爹妈在百里外的小镇，开着一爿小小的杂货铺。当年陈宝印的部队就在那里驻防，常常到马家那个杂货铺去买香烟。那个杂货铺芜杂、阴暗，气味浑浊，却有一朵鲜花又幽静又张扬地生长着。陈宝印托人去马家说媒，马家甚至没有问陈宝印在自己的家乡有没有结发原配，就一口答应了这门亲事。

穷家小户的闺女不在乎名分。

陈宝印在家乡读过几年私塾，通文墨，虽是行伍之人，却也解几分风情。新婚第二天，清早，他学张敞画眉，给他的小新娘梳头。他笨手笨脚，捏着桃木梳，生怕扯疼了她。她仍旧有些羞涩，垂着眼皮，不好意思去看镜中的那个男人。他则费了九牛二虎的气力，也绾不好那个发髻。终于他放弃了，说："这家伙，比打场仗还吃力！"

她笑了。

他看着镜中那张笑脸，觉得自己的心化成了一汪春水。许久，他对镜中那个甜美的女人说："兰花，这一辈子，我要让你不管什么时候想起来，都不后悔嫁给了我……"

就是这句话，这一句新婚宴尔的诺言，让马兰花心甘情愿为这个男人赴汤蹈火。

起初，他们小夫妻住在租来的房子里，他总是换防，他们的家也就总是搬来搬去。他们俩就像一对不断迁徙的鸟，东飞西飞。几年下来，她总是坐不住胎，最可惜的一次，一个六个月大的男婴竟然流产。她非常伤心，他却沉得住气，说："我们命里无儿，何必强求子？"

她生气了，问他说："我们缺了什么德，会命里无儿？"

他长叹一声，说道："兰花，这兵荒马乱的乱世，我一个扛枪打仗的，朝不保夕，你又何必要一个拖累？"

兰花伸手捂住了他的嘴，一边呸呸呸朝地上吐了几口："陈宝印，你想得倒美！你要敢让枪子打死你，我追到阎王殿也要把你揪回来！哼，当我不知道，你是怕你地底下结发的黄脸婆一个人恓惶，想去和她做伴了，对吧？"

陈宝印笑了，一把把马兰花搂在怀里，说："有你这不讲理的小妖精，我哪敢?"

当马兰花再一次有喜的时候，陈宝印终于为妻子买下了谷城的这一处宅院。那时，他晋升成了营长，又恰逢房主急于将这宅子脱手，再加上一个得力的中人，陈宝印几乎就像白捡的似的拥有了这小院。正是初夏的季节，小院里那棵石榴树满树的繁花，云蒸霞蔚，他们俩站在树下，陈宝印说："要是生个女儿，就起名叫个霞。"

"要是儿子呢?"马兰花问。

他抬头看了看月洞门，看见了那砖雕上的字："要是儿子，就叫个云。"他回答。

"怎么听上去也是女里女气的?"马兰花有些不解。

他没有回答。他心里想，霞和云都是易逝和易散的东西啊，人的命又何尝不是?

陈宝印没来得及看见出生的小女儿，就随同部队匆匆开拔离开了谷城，开赴前线。这一走就再也没有回来。马兰花知道，只有两种可能，要么自己的男人是战死在了枪林弹雨里，要么就是随溃兵一起，去了远天远地的台湾。

不管哪一种，都是生死两隔。

朗霞没有见过父亲，但是她并不十分觉得有个爸爸是件多要紧的事。

不懂事的时候，很小很小的时候，她曾好奇地盘问过母亲，她说："人家家里都有爸爸，我爸爸呢?"

母亲淡漠地回答："死了。"

母亲又说："有爸爸有什么好?你看引娣，她爸爸喝醉了酒总是打她。"

"哦!"朗霞恍然大悟，点点头。

确实，朗霞没觉得自己的家有什么不好。这个家，除了她和母亲、奶奶之外，再没有别人。奶奶也并不是朗霞的亲奶奶，原是从前家里的老女用孔婶，多年来一直跟随着母亲，无儿无女，早已把这个家当成了自己的归宿。母亲在百货公司的门市部站拦柜卖布，薪水不多，但在谷城这样的小城，养活一个三口之家，若精打细算还算勉强。再加上奶奶在家里，除了做饭理家，还会帮人缝缝补补做衣服之类，给家里赚一些零用，也给朗霞赚来那些吃酸枣面、柿饼、黑枣以及喝丸子汤的零嘴钱。

何况，她们到底还有一些家底。

奶奶和马兰花都是那种心灵手巧的女人，也都爱干净。她们的家永远窗明几净。炕上的油布纤尘不染，灶台锅盖让奶奶用一块猪皮，擦拭得如同镜面一样明光明亮。向阳的窗台上，常常有养在清水里静静开花的白菜心或是绿绿的蒜苗，使这捉襟见肘的日子有了一点从容而坦然的底色。院子里，奶奶种了十样锦、喇叭花、萱草和凤仙花。凤仙开花的时节，奶奶会让小小的朗霞坐在小板凳上，用石臼将明矾和凤仙花瓣捣碎，裹在朗霞的十个小手指上，给她染红指甲。

晚风吹过，一朵石榴花落下来，又一朵。青砖的地上，静静地躺着花朵的尸骸。

起初有人想来租住他们的东西厢房，说这样也能补贴一些家用，但是马兰花没有答应。马兰花说：“再等等吧。”

来人说：“兰花呀，你还等什么？莫非等你那死鬼男人还阳？”

马兰花回答：“唉，我实在是舍不得这院子。”

没人知道马兰花在等什么。

夏去冬来，又是一年过去了。来年春天，丁香开花时，她做出了一个决定，把半个院子连同东西厢房一并捐给了公家。只是她提了个要求，让公家紧沿月洞门边给她砌了一堵墙，又在旁边围墙上开了一个小小的院门。这样，她们的院子仍旧算是独门独院，却没有了规整的格局，自然也没有了照壁。狭长、局促的一条，离北房的出檐不足三米，一抬头就是高墙，碰得眼睛生疼。最可惜的是那两棵树，石榴和丁香，也被阻隔在了高墙之外。奶奶说：“兰花呀，看看这碰头墙，咱这就像是坐监一样了。”

马兰花说：“横竖是个保不住，婶子，咱得知足。”

奶奶不再吭声。她知道马兰花是对的。

自然，说什么话的人都有。有人说她是假积极，也有人说寡妇门前是非多，她这样壮士断腕般决绝，是为了堵众人的嘴。当然，更多的人说她是识时务：一个死了的反动军官的房产，迟早免不了充公的命运，总比等着公家来没收强。

这样的变故对于幼小的朗霞，几乎是没什么影响的：狭长的小院，也足够她一个人跑跑跳跳。长大的她其实记不得旧宅院的面貌了。只不过，偶尔她会做这样一个梦，梦中，她坐在屋檐下的小板凳上，裹着十个小手指，看着石榴花，一朵、一朵，静静地慢慢地灵魂一般无声飘落，如同命运的寓言。醒来，她会摸到自己脸颊上温暖的泪水。

新开的院门仍旧朝东，小小的，只有一扇，漆成黑色，和西边的月洞门打个对脸。

月洞门通往后院，平日除了如厕，朗霞很少到后院去。

后院有一种荒凉的气息。

总是有杂草，拔也拔不净，年年拔，年年长。当奶奶发牢骚念叨的时候，朗霞就说："野火烧不尽，春风吹又生嘛！"

奶奶笑了，说："看这学问大的！"

马兰花说："这妮子灵秀。"

榆树长在后院，取有余的吉意。可是朗霞觉得榆树长得很慢，似乎它永远都是那样一个瘦硬的样子。只有当它结榆钱的时候，朗霞才对它有几分兴趣，奶奶会捋下榆钱给她们蒸布烂子吃。榆钱做的布烂子是朗霞最爱吃的一种面食，比槐花的布烂子要好吃很多。槐花太香了，香得鲁莽，而榆钱则有一种绵长的清香。

榆钱吃过，朗霞就不再理睬榆树了。

榆树下是她们家的地窖。据说这地窖挖得还算讲究，当初买这宅院时就带了这样一个地窖。只不过朗霞从来也没有下去过，奶奶、妈妈，谁也不准朗霞到地窖里去，奶奶说，那里阴气重，小女孩进去会做病。

秋天，整个谷城都弥漫着大白菜和芥菜的气味。大白菜要下到窖里存储起来，准备一家人吃一个冬季，而芥菜则是要切碎了浸到缸里腌制酸菜，那是谷城人一天三顿离不了的主菜。朗霞家也不例外。浸酸菜时，妈妈或许会让朗霞插手，帮忙刷刷芥菜头什么的，下窖存冬菜，则完全是奶奶妈妈两个人的事。两个人，妈妈在窖里，奶奶在地面，用一只绑了麻绳的箩筐，将那些白菜一棵棵地输送下去。而朗霞则远远站着，生怕那不见天日的阴气或者不干净的东西扑着了她。

人人都说朗霞养得很娇。

想来也是，寡母抚孤，而这孤又是个小妮子，自然要比别的孩子娇惯一些。

后来在朗霞的梦中，后院那块活泼地常常无声地浮现出来，就像一只阴冷而诡异的眼睛，永远不肯仁慈地闭上。

二、湖洼

朗霞的学校叫二完小，就是第二完全小学的意思，也就是说，不仅有初小，还有高小。

二完小在小城的东街，是从前城隍庙的旧址。庙里的泥胎神像没有了，而墙壁上却还留有一些残缺不全的壁画。尽管年深日久，这些残画却依然有着鲜明而艳丽的颜色，画着一些仿若戏台上的人物。

每天清早，朗霞和她的同学引娣结伴去学校。引娣家也住在北砖道巷，和朗霞家打对门。引娣姓吴，他们家大大小小五个妮子，引娣是老四。不用说，是盼着这个妮子给引来个弟弟。可是引娣引来的还是个妹妹。一口气五个女儿，让引娣的爸爸老吴很是沮丧。

老吴从前在南街上开饭馆，新中国成立前破产了。如今，他在一家公家单位的食堂里当厨师。他有一手好厨艺，却没有施展的地方：一个公家食堂，做来做去还不就是那几样大锅菜？老吴不顺心，常常借酒浇愁。喝醉了抬眼一看，一地的丫头片子，更是堵心，觉得自己愧对祖宗，不仅败了家，还绝了后，连个继承香火的人也没了。于是借酒撒疯，骂老婆，打孩子，砸锅摔碗，弄得女儿们谁也不愿意在那个家里待着。

于是，水到渠成地，引娣把对门朗霞的家当作了自己的家。

引娣比朗霞大一岁，却和朗霞同一年上学，俩人做了同窗。没上学前，引娣从早到晚总是腻在朗霞家里，就像一棵移栽过来的植物。常常到吃饭时，引娣也不愿回家，马兰花就留她吃饭。奶奶虽说也心疼这孩子，可也心疼自家的粮食，有时忍不住会对引娣半真半假地说："引娣，下个月我可要去你家要粮票了。"

听到这话，马兰花就对引娣说："奶奶是说笑话呢。"背过身对奶奶说道："婶子，咱不缺孩子这一口吃的，怪可怜的。"

奶奶不知为何叹口气，不再说话了。

有一天，引娣的大姐吴锦梅敲开了朗霞家的小门，她手里托着一只粗碗，里面是堆尖的、鲜灵灵的一碗麦黄杏。她对马兰花说："婶子，我们学校去农场劳动，这是从树上现摘下来的，给朗霞吃个鲜。"

马兰花忙接过来，一边道谢，只听吴锦梅又说："我家引娣给你们添麻烦了，真是不好意思……"

这话刚一出口，她就红了脸。那难以言喻的少女的羞愧，让马兰花一阵心疼。她忙拉住了吴锦梅的手，说道："快别这么说！我家朗霞就缺个姊妹呢。她俩就像一对姐妹，我高兴还来不及呢！"

那是黄昏时分，西天上有淡淡的晚霞，巷子里很静，西街也很静。有种朦胧的光笼罩着这个清丽的少女，使她看上去又美又柔弱。马兰花愣了一下，不禁暗想，这样一朵脆弱的花，怎么禁得起吴家那种浑浊日子的揉搓？

就在朗霞和引娣上小学那年，吴锦梅也考取了谷城中学的高中。谷城中学是一所重点中学，不要说在谷城，就连在省城也是有名的。这件事在吴家自然是件值得庆贺的大事，老吴一高兴，吩咐引娣她妈说："去，割两斤肉，我今天给咱妮子露一手！"又说："从前谁不知道咱留芳斋的酱梅肉？在谷城那可是在论的，'至诚号的饼，留芳斋的肉'，说的就是咱的酱梅肉……"可是那天，老吴没等他的酱梅肉蒸好就喝高了，开始激愤地骂人，结果那个庆贺的夜晚又是以老吴的发疯和引娣们的哭叫而结束。

隔了一条窄巷，这山摇地动的响动，一巷的人都听见了，更不用说街门对街门的马家。

暑假将尽的一天，马兰花在巷子里拦住了吴锦梅，把她拉进了自家院门。

"婶给你个东西。"马兰花说。

是一件细洋布衬衫，天蓝的底色，上面撒满白色的小花，丁香一般碎碎的，抖开来，仿佛一地的清香，缠缠绵绵，丝丝缕缕，扑面而来。马兰花说："这是用我的一件旧大褂改的。婶不拿你当外人，才敢改给你穿，算是婶的一份心……你要是嫌弃、多心，就当你没看见它！"

吴锦梅望着那衬衫，许久不说话。终于，她无言地脱下了自己的衣裳，把那件天蓝色的新衣穿上了身。真合身啊。已经发育了的少女的身子，迷人而清香的身子，和这件衣裳是那么合适，就像一对知己，惺惺相惜。马兰花点着头笑了："我这双眼睛就是尺子。"

吴锦梅眼睛一热，说："婶，朗霞真有福气，能做你的女儿……"她说不下去了。

马兰花不知为何也有点鼻酸，她忙岔开了话头，对朗霞说道:“朗霞呀，你要跟姐姐学，将来也考上谷城中学才好!”

谷城中学在小南街上。小南街是切开南街的一条长横街，东边有这城中最古老的寺庙无边寺，西边是从前的旧文庙，现在则做了谷城中学的校址。

谷城中学是这城中的风水宝地。

谷城中学的对面便是从前的旧城墙。城墙残破不全，到处是豁口。南城门也在那里，却早已名存实亡。城墙外是一片深深的大洼地，谷城人把这里叫作湖洼，想来它从前应该是有水的，或许是池塘，或许是护城河。但现在这里荒草丛生，成了枪毙人的法场。

枪毙人的时候，谷城的大人小孩熟门熟路地早早来到湖洼边，抢占一个有利地形，居高临下地等着看那些被五花大绑身插亡命牌的死囚，怎样被子弹将脑壳掀掉。

但平日里，这一片湖洼则是寂寞荒凉的，鲜有人迹。孩子们不来这里玩耍，羊不来这里吃草。于是，这人血滋养的湖洼就成了野草的天堂。那些野艾蒿、白莲蒿、蒲公英之类长疯了似的，在夕阳残照中，看上去又阴郁又欢畅。

这样的地方总是生长秘密的。

周香涛是谷城中学的美术教师，他是一个外乡人，从南方一座著名的城市调到了这个小地方，或者用另一种说法，是“发配”到了这里。这个尚年轻的艺术家，他和这小城在精神上格格不入。这小小的中学、小小的城池，让他感到了人生的局促。他常常在清晨或黄昏，一个人攀爬到残破的旧城墙上，眺望远方，让没有阻隔的自由的天空，抚慰他被小城的平庸生活所囚禁的眼睛。他喜欢在这无人的城墙之上写生，画那些流云、飞鸟、田野，在四季中变幻的树木和庄稼，以及远处安静的、蜿蜒的北方河流。

他就这样看到了湖洼边总是穿天蓝色衣衫的那个姑娘。

在晴好的日子里，黄昏他常常看到她，一个人坐在湖洼边看书。两条长辫子垂在她柔软的天蓝色的腰际。不知从哪一天起，他开始在速写簿上画她，一张又一张，画她的背影、侧影，画她脚下的野草，画她和湖洼中盛开的蒲公英，画晚霞中她那一份悠远的宁静……渐渐地，他觉得自己的心也变得安静下来。

终于有一天，他也去湖洼边写生了。

偌大的、寂静无人的湖洼起了一点微妙的暧昧的颤动。起初，他们俩保持着一个安全的距离，互不相扰。后来有一天，她很自然地来到了他的身后，看到了画面上的那个姑娘，那个陌生的自己。她压抑着心跳，说："这张画有名字吗？"

"有，"他回答，"刑场边的花朵。"

他回过头，望着面前这个眼睛漆黑的女孩，说："吴锦梅，我想把它画成一幅油画。"

原来他早已打听出了她的名字，那当然不是什么困难的事。吴锦梅没有惊讶，也没有故作惊讶，她只是安静地笑了："还从来没有人画过我呢。我也从来不认识画家。"

事情就这样开始了，一个孤独失意的艺术家，一个"结着丁香般愁怨"的女孩，相遇了，注定是要发生点什么。

后来，周香涛问吴锦梅："吴锦梅，你为什么要到湖洼去？那里是刑场，你不害怕吗？"

吴锦梅回答道："我不到湖洼，怎么会遇到你？我是为了诱惑你呀！"

那当然不是真话。

其实她只是想找一个安静没人的地方。这个孩子，她是被无休无止的吵闹声欺凌怕了，伤害怕了，只要能让她躲开人声和吵闹，到地狱里她也不怕。

这一年，朗霞读二年级了。有一天，马兰花在单位突然肚子疼，同事们把她送进了县医院，诊断是急性阑尾炎，立刻开刀动了手术。

县医院前身是教会医院，给她开刀的大夫姓赵，也是从前医院里的旧人，叫赵彼得，是这小城的第一把刀。手术做得十分完美，刀口缝合得特别细致。马兰花自然十分感激，出院后和同事们一商量，给医院送去了一面锦旗。

锦旗送出后，这一天中午，她正在上班，只见赵大夫走进了门市部，逆着光，这个儒雅的男人身上有一种萧瑟的气息。她忙打招呼，说："来扯布啊赵大夫？"赵大夫回答说："啊不，我从这里路过，顺便进来看看。你恢复得怎么样?”

马兰花微微一怔，忙回答:“看让你惦记，好了好了!全好了!你看我这不都上班了?”

“那就好，不过还不能太大意。”赵大夫说。

从此，这个赵大夫就总是从这门市部前面“路过”，路过了自然要进来打声招呼，说句话。这个清秀内向的男人话不多，看上去落落寡合。那个门市部，上上下下七八号人，谁也不是傻子，人人心里明镜高悬。和她相好的姐妹私下就劝马兰花，说:“兰花呀，这么多年了不容易，你就朝前走一步吧!赵大夫这样的男人，打着灯笼也不好找啊!”

原来人人也都知道，这儒雅的赵大夫五年前死了老婆，有一儿一女，儿子在谷城中学读初中，女儿在省城念高中。这些年，多少人给他介绍对象，他都不见，说是还忘不了旧人。

“兰花呀，你也三十大几了，过了这村可没这店了!”

马兰花不吭声。

这天，马兰花下了班，一出门就看见赵大夫站在街边，显然是在等她。果然，赵大夫看见她就迎了上来，手里攥着两张票。

“一个病人送了我两张电影票，是个新电影，星期六晚上的，不知道你有没有空?”赵大夫这样说。

马兰花想了想:“赵大夫，电影我就不看了。这样吧，礼拜天你到我家来，我想请你吃个便饭。”

到了这一天，马兰花精心备下了一桌酒馔，她使出了浑身的解数，把家里一个月的肉票、油票都花光了，还到附近的村里偷偷买了一只鸡和新鲜的鸡蛋。她包了韭菜猪肉鸡蛋的饺子，炖了鸡，烧了肉，炒了几个菜，有冷有热，有荤有素，摆下了一桌。中午赵大夫来了，手里拎了一匣点心，一看就知道不是本地的点心，是省城老字号“老香村”的南点心。马兰花把赵大夫请上桌，解下围裙，打开了一瓶竹叶青，将两只酒盅斟上，立时，竹叶青洌洌的那股清香扑面而来，几乎熏出人的眼泪。

马兰花双手端起了酒盅:“赵大夫，我先敬你一盅。”她说:“自从我男人死后，这么些年，我还从来没有喝过一口酒，今天我敬你!赵大夫，赵大哥，你对我的这份心、这份恩义，我马兰花心领了!我不是那种不识好歹的女人，我也知道，今生怕是再也不能够碰到这样的情分！可是，如今虽说是新社会，可我马兰花是个旧人，当年我对我的死鬼男人发过誓，生同床，死同穴……虽说他死得不光彩，可谁叫我十八岁就碰上了他？谁叫我在旧社会碰上了他？我认命！”她一仰脖，饮干了杯中的酒，烈酒呛了她，她一阵咳嗽，咳出了眼泪：“这番话不合时宜，是落后话，我知道，让人听见了不得了！这么些年我没有和人说过这些过心的话，今天我和你说了，是因为我得对得起你这份真心！大哥，莫怪我不识抬举……”她不说了，眼泪滚滚而出。

当的一声，条案上的老座钟响了一声，长长的余音在阳光照不进来的堂屋里震颤着。正午的好阳光被灰砖的高墙挡住了。这屋里一切都是旧的，又旧又黯淡。旧的八仙桌、旧的条案、旧的缺了口的粉彩胆瓶，还有旧的人。赵大夫默默地站起来，端起酒盅，一饮而尽。他是没有酒量的，一杯竹叶青下去，眼睛变得潮湿。

“这杯酒我喝了，以后遇到难处、难事，尽管来找我！”说完，他起身而去。

走出她家院门，走进阳光明亮的巷子里，这个儒雅的男人心里慢慢浮起两个字：葬花。是，这是一朵被埋葬的花朵。

他一阵心痛。

朗霞三年级了。三年级的朗霞蹿了个，细胳膊长腿，细细的小辫，正是一个女孩将要变成少女的微妙的年龄，也是一个找别扭的年龄。

因为朗霞不快乐。她不快乐的原因是她还没有加入少先队。

人家还没让她入队的原因是她娇气。和同学们比起来，无论穿戴打扮还是一日三餐，独生女的朗霞自然显出了优越。何况她又十分胆小，一只毛毛虫一只“吊死鬼”就能吓得她惊声尖叫。她瘦弱，没有力气，班级里任何劳动她都是落后的。再加上她的出身，于是，老师觉得她应该经受更多的考验。

最让她难过的是，引娣在她之前戴上了红领巾。两个小伙伴走在一起，引娣胸前那鲜艳的飘扬的红色，让朗霞觉得无地自容。

她开始折磨自己，也折磨奶奶和妈妈。

奶奶做好了饭，白面和细玉米面二面擦尖，西红柿调和，爆炒土豆丝，可是朗霞却偏要吃咬不动的红面钢丝面。奶奶蒸好了嵌着红枣的玉米面发糕，可是这个小祖宗偏要吃掺着麸子和糠皮的窝窝头。奶奶气得骂她，说：“这世上还有找罪受的人？你就作吧！”马兰花说：“婶子，你就给她蒸掺糠的窝窝，让她吃三天！”

她真吃了三天，糠皮划着她的喉咙难以下咽。她一声不吭，到最后一边咽，眼泪一边无声地流。

从前，天一擦黑，妈就不让她再到后院里去了，说小孩子眼睛干净，怕看见不干净的东西。解手就解在尿盔里。谷城人家，家家都备着这样起夜用的尿盔。但是现在，朗霞临睡前坚持要一个人去茅厕，奶奶要提着马灯陪伴她，她不让，说：“都是你们扯我的后腿！”马兰花就说：“婶子，咱不扯她。”于是，她一个人提着马灯穿过月洞门，走向黑黢黢的活泼地，把灯挂在门上。风吹来，灯一阵摇晃，厕所里似乎鬼影幢幢。她头皮发麻，想尖叫。但她忍住了。她想，我要勇敢。

终于，她苍白着脸，从那个可疑的世界大汗淋漓地走回家，骄傲地对她的亲人宣布：“这世界上根本就没有鬼！”

她没有看出她们眼中深藏着的忧虑。

这一年，谷城发生了一件事，一个年轻女人伙同她的情夫杀死了自己的丈夫。案情并不复杂，杀人犯很快落网。判决下来了，两个人均被判处死刑。

枪毙他们那天，谷城很轰动。很多人早早地来到了湖洼旁，将那里围了个水泄不通。那天是个礼拜天，孩子们不上学，大人们不上班，人流从北街、西街、东街如同三条溪流，汩汩地汇聚到鼓楼之下，再涌到长长的南街上，从那里涌出城。已是深秋的季节，野草衰黄了，远处的庄稼，那些玉米、高粱，那些棉花、甜菜都已经收割一空。空旷下来的大地有一种坦荡而辽阔的凄清，还有一种绝情，似乎再也不想掩藏那些属于人的秘密。

清澈的秋阳下，乌马河明亮地无声流淌，流向汾河。

那是朗霞第一次看杀人，也是第一次来到这湖洼。从前，马兰花不让朗霞到这种凶险的地方，但这一次，为了证明自己的勇敢，朗霞坚决地和引娣还有几个女同学一起出了家门。她们选了一块干净向阳的地方，等啊等，站累了就坐下来，几个人嘻嘻哈哈地在地上玩起了抓羊拐。那羊拐是引娣带来的，小巧、温润，有一面被染成了红色，血的颜色。她们玩得很忘情，有一阵几乎忘了自己是来干什么的。她们背后是残缺不全的老城墙，不知已是几百岁还是上千岁的年纪，头上是北方最美好最清澈的秋天的晴空。几个小姑娘，她们玩啊玩，突然间起了骚动，她们听到了人声，人们喊："来了来了！"

刑车来了。

人们等着看的其实是那个女人。心狠手辣谋杀亲夫的女人，若是在古代，是要骑木驴的。大街小巷里的人们几天来兴致勃勃地议论。但是从刑车上推下来的这个五花大绑的女人很瘦小，很柔弱，一点也不凶悍，远远地也看不出她长什么样子。但是她不害怕，她从囚车上下来，稳稳地站在地上，甚至还仰起脸，望了一下天空，最后的天空。然后，她顺从地走到了行刑的地方跪下来，转过脸，去看和她一起上路的情人。可是那个情人早已瘫成了一团，是被人架着拖到那里去的。他最后的一段路已经不会自己走。她好像对他说了一句什么，可谁也不知道那是一句什么话，就连行刑的人似乎也没有听清。然后，枪响了。

砰砰，两声。

接下来是巨大的寂静。

朗霞觉得自己闻到了鲜血的气味，热的血，很腥。其实她是不会闻到的，她们离那里那么远。但是朗霞觉得自己闻到了。

她觉得想呕吐。

这天晚上，她发烧了。马兰花知道她是受了惊吓，她和奶奶商量着要去湖洼给她叫魂。她拿着朗霞的褂子下了炕，朗霞一把拽住了她的胳膊。

"妈，你别去，"朗霞望着她，眼里慢慢涌出泪水，"我求你了……"

她从没有对妈说过这个求字。

"同学会笑我……"

她的脸烧得飞红，嘴唇也是鲜红的，这倒比她平时看上去要鲜艳许多，有种惊悚和让人心疼的艳丽。她眼睛里的神情又忧伤又软弱，不再是一个孩子任性撒娇的眼睛。马兰花一阵心软，她撂下了那件衣衫，说："宝，妈不去，妈听你的……"

那一夜，马兰花盘腿坐在炕上，守着这受惊的孩子，给她刮痧，给她冷敷，给她喂水喂药。到后半夜，她的烧终于退了。马兰花就在她身边躺下，像小时候一样，把这孩子紧紧搂在了怀里。黎明时分，马兰花睁开了眼，突然看到女儿的一双眼睛睁得大大的，正安静地望着她，是那么黑暗幽深的眼睛。母女俩就那么静静地望着，女儿的鼻息像小羽毛一样，也是静静地，抚着她的脸。许久，女儿小声地说道：“妈，你那会要是和赵大叔结婚该多好啊，我就有个不是反动军官的爸爸了……”

轰一声，马兰花觉得身体里有什么东西在崩溃。

三、惊天动地

这个冬天似乎分外寒冷。雪一场接一场，谷城大街小巷的屋檐上都挂上了长长的冰凌。在晴朗的日子里，阳光照射着那些冰凌柱，谷城竟然是璀璨的，璀璨而清冽，有一种迷人的气息。

严寒阻隔了一对秘密的情人，他们找不到可以遮蔽他们激情的地方。湖洼被白雪覆盖了，一览无余。广袤的青纱帐倒了，播种了冬小麦的田野，也是一览无余。那隐秘的激情在空旷的冬天简直无处藏身。虽然周香涛在学校里有自己的宿舍，那宿舍是温暖的，生着红红的炉火，可他们都知道那很危险。

于是，他们只能在梦中约会。

梦中，他们缠绕在一起，他说：“我的鲜花啊！”她回答：“是你的，就把她带回家……”可是在梦中，她总是听不到他的回答，她看到他的嘴在动，在说话，却永远听不见他说什么。然后她就醒了。

总是这样的梦境，热烈、缠绵、无望和黑。

她忍受不了这样的折磨，就给他写信，她写道：“想你，想你，想你……”无数个想你，然后偷偷地把它塞进他宿舍的门缝。但他不能冒这样的险，他只能用眼睛告诉她他的想念。偶尔会有那样一个机会、一个借口，她能到他的房间里来，他把她抱在怀里，又珍惜又恐惧。他知道，这柔软而炽烈的无限美好的身体其实是他的罪孽和深渊。

寒假到了，他回了南方。在那个美丽的城市，他的妻子在等他回去过年。

她知道这一切。

正因为知道，所以绝望。

她没有勇气一个人去挨过看不到他的那些漫长的黑夜。那个寒假，晚饭后，她变得很喜欢去朗霞家串门。她自己的家，这种时候常常是孩子哭大人叫，使她忍不住也想发疯。她真想逃啊！可她又能逃到哪里？好在还有个马兰花。她庆幸还有个马兰花，水一样温存的女人，心有灵犀，却从不多嘴多舌打听别人的闲事或是秘密。冬天的漫漫长夜，在这样的女人身边，盘腿坐在火炕上，让她觉得一直在咬紧牙关和蚀骨的思念搏杀的自己，变得非常软弱。

昏黄的灯光照着那些旧家具，幽幽的，有一种老时光的沉静。火炕烧得很旺，一壶水坐在灶火上，等它慢慢变开。炉膛里常常埋着红薯或是山药蛋，在她们的闲话中，渐渐地冒出温暖的香气。奶奶用火钳将吱吱叫着、淌着糖浆的红薯或是皮开肉绽又面又沙的山药蛋夹出来，分给朗霞和引娣，也分给大人们。马兰花盘腿坐在炕上做针线，补衣服，或者用劳保发的白线手套给朗霞织线衣。这样的冬夜，寂寞的冬夜，她就这么安静地过了十几年！吴锦梅望着她，突然有一种说不出的悲悯。

“婶。”她轻轻叫了一声，马兰花抬起眼睛，笑着看她，那一双美丽的清水眼仔细看，眼角边已经有了细细的鱼尾纹。

“问你一句话，你别见怪。”吴锦梅说。

“你问。”马兰花说。

“你甘心吗？”吴锦梅脱口说。

马兰花细细地看看吴锦梅，笑了。那笑云淡风轻，却又似乎有一些诡异。

“那是婶的命。”马兰花回答。

这天，吴锦梅和引娣一起，晚饭后又来到了朗霞家。吴锦梅手里托着一只碗，进门就说：“婶，亲戚从村里捎来点酒枣，是自己醉的，新鲜。我妈让给朗霞送来一碗。”

“哎呀，你家那么多弟妹，还想着她！”奶奶嘴里客气着。

马兰花则伸手从碗里拈起一颗枣来，丢进了嘴里，说：“嗯，真香，味道很正。”

酒枣摆到了炕桌上，那是一张红漆小炕桌，马兰花用一只平时舍不得用的白色的细瓷碗盛酒枣。顿时，黯然的屋子里亮堂了起来，有了一点鲜艳的生趣。吴锦梅不禁点点头，说：“要是能画下来，就是一张静物。”

话一出口，她觉得心一痛。

马兰花深深地看了她一眼。

“锦梅，婶是个过来人，就劝你一句话，多疼的刀口，结了疤慢慢也就不疼了……”

吴锦梅险些掉泪。这个马兰花，她心如明镜啊，知道这个少女，这个小城姑娘正在经受着最疼痛的煎熬。

但那是不能出口的秘密。马兰花知道，所以她不问。

然后，她们几个人就围着一张炕桌吃酒枣。

这是无数个冬夜中最平常的一个夜晚，晴朗、寒冷，没有呼啸的大风，没有落雪。热炕烧得很温暖，灶台上依旧有一壶咕嘟咕嘟滚着的开水，冒出一缕缕白汽，像从壶嘴里钻出的精灵。它原本没有任何与众不同的地方，没有值得记忆的征兆，但是吴锦梅却永远永远地记住了它。

朗霞和引娣吃完枣，就在热炕上抓羊拐，还是那副小巧温润的骨头，有一面染了红颜色。两人玩着玩着下了地，在堂屋里叽叽咕咕说笑，不知说些什么。后来大人们都没有太留意，她们俩提着马灯出了房门。听见门响，奶奶说：“这么冷，这么黑，就在家里解吧，看冻掉耳朵……”

朗霞在外面笑着回了一声：“就不！”

就要过年了，马兰花手里是朗霞的一件新衣服。中式罩衫，罩棉袄的，蓝底，红色的小碎花。本来平淡无奇的样式，她却别出心裁，用布压了一道红色的绦子，锁住了四边。顿时烘云托月，这衣服绽放了似的，变得新颖，细致。

“婶，你手真巧。”吴锦梅这几晚亲眼看着一块普普通通的花布，一件普普通通的罩衫，突然之间化腐朽为神奇，她觉得这女人就如同一个谜。

“一年到头统共这点布票，扯了新布，不花点心思，对不住这布呀！”马兰花笑着回答。

就在这时，一阵急促忙乱的脚步，噔噔噔，从后院跑过来。门砰一声被撞开了，朗霞和引娣两个人惊恐地、连滚带爬地闯进门，踉踉跄跄挤进东屋，脸色惨白。一进门引娣就喊：“鬼，鬼！有鬼！”说完，哇一声哭了：“白毛鬼，就在后院，我，我看见了！”她结结巴巴地抽泣着说。

朗霞不说话。她在发抖，她的牙齿嘚嘚嘚地敲出那种凛冽而寒冷的声音。她的眼睛直直地盯着妈妈，却又像是穿过了她望向一个不知道的地方。一种异样的沉寂，一种漫无边际的黑，一种大恐惧，在这屋子里如同水一样漫上来，漫上来，淹没了她们的脚、她们的腿、她们的身体。只有引娣的哭声像没有沉没的桅杆一样，孤独地露在水面上。

最先开口说话的是马兰花。马兰花的声音听上去有一种虚弱的镇静。马兰花说："朗霞，你不是总说这世界上没有鬼吗？一定是你们看错了。"

"没错！"说话的还是引娣，她抽泣着，平静了一些，"我看得真真的，就是个鬼，一身白，没有脸，不是，是脸上没有鼻子眼睛……"

"那也不能说明那就是个鬼。"说话的是吴锦梅。她沉稳地、安静地望着妹妹："朗霞说得对，这世界上根本就没有鬼！"

马兰花看了她一眼，说："我去看看！"

她穿鞋下炕，吴锦梅也下了炕，说："我也去。"

"你？"马兰花迟疑了一下，"你个姑娘家，不好，你还是在这儿跟引娣做伴吧。"

"婶，"吴锦梅安静地、意味深长地说，"我根本不信鬼神之说，我陪你去！"

她凛然得就像一个英雄。那是不能阻挡的。

"行，来吧。"马兰花深深地点点头。

她们去了。从月洞门，从"如云""似锦"的砖雕下进了后院，自然，后院里空空荡荡，一无所有，空旷、干净。只有老榆树光明磊落地站在那里，还有被那两个孩子在惊恐中扔掉的马灯，躺在厕所旁边的地上，一团心知肚明的光晕，在偶尔吹过的风中晃动着。喵的一声，黑暗中，一只猫嗖地蹿上了墙头，她们看到了一团白影，从墙头上跑了。

马兰花长舒一口气，说："原来是只猫啊！"

吴锦梅沉思地望着一览无余的后院，回答说："也许吧。"

后来，引娣在描述这件事时信誓旦旦地说，那个鬼只有一张白脸，却没有五官。

吴锦梅说道："引娣，你给我说说，你到底看见了什么？是怎么看见的？"

引娣说："就那么看见了，我们一进后院，他就在后院里站着呢！一身白，闪闪发光，头发那么长，乱飘……"

“没有看错？是不是幻觉？”吴锦梅说。

引娣不知道什么叫幻觉。她叫起来：“你才幻觉呢！我明明看得真真的，朗霞提着马灯，一下子就照见他了。他闪闪发光，想不看见都不行！一张大白脸，脸上没有鼻子眼睛！大姐，你说那是个什么鬼？”

“引娣，这世界上根本就没有鬼。”吴锦梅这样对她说。

“那，那他是个什么？”引娣不解地问。

“猫。”吴锦梅回答，“大白猫。”

“瞎说！”引娣叫起来，“哪有那么大的猫？除非它是猫变的鬼！”

“引娣，”吴锦梅的脸色变得十分严肃，“那就是个猫！还有，这件事你出去千万不要跟人讲，听见没有？”

“为啥？”引娣问。她被姐姐的严肃震慑住了。

“你想啊，你是个少先队员，跟人家说这些见鬼见神的话，人家会说你没有觉悟。”吴锦梅这样回答。

引娣想想，然后点点头。

这一晚，马兰花却什么也没有问朗霞，但注定这不再是一个宁静的平常的夜。朗霞沉默地躺在炕上，大睁着眼睛，怔怔地望着屋顶。这沉默让马兰花担忧，也让她害怕。不知过了多久，马兰花终于小心翼翼地开了口：“宝……”

“嗯？”

“宝，那是猫。”

朗霞不回答。

“我看见了，锦梅也看见了，是只大白猫。”马兰花小心地重复着。

朗霞不说话，可是她知道不是猫。她在心里说了，不是猫。世界上没有那样的猫。她的马灯清晰地照出了他雪白的身影，那么高大、真实、惊愕……对，他是那样真实而惊愕地望着突然出现的她们，那一刹那，她觉得全身的血都从她的脚底流走了。可同时又有一种奇异的感觉，她不明白的东西，让她的心狂跳不已……

不是猫，她想，不是。

突然袭来的恐惧让她全身冰冷。

“妈，”她轻轻说话了，“你有没有什么事情在瞒着我呀？”

“你瞎想什么？我有什么事情要瞒着你？”马兰花这样回答。

“真的？”

“假的！”马兰花笑了，紧紧搂住了她，“宝，别瞎想了，睡吧。平安无事……”

她终于在母亲温暖而安全的怀抱里闭上了眼睛。黑暗中，她没有看见马兰花眼睛里的泪水。

立春不久，开学了。谷城中学校团总支书记在这个新学期伊始接到了一封来信。写信人没有署名，内容是揭发该校某个女学生的，说这个学生受资产阶级影响，思想道德败坏，生活作风下流，勾引有妇之夫，破坏别人家庭，等等，建议开除这个女学生的团籍。

信是从邮局寄来的，邮戳很模糊，仔细辨认，却怎么也辨认不出它来自什么地方。

可是也不能放任不管啊！于是，团总支书记找来了这个女学生，对她说：“吴锦梅，你有没有什么事情需要对团组织讲清楚的？”

“是什么事情啊？”吴锦梅一脸清纯无辜地问。

其实她已经知道了事情的来龙去脉。信是周香涛的老婆写的。此番他回家，不知怎么，让他老婆发现了他生活中这个秘密的女人。他老婆对他说：“我要摧毁她。”

他哀求甚至下跪，向他老婆保证一定和她断绝关系……然而，她还是寄了一封匿名信来。他老婆说：“我已经手下留情了，没有牵扯出你，而且寄信的地址也让我做了手脚。”

团总支书记说：“吴锦梅，若要人不知，除非己莫为。你今天先回去，好好想想，写一份思想认识。明天我们再继续谈。你是愿意和我一个人谈呢，还是想在团组织的生活会上公开谈呢？”

那天晚上，晚自习过后，吴锦梅在破城门洞下悄悄地，想等来那个闯祸的男人，但是他没来。

她知道这种时候，他来是冒险，他来真的有可能毁掉他们俩。可是她还是傻气地，在这个尚冷的初春，茫然无助地等着一个救赎。

她自然没有写那份思想认识。她想，怎么过这一关呢？这是她人生的第一个大难关啊！她苦苦地苦苦地想了一夜，想怎样可以让他们两人从悬崖边脱身，从深渊边脱身。她想啊想，两只大眼睛瞪着糊了粉连纸的窗户，还没有发芽的枯树剪影一般，把它瘦硬的枝条映在了窗上，那黑黑的影子慢慢地变浅，变淡……天就要亮了。在微明的天光中，她一夜未合的眼睛血红血红，就像落在陷阱中兽的眼睛。

当书记再次和她谈话的时候，看见她那双眼睛，心里似乎有了一些底。书记说："吴锦梅，你还是没有什么事情要和组织讲清楚的吗?"

她低下了头，许久，眼泪一滴一滴地滴下来，那是一些特别沉重的泪水。她慢慢抬起头，透过蒙眬的泪眼望着书记，说道："有事情……我隐瞒了一件事，我，我很痛苦……"

这件事一出口，惊天动地。

人是在半月后的一个深夜落网的。公安人员包围了北砖道巷，冲进后院，在地窖里抓获了那个鬼。无数支雪亮的手电筒，那种特制的聚光手电筒，像光的天罗地网，让那个鬼无处遁形。

白发、白须，似乎连浓浓的眉毛都是白的，身上磷光闪闪，强光让他睁不开眼睛……

同时被捕的还有他的妻子——马兰花。

小小的谷城如同一只钟，嗡的一声震动了，震惊了。天哪，谁能想到就在他们的眼皮子底下，隐藏了这样一个天大的秘密、天大的罪行！镇反的时候，枪毙了那么多反革命、特务，抓了那么多反革命，居然还是有漏网之鱼！

这个女人，这个马兰花真厉害呀！平日里出来进去，看上去那么绵善，那么清秀，弱不禁风，谁知心里藏了这么大的事，一藏藏了这么些年！她竟然藏着这样的秘密，对整个时代，也对整个谷城挑衅！

怪不得她不改嫁，怪不得她宁愿捐房也不让院子里住进来租户，真相大白之后，人人都成了事后诸葛亮。一点一滴地，想起她往日许多可疑之处。比如从不爱串门，不爱和人闲话，不爱聊东家长西家短，还以为她真是谨守妇道呢，原来是怕祸从口出。

据说从那个他藏身的地窖里，没有搜出炸药或是电台之类，也没有密码本什么的。他不是个特务，他只是个军人。

没有什么能够证明他身份的东西，只有一张传单，黄色的纸张，很久远的纸张，又皱又破旧，上面有陈年的血迹，压在他的枕头下面，上面这样写着："国民党军队的弟兄们，放下武器，回家团圆！"

还有一小瓶毒药。

四、守墓人

那天深夜，当陈宝印敲开谷城西街的家门时，马兰花简直不敢相信自己的眼睛。眼前这个像是从天上掉下来的男人又黑又瘦，一身便装，背个褡裢，像个走街串巷的小生意人。"天爷呀！"她惊叫一声，他忙用自己的身体堵住了她的惊叫。

那一夜，不满两岁的朗霞熟睡着，孔婶把她抱到了自己的房里。这一对劫后余生的夫妻在黑暗中心惊肉跳地缠绵。马兰花一次又一次地问道："是你吗，宝印？真是你？"

陈宝印回答说："是我，兰花，是我。"

"不是你的魂？"

"不是，不是，有你我不敢死。"

马兰花哭了："我以为你让打死了，要不就是撤到台湾了，我以为再也见不到你了！"

眼泪像滚烫的蜡油一样，滴在他的胸口。他们在自家的炕上，紧紧紧紧依偎在一起。他告诉她他的经历，城破时他没有被俘，也没有像有些弟兄们那样自尽。原本上面是发给了他们这些守城的官兵毒药的，一人一个小玻璃瓶，里面是剧毒，意思是要让他们和那城共存亡。他原本也没想过要偷生，他毕竟是个军人，可是在最后的时刻，鬼使神差，一份传单被风吹到了他脚下。这样的传单本来在阵地上有很多，是解放军的攻心战术。他捡了起来，上面有新鲜的血迹，不知是哪个弟兄的血，只见那上面写着那句话："国民党军队的弟兄们，放下武器，回家团圆！"

霎时间他崩溃了，想起了西街，想起了马兰花和他还没有见过的小女儿，一阵心痛。他把那张纸揣进了衣兜，把毒药瓶也揣进了衣兜。他想，就是死，也得让我看一眼她们再死。

城破时，他躲进了城中一个相识的朋友家中，换了一身便装，几天后，趁乱出了城。他不敢贸然回已经解放的谷城去，一路向南奔逃。乘车、乘船、徒步，惊险重重，总算来到了一个可以让他远走高飞的地方。那时他身上还藏了几条“黄鱼”，他用“黄鱼”换来了一张去台湾的船票。当他把那张珍贵的船票拿在手中时，他犹豫了。他想，就这样只身离开，什么时候才能再见到亲人呢？而他留下这条命，原本是为了再和她们相见啊！

于是，他做出了一个让多少等船票的人瞠目结舌的举动，他让出了自己的船票，毅然北返。

多少人劝他，说：“留得青山在，不怕没柴烧。只要你人活着，还怕没见面的那一天吗？”他想，是，不错，可是那一天是哪一天呢？谁知道它有多遥远？

他一路向北，回谷城。他这样想，回去把妻子和女儿接出来，再想办法南逃，去台湾或者香港。他不知道自己这想法有多么天真！北归的路一次次地被阻隔，是那样艰辛和漫长，在已经解放的土地上，一个身份可疑的人简直寸步难行。他乔装成跑单帮的，去北方收购羊毛，旱路、水路，汽车、火车、牛车、毛驴，过长江、过淮河、过黄河，不知走了多长时间。一路，有许多次他都以为自己被识破了，却终于又化险为夷。等他在一个黄昏，终于远远地看见了矗立在河谷平原上安静的鼓楼——魂牵梦绕的谷城的标记，他落泪了。他想，谷城啊，我回来了！这样想的时候，他满心悲凉，此刻他已经清楚地知道，入了这城中，凶多吉少。

他在城外的青纱帐里一直躲到了夜深人静，怕的是白天进城被人认出。谷城太小了，是个没有秘密的地方。那已经是秋天，高粱红了，玉茭子黄了，谷子也黄了。夜风吹来，拂面的都是庄稼的清香。他掰下一穗玉茭，扯去皮衣，一口咬下，那清甜的粮食、清甜的汁水霎时溢满口腔，也逼出了他的泪水……四周一片虫鸣，他抬头看着天空，真干净，满天的星星亮得像是要滴落一般，真美！他一个行伍之人，枪林弹雨中厮杀的人，从来也不知道头上的天空原来可以让人这样心软、心疼。他想，行，死在这样的天空下面，也不枉这一场跋涉。

马兰花哭了。她把脸深深埋进他的胸膛，她说：“你呀，你呀，你可真傻！你为啥不走？你为啥要回来啊！”

他回答：“我放不下你。”

“可是你这一回来，天罗地网的，就走不成了呀！”马兰花说。

“听天由命吧。”他回答，“本来城破的时候我就该死，现在见着了你，死我也能闭眼了……”

“不！”马兰花激烈地用巴掌捂住了他的嘴，“别说这样的话，别说死、死的！你本来能活，你本来都逃出去了呀，你要是这样丢了命，我可怎么活？你说你身上有毒药，在哪儿？你把它给我……”

马兰花从他贴身的衣服里摸到了那个小瓶。她把那小瓶紧紧握在了手心，她的手一直颤抖，她说：“这药让我保管。真到了不得已的时候，哥，咱们俩一人一半。”

他没有再多说什么，他只是更紧、更心疼地搂住了他的女人。

天就要亮了，他们俩茫然地望着渐渐发白的窗外，望着那个就要醒来的谷城，他们知道，此刻他已是一只困兽。

起初，马兰花和孔婶将他藏在了西厢房的一间小屋里，那房间外面挂了铜锁，朗霞推不开。可终究是不安全的，院子里总是会有人进来，有街坊，也有公家的人，来说一些公家的事。有一天，通知说要挨家挨户检查卫生，马兰花知道，那西厢房是藏不住了。

这天，夜深人静，朗霞睡熟了。马兰花和他提着马灯，静悄悄下了后院的地窖。他们真庆幸，从前的房主将这地窖挖得不仅宽敞，还碹了砖，看上去就像一间密室。白天，马兰花和孔婶已经将它收拾整理了出来：她们卸下了一扇窄门板，放在地上做了床铺。为防潮，给他在厚厚的棉褥子上还铺了一块狗皮褥。搬来了一张小炕桌支在床褥旁，上面放了吃饭的碗筷和一盏麻油灯。她心酸地打量着这不见天日的地方，说：“委屈你了。”

他笑了，说：“这比战壕里强一百倍呢。”

她知道他是在宽慰她：“就先这样。”她说：“天无绝人之路，总会有办法的。”

隐隐地，她确实觉得有个“办法”，不清晰，或者她还下不了决心，那就是劝他……自首。

这个解放了的社会，平心而论，马兰花觉得还真不错，干净温暖，没有人欺负人。

可是很快地，镇反运动就来了。

谷城也开始枪毙人，南城外湖洼做了刑场。人们用军用的卡车，把那些人拉到了湖洼里。马兰花也去看过一回行刑，十几个人并排跪在雪地里，枪响的时候她别过脸，闭上了眼睛。等她再睁眼，她看见了雪地上的血，那么猩红、刺目、疼。她从不知道，血也能把人的眼睛刺伤……

她看了布告，看见死了的人有国民党军队的连长，比陈宝印的官职还要小。她吓坏了，当晚发起了高烧。

孔婶守在她身边守了一夜，给她刮痧、放血……清早，她的烧退了，她望着孔婶，说："婶，我求你一件事。"

"孩子，你说。"孔婶回答。

她从被窝里伸出了两只手，把孔婶的手紧紧握住了，她原本鲜艳的嘴唇被一夜的高烧烧得爆出了白花花一层皮。她望着孔婶，说道："婶，你要答应我，将来不管啥时候，万一，万一出了事，你一定要一口咬定，你什么也不知道！"

孔婶愣了一下，然后她慢慢地点头："我懂。"

"你答应我！"

"我应下了。"

"婶，真到那时候，你要替我，替我们养大朗霞，我无人可托，我父母都不在了，只能拜托你了！……"

"孩子，闺女，咱不说丧气话。可真要有个啥，你放心，朗霞她就是我的亲孙女！"孔婶安静地含着眼泪这样回答。

马兰花就这样开始，守住了那个黑暗的大秘密，被它折磨、伤害。也许她曾经有机会救赎自己，也救赎丈夫，可她错过了，她没有登上救赎的那列车，看着它风驰电掣驶过了自己的站台。那是时代的列车，而她做了一个旧时代的守墓人。

引娣后来一遍又一遍地追问吴锦梅，她说："你告诉我，不让我和别人说白毛鬼的事，是不是你那时候就知道，那是朗霞的爸爸？"

吴锦梅回答："不知道。"

"你不让我说，可你自己为什么要说？"引娣直直地望着姐姐的眼睛。

“你不懂。”吴锦梅回答。

“对，”引娣说道，“我就是不懂。”

“我是共青团员，我不能包庇反革命。我不让你对别人说，是我一时糊涂，丧失了觉悟，行了吧?”吴锦梅望着妹妹的脸，叹口气，“我知道，朗霞是你最好的朋友……”

“别跟我提朗霞!”引娣冲着吴锦梅大叫一声，打断了她的话，她愤愤地瞪了姐姐一眼，跑开了。

跑出了家门，引娣才知道，现在没有什么地方是她可去的了。

这么多年，引娣习惯了一出家门，就往朗霞家钻。算来，她长了十一岁，在朗霞家在马兰花婶婶家的时间，甚至比在自己家还要长，还要久。那简直就是她的另一个家……可是现在，那个家她再也不能去了。

对面，黑色的街门关闭着，里面无声无息，如同坟墓。好多天了，她没有看见过朗霞。朗霞不出门，也没有见她再去上学。她好像从谷城消失了一样。她呆呆地望着那寂静无声的街门，突然一阵委屈和愤怒：原来，那个反革命天天和她们在一起啊！可是自己一点都不知道，还当他是个鬼……

她冲过去抬起脚，噔噔噔踢那个街门，一边踢一边喊：“反革命！反革命！反革命！反革命！……”吴锦梅从她家院里跑出来，抱住了她，吴锦梅说：“引娣，你别发疯!”

引娣不踢了，她住了脚，抬起脸。吴锦梅惊愕地看见，她的妹妹泪流满面。妹妹泪流满面地看着她，说道：“这下你高兴了吧?”

五、小燕子，穿花衣

其实，那天引娣和朗霞在后院撞上陈宝印之后，马兰花就知道，事情就快走到头了。

第二天半夜，她悄悄下到了地窖。看到他，她什么也没有说，只是默默搂住了他。这些年，随着朗霞的长大，再加上时局和必需的警觉，他们俩见面的时间越来越少。她只是在每天晚上，用一只拴了绳子的竹筐把他的茶饭送下地窖，再用一只水桶将他的便盆提上来，倒掉，刷洗干净，再放下去。他们在黑暗中沉默无声地完成一套生活的程序，无比默契。

他们依偎着坐在他的“床铺”上，一盏煤油灯幽幽地将他俩的身影放大了，投在墙上，有一种惊心动魄的变形和黑。身下，那床狗皮褥子如今早已磨掉了毛，磨薄了，有了破洞。马兰花用手轻轻地抚摸那褥子，说道："宝印，八年了吧？"

陈宝印回答："是，两千九百二十多天了。"

一句话使马兰花几乎堕泪。她抬眼望着他，那个从前英气勃勃的男人，她含着眼泪对他笑笑，说："我带了剪子来，我给你铰铰头发。"

他说："好。"

她用手巾围住了他的脖颈，她开始给他剪头发。咔嚓、咔嚓、咔嚓，一缕一缕长长的白发落下来，落在地上，渐渐地，地上就积起了一层霜雪。那层霜雪让马兰花心如刀割。她剪不下去了，从身后抱住了他，把他白发苍苍的头搂在了自己的胸前，像搂一个孩子。

"你真傻啊，你当初为什么要回来呀？"她哭了。

陈宝印闭上了眼睛，感受着那团热烘烘馨香的血肉，亲人的血肉，这是那个世界的味道，那个有天空、有大地、有日月星辰有白昼有光明的世界。许久，他轻轻说道："别这么说，兰花，能在你身边多活这么多日子，值了！"

"这不见天日的日子，不值啊！"

陈宝印微微笑了："你没听人说过那句话吗？牡丹花下死，做鬼也风流啊！"

他玩笑地说出了那个死字。那个字让马兰花心里一哆嗦。

"还有，不管怎么说，我也算是'看'着我的孩子长大了……"他又笑笑，"昨天我看见她了，那个个子高些、提灯的闺女，我一听声音就知道是她……她，吓坏了吧？"他的声音突然哽住了。

从下到这地窖那一天，八年来，这是他第一次看见朗霞。可是她的声音，他是烂熟于心的。从奶声奶气的小闺女的牙牙学语，说"榆钱，七（吃）榆钱……"到后来日益流利、清脆、明亮的那声音，就像照在他身上的阳光，就像鸟语花香，就像流云和溪水。那是命运对这个不见天日的男人最大的恩赐，那是——神光。

他记得，第一次在窖里突然听见了她的声音，她说的就是那句："奶奶，榆钱，七（吃）榆钱……"他像被炸药炸中一样，有一种四散纷飞的感觉。他甚至感到了鼓膜的剧痛，他的耳朵一下子承受不了这样的幸福……等那声音终于、终于消失之后，他有生以来第一次号啕大哭。

从此，在那些个难挨的白昼，他等待着奇迹，等待着偶尔那个声音的降临，等待着阳光照进没有光明的深深的地窖。显然，她是不常深入地走进这个后院的，所以每一次才都更像是一个节日。他记得，那差不多是一年多之前，他甚至听到了她唱歌，她一个人，不知因为什么来到了后院，一遍一遍地反反复复地唱着这么几句：

小燕子，穿花衣
年年春天来这里
我问燕子你为啥来
燕子说，这里的春天最美丽

这是一支他从没听过的歌，也是他这一辈子听过的最好听的歌。她细细的清亮的童声就像又清又温暖的溪水一样，没住了他的脚、他的腿、他的身子，小鱼在他的腿间游来游去，身旁是红花绿草的河岸……他想，天堂大概就是这个样子吧？

其实他知道，陈宝印知道，马兰花说的是对的。当初他要是不回古城，要是乘上了那只渡海的航船，他也就不会这样拖累他的亲人们。可是晚了，回不去了，他永远登不上那条船了。

这一夜，马兰花为他剪了头发，剪了胡须，没有剃刀，所以她尽量修剪出形状。他看上去清爽了许多，精神了许多。马兰花盯着他看、看，看了许久，说道："还是个好看的男人。"

泪水夺眶而出。

那一夜，她留下来了。他们挤在那张地铺上，紧紧相拥。她如同波涛一样吞噬着他，激荡着他……他热泪横流地说："值了！"他又说："牡丹花下死，做鬼也风流啊！"

他知道，他和她都知道，那是最后的、最后的生死缠绕。

天亮前兰花走了，临走留下了一样东西，她说："哥，我完璧归赵。"

是那只小药瓶，里面装的是毒药。

她背对着他，说："宝印，这辈子欠你的，下辈子补报吧！"

她走了。天要亮了。油灯的光焰一闪一闪，在这个地心里，是永远没有白天的。他沉思地久久地望着那个小瓶，心里一片雪地般宁静。解脱现在变成这么容易的事，可是后面的事怎么办呢？马兰花一个女人，将如何隐藏他的尸首？家里藏着一具尸体，一旦败露，那会有怎样的后果？

陈宝印，你别无选择，他想。

当地窨门被公安人员打开的时候，那些手电筒雪亮的光柱天罗地网一样罩住他的时候，陈宝印想，现在我可以死在阳光下了。

六、赵彼得

枪毙陈宝印那天，谷城自然是倾城出动。那已经是夏天，城外的田野，小麦已经开始秀穗。到处矗立起了那种炼铁炼钢的土高炉，冒着浓郁的黑烟。先是开了公审大会，然后游街示众，最后自然是拉到了城外湖洼。

而马兰花则因为包庇、窝藏反革命，被判处五年徒刑。

那一天，西街北砖道巷，朗霞家的门关得紧紧的，就像一座坟墓。

那天，破天荒地，最喜欢看各种热闹的引娣没有跟她的同学们一起，去湖洼看行刑。她一个人在自己家小院的石桌上玩抓羊拐。一个人不停地抓，不停地抓。

吴锦梅也没有出门。她坐在炕上，透过玻璃窗，看着院子里那个沉默的妹妹。她想起了那个冬夜，酒枣的红、瓷盘的白，如同静物一般的画面，那么鲜明，没有丝毫污浊。还有那些朴素却悠长的食物香气，让人踏实和温暖。回不去了，她想。这样温暖而单纯的冬夜，永远回不去了。

炕上，一只箱子里，最底层压着那件天蓝色开白丁香花的衣衫。一切都是从它开始的，一切。

不久，奶奶带着朗霞回奶奶的老家去了。

奶奶的老家在这个省份的北部，那里是山区，寒冷、干旱，出产莜麦和山药蛋。出门一抬头，可以看见残破的烽火台，还有古长城的残迹。

出事后，朗霞大病一场。病后，她对奶奶说："奶奶，你带我走吧。"

奶奶说："宝，咱走。"

奶奶又说："城外那条大河，朝北走到头，就是奶奶的老家。"

朗霞说："好。咱们走到头。"

奶奶用最快的时间处理了善后事宜。房子已经是公家的了，家具带不走，卖了。这一天一大早，祖孙俩，奶奶挎着大包袱，朗霞挎着小包袱，出了家门，去长途汽车站。这是出事后朗霞第一次走出那个院子。奶奶回身，习惯地掩紧了院门，上了锁。听到咔嗒一声响，朗霞在心里淡漠地说了一声，永别了。

出了小巷，来到西街上，一别脸就看见了鼓楼，那么巍峨、高大，那么冷漠、无情。朗霞不动声色看了它一眼，扭过了头。她庆幸离开的时候可以不必穿过它的身下。现在，鼓楼在她的身后了，一步比一步远了。就在这时，她听到了一阵脚步声，嗒嗒嗒，从背后追上来，一只手拉了一下她的胳膊。

她回头，看见了引娣。

引娣望着她，眼睛红红的，什么也没有说，只是沉默地拉过她的一只手，把自己手里的东西放到了朗霞的手上。

是那几只羊拐。

洁白、温润如玉，有一面涂染成了红色，血的颜色。那是引娣不离身的唯一的宝贝。

然后就跑走了。

朗霞握着那几只羊拐朝前走，一下也不回头。她不敢回头，她怕鼓楼看见她突然涌上来的满眼泪水，她怕西街看见她的泪水。

有一个意想不到的人，在长途汽车站等着她们。

是赵大夫。

赵大夫说："大婶，你给我留个地址，我也好和你们联系。"

奶奶说："不必了，赵大夫，不给你添麻烦了。"

赵大夫说："大婶，这都是为了孩子。"

他拿着笔和纸，固执地要求着。奶奶哭了。她抹了一把眼泪，说出了那地名、村名。奶奶说："有你这句话，我代兰花谢谢你。"

朗霞默默地站在一边，就好像没看见发生的这一切。

赵大夫拿过了奶奶手里的大包袱，又去拿朗霞的小包袱，朗霞躲开了。奶奶对赵大夫轻轻摇摇头。出事以后，朗霞就是这样，对一切人关上了她的心。她什么都不问，什么都不说，不哭不闹，就连生病也生得那么安静。她安静得让人害怕，仿佛那安静是另一个世界的安静，是极地的雪原，凛冽，寒冷，死寂。

这个萍水相逢的男人，把这一老一小送上了北行的长途汽车。他给了奶奶一包吃的东西，他说："大婶，保重……"

他向他们招手，车开了很远之后，他仍然那样站着。只是，朗霞根本就没有回头。

后来车行到半路上，到打尖的时候，奶奶给朗霞找东西吃，打开了他送的那包吃食，啊地叫了一声，原来里面还塞了五十元钱。对她们而言，那无疑是一笔雪中送炭的巨款。奶奶落泪了。

朗霞对奶奶说："奶奶，别哭，不值得。"

她这么说着，一边打开车窗，把她一直握在手里的羊拐，温润如玉的朋友的宝贝，从车窗里一把扔了出去，扔在了身后。

"我恨谷城，"她说，"我恨——我妈！"

那时她不知道，她的妈妈马兰花已经生病了。她没能熬过五年的刑期，在 20 世纪 60 年代初病死在了狱中。

尾声、满树榆钱

新世纪，谷城外开辟出了一片公墓。和所有新式的墓园一样，这依山坡而建叫作永安的墓园里，乍一看就像是密密的一片碑林。这一天，墓园里来了两个外乡人，两个女人，母女俩，母亲六十开外，女儿则看不出年龄，很时尚且貌美如花。

她们来祭奠一个亡者。

那亡者姓赵，墓碑上刻着他的名字：赵彼得。

她们带来了鲜花、水果、酒以及纸钱。母亲亲自奠酒，她将斟满的酒杯举起来，说道："赵叔叔，给您敬酒了！"

然后恭恭敬敬地，将那杯酒洒在了墓碑前。

"赵叔叔，您不认识我了吧？我是——朗霞。您看，时间过得多快，一眨眼我也是六十岁的人了！您活着的时候，我没有跟您说过一个谢字，没有亲笔给您写过一封信。您寄来钱，回信都是奶奶求人代写！……这世上，恐怕再找不出比我更无情更绝情的人了吧？可是我这么无情，您一点也不计较，还是照样年年寄钱来！叔叔，我嘴里不说，其实我心里一直在问，这世上怎么还会有您这样的人？这个让我害怕、让我恨的人世，怎么还会有您这样的人？您和我们非亲非故啊！叔叔，不瞒您说，要不是您，我不知道今天的朗霞会是什么样。每次在我最痛苦在我熬不下去的时候，在我想做坏事想做恶事想做狠毒的事想堕落的时候，我就想，给我一个理由，让我不作恶！叔叔，您就是那个理由，我总是不由自主想起您。我想，这个世界不是还有一个赵叔叔吗？一个有赵叔叔的世界，就没有坏到底……"

她眼睛里闪出了泪光，可是她的声音仍旧安静、沉静，她沉静地说出了这一番话，显然是她身边的亲人，她的女儿从没有听到过的。女儿惊讶地望望她，又望望墓碑。只见她从手袋里掏出一样东西，是一个小小的、破旧的小本子，几十年前孩子们常用的那种笔记本："奶奶活着的时候，您寄来的每一笔钱，她都要清清楚楚记在这个小本子上，她老人家临终前把它交到了我手里，对我说，'孩子，这是一个账本，这账本上记的不是钱，是咱婆孙俩欠人家的恩义！将来有一天，你要替奶奶去当面谢谢人家的这份恩德！'……可这么多年了，我一直没有来，因为当着您的面，我说不出那个谢字，那个字太轻、太轻、太轻了！……但现在，我的女儿就要远嫁到法国去了，她临行前，我想我得带她来向您辞个行，把这个账本交到她手里，告诉她这个账本的故事，告诉她，她的妈妈这一生欠您的恩义……"她说不下去了，慢慢地跪下，抱住了墓碑。

铭恩，戴铭恩，她的女儿在突然之间明白了自己名字的来历，明白了自己的——前史。

太阳真好，是北方难得的晴朗的春日，风和日丽。墓园很宁静，四周一片鸟鸣。远远望去，这里那里，一树一树的桃花，一树一树的泡桐花，一树一树的丁香花，还有不知名姓的那些山野的花朵，绽放着，北方春天的艳情似乎总是这样嘹亮和直抒胸臆。也因此，它的秘密才可能埋藏得更深，更隐秘。

比起相邻的那座举世闻名的古城，谷城显然要沉寂许多，大概也是这个缘故，它才有可能保留下来一些从前真实生活的痕迹。

比如西街，比如鼓楼。

西街上，旧式的楼檐下没有像那些旅游景点一样，悬挂起一盏盏大红灯笼，弄成电视剧布景的模样。仔细看，楼檐下这一家或是那一家，还有一两盏从前的走马灯挂在那里，破得不像样，可是有沧桑的好看。

还比如旧宅。

朗霞惊讶地发现，尽管那座小院破旧得不成样子，简直如同废墟，尽管它看上去变得十分狭小、拥挤，尽管厕所的后墙早已坍塌了一堵，可是，可是迎面那门框的条石上，那三个凿刻的字，那三个屡屡闯入她梦中的字，经过了五十年的风吹雨打竟然还在。她一看到那三个字，眼睛就潮湿了。

活泼地啊。

“是朗霞吧?”突然身后传来了这样一个声音。

她扭过头，看见了一个老女人，高高的，瘦瘦的，小脸盘，皱纹很深，烫着碎碎的一头小卷，正眯着眼打量她。

朗霞脱口叫出了那个名字，她说：“引娣。”

“啊呀!”引娣叫起来，“真是你呀，朗霞，我从鼓楼那里就跟上你啦!我心想，会是朗霞吗?可别叫错人呀……”

她们俩，昔日的小伙伴，五十年前的小伙伴，站在那里，你看我，我看你，笑着，时光的大河在她们身边汩汩地流，她们都听到了那惊心的声响。

“你过得好吗，朗霞?”引娣含着眼泪问。

“很好!”朗霞回答，“你呢?引娣，你过得好吗?”

引娣笑了，她没有回答朗霞的问话，却说：“朗霞，我就知道你一定会回来的，我就知道。”

“你怎么知道?”朗霞也笑了，“连我自己也不知道啊。”

“你这不是回来了吗?”引娣说，“前几天我看见婶啦，婶回来了，就站在那儿，站在那棵榆树下，说，‘你看，结榆钱了，满树都是榆钱，朗霞最喜欢吃榆钱蒸的布烂子了!’我一看，真是!那棵树死了好多年了，可今年，呀，又活了!你看这满树的榆钱结得多好!今晚上，我给你做榆钱布烂子吃……”

“你说谁?”朗霞问，“谁回来了?”

“婶啊，”引娣回答，“马兰花大婶啊!她有时候会回来看看。”

正午的大太阳朗照着，唰的一下，朗霞感到全身如同有一股电流通过。

那棵老榆树，她的故交，原来是它在召唤着她，它用满树繁密的榆钱，用它死而复生的深情厚谊召唤着她。也许不是它，是——母亲。她看见树下的母亲了，站在那里，年轻，美丽，像榆钱般清香，望着她忧伤地微笑。

她拉过了身后的女儿，说道："妈妈，这是您的外孙女。"

然后她哭了。

2013 年 4 月 22 日于太原

发表于《北京文学》2013 年第 8 期

转载于《小说选刊》2013 年第 9 期

《小说月报》2013 年第 9 期

《中篇小说选刊》2013 年第 5 期

《文艺风赏》2013 年第 9 期

获 2014 年老舍文学奖中篇小说奖

《北京文学》2013—2014 年重点优秀作品

《小说月报》第十六届百花文学奖

英雄血

周仓，这不是水，这是那二十多年流不尽的英雄血。

——关羽（昆曲《单刀会》）

河边的宝生

下场那天清早，天还黑着，宝生出门时，姐朝他怀里偷偷塞了一颗烤山药蛋。从热灶洞里扒出来的山药蛋有一股好闻的草木烟火气，烫着他的身子。他把山药蛋掏出来放到灶台上，说："姐，你这是做甚？我又不是个讨吃的……"

姐的眼圈登时红了。

后来在他活着的每一天里，只要想起这句话，他就恨不得嚼碎自己的舌头。

这个叫石湾的村庄离那个叫碛的地方只有七八里路。碛原本是河心中的一块大石头，可这里人说起碛，说的是河边的城，城和那块巨石同名同姓，也叫个碛。碛是个大地方，水旱码头。河中的船、皮筏行到这里要改走旱路，而高脚驮来的货物则要在这里改换水路。碛的热闹繁华一言难尽，没人说得清碛城有多少家商号货栈、酒肆饭庄，就连姑娘场这样的地方也是一家挨着一家。宝生就是在一个叫作兴茂隆的货栈里给人当驼工走高脚。

宝生除了姐姐没有亲人。他三岁上死了爹，七岁上死了娘。为了给爹娘治病，拉了一身饥荒。娘一闭眼，要债的上门，家里的三眼一炷香土窑给人抵了债，七岁的宝生被扫地出门。那时姐姐已成亲嫁人，嫁给了石湾村高家。为了收养这个可怜的弟弟，姐姐一身重孝在婆家的院子里跪了三天三夜，两个膝盖直跪成血肉模糊的两个血团。姐姐的婆家是平常的庄户人家，种了几亩坡地，日子也紧巴巴不宽裕，多一张吃闲饭的嘴可不是件小事。其实宝生何尝吃过一天闲饭？自进了高家门第一天起，就是个不花钱的小长工。放猪放羊放牛，剜野菜拾柴割草，人比水桶高不了多少就爬沟过坡地去河里挑水，从来没有上桌上吃过一顿饭。姐弟两人在灶火间吃着一家人剩下的残汤剩羹，姐永远喝稀的，干的、稠的省给宝生吃。小的时候不懂事，饥渴的眼睛只盯着自家的碗，从不知道顾惜姐。后来慢慢大了，有一年过冬至节，家家户户熬冬，吃胡萝卜熬羊肉、软米面豆馅枣馍，自然没有宝生的份。宝生出去砍柴，姐把自己那一份羊肉偷偷省下了，扣在碗里。晚上，宝生蹲在灶前端着大碗吃胡萝卜羊肉，羊肉太香了，香得让宝生心颤。姐的碗里则一如既往是一碗清澈见底能照见人影的稀米汤。吃着吃着，宝生的眼泪噗噜噜掉进了菜碗里，半晌，宝生哽着嗓子叫了一声："姐——"宝生说："姐，我以后让你顿顿能吃上胡萝卜羊肉……"

姐听见这话一愣，别过脸去，用巴掌捂住了嘴，泪如泉涌。姐想，宝生长大了。

那是个雪天，雪下白了天地。三五里外河结了冰，雪落在结冰的河上，有一种特别温柔的凄怆与荒凉。河是黄河，唯一的黄河，此地人没有人连名带姓地喊它，就叫它河。河像一条被囚的银蛇僵卧着，巨大的无助是漫天大雪盖也盖不住的，让人看了恓惶难过。

开春后，宝生就被姐夫送进兴茂隆去当小伙计了。兴茂隆是碛城中最大的一家骡马骆驼过载客栈，六亩多地的大院子紧贴卧虎山根，院子两侧的马棚能拴下百十头骡子，而院子正中的骆驼槽能同时容下二百多峰骆驼卧下吃草。二百多峰骆驼咀嚼谷草的响声沙沙沙沙，听来像一场骤雨。这响声是有诱惑力的，三年后，宝生就跟着骆驼队走了，他成了兴茂隆高脚队拉骆驼走高脚的。十四五岁的少年跋山涉水，风餐露宿，像候鸟一样从北到南，又从南到北，这样颠沛的生活是他喜爱的。从前，一二百年前，碛城的大商号在南边，在长江以南徽州、福建一带都有自己的茶山和茶园，那里的茶采下来，制成易于存放的茶砖，由高脚队一直贩运到蒙古草原，甚至乌兰巴托，甚至更远的地方，比如贝加尔湖以西的伊尔库茨克，比如俄罗斯腹地秋明、莫斯科，一路镖旗招展，好不威风。这样荣耀的时光宝生自然没有赶上，他像听故事一样听前辈们无限眷恋地回忆从前的光荣，却也并不觉得怎样遗憾。能够这样像个汉子似的活着，在人前从从容容理直气壮端一碗自己挣来的饭吃，他已经很知足了。

他们的驼队，七八个后生一人拉一练骆驼，一练六峰，四五十峰骆驼，排起队来，浩浩荡荡足有半里之遥。尾驼鞍子上的驼铃声清脆、细碎，银子似的闪着光亮，是女人家一样珍贵美好的声音。骆驼身上除了货物，还驮着米面袋、酒葫芦、马皮制成的水袋，以及锅碗家什和铺盖卷。不是所有的路上都有站口，常常他们要在前不着村后不着店的地方安营扎寨，起火做饭。这是宝生最喜欢的时刻。太阳坠落了，月亮升起了，荒野沉入无边的黑暗，一堆篝火熊熊燃着，像黑夜的心，把驼工们的脸映成金色。火上架着锅，锅里咕嘟咕嘟煮着小米稠饭加山药蛋，也是诱人的金黄色。他们每人捧一只酱色的陶碗呼噜呼噜吃出惊天动地的响动。宝生庄重地、尊贵地捧着属于他自己的碗，火光在他脸上跳跃，感动就是在这时油然而生：这种时候人活得才像个人。

下场

这天是个大日子，兴茂隆十几练骆驼要下场去了。头一天就已经给它们服下了用苦瓜蔓、金银花、蜂蜜水加鸡蛋清熬成的解暑药，剪去了它们身上还没有褪尽的长毛。骆驼这牲畜耐寒，却怕热，夏天要把它们赶到深山里放牧躲暑，叫下场。宝生这还是第一次和驼队下场，听人说这营生如何如何遭罪辛苦，宝生却一点也没把辛苦放在心上，他觉得放牧的生活一定很新鲜。只是这一走就是三个月，三个月姐姐一定很惦记他、牵挂他。昨夜他特地告了个假回家看姐姐一眼，却没想到清早临出门时就惹了一肚子的不痛快。

他气姐姐，一颗山药蛋值当偷偷摸摸吗？怎就不能光明正大当着人面递给他？他也是个五尺的汉子了，他是个就要去下场的汉子了，这几年也没有白吃他高家的饭，怎就不能光明正大吃他一颗山药蛋？

天渐渐亮了，他远远看到了河，河上笼着雾气，静静地泊着几只筏子，亮起来的天边有一颗星星还缀在那里，像一大滴眼泪。他突然一阵不忍，回头瞭瞭，瞭见了山坡上的石湾村。刚刚醒来的村子像一幅画，高低错落的窑洞，袅袅升腾的炊烟，皮影一般和平、安静。姐姐的气味扑面而至，让他眼热。

两天后，驼队来到了下场的吕梁山深处，一个叫车鸣峪沟的地方。已是黄昏时分，太阳说话间就要沉下去了，山坡上密匝匝的林梢被夕照涂染得金灿灿的，像一片金色的海子。宝生还从来没见过这样大的林子，他被这辉煌寂静的美景迷住了，那些橡树、黄栌树、桦栎树、山杨树、楸树、槲树、野山楂树，这些平日里田头地亩庄户院里见惯的寻常的树，忽然没有了人间的烟火气，变得庄严神秘，像山魂。这时，十几练百多峰骆驼被驼工们拉着，围成了一圈，驼工们也正着脸色呼啦啦都跪下了。一只香炉摆在了地上，驼工头四喜叔走上前，点起三炷香，朝着东西南北四方恭恭敬敬拜了几拜，然后跪下，嘴里大声说道："山神爷爷，俺兴茂隆驼队借爷爷的宝山下场，求爷爷保佑水草通顺、槽头平安！"

宝生随着众人虔敬地磕头。下场的严峻，此时他隐隐意识到了一点。这一晚他们就住在树枝和茅草搭起的茅庵里，三五个人挤睡在一搭。外面百多峰骆驼，每一峰脖子上都让他们吊上了一只铜铃。入夜，铜铃的声音东一下、西一下蓦地响起，清脆、细碎、悠远，越发衬托出大山的深邃和不可测。宝生躺在茅草铺上久久睡不着，心里祈祷着：山神爷爷啊，这是我常宝生头一回下场，求你老保佑千万不要"传槽"，不要让野物伤人，也不要让骆驼把水错喝到罗筋皮外得腹胀病……宝生把从前辈那里听来的灾祸一一都想到了，他悄悄爬起来，在铺上又磕了三个头："山神爷爷啊，你老别怪俺贪心，俺还想求你让俺能多刨点草药，刨点党参、黄芪，卖了钱能给俺姐扯一件衣裳……"其实私心里，他想要的还更多一些，他想给姐打一对银手镯。姐活了半辈子，两只手腕上还是光光的。

初入山的兴奋折腾着他，一直到下半夜，宝生才算睡稳了。起了山风，林涛的声音如同波浪，哗——哗——，茅庵就像是一只黑灯瞎火的小船。忽然，外边响起了脚步声，很沉重，还有咳嗽的声音，吭吭吭吭，脚步停在茅庵门前，刚好是宝生的头顶。只听来者瓮声瓮气说道："借借你们的罗子。"

宝生心里十分奇怪，深更半夜的，借罗面的罗子干什么？"俺们是下场放骆驼的，没带罗子。”宝生回答。

“带烟没有?”来者追问。

“烟倒有。”宝生起身摸摸索索，去摸旁人的烟荷包和烟袋杆。他自己不抽烟。黑暗中摸索半天，摸到了，一伸胳膊递了出去。来者接过去鼓捣着，宝生听出他是在用火镰打火。“呸呸!”他吐了两口说道，“这是甚的烟?一点劲也没有!有劲大的没有?”

“没有了。”宝生惶恐地回答。

“咳——”只听外面长叹一声，“这世道!”说完，又吭吭吭吭咳嗽着远去了。

到早晨，茅庵外活生生扔着烟袋杆和烟荷包，宝生惊骇不已，才知道那原来不是梦。几个庵子里的人都围上来听他细说缘故，驼工头四喜叔一拍巴掌，说:“宝生呀，你是碰上山气了!”

“山气是甚?”

没人说得出山气是个什么，有人说他其实就是山神爷爷的化身，有人说他是山妖。没有人见过他的脸，只知道他就喜欢这样在黑夜的山里游走，有时也窜到林外的村子里去，问人借罗面的罗。他不借别的，只借罗子和石碾。还喜欢问人要烟抽，又总是嫌那烟不够劲大。有胆大的人曾隔着门将火枪捅到他嘴里让他噙住，然后扣动扳机，轰的一声，他非常快活，说:“这烟够劲!”

“宝生啊，你个实心眼子，他不是问你要烟，是问你要枪里的火药哩!”四喜叔对宝生说。

一连许多日子，宝生都忘不掉他那一声失望甚至是悲伤的长叹:“咳——这世道!”他猜不透那里面隐藏了什么征兆，这让他忧心。他甚至盼望能再见到这神秘的山气，向他问个清楚明白。可整整一个夏季，小暑、大暑、处暑，一直到白露后起场，山气却再也没有露面，也没有到他的梦中来。

这一年夏天，不管山神爷爷是不是山气，他一定是听到了驼工们的祈祷，日子过得顺风顺水。最可怕的“传槽”没有发生，喝错水得腹胀病的牲畜也只有那么三五峰。宝生跟着四喜叔们学会了不少东西，比如学会了治这腹胀病:将一种特制的槽针刺进病驼的腹部，力道要拿捏得准，刚好刺到皮与肉之间也就是罗筋皮外，这就要看本事了。然后轻轻插一根鸡翎子进去，让里面的积液顺翎子流出来。还有，一入伏，林子里各种灰蝇小咬铺天盖地，而此时又是骆驼毛最后褪尽的娇嫩时辰，成千上万只灰蝇小咬扑上去，能活活将一只不设防的庞然大物吸死。这时就要早早上山采来柏籽，剥些柏树皮，将柏籽和树皮熬炼成柏油，将这油臭烘烘涂抹在骆驼身上，像穿了铠甲，就没有灰蝇能近身了。

宝生很上心地学习着一个驼工安身立命的本事。他喜爱这样的生活，危机四伏却又无拘无束。他们这十几号人，分成两班轮换放牧，照看驼群。轮到宝生歇班的时候，他就和人相跟着进山刨药。他人聪敏，眼睛又清亮，童男子的干净眼睛在山林里看东西总比别人看得远看得真。一夏天过去，他刨到的党参、黄芪竟是最多的一个。到后来再进山，他就不和人相跟了，他越走越深，渐渐走到了那些人迹罕至的地方。他单枪匹马，手里只有一把伙夫用的切菜刀、一把锋利的小锄，一路走一路用心做着各种记号，却也从来没有迷山的时候。他和这山像是有种天生的灵犀。那个大茯苓就是这样让他撞上的。那一天他东走西走，不觉走进了一片松林里。松林很深，遮天蔽日，在一棵参天老松的根部，他看到了一朵弱不禁风的小红花，伶仃细瘦，却像是就要开口和他说话似的。他蹲下来打量它，一阵心疼。忽然他心里一动，心里喊一声，妈呀！忙开始用小锄刨，刨下去一尺多深时，他看到了那个宝贝，山给他的宝贝。

那个茯苓重五六斤，他把它刨出来捧在手心时，两只手因为狂喜哆嗦得捧都捧不住。那份狂喜呀，是他此生空前绝后仅有的一次，唯一的一次，可是他不知道。他狂喜地捧着宝贝跪下，朝着东南西北四方拜了好几拜。他想，这山，这山林，真是有情有义啊！

宝生知道，姐的手镯有了，新衣裳也有了。他成竹在胸，想起很久以前那个冬至夜对姐的许诺："姐，我以后让你顿顿能吃上胡萝卜熬羊肉……"这样的日子，这样温暖腥膻的好日子、扬眉吐气的日子不会远了。宝生几乎被那逼近的热气和辛香熏出眼泪。

六月二十三

六月二十三，在河边碛城一带是个大日子。

六月二十三是马王爷的生日。这马王爷相传是家畜们的守护神。到了这一天，凡养骆驼的人家都要在家中设立马王爷的牌位，烧香烧表，摆供祭祀。最要紧的是要许神书三天，请艺人来酬神说唱。养骆驼的人家从这一日算起，你家三天，我家三天，他家再三天，差不多要连说一两个月，是河边最热闹的一段日子。

石湾村也有养骆驼的人家，不过都不是兴茂隆那样的富商大户，少则一峰两峰，多则三峰五峰。这样的人家自然雇不起驼工，都是驼主自己拉骆驼跑买卖，把黄河边运来的油、盐、碱、皮毛、莜面等贩运到晋中平川、临县三交，或者是吕梁山深处石楼、永和一带，挣几个辛苦脚钱。到下场的日子，这些养骆驼的小门小户，不用说都是把骆驼看得比自家的命还重，一家出一人，大家相跟着结伴拉骆驼进山躲暑，留守在家里的人就要张罗着给马王爷说书酬唱过生日的大事情了。

说书的艺人都是盲人，弹一手好三弦，两条腿也不闲着，一腿绑书板，一腿绑小铜镲，面前桌子上还横着惊堂木，说打弹唱一样也误不下。说的都是大书，《彭公案》《施公案》《包公案》《刘公案》这一些公案故事，要不就是大小八义这些侠义掌故。自然也唱酸曲，叫小段。小段里常常是荤素交加，让爷们汉子乐不可支，笑翻了天，而婆娘女子们则宽厚地怜惜地笑着，就当他们是玩闹的孩子。这一来，这粗鄙的快乐反倒显出了一种赤子的天真干净，是大河的品格。

高家没养骆驼，也不办祭祀。宝生姐夫春天种完自家的地，就出门揽工去了。六月二十三一清早，天将微明，宝生姐就挎着篮子来到村口五道庙。那五道庙说是庙，其实已荒颓多年，坍塌得只剩一座神龛，满地荒草。宝生姐就在荒草尘埃中跪下了，先摆供品，一掀篮子的盖布，里面是一碗热气腾腾的蒸山药蛋。她将山药蛋双手捧出来摆到神龛前，一低头，泪落在山药蛋上。她没有香，也没有黄表纸，两手空空，一头磕到地上，嘴里说了声：“马王爷爷呀，你替俺家宝生吃上颗山药蛋……”泪水就把下面的话哽回去了。

她悲伤地哭了许久，泪流如雨。她不知道该对马王爷爷说些什么，许些什么。她有一肚子的话，就是不知道该怎么说。她可怜的、无父无母的兄弟下场去了，临走没吃上她一颗山药蛋！别人家下场去的人，临行要包着吃粽子，吃糕，吃莜面饺子，她却心虚气短得连一颗山药蛋也没让她的宝生吃上。

"马王爷爷，俺没有好吃好喝，你替俺兄弟吃上颗山药蛋，俺连夜没合眼蒸下的……"她抽泣着，翻来覆去念叨这一句话，哭得喘不上气。

这一天，石湾村好热闹，养没养骆驼的人家都觉出了喜庆。盲艺人已经进村了，背着弦子，带着全套家伙。今年请的是临县有名的一个说书先生，外号果子红。上午办完祭祀，下午就开场。第一家是村东头碗秃家。他家骆驼算是村里最多的一家，整整六峰，刚好一练。他家的窑也比旁人家的一炷香土窑气派一些，是四平起混石窑。书场子就设在他家窑院里，一棵大榆树洒下浓荫，女人们早早洒水扫净窑院，在树荫下摆好桌凳。一村子人，除了下场去的男人，能走动的老少男女差不多都来了，挤了一院子，算是给马王爷爷庆寿。果子红让人牵着，一出场人们就笑起来：先看见了一个醒目的大酒糟鼻头，红如海棠。"啊呀呀，怪不得叫个果子红哩！"女人们笑得用巴掌捂住了嘴。

果子红也不见怪，脸上挂着谦和、宽容、澄明的笑意，啪嗒一声，踏响了腿上的竹板，一仰脸，开口自报家门："山丹丹开花背洼洼红，难活不过咱没眼人。无父无母无亲人，人送个好名果子红……"

人们静默下来，不笑了。人人觉出了刚才那笑声的轻浮。有个女人突然抽泣起来，人们很惊讶，一看，原来是宝生他姐。她婆婆搂着孙子坐在旁边，登时垮下了脸，吼她说道："马王爷爷过寿哩，看不吉利的！就你眼窝子浅，存不住个马尿！"

果子红还是谦和温暖地笑着："这位大嫂想是家里有人下场去了，心里想得难活，先听我果子红唱个小段，排解排解愁烦。"说罢嘣棱棱弹起了弦子，开口唱道："家住陕西米脂城，四沟小巷有家门，一母所生二花童，奴名冯彩云……"

男人们哦一声，叫起来："哦，冯彩云！冯彩云！"

这一下，男男女女，大家都会心地笑，这是个人人皆知的故事，却百听不厌。说的是一个貌美如花的好女人怎样从陕西流落到这碛城地面，最后做了妓女，给一城的男人带来了欢乐。果子红是条云遮月的嗓子，略有些沙哑，却分外结实，是千锤百炼过来人的声音，唱这种酸曲小段，竟也有着黄钟大吕的苍茫。宝生姐听他唱，止不住地鼻酸。她觉得他似乎是专门唱给她听的，字字句句，话后面还有话，这让她分外动心。

“恓惶不过我出门人，举目无亲苦伶仃。好人叫做这赖事情，老天不公平……”

这个下午又快乐又忧伤，又红火又空净。村子几乎成了一个空村，只有一个场院是喧腾的，就像一颗分外壮硕、鲜灵的心脏。谁也不知道，灾祸正在向他们逼近。枪声响起时，人们还以为是谁在放炮仗。一只白公鸡扑棱棱跌跌撞撞飞进了碗秃家的窑院，扑腾一阵，痉挛着咽了气。这时人们才惊讶地看到那鸡身上的白羽毛被血染红了。

一村人，几十口子，叫鬼子堵在了这洒满树荫、宽敞、凉爽的窑院里。是一小股部队，三五十号人，荷枪实弹。后来才知道，这不过是一伙过路的鬼子。石湾村有史以来第一次和鬼子遭遇了。这个干干净净、本本分分的村庄还从来没有应付侵略者的经验。人们还没有从惊愕中回过神来，碗秃他大想起了自己主人家的身份，分开人群哆哆嗦嗦朝这群不速之客走过去，嘴里寒暄地说着：“来啦……”

话没落音，一把雪亮的刺刀就捅上来，扑哧捅穿了老人的肚子。那锋利的刀刃潇洒漂亮地一划，老人就开了膛。活了七十年与世无争的老人倒下去时，脸上还挂着温良谦和的笑意。肠子和血流出来，腥热地流了一地。他家的大黄狗见主人被伤，疯了，呜咽着扑上去就撕咬那凶手。砰一声，枪响了，大黄狗呜咽着倒地，眼珠子被枪打飞了，成了一个血洞。刹那间，刚刚还狂欢的院子里眨眼躺下了两具尸体，鲜血冒着缕缕热气。石湾村被这血气笼罩了。

“天杀的呀——”碗秃他娘白发苍苍，捯着两只小脚，就要冲上去拼命，让身旁的女人们死死拽住了。“天杀的呀——”她悲痛欲绝地嘶叫，愤怒地跺着她的小脚，两只眼睛里流出了血，人昏死过去。女人们架着她，鬼子笑嘻嘻地朝着人群中的女人们扑上去。大闺女小媳妇霎时发出尖叫，不年轻的媳妇也被他们撕扯着往人群外拖。有的女人抱着孩子，孩子让他们劈手夺下扔在地上。宝生姐被一个紫面皮小胡子揪着小纂儿倒拖出好远，一只鞋也在挣扎中掉了。她嘴里乱叫着救命，她喊爹喊娘，喊男人的名字，喊宝生，男人和宝生都不在跟前，救不了她。混乱中她突然听见了儿子荞麦尖厉的哭喊，一声递一声：“娘！娘！娘——”她拼了性命似的大叫说：“荞麦子你闭上眼，闭上眼……”她嘴里咸丝丝的，喉咙喊出了血，她不能让她的亲儿眼睁睁看着她受糟蹋。就在这时，忽然有人扑上来一把抱住了她的腿，一个颤巍巍沙哑的声音、云遮月的声音开口说道："行行好吧！求求你行行好！她是有儿有女、做娘的人啦，行行好给她留点脸面……"

"八格！"小胡子被这意外的抵抗激怒了，他松开手回身抽刀，嗖的一声，果子红的一条胳膊应声飞落在了地上。这条胳膊刚才还弹着弦子，飞落下去时细长的五个手指上还套着弹弦子的假指甲。方圆百里，没有谁的手比这只手更灵巧、更珍贵了。河边最有才情的一条臂膀，此刻残缺地躺在血泊中，像个假肢。果子红长叹一声，仰天笑了，那笑容有着明眼人所不能了悟的奇怪的澄明和悠远。果子红说道："你呀！你把我吃饭的家什毁了，罢，我跟你们拼了吧！"

说完他敛起笑容，一头朝那小胡子撞去。小胡子冷不防竟被这凶猛的决死的一撞撞倒了。他就像开了天眼一样在最后的时刻看见了这世界，他准确地一口叼住了小胡子的鼻子，咔嚓一声，传来一声狼嚎般的惨叫。枪声响了。接下来十几把刺刀戳到了这手无缚鸡之力的盲艺人身上。他倒在血泊中，嘴里咬着敌人的鼻子。

宝生姐吓傻了，瘫坐在了地上。发了疯的鬼子呼啦一下拥上去，眨眼工夫，她的衣裳就成了碎片。几十号人当着一村人的面，当着她公婆、儿女，当着几十岁的老人不懂事的娃，当着壮年的汉子、花苞般还没开放的姑娘，当着这些喊她婶子、嫂子、大姐或妹子的乡亲邻里，当着黄土高原最洁净仁义的蓝天白云，开始轮番作践这女人，糟蹋这女人，凌辱折磨报复这女人。这一场折磨比一百年还长……阳光白亮亮的，像是有一百个太阳悬在人头上，石湾村人世世代代还从来没有经历过这样一个让人无法容身的白昼。等他们再散开时，地上的女人早已没有了人形，哪里还是那个温顺羞涩的农家媳妇、高原上玉米一样饱满的媳妇？只是一堆污秽不堪的血肉，赤条条的，身上连一丝丝遮挡都没剩下，一丝丝余地都没留下。肿胀的一张脸看不清眉眼五官，只听见她出气的声音，像呼啸一样尖厉、刺耳，令人惊心。

男男女女，一村人都把眼睛闭上了。

石湾村血案

这一天，六月二十三，马王爷寿诞日，石湾村的女人们，闺女媳妇，二三十号人被鬼子驱赶进村中花厅院糟蹋了。

花厅院是石湾村最气派的建筑，明柱厦檐的砖石窑洞，背山面水，依着山势，建在山坡高处，看上去像是窑上叠窑。这家的主人不是买卖人，也不种庄稼，是行伍之人，行踪不定，原只有一个老娘住在这里，后来老娘去世了，这窑院就一直空着，住着几个看门照户的底下人。当初他家盖这窑院，据说请了几个南方来的石匠、木匠，所以这窑院所有的窗棂门楣上木雕、砖雕，雕的都是细巧精制的花样：富贵牡丹啦，喜鹊登梅啦，兰花菊花啦，木樨海棠啦，色色都是花事。村人就把这院叫作花厅院。

花厅院算是石湾村的一个制高点，站在这院里，瞭山、瞭坡、瞭河，甚至瞭得清河心中那块雄奇的碛，风光尽收眼底。只是这一天，河和碛都被糟践了。花厅院变成了人间地狱。

这一天，干干净净的石湾村脏得不成样，污秽得不成样。血流成了河，人血、牲畜的血浸透了黄土。腥热的血气笼盖了村子，几天几夜不散。

猪、羊、鸡、牛能杀的都让杀了。临走顺手又点了几座窑院。碗秃家的窑院让点了，那几具尸首都烧成了黑炭。

宝生姐让人抬回家还有一口气。当晚，这口气让她挣扎着爬，爬下炕，爬到水缸边，一头栽进了水缸里。那水是黄河的水，她喝了三十年……她婆婆在那厢其实听到了动静，却忍住泪没有过来。她婆婆想，孩儿啊，死吧，死了干净，死了就不遭罪了，死了就能给众人一个交代了……

这一晚，被凌辱的女子媳妇们都思谋着寻死，投河的投河，上吊的上吊，好在人们搭救得及时，没再出人命。这一夜是一个不眠的长夜，一夜长于百年，说的就是这样的夜晚，石湾村被女人们绝望的哭声折磨着，煎熬着。到早晨，村里说得上话的几个老人家不约而同来到了村中心高圪台院，去见这石湾村最年长也最有威望的老人陈卯根。于是这天清早，七十八岁的陈卯根老人出现在了石湾村血污未干的村街上，手里拿着一面平素里戏台上用的铜锣，身后跟着那几个苍苍者。陈卯根一边走，一边咣地敲响了铜锣，锣声远远划破了河面上的雾气。他用苍老沙哑的声音仰天喊道："日本鬼子来了——是遭了天年，乡亲们大家——不要怪见……"

一语喊罢，他老泪纵横。

那一天他爬坡下沟，走遍了石湾村，一边走一边敲一边喊。他用他七十八岁的老脸，为那些受凌辱没有勇气没有脸面活下去的女人恳求着世人的宽宥。

鲍仇出世

白露过后，起场的日子到了。

这一个夏天，宝生变了不少，人壮实了，性子也开阔了，话也多了。性子一开阔，眉眼也变得宽展舒朗。伙计们开着宝生的玩笑，说："宝生呀，你发财了，回去小心姑娘场里的姑娘们掏空你的身子，再掏空你的钱褡子！"

宝生笑而不答，心想，你当我是你们哩。

党参、黄芪还有蘑菇这些山货都叫他装进了来时装粮食的口袋里，捆扎结实。那宝贝大茯苓则背在他自己身上。这些宝贝呀！他抚摸着口袋，骄傲地微笑。有经验的驼工们给他估算过，这些草药、山货差不多能淘换回半峰骆驼了。照这样干下去，明年再干一个夏天，兴许宝生就能有一峰自己的骆驼。"宝生呀，"四喜叔含着烟锅子对他说，"山神爷另眼看顾着你哩，你可要知足。"

宝生知足。他不贪心，他不急着要自己的骆驼，他只要够给姐打一对银镯子，给姐的公婆各扯一件衣裳就心满意足了。剩下的钱给外甥们买些点心冰糖，若还有富余，就把它们一分不剩当着姐的面都交给姐夫，也算他们收养他一场。

不知不觉，宝生变得宽厚了，心里有了地方念起高家的恩情。高家对宝生是有恩情的呀！到底没让一个七岁的孤儿讨吃流浪，流落他乡，或是落到人贩子手里，从此和姐天各一方。不管怎么说，苦也罢，委屈也罢，他们让他和姐厮守着长大了，让姐把他亲着疼着疼了这么长远。宝生这样想着，眼眶子就发热了，心变得很绵软，像被太阳照暖的一池山水浸泡着。

碛城可真是热闹。在深山里钻了三个多月，猛一回来，不由得让人想起那句老话：山中方一日，世上已千年。人走在狭窄的街上，喧嚣的市声像河浪一样一涌一涌，涌得人东倒西歪，几乎站不住脚。一连几天，宝生忙着出手他的山货宝贝，忙着跑银楼、逛布店，晕乎乎的，乐陶陶的，吃醉了酒一般乐过了头。在银楼里，他拿不定主意该选个什么款样，左思谋右思谋，正在为难，只见一个女人水一样荡进来，说："掌柜的，取镯子。"

这女人一看就知道是姑娘场的，解放脚，穿一双绣花鞋，满鞋帮绣的是秋海棠，猩红欲滴。虽说已是过了白露的节气，身上却仍然是一件单洋布衫，袖口宽宽的，倒是素净的月白。她站在那里不声不响，并不张扬，可银楼却分明变得逼仄了，逼仄得让人气都喘不均匀。镯子取来了，她随手套到了腕子上，试着大小。是一种绞麻花的银镯。银镯在她水葱似的腕子上上下滑动，指尖涂了凤仙花，也是滴血的。她随意一抬手，霎时，满屋子波光潋滟，风生水起。

宝生的心一阵乱扑腾，像囚了一林子的鸟。

就选这种绞麻花款样了。镯子揣在怀里，迈过银楼的高门槛，站在秋阳下面，宝生忽然觉得有些心虚：给姐买了和这种女人一样的东西，这是怎么说？

知情的人看宝生这样快乐地忙，都不忍心告诉他实情。东家、掌柜、伙计，就连一块下场回来的生死弟兄们，现在也都知道那惨事了。没人再开宝生的玩笑，私底下，倒觉得还真不如让姑娘场的姑娘们掏空他的钱褡子好受些。四喜叔望着他春风得意一门心思奔光景的背影，告诉众人："让这娃再高兴两天吧。"四喜叔这是第一回叫宝生娃，他知道，这两天的高兴、欢乐之后，这娃，这苦命的娃一辈子也不会再高兴了，永辈子也不会再高兴了。

东西置齐了，镯子、布料、冰糖、炉食、枣鼓仙，吃的、用的一样也没落下。还专门到祥记烟草行买了两包洋旱烟，一包"单刀牌"，一包"大婴孩"，是预备让姐夫年节款待亲朋的。东西扎裹停当，该背的背，该提的提，跟东家告了假，临出门，四喜叔叫住了他。四喜叔对他说："宝生啊，听没听说过那句话，山中方一日，世上已千年？"

"听说过呀。"宝生点点头，心里却有些犯疑惑，"叔，咋想起问我这？"

"不咋，"四喜叔在窑墙上猛地磕了磕他的烟袋锅，"听说过就好，咱在山里钻了这些日子，谁知道这人世上有多少料想不到的事？叔是提点你一句。"

这话让宝生心里一咯噔，可他的心让快乐塞得太满了，没有地方装别的东西，哪怕是先知的启示。他快乐得像匹青春的骏马撒欢出门，身后，十几双弟兄们的眼睛怜惜地望着他渐渐远去的背影。

后来宝生想，从天堂到地狱的路，原来只有不到八里。

他差一点认不出石湾村，烧焦的大榆树、大火熏黑的街墙、坍塌的窑院、空气中弥漫的哀伤，满街上，狗不见一条，猪不见一头，连鸡也不见一只，像走进了荒村，像走进了鬼村。宝生腿软了，忽然想起了四喜叔的话：山中方一日，世上已千年。他心慌得要命，拔腿朝家里跑，一边跑一边拼命喊叫："姐！姐……"窑门开了，院门开了，姐夫、外甥外甥女迎出来，姐的公公婆婆，两个老人家也迎出来了，唯独没有她——宝生最亲的亲人，这世上独一无二的那个亲人。然后，他就看见了外甥和外甥女，都戴着重孝。恐惧就是在这一刹那像最黑最深最绝望的黑夜一样把他吞没了。

河对岸是边区。

这一天，边区招募新兵，一个风尘仆仆脸色阴沉的年轻后生来到了报名的地方。穿军装的文书戴眼镜，毛笔字写得很流畅。文书捏着羊毫，问年轻后生："叫什么名字？"

"报仇。"

"鲍仇？"这文书是南边人，不大听得懂黄土高原上的土话，"哪个鲍？哪个仇？是丰鲍史唐的鲍吗？鲍参军的鲍？"

后生不识字，也没有背过百家姓，他当然是要"参军"的。他重重地点头。从这一刻起，这世界上就没有常宝生这个人了；从这一刻起，一个叫鲍仇的人出生了。枪杆子握在他手里的时候，他忽然想起了山气那一声长叹："咳——这世道！"是，现在他终于明白了，这世道需要的是更有劲的东西：以血还血。

奥州的耕夫

一只饥饿的鸽子在废墟上空盘旋。从前，炮火毁灭它之前，这里——闸北三义里是它的家园。它飞，飞，再也飞不动了，差不多是倒栽葱栽了下来，冷漠地等待着死亡来把它带走。

一个人走在了死亡的前边。他双脚停在它身边，救起了奄奄一息的它，喂它水，喂它面包屑和饭团。这鸽子，它不知道自己是幸运的，多少生灵死于战火、饥饿的时候，获救的小小的它被当作了某种象征。后来，它被这个救它的人漂洋过海带到了一个叫大阪的地方，这个人显然是个理想主义者，他希望它能在异国他乡幸福地生活，并恋爱生子。可是这只闸北的鸽子却一直是孤独的，对家乡故土同伴的想念使它郁郁寡欢。它没能等来爱情，也没能完成使命，第二年它就死了。那个理想主义者非常遗憾，他把它埋葬在了自家院子里，并为它立了一个木头的墓碑，上面写着三个字：三义塔。

这个人就是大阪人西村真琴博士。而这只来自三义里的鸽子，被鲁迅先生比作了填海的精卫。

昭和十六年（1941），一个叫吉田耕夫的年轻人被征召入伍。他和他的同伴在海上航行了七天七夜之后，抵达了中国的旅顺港。远远望见陆地的那一刻，他心里就咏叹般回响起一句话："你不要死去。"

《你不要死去》是女诗人谢野晶子一首著名的诗歌，副标题是"为包围旅顺口军中的弟弟而悲叹"。现在，旅顺口就在他们眼前，在他们这些青春的热血澎湃的生命面前——又轮上他们了。轮上亲人们为他们悲叹：你不要死去。

此刻，这些青春而狂热的年轻人望着他们即将踏上的别人的国土、即将到来的杀戮和牺牲，激动地唱起军歌："越过高山，尸横遍野；越过海洋，尸浮海面；为天皇而死，视死如归……"雄壮的歌声把一群围着轮船盘旋的海鸥都惊散了。只有吉田耕夫和这狂欢格格不入，这一路上，他就和他们格格不入。他的嘴里发不出这样激昂酷烈的声音，那些激昂的酷烈的声音像大风，把他心里的声音吹得飘飘摇摇，那是一个柔软悲伤的女声："啊，弟弟啊，我为你哭泣，你不要死去！"

刹那间，他的眼里涌出泪水。

这是他的祖国，这个悲伤缠绵柔情似水的声音，才是吉田耕夫祖国的声音。

吉田的家在福岛，那是被人称为奥州也叫陆奥的东北地区，到处是火山、温泉和美如仙境的湖泊。到秋天，红叶把群山映照得就像点燃了熊熊山火。从前，象征文明世界的白河关就设在福岛的南边，而白河关以北，一路北去，就是文明抵达不到的狭路。这种比喻让幼年时的吉田耕夫常常以为：文明大概是种特别肥胖的动物，所以白河关挤不进它臃肿肥胖的身体。长大后，有一度他迷恋诗歌，也喜欢偷偷写诗，他写的第一首诗的题目就叫“文明是个特别肥胖的动物”，写他对家乡的眷恋。那时，他已经是东京某医学院一年级的新生了。

隔绝南北世界的白河关早就不存在了，但是和东京这样的都市比起来，东北仍旧是一条现代文明无法深入挺进的狭路。那里的河谷仍旧是传说中河童出没的地方，那里的山林仍旧藏着那些不知何时就会和你遭遇的雪女、山姥、山男这些妖异。那里仍旧要在炎炎夏季举行盛大仪式驱赶睡魔，那里有一个岛，是新年妖魔生剥的家乡。除夕之夜，男人们头戴面具，身披海草，手执铁刀，嘴里发出嗷嗷的怪叫，敲开家家户户的大门，一边祈祷来年的丰收，一边要厉声发问：“家里有没有不听话的孩子?”

三百年前，松尾芭蕉游历东北，写下了不朽的篇章《奥州小道》。他笔下北方神奇不朽的美丽和宁静，那些沃野、山峦、村庄、河流、幽静的禅院、与美景浑然天成的插秧少女、雨里的花朵、声声入心的蝉鸣，这些是耕夫心中日本的象征。在喧嚣的东京，在战争到来的狂热骚动的前夜，耕夫尤其感到了和这帝国心脏的隔膜。耕夫从小没有父亲，他在女人们的教养中长大，家里的几亩田地在父亲死后就被变卖了，母亲和两个姐姐用卖地的钱经营起一家小小的温泉旅馆。那旅馆朴素无华，却细致洁净，处处流露出女人的细心。母亲和姐姐们就是靠着这小小的旅馆，含辛茹苦，将这唯一的儿子、弟弟抚养长大，养成男子汉，出白河关，南下东京读书，刚刚毕业，做了一名见习医生。然后送他去别人的土地上，杀人或者被杀。

两个姐姐一直没有嫁人，特别是大姐，她的美丽聪慧远近闻名，为了养家，她从中学辍学时所有的教师都为她惋惜不已。如今，她三十二岁了，细细的鱼尾纹已经爬上了她美如凤目的眼角。她最美的岁月、最娇媚妖娆的岁月已经悄悄逝去了。她盛开然后兀自凋谢，就像一棵寂寞的樱树。耕夫曾经有过冲动，他想毁掉自己的手，这样他就能逃避征召了。可是毁掉他的手，也就毁掉了他作为一个外科医生的前程——他的理想是做一个出色的外科医生。就在他犹豫的时候，结局出现了：入伍通知书寄到了他手里。

大姐特地从福岛赶来为弟弟送行。这是她平生第一次离家来到这么远这么繁华的城市。他们只有一小时见面的时间，就在军营外面一个小广场上。

这一天是5月5日，传统的男童节，东京上空飘扬着无数面鲤鱼旗。鲜艳的鲤鱼旗让大姐禁不住热泪盈眶。她从行囊中掏出用菖蒲叶包裹着的甜米糕让弟弟吃，这是每一个男孩子在男童节这天必吃的美食。耕夫本来想说："姐呀，我已经二十四岁了，不是小男孩了。"可是看着姐姐殷切忧伤的眼睛，他咽下了这句话。他剥开了菖蒲叶，一下子，糯米和红豆的清香扑面而来。童年和陆奥的气味、难舍难弃的家乡的气味扑面而来，他的脸白了，他抬起眼睛说道："大姐，以后母亲就拜托你们了，我……"

大姐伸出一只手堵住了他的嘴，那只手在初夏的天气里如同冰一样寒冷。大姐的脸突然严峻得如同一个石像。她慢慢从怀中掏出一样东西，一个锦囊，抽带的小锦囊，又从锦囊中取出一小卷折叠得整整齐齐的白绫，她说："打开它。"

耕夫接过来打开了，上面密密麻麻写满鲜红夺目的字迹。

"你念给我听听。"大姐说。

耕夫开始念："弟弟呀，我为你哭泣，你不要死去！你是咱家最小的弟弟……"

耕夫震撼了，这是日俄战争时谢野晶子那首著名的诗歌《你不要死去》，姐姐把它一字一字用血写到了白绫上——用她浓艳的亲人的鲜血，悲情万里的鲜血，怪不得它们红得这样怪异这样令人惊心。耕夫的声音颤抖了："双亲何曾教你紧握利刃，为了杀人到前线去？双亲把你养育成二十四岁，哪里是为了你先杀别人后葬自己……"

他读不下去了。

"耕夫！"姐姐的声音斩钉截铁，像要把这些话钉进他心里，"你要起誓，你不能死，我决不让你死！"

"哈依！"耕夫热泪滚滚，"我起誓，我一定不死！"

姐姐把这个装了血绫的锦囊挂在了弟弟脖子上。其实，他们心里都清楚地知道一件事，对一个就要上战场的人来说，死比活下来容易。

吉一刀

"越过高山，尸横遍野；越过海洋，尸浮海面；为天皇而死，视死如归……"

他们就是唱着这样的军歌挺进到了大陆的深处，踏着成千上万的尸骨。死死死，可是耕夫不能死。

一年后，在一次对八路军根据地的“大扫荡”中，吉田耕夫神秘地失踪了。是阵亡还是被俘，或是被暗杀，没人说得清楚。一直到第二年、第三年，仍旧没有他的下落。那时，他家乡的母亲已经在对他无望的思念中生病去世了，他在福岛的姐姐终于在第三年冬天，一个大雪纷飞的早晨，接到了军方的通知，他被正式列入了失踪者的名单。

北方山区，某所八路军后方医院，却多了一名非常杰出的外科医生。他医术十分高明，经他的手不知救活了多少濒危的重伤员和重病号，人送外号吉一刀。这个吉一刀对工作舍生忘死，热爱那些血淋淋溃烂的伤口、残缺的肢体和器官，热爱那些冷冰冰的金属器械，刀、剪、止血钳。他纤细敏感的双手摆弄这些冷酷的玩意和血肉模糊的肢体，就像抚摸恋人一样温柔多情，而对真正的活人，他却不苟言笑，严肃、冷漠。

伤员和病人很信赖他、尊敬他，也没人计较他的冷漠和严肃：一个日本人嘛，说不了中国话。大家把他的不苟言笑理所当然地归结到了不会说中国话这个理由上。一年又一年，他的中国话其实已经说得很不错了，可他仍然沉默寡言。

他秘密投奔到八路军根据地之后，第一次公开了自己真实的身份：日本共产党员。这是一个连姐姐、母亲这些至亲都不知道的秘密。作为一个共产主义者，他是没有国界的，他亲眼看到自己的同胞怎样在别人的家园作恶，烧杀抢掠，一个共产主义者怎么能做军国主义和侵略者的帮凶？他别无选择。这是他背叛自己族群的唯一理由——为了信仰和正义。但是，他无论如何没有想到，背叛原来竟是这样痛苦，不管是为了多么高尚正义的理由。

是，他别无选择，因为无论怎样选择，他最终都是一个背叛者，要么背叛信仰，要么背叛血脉相连的族群。

他忘我地、狂热地工作着，每当他治愈一个伤员，他们在重返战场前向医生护士告别并道谢时，人人兴高采烈，嘴里说：“多杀几个敌人！”他心里总是一沉，他治好了他们，救活了他们，可以让他们去杀敌了。那敌人是他的同胞，也许是他东京的同学、同事，也许是他冰天雪地陆奥的乡亲，也有一个姐姐、母亲或者是恋人，在等他回家。

一次，医院送进来一个被俘的日本士兵，是一个军曹，被地雷炸断了一条腿，他是在昏迷后被俘虏的。他的伤口感染得很厉害，发着高烧，人始终昏迷不醒。高烧使他一直说着胡话。耕夫很震撼，他一下子听出了那是乡音，久违的福岛县的口音。他听他用福岛话高声叫骂，大喊冲锋，更多的时候，则是不住口地叫着一个名字："弥生——弥生……"和这个弥生说着一些没头没脑谁也不知底细的话。"3月呀？3月18日吗？太美了！""月轮渡？哈依，我知道了，为什么要去阿武隈川？真热呀！弥生，真热呀，真热呀……"他默默听着这些无人能懂的谵语，他熟到骨缝里的乡音，强忍着不让自己掉下眼泪。

他给他做了截肢手术，却仍然没有救活他。伤口感染引起了全身的败血症，那是无药可救的。三天之后，他死了。整理他的遗物时，从他贴身的衣袋里掏出一张和服少女的照片，耕夫一眼就认出了他家乡少女那种特有的纯朴的娇羞和干净。他想，这一定就是那个弥生了。

这张照片，他仍旧放进了死者的衣袋里，紧贴着他的胸口、他的心。耕夫想，就让这个姑娘陪伴他吧，陪伴他留在这片被他蹂躏践踏又夺去他生命的陌生土地上，这是他能为一个同乡做的唯一的事情。

他非常难过。

有一天，医院又送进来一个日本战俘，是一个少佐。他的肚子被子弹打穿了，需要立刻手术。那天是耕夫主刀，在麻醉之前，他用日语向他解释了几句手术事宜。俘虏突然发问："你是日本人？"

"是。"他犹豫了一下，还是诚实地回答。

那个俘虏，那个少佐陡地变了脸色，他挣扎着用力一滚，竟滚下了手术台，血突突突从伤口里朝外涌，像一眼血泉。他大口大口喘息着，鄙夷地瞧着耕夫，说道："走开，别拿你的脏手碰我！"

耕夫试图靠近他，他拼命狂喊、叫骂、挣扎，血在他身下奔涌着流成了小河。渐渐地，他的叫骂变成了呻吟和呓语，等到人们手忙脚乱再次把他抬到手术台上，已经晚了，他因失血过多而死。他宁愿这样流尽鲜血也不愿让一个族群的叛徒来拯救他的生命。

这已经是1945年，一切就要见分晓了。苏联红军出兵东北，美国的原子弹扔到了日本国土上。日本已是一片焦土了。在最后的日子里，裕仁天皇写下了这样哀伤的诗句：

冬天的白雪犹如
5 月绽放的樱花
无情的时光
将两者磨灭

日本投降了。中国人万众欢腾喜泪狂流迎来了这一天，而在日本，这一天也是泪流成河。血也还在流，有人因为战败切腹自尽。为这样一个结局战斗了这样长久的反法西斯战士、共产主义者吉田耕夫，这一天，在中国人狂欢的时刻，却突然比任何时候都更强烈更深刻更切肤地感受到了一个大和民族子孙的悲伤。他身上流着日本的血，但他不知道，悲恸的日本还要不要他的眼泪。

姐姐送他的血绫藏在锦囊里，像护身符一样挂在他脖子上，紧贴着他的胸口，贴着他的心。这心怦怦怦跳着，多么幸运：他活下来了，遵守了誓约。但是他感到了这誓约的轻。他滞留着，一天又一天，一年又一年，他身上的军装从八路军换成了解放军的。他跟着部队，跟着医院，转战南北，走出太行山，渡过了黄河，再后来，长江都过去了。百万雄师过大江的壮丽奇观让他激动，一个理想在眼前就要成为现实的美好愿景让他激动。他想，这多么好啊，就这样活在理想之中吧！他又想，不要回头，不要回头，不要回头，有些人生来就是要背叛自己族群的，这就是命运，没有办法。

他滞留着，不回头。因为他不知道该怎样面对那一片焦土，他的河山，他神奇美丽的陆奥，他的日本。

谁拾掇好了我

这一天，一个血肉模糊的重伤员被抬进了手术室。他是被敌人飞机空投的炸弹炸伤的，炸弹的碎片像匕首一样插在了他的肺叶里，情况十分危急。手术是耕夫亲自动手做的。除了这个致命的伤害，他身上还有其他大大小小的伤口不下十几处，耕夫差不多是把这个炸零散的人重新连缀了起来。手术一连做了八个小时，人人其实都已不抱希望，那些手术台前的护士和助手背着耕夫互相摇头。耕夫自己其实也没有任何把握，只是他不放弃。

手术十分完美。

一天一夜后，病人从麻醉的昏迷中睁开眼睛，却又立刻陷入术后吸收热和感染的高烧之中。没有特效药，他在高烧中挣扎，就像一只小船在滔天巨浪中颠簸。耕夫站在他的病床前，默默望着他，在心里对他说："现在看你的了，伙计。"

十天后，这只挣扎颠簸的小船靠岸了，他渡过了手术后最可怕的感染关。这个人可真坚韧啊！打不死拖不垮说的就是他，刀枪不入说的也是他。他好像不是血肉之躯，而是一具铁打的身子。他颠簸着活了过来，创造了奇迹。他们俩共同创造了奇迹。人们惊叹着他的复活，也惊叹着那神迹般的医术。他清醒过来后对护士说的第一句话就是："谁把我从阎王那儿拽回来的?"

"吉一刀！"护士骄傲地回答，"除了他谁还有这本事?"

第二天，耕夫来为他换药、检查伤口，他对耕夫说道："听说是你把我拾掇好的?"

"是，"耕夫回答，"你还真不好拾掇。"

这个被称为鲍团长的人，忍着周身的疼痛龇牙咧嘴地笑了，他说："你真有本事，能让人二世为人。不像我们，只会打仗杀人。"

他没说谢字。这个字太轻。一个谢字怎么能担得起救命的大恩义？他知道，从今往后，他过的每一天、每一个日子都是这个人给的。这份恩情，他要背负到死。

他不是个聒噪的人，惜话如金，这番话对他而言已经算是长篇大论。他躺在病床上，很安静，甚至比昏迷时还要安静。昏迷时他还有过不自觉的呻吟、喊叫，清醒过来他就成了一个没嘴的人。这异样的安静让看护他的护士很担心，也不习惯，这静默是有重量的、沉甸甸的，让她呼吸不畅。于是，她忍不住会小心翼翼发问："你疼吗鲍团长?"

他总是对她笑笑，摇摇头。

但她知道他一定是疼的，没有特效的消炎药、止痛药，一个血肉之躯和如此惨烈的伤口搏斗是惊心动魄的。她见过太多太多，她听过从疼痛的身体里发出的非人的惨叫，那惨叫甚至让她有过作孽的想法：老天爷，让他死吧，别再折磨他了！这样的时候，这个脆弱的姑娘就觉得自己不是一个合格的好护士。可面对一个如此隐忍沉默的病人，她仍然觉得自己是不合格的。

“鲍团长，疼得厉害你就喊叫吧，这里离大病房远，没人听得见……”有一天，她给他换药时终于忍不住对他这么说。

他没有喊，瞧着她，突然没头没脑说了一句：“你真像一个人。”

她有一张圆圆的饱满的脸庞，洒满阳光，明亮、温暖、干净，像田地里寻常却好看的果实。这是他死里逃生重返人世，睁开眼睛后看到的第一样东西，他最软弱无助的时候看到的第一样东西，那么美好，几乎让他产生错觉。他差点脱口喊出一声来，要不是那个称呼太重、太大、太珍贵，十年来在他心里山一样生了根，它也许就冲口而出了。这让他从此以后对这个姑娘有了一种不同寻常的感觉，觉得她——亲。

这姑娘姓高，叫高暖，人人都叫她小高，其实她是个矮个子，一笑两个深深的酒窝。小高没有想到这沉默的人竟迸出这么一句话，惊愕地望着他，问道：“像谁？”

他没有回答，阴云笼罩了他，他血肉的脸渐渐又变成了冷硬的石头。她没有再问，一定是一个伤心的故事。她想，是他的恋人吗？这叫她隐隐觉到了不安。现在，笼盖着他们的沉默中，不知不觉有了一点暧昧。小高借故走出了病房，来到院子里，山风吹着她的脸，是南方的风，温婉、缠绵、青翠欲滴，不像她北方老家的春风那样浩浩荡荡，她这才觉出自己的脸很热。

从这天起，他们两人独处时，小高变得很爱说话：她决心要驱走那让她不安的静默。她一个人自说自话，换药的时候，打针的时候，喂他吃饭喝水扶他下地走动的时候，她的话东一榔头西一棒子，像乱流河。这一天，她说：“这里真绿呀，才刚刚 3 月就这么绿，这要到五六月份，真就要绿得化不开了。鲍团长，听口音，你也是北方人吧？你也没见过这么绿的 3 月是不是？可惜呀，六号病房三十二床的那个战士，还是个孩子呢，十七岁，再也看不见春天了，他的一只眼睛让刺刀扎伤了！送他来那天，吉医生刚好不在，是——嗯，是别人给他做的手术，感染了，没办法，只好把另一只眼睛也摘除了。所以说啊，送到我们这里来的伤员，能碰上吉医生是最大的幸运啊……”

再一天，她又说：“鲍团长，今天十六床的王营长出院了，跟大家告别……可惜吉医生不在，这几天他有一个重要任务出去了。王营长很难过，那是当然的呀，王营长的手术也是吉医生做的，做得真漂亮啊，吉医生的手简直是神手……"

就像水流千遭归大海一样，她的话不管怎样开头，到最后，都不知不觉流向同一个去处、同一片汪洋。那是一个能容纳她一切幸福的地方。她细细的眼睛，这时充盈着春水，她的声音也像是沉在水里一样被水泡得绵软。鲍团长，鲍仇明白了一件事，这姑娘原来喜欢上了那个吉一刀。

战争、死、血污、被炸弹炸成零碎被刺刀捅穿眼睛，无论多么残酷，多么惨烈，都不能阻挡一个姑娘破土而出的恋情。鲍仇深深感动了，他想，那小子可真有福分哪！可是他觉得心里有什么东西开始缓慢地往外流，流，心好像也要随这东西流走了，那是不舍。他深深地、眷恋地望着这个善良的姑娘，像离别一样不舍。

"你们快结婚了吧?"他突然打断了她的话，"什么时候吃你们的喜糖?"

她愣住了，这猝不及防近似粗鲁的提问让她不知道怎么回答。她脸红了，说："你说什么呀鲍团长！仗还没有打完，新中国还没有成立呢，哪能考虑个人的事?"

这一年，吉田耕夫三十三岁了，一个三十三岁从战火硝烟中走来的男人，心深似海。十九岁的女护士是估量不出那心的深度的，所以她更想把自己当作一块石头，投进那海中去探底。

起初，她并不知道他国际战士的身份。他的中国话已经说得很流利了，有一点点南腔北调，但是在部队这样一个五湖四海汇聚的地方，南腔北调又有什么奇怪呢？那时，她刚刚参军，因为读过初中，有文化，就被送去参加了一个护士的培训班，三个月后，分配到了这所野战军医院。

第一天，她就赶上了一个腹腔的大手术。她站在手术台前，双腿打着哆嗦，几乎要虚脱，她没有想到人的五脏六腑袒露出来原来是那么丑陋、荒诞！而且她也没想到血也会冒泡。"止血钳。"主刀医生头也不回地伸出一只手，她惊慌失措递上去的是一把剪刀。主刀医生一看剪刀，回头愤怒地瞪了她一眼，说了声："出去！"

这个主刀医生就是耕夫。

她哭得很伤心，第一天上阵就让人轰下了战场。傍晚，耕夫来找她了。耕夫说："听说这是你当护士的第一天?"

她没说是，也没说不是。她望着这个严厉的、严肃的、毫不留情面的医生，说了一句："我不是害怕，我是觉得，人的内脏太丑了。"

这个回答，显然让耕夫感到了一点意外和有趣。

"是啊，所以神才不让它们暴露在外面。"耕夫这么说。他是从不开玩笑的，这是破天荒的一次："能够看到它们的人，是神信任的人。"

无论从前还是后来，高暖都没有再听到有人用这样的语言来形容外科医生这个血污的职业。她很感动，她说："吉医生，你放心，不会再发生那种事了。"

就是从那个晚上起，她立志做一个世界上最好的护士，不辜负这信任：神的，还有这个严肃的男人的。她很快就发现了这个男人的神奇，他创造了一个又一个起死回生的神迹。神信任他，她想。这里的人，一个军的人，上上下下，人人都十分尊敬他，但是他不快乐。以她十九岁涉世不深的眼睛，也能看出他的不快乐来。

有一天，他们在三岔河边遇见了。那时他们的野战医院刚刚转移到这山里不久。傍晚，她去河边收晾晒的床单衣物，他刚好也在收自己的衣服。那些衣服让他洗得很干净，一个男人能把衣裳洗得这样干净，让她暗自惊讶。她不由得脱口说出一句话："吉医生，我们护士班的战士为了你打赌来着。"

"为我？打赌？"耕夫有些惊讶，"赌什么？"

"我们赌你到底有没有……爱人。"

他笑了，望着她，随口问："你呢？你赌我有还是没有？"

"我不知道，"她老实地回答，"不过我对她们说，我希望你没有。"

他愣了一下，这个姑娘默默地望着他，那眼睛温柔如水，却有一种沉静的执拗，让他产生错觉——多像他家乡姑娘的眼睛。他心里一揪，痛了一下。深秋的季节，河水变得清冽，山林里传来他熟悉的杜鹃的哀鸣。他想起一句和歌："山鸟哀哀鸣，思念父母亲。"这里有哪个姑娘能和他这样一起思念呢？思念那片魂牵梦绕却又不敢面对的土地。或者，假如，仅仅是假如，有一天他想回家了，可以回家了，又有哪个姑娘能抛开这里的一切和他同行？

香草般的姑娘啊，他几乎是凭吊般想，不是他的。

他笑了："你可以告诉和你打赌的人，等世界革命胜利了，我会请她们吃喜糖。"

她仍然不知道他有没有爱人，她只是更深地感到了他是不快乐的，尽管他说的是光明的豪言壮语。他眼睛里有一种忧戚的神色，这让他像一个诗人。

这天，她去军部办事，碰上一个一同参军的小老乡，小老乡在军部做文书的工作。小老乡问她说："嗨，怎么样，国际主义战士好不好相处?"她听不明白，说："什么国际主义战士?"

"你的首长，吉一刀啊！你不知道他是日本人?"

天！原来他是个国际主义战士，原来他是个日本共产党员！怪不得呢，她想。她一下子觉得自己明白了他忧戚的缘由，他不快乐的缘由。她几乎是一路狂奔回到了野战医院，当她气喘吁吁来到耕夫面前时，她的心狂跳不已，她望着他，说了一句："您太像一个人了——小林多喜二！"

那是她知道的唯一一个日本共产党员。

妩媚的微笑

天气一天一天热起来，鲍团长能下地了，能拄着拐杖到囚室似的病房外四处走走了。果然，这里真绿啊，四周的山绿得密不透风，山上的树也大多是他叫不出名字的南方的树。到处是竹林，他们的医院被竹林三面包围着，怪不得他们天天都能吃到新鲜竹笋。

山根下有一条河，河水也是绿的，是让林子给映绿了。别人告诉他，这河也没个正经名字，就叫个三岔河，也不知道它到底在哪里分岔。河边长满野草，草丛中点缀着野花，五颜六色，仔细看竟也有老相识，不知道这里人叫它什么，在他的老家都叫它山丹丹。鲍仇望着它们，想起了遥远的、远如前生的岁月，竟出了一会神。

河边有一块状如龟背的大石头，洁白干净，常常有人在上面晾晒衣裳。这天，鲍仇远远就看见小高好像在石头边寻找什么。他拄着拐杖走过去，拐杖嘚嘚的声音居然没有让她抬起头来。他只好咳嗽一声，说："找什么呢?"

小高吃惊地抬起头，看见是他，笑了，说："能走这么远了。"

"我要是敌人，抓你这个舌头可太容易了。"他的话虽是开玩笑，却有着真的担心。

"这里是后方啊！"小高笑得很无辜，很天真，带着一点狡辩。这一刻她就像个黄土高原上娇憨的不懂事的小女子。她笑吟吟望着鲍仇，说道："鲍团长，你认识草不认识?”

“草?”鲍仇这才看见她手里握着一大蓬野草，双手都让草汁染绿了，好闻的草腥气，他熟得不能再熟的气味，在阳光下翻腾着，就像酒香，“认识呀，你找啥草?”

“忍草。”她回答。

“忍草?”他摇摇头，“没听说过。”他朝脚下的野草望过去：“你还别说，这里的草也和咱北边的不一样，好些叫不上名……哦，这是香茅，这是蒿子，野艾蒿，这有些像咱们的猪耳朵，荒年里是救命的东西。这是茵陈，这是线叶菊，这好像叫雷公根。”他用一根拐杖指点着：“忍草?没听说过，是不是名字叫得不一样?”

“不知道，”小高摇摇头，“吉医生说，在他们老家，人们用那种草染衣服。他们老家有一块大石头，和这块石头有点像，叫染衣石，就是专用来搓草汁在上面染衣服的。那石头是灵石，你想哪个亲人了，就拔下些麦草叶在上面搓，搓着搓着，你就能看见你想见的那个人……”

“真的?”鲍仇很惊讶，“还有这种石头?好稀奇!吉医生老家在哪里呀?”

“远着呢，福岛，在日本。”

“哪里?”

“日本。”小高回答，“哦，原来你不知道啊，吉医生他是日本人。”

“日本人?”

4月的阳光仿佛砸下来一样，砸到鲍仇头上，他蒙了。

两天前，也是中午，午饭后，难得有点空闲，耕夫一个人来到三岔河边洗衣服。太阳将河水晒得又暖又香。他正洗着，一个人蹲下来，把他手里的衣服抢过去了。

是高暖，小高。

他坐下来，坐在那块洁白干净的大石头上，默默地看小高洗衣服。流水的声音汩汩的，很响，水很香，四周的草、树叶、竹林都是香的。草香是耕夫最喜欢的一种香气。世界真静。他忽然就对小高说起了忍草，他家乡的草，古时候人们用它来染衣服。

“我老家福岛有一个村子，叫信义村，也叫忍村。那里有块巨石，有一丈多长，人们就在那块巨石上用忍草搓染衣服，所以那石头就叫染衣石……染衣石不光能染衣服，大概它吸纳了太多衣服上的人气，天长日久，它就成了一块灵石。你想念一个远处的亲人，就到田里去拔一些麦草叶，在石头上搓，搓啊搓啊，你思念的那个亲人就在石头上浮现了……三百年前，松尾芭蕉来到忍村，听说了灵石的故事，写下了一首汉诗——少女拔秧苗，动作多灵巧，不禁思往昔，染布搓忍草……”

他的声音轻轻的，慢慢的。小高觉得，他好像不是在说给她听，他是在说给风听、水听、云听、草木万物听。她也不知道那个芭蕉是干什么的，但是她不打断他，也不提问。这就是这个女孩最珍贵的地方，她和风、水、云、草木万物一样，会用整个身心听，投入地听。但是他戛然而止，迷茫地望着暖而香的河水。许久，他转过脸，碰上了高暖怜惜的眼睛。

“吉医生，你是想家了吧?”她轻轻地说，“你是想回家了吧?”

他深深地望着她，说了一句她不懂的话：“你说我还回得去吗?”

这话她琢磨了一生，她用一辈子的时间去琢磨那话中的无奈和怆痛。

后来发生的事，没有任何人能说得清楚，想得明白。

那一天，鲍团长突然无端地发烧，这让值班的护士和医生紧张又迷惑不解。起初，还以为是他身上某个伤口出了问题，可是并没有检查出什么异兆。傍晚时分，他的热度越来越高，用了很多办法也无法让他的热度降下来。这无名的高热不知隐藏了什么样的危险，人们很担忧。终于，吉医生也被惊动了。他刚刚走下手术台，为一个伤员从颅脑中导出了积血。他很疲惫。他匆匆走来时，鲍团长的病房里没人，高烧让鲍团长昏昏欲睡。他轻手轻脚摸摸鲍团长的脉搏，他一下子睁开了眼睛，耕夫看见了一双血红的血眼。

他身上所有的伤口拆了线，都愈合得很快，很出色，除了左腿关节上一处无法取出的弹片之外，他几乎是耕夫无可挑剔的一个杰作了。耕夫细细地查遍了他的全身，没有发现什么隐患。他放了心，对他说道：“没事老弟。别想太多，别急，好好睡一觉就好了。”

他转身要离去的时候，鲍仇突然开口说话了，这是这一个下午他说的第一句话，发烧使他声音颤抖，他说：“你是日本人?”

"哈依。"他脱口回答，转身而去。

这一声哈依就像一根火柴，点燃了愤怒的导火索。鲍仇，宝生，被吱吱地无可挽回地点燃了。他腾的一下坐起来，抽出了压在枕下的手枪，高烧使他的手抖个不住。他没有犹豫，也许犹豫了却没人知道，朝着这个背影，这个说哈依的人，这个给了他第二次生命的人扣响了扳机。

枪响了，耕夫惊诧地回头，望着那个开枪的人。血从他的胸口、脊背慢慢涌出——是一个贯通伤，他想。突然他嘴角上浮起了微笑。自从踏上这块土地，这是他第一次真心地快意地微笑，第一次也是最后一次。那微笑几乎是妩媚的，日本式的妩媚，他想，解脱了。

别说对不起

据说在军事法庭上，鲍仇始终用一句话来回答那个生死攸关的提问："你为什么杀一个国际同志?"他说："我没办法。"

结局是必然的，他知道，所以他坦然。

军事法庭判决前一天，有人来禁闭室探望鲍仇。她赶了四十里山路，到达这里时已是午后。她一进来，整个房间都被照亮了。鲍仇呆呆望着她，不相信自己的眼睛。

高暖默默地向他敬了一个军礼。

她脸色苍白，圆圆的脸变长了、尖了，不再饱满，不再快乐，不再幸福——她的幸福让他一枪打碎了。在禁闭室中，只有这个，这一点是他不敢去碰的一个伤口，一碰就流血。

他匆忙站起来向她还礼，啪的一下，那是一个最正规最标准的军礼。突然他们都感到了这仪式的不合时宜。他们互相望着，不知道该说些什么。

"鲍团长，"小高终于想起了什么，说，"你坐，你腿上有伤……"

然后，他们都坐下了，小小的禁闭室很局促，有一张窄窄的床、一个小马扎。他坐床上，她坐在马扎上，仰着头看他。看着看着，她的眼泪就流出来了。他的心一紧，他知道她马上就要开口问那句话了，那句所有人都问的"为什么"。他欠她一个为什么，可那是他最害怕的一句话。

"你还好吧?"她终于开口了，"你有没有忘记按时服药，一天三次?"

他像刚刚经历了千里急行军之后突然瘫软下来，大汗淋漓，多少天来他第一次瘫软下来，柔软下来。这个姑娘，这个让人心痛的好姑娘。他望着她，想起4月的那个午后，草香像酒一样翻涌，她笑得那么好看，问他：“你认识不认识草?”……他慢慢慢慢地抬起手，犹豫着，小心翼翼地摸了摸她的头发，柔软的被太阳晒得很香的头发，就像把手埋进了4月的草中，一句话脱口而出：“你真像我姐姐。”

他从怀里，从最贴身的地方摸出了一样东西，一个粗布包，他轻轻打开，是两只银镯，两只绞麻花银镯，岁月使银子有了一种沉厚的乌光，还有一个男子汉浓烈的体味。“这是我给我姐打的镯子，用我第一次下场挣下的工钱。”他眼望着银镯，他的前生，那叫作宝生的孤儿，刹那间穿过了千山万水，来到这密不透风狭窄的禁闭室，扑进他心里，如同魂兮归来。

这一辈子，他还从来没有说过这么多话。他像是逆着岁月朝回走，他的话很安静很疼，却是安静的疼。他说起了姐的一切，点点滴滴，从她跪在婆家院子里，把两个膝盖跪成血肉模糊的两个血团开始，说啊说，说自从收下这个弟弟，她是怎样忍气吞声，再也没有吃过一顿饱饭；说冬至夜，那个小孤儿怎样发下誓愿，要让姐姐日后能顿顿吃上胡萝卜熬羊肉……姐的恩义，一点一滴全在他心里收着，就像珍珠藏在蚌壳里。他说到了山林，北方的山林，第一眼看见它就像看见一片金色的海子，和这南边的山林完全不一样，庄重，有神性，它们待这孤儿恩深义重。那些栎树、桦树、山杨树、槲树、柞树，那些云杉、落叶松、油松，那些虎榛子、绣线菊灌丛里，到处藏着宝贝：山蘑、木耳、党参、黄芪，还有茯苓，他就是用它们换回了这一对绞麻花银镯。那一天是他这辈子最高兴的一天，最最高兴的一天，那一天之后，他就永没有高兴了。四喜叔用话点拨他：“宝生啊，有句话，山中方一日，世上已千年，你听说过没?”可他这个榆木疙瘩让高兴冲昏了头，一点也没明白这话里的凶险。他一点不知道，前边等着他的是一个地狱。

现在，六月二十三，他绕不过去了，他终于说到了这一天，他生命里最黑暗的一天、最疼的一天。这个不能触碰的伤口，现在他得把它撕开了，第一次，也是最后一次。他欠这姑娘这个，他得还。最后一次这念头，让他在心里对自己难过地笑了一下。

“六月二十三，马王爷生日，我们那里养骆驼的人家，都要请盲艺人说书酬神。石湾村一村人，差不多都聚在一起听书，很红火，热闹。请来的艺人是果子红，河边一带最有名的说书人。鬼子进来的时候，正是乡亲们最高兴的时候，呼啦一下，他们把一村人都围在那窑院里了……"

他说眨眼间，窑院变成了杀场，书场变成了杀场，七十岁的老人让开了膛。艺人果子红的一条胳膊被削飞了，又让刺刀扎成了马蜂窝。窑院中的女人，几十个女子、媳妇，让他们一股脑抓进了花厅院，在最风光最敞亮的大敞厅里，几十个女子被他们活活糟蹋、欺负、凌虐。他们杀鸡宰羊，血流满地，喝着烧酒，呜里哇啦唱歌，一边轮流糟蹋着、凌虐着这些农家女人，这些别人的女儿、姐妹、婆姨、亲娘……

"那天夜里，一村的女人，受糟蹋的女人都不想活了，闹着寻死，投河的上吊的，好在家里人紧紧守着，跟着，死不成。可死不成怎么有脸活？糟蹋得不是人了怎么活？还是闹。第二天一早，石湾村年纪最大也最有脸面的老人，叫个陈卯根，出面了，七十八岁的老人手里敲一面大铜锣，身后跟着几个老汉，从村东走到村西，跌跌绊绊，爬沟，上坡，为这些女人讨一个乡亲们的宽谅，好让她们日后能抬头做人。他咣地敲一声锣，扯开喉咙喊一声，'日本鬼子来了——是遭了天年，乡亲们大家——不要怪见……'这一喊，他喊得是老泪纵横……"他说不下去了。

姑娘已是泣不成声。

小小的禁闭室陷落在南方汹涌的绿中，窄窄一扇窗户，流进来的不是阳光，是郁闷的绿，潮湿、隐晦、心事重重。鸟鸣声却是嘹亮的，和北方的鸟鸣一样，声声入心，他眼睛湿了。

"只有一个人听不见老人的喊了，再宽谅也没有用了——我姐。"他终于说出了这两个字，低下头迷茫地看着手里的银镯，另一只手慢慢攥成了拳头，紧紧地，攥得指关节成了白色，"我姐最惨，她是在那个窑院里，书场上，当着一村子的人，男女老幼，她的子女公婆，被几十个鬼子——几十个鬼子，轮流糟践了……几十个鬼子呀！当着日头，当着一村人的眼睛，活活地糟践她，羞她，折磨她，强暴她……一村人都眼睁睁看着，日头眼睁睁看着，天也看见了，看见他们就这么欺凌一个女人……等他们散开后，我姐一丝不挂，哪里还是个人？没有一点人形了，成了一堆污秽的血肉……"

"别说了！"姑娘喊出了这一句，双手捂住了脸，热泪狂流，"鲍团长，对不起！对不起！对不起……"

没人知道她对不起他什么，她自己也不知道，她没有一点错，却深深深深对他不起。她喜欢的和喜欢她的男人，她都那么无辜地对他们不起。她痛哭失声，哭了许久，许久。他看她哭，他知道哭有时候是一种解药。

终于，她抬起头来，被泪水洗过的脸有一种婴儿似的洁净和无助，让人无限心疼。他望着这无辜的伤心的脸说道："别说这种话……吉医生，"他艰难地说出了这个名字："是个好人，他救了我的命，可是我不说——对不起，我不对他说对不起……"他流下了眼泪。

出事以来，他第一次流下眼泪。

他没有办法。

她告别时，他庄重地向她行了一个军礼。尽管他没戴军帽，衣服皱皱巴巴，满脸都是乱糟糟的胡楂，可那军礼无可挑剔地尊严、完美。那是她见过的最悲壮的致敬：他是在向她永别。

草海

几天后，他上路了。

他尽可能把自己收拾得更整齐一些，换了套干净军衣。头一天，特意让人来刮了胡子，他怕自己这样胡子拉碴地到了那边，姐认不出他来。手镯他贴身装好了，本来他想送小高一只，想了想，这样不合适，他不能让这件事在她以后的生活中留下一个坚硬的物证，何况那本来就是给姐的东西。

他被带到了一个河边。他不能确定那是三岔河。不过草依然是芳香的，花依然开着，太阳却比往日亮一千倍。他从没见过这样炫目的强大的太阳，一时间他觉得头昏脑涨，辨不清东西南北。河水没有声音地流，他喜爱没有声音的河，他喜爱这宁静。他想，还不错。

"北方在哪里？让我脸朝北方。"他说。

他们告诉了他。

他正了正军帽，站好了，他不能迷路，千山万水，他最终要回到北方，回到他雄阔的河边，和姐姐相会。

枪响了。

夏天的草，夏天的草海，大地上最卑微贫贱的生命：狗尾草、三叶草、野艾蒿、白莲蒿、黄花蒿、雷公根、油盐菜、痴头婆、草鞋根、红饭花、断肠草、独脚金、仙鹤草……它们在最后时刻拥抱了他，他的血把草海染红了。

2008 年 2 月 28 日草成

2008 年 3 月 5 日二稿于太原

发表于《北京文学》2008 年第 10 期

转载于《中篇小说选刊》2008 年增刊

《小说月报》2008 年第 12 期

获《小说月报》第十三届百花奖

2007—2009 年度赵树理文学奖中篇小说奖

红色娘子军

那天，他们三人陪我丈夫游新加坡河。

三个人，三位先生，我都不认识，新加坡河也是我不认识的。那个以整洁、富足、纪律和迷人风光闻名世界的岛国，我的同胞中很多人都去观光过了，我却还从没有去过比三亚更南的地方。

那是 11 月中旬，夜晚，新加坡河灯光旖旎。在我们这里，第一场雪已经下过了，虽说是暖冬，却也差不多人人都穿上了厚厚的冬装，我丈夫就是穿着一件羽绒衣登上新航的班机的。他带了比较正式的衬衫和上装，因为此行，他是作为评委去参加一个文学颁奖活动，还因为他对那里的炎热估计不足，所以那天，在游船的甲板上，他一直汗流浃背。这让他觉得新加坡河是一条太热闹太局促的河流，虽然它流向浩瀚的大洋。

此前，他已经去过了那些该去的地方，也就是通常一个观光客必去的那些所在，比如圣淘沙岛。但是由于炎热，他对那些地方几乎没有感觉。在圣淘沙岛，他和一群来自台湾的观光客邂逅。那是一大群学生模样的青年，非常时尚。他们在他眼前拍照，摆 pose，一个接一个，无一例外做出时尚画报中那些经典的小资的动作、手势和表情。日复一日，年复一年，圣淘沙岛就是被这样的动作、手势和笑容覆盖着，也许整个新加坡就是被这样的动作、手势和笑容覆盖着，像一张巨大的喜气洋洋的假面。这城市这土地真实的表情和内心又是怎样的呢？我丈夫禁不住这样想。

游河是主人安排的最后一个节目，也是新加坡之旅的最后一个夜晚。一只只游船几乎将河塞成实心，满河漂荡着中国式的红灯笼。马达声轰鸣着，每只船上都有这样一个勤奋而欢快的马达。游船是从前载货用的小木船，如今悬挂起红灯笼做着观光的生意。不用说，在船上我丈夫他们又一次和旅游者遭遇了，仍旧是一群年轻人，不过是一群说日语的东洋客，叽叽呱呱地，做着V字之类那些眼熟的手势拍照。在他们的喧闹和马达的轰鸣声中，我丈夫觉得黏稠的河水似乎就要漾进船舱里来了。

河岸上灯光灿烂，有酒有歌，还有舞狮的队伍在表演着古老的滚绣球的节目。这仍然是一个观光者的欢乐之夜，最后一个夜晚，仍旧是属于观光者的。我丈夫几乎不再抱什么希望，在这样短短几天时间里，一个外来人不做观光客又能做什么呢?

陪同他的三位先生，有两位都姓黄，为了区别我们暂时可称他们为大黄先生和小黄先生，其实他们都比我丈夫要年长，一位做教师一位在公司做职员。当然他们还有一个共同的身份，那就是用汉语写作的作家。另一位先生则是诗人，他有一个非常北方化的姓氏——骆，还有着北方人高大的体魄和虬髯。几天来，无论是开会还是观光，他们一直陪着我丈夫，同时还充当司机和导游。本来一切都将这样友好和客气地结束，雁过无痕地结束，但是忘了是谁，很可能是那位有虬髯的诗人，忽然在上岸后提出来去喝啤酒。我说过了，游河游出了我丈夫一身的油汗，黏兮兮的，很不舒服，喝啤酒这建议立刻就被他愉快地接受了。

于是他们就来到了较远处一个海鲜大排档。

仍然是热闹的一个地方，不过在这里喝酒吃东西的人，不再仅仅是兴高采烈的游客们，有了本土的味道、生活的味道。他们不远处的桌子上，一家人正在为一个少年过生日，生日蛋糕上的蜡烛将那孩子的脸映得金灿灿的。啤酒也非常好，是我丈夫最喜欢的青岛啤酒，河风或者是海风迎面吹来，带着善意的自然的气息。忽然，人人都觉得很放松。从这里远远望去，新加坡河上一盏盏红灯，竟有了某种温暖而多情的诗意。

猝不及防地，他们谈起了文学。

让我丈夫始料不及的是，关于中国的当代文学，中国的小说、诗歌，中国的作家，他们了解得是那么深入。深入和严肃的不是见解，而是见解之后的某种更重要更珍贵的东西。几乎每一部重要的新作品他们都知道并且读过，这其中自然包括我丈夫的作品。他想起信徒这样的字眼，他们眼中那种渴望、热烈的神情让他在那一瞬间相信世界是浪漫的。这让他非常感动。他们也说到了自己寂寞的写作，是更严酷的寂寞，不知道写给几个人看，也许根本没有人看。可是仍然在写，在表达，用伤痕累累的汉语。那不仅仅是爱，那几乎是他们生存的理由。

酒和这样的谈话让我丈夫脸红心热。

不经意间，他听他们说到了一个词，一个地名。大黄先生、小黄先生还有虬髯诗人骆先生，不知是谁先提起的，这个地名一出口让他们沉默了几分钟。这是一个我丈夫从没听说过的名字，十分陌生，以至于他根本没有记住它。但是后来他很快就知道了，这个地名不同寻常，相当于——美丽岛，绿岛。

20 世纪 80 年代初，当邓丽君风行大陆时，《绿岛小夜曲》是我最先学会的几首台湾流行歌曲中的一首。那时我极无知，以为绿岛是一个十分浪漫多情的爱情之岛。我将这首小夜曲唱得缠缠绵绵柔情似水，有一天，一个朋友问我说："你知道绿岛是什么地方吗？集中营！"

一语惊醒梦中人。我惊惧莫名，从此有许多年，我不再唱这首让我害怕的歌。

这一晚，我丈夫知道了，眼前这三个人，大黄先生、小黄先生、虬髯诗人骆先生，都是从新加坡的"那个地方"回来的人。

青岛啤酒泛着雪一样的泡沫，我丈夫心里也像落了雪，有一种凛冽的感觉。原来在这富足安详、风光如画的岛屿之上，竟也有过血火的酷烈青春。不错，这三人，大黄、小黄还有骆先生都曾经是热血青年，有着左翼的革命的理想。那当然是 20 世纪五六十年代的事，在那个风起云涌的年代，革命似乎是所有热爱自由、仇视不公的热血青年的宿命。而在他们那里，革命还有着另一层意义。那时，汉语是被禁止的语言，可他们却坚持用汉语书写、表达，他们和汉语一起罹难。

"我被关了八年。"小黄先生对我丈夫说。

大黄先生六年。骆先生最短，五年。

游船和红灯将新加坡河装点成一条不夜的河，而稍远处，大洋则是黑色的。海岸线璀璨的灯火，人间的灯火，远远没有力量能够穿透大洋深不可测的伟大的黑暗。在这微如芥豆的光明的岛礁之上，萍水相逢的人原来也能够这样肝胆相照。酒酣耳热之际，红色娘子军的故事水到渠成地来了，讲述者是坐过八年牢的公司职员小黄先生。

这是学长的故事，小黄先生这样说道。小黄先生的学长是何许人？这就说到了《红色娘子军》。《红色娘子军》里有一个情节，叫常青指路，对于小黄先生来说，学长就是那个洪常青式的指路人。小黄先生从乡下考进城里的大学，报到第一天，在校园里，他向一个人问路。那人接过他手中的藤条箱，顶着骄阳将他送到了他要去的地方。一路上他们闲谈，他说："这地方可真大呀！"那人回答道："是啊，长安大，居不易。"

这个人就是学长。

学长是生来做领袖的那种人，他念经济，却熟读诗书，在学生组织中担任着重要的职务，还主编着一份叫作《启明》的校刊。听这名字就知道那应该是一份激进的刊物。他约小黄先生写稿，从此将这个青年这个渔家的儿子带进了热情似火又崎岖险恶的命运之中。

学长是个美男子，一张典型的马来人种的脸，轮廓十分鲜明，两只深凹的大眼睛果真如启明星一样聪慧、明亮。一笑，洁白的牙齿晃得人眼痛。这样的男生注定是要被女人爱的，校园里，喜欢学长的女生何止三个五个！有不少女生参加集会游行等激进的活动据说初衷就是为了追随学长。爱情使她们忽略了这其中最严峻和严酷的东西。后来，学长恋爱了，他爱上了一个一年级的新生，一个花朵般娇嫩的女孩，学长毫无创意一见钟情地爱上了这个娇小的姑娘，从看见她的第一眼，到一生。

姑娘有个十分小家碧玉的名字：美玉，唐美玉。

唐美玉是个安静的姑娘，胆小、娇柔，不关心大世界大事情，对学长热衷的革命懵懵懂懂。意气风发叱咤风云的学长在她面前，不知怎么就变得安静了，缠绵了。学长仿佛是借着她的眼睛看见了从前常常被他忽略的事物，比如流云的美丽，比如露珠的晶莹，比如花的千姿百态。从前，在学长眼中，花其实是一个很笼统的概念，艳丽却模糊地好看，而现在，它们竟像一个个活生生的人似的呼之欲出。它们仿佛都是她邻家的姊妹，她阿三阿四熟稔地快乐地叫着它们的名字：水塔花、凤蝶草、蓝猪耳、舞女兰、炮仗花……她甚至还熟知它们的脾性，比如那一簇簇的炮仗花又叫黄金珊瑚、黄鳝藤，性甘平，可入药。它的花朵能润肺止咳，它的茎叶可清热，利咽喉。这是另一个世界，他从前无暇顾及的世界，琐碎、细微，却另有一番辽阔和幽深。

这个世界中还有一个重要的角色，就是鬼。学长从不知道就在他的周围还有这样多的鬼魂出没着，在图书馆地下室，在实验室，在学生们寄宿的公寓。听上去这些鬼倒也没什么可怕，不过是去了另一个世界却还留恋这个世界的亡人而已。这样的鬼故事在大学城在校园里就像传统一样代代流传着，生生不息。比如有这样一个故事，说的自然是一对恋人，禁欲时代的恋人吧，都住在公寓里，男生住这边楼上，女生住那边楼下，森严的校规使他们不方便相见。于是每天夜里，痴情的小女生就要煮一碗甜品给她的恋人做夜宵，一碗红豆粥或是一碗酒酿圆子。每晚到固定的时辰，男生就从自己的窗口垂下一只拴绳子的竹篮，小女生就把煮好的红豆粥放在篮中让他吊上去吃。夜夜如此，他们就用这种方式传递着彼此绵长的想念。忽然有一天，因为一桩急事男生获准去找他的小恋人，他兴奋地来到女生公寓，公寓中的人们非常惊讶，说："她不在了呀，她已经去世一个多月了！"男生更惊讶，说："怎么会？我昨晚还吃了她煮的粥呢！"原来，这个做了鬼的小女生仍旧夜夜回来，给她心爱的人做夜宵吃……

这样幼稚的故事，这样幼稚的鬼，常常让学长捧腹大笑。这种时候唐美玉就叹气，说："你怎么能不敬畏黑夜？"

她敬畏黑，因为黑不可知。她敬畏一切强大的不可知的东西。他们手牵手在海边漫步，看黑夜是怎样彻底地结实地吞噬了大海。城市的万家灯火在彻底的深渊般的黑暗边缘显得那样虚张声势和孱弱。她依偎在学长身边，声音像在风中一样打战，说："你怎么能不敬畏黑夜？"

抓捕是在一次反对某个法案的大规模集会之后。一天深夜，军警包围了校园，学长和小黄他们被带走时他对身边的人说了一句话，学长说："告诉美玉，让她忘掉我。"

恐怖和仓皇中，也许人们忘记把这句至关重要的话转告这个娇小的姑娘了，也许说了也没有用，从此，唐美玉就开始了对学长的等待和寻找。她几乎是逢人就问："告诉我，他在什么地方？"人人都看出突如其来的惊吓和打击使这个小家碧玉、这朵温室中的鲜花凋谢了，她变得神志不清。她在校园里、街头、海边和码头四处游荡，她乘船到圣淘沙到布拉岗马地，她走遍了他们曾经去过的每一处地方寻找他，到处向人打听他的踪迹。每天傍晚，她去“兰记”排队买他最喜欢吃的芋头糕。从前，他曾经一边吃芋头糕一边和她这样开玩笑，说：“要是有一天我们失散了，你可别忘记，我会在我住的窗口吊一只竹篮，那是我的记号，你看到这篮子，就放一块芋头糕进去，我就知道那是你来了。”

“不一定，也许是鬼放进去的呢。”

他笑了，搂着她娇嫩的不堪一击的小肩膀说：“鬼也是你变的鬼，世上最可爱的鬼，怕什么?”

如今，她真的手捧一块芋头糕，东西南北满城寻找一个垂着竹篮的窗口，她仰着几乎快要折断的脖子，跌跌撞撞，梦想撞上一个奇迹。可是，奇迹在哪里?人海中，万万千千个窗子，华贵的简陋的，璀璨的黑暗的，哪一扇也不是他的，哪一扇也不见竹篮的蛛丝马迹。她只好把芋头糕抛进黑暗的大海——上帝的大篮子里，她敬畏地无限信任地说：“海，你是有办法的，只有你能把这糕带给他，拜托你了……”

终于有一天，她等来了他的消息，是一封信，他的来信，只有短短的一行字，血字，写在撕下来的一块衬衫布上。他用他的血写道：“美玉，好姑娘，把我忘掉吧，好好生活!”

她把这血书拿给认识的每一个人看，她说：“你看，他说的是什么话?多奇怪!”她怀揣着血书来到码头，登上了一只轮渡。船行到中途时，她跳了海——她把自己投进了“篮子”里。有人听到这个疯子说的最后一句话是：“海，你能把我带给他，拜托你了……”

要到很久以后，学长才能知道这不幸的结局。他要等十一年，等四千多个日日夜夜，才能和这结局相逢。在那个绿岛似的岛屿上，四千多个夜晚，漆黑的海浪一浪一浪耐心地淘卷着他的青春、他的生命。他想起她的话：“你怎么能不敬畏黑夜?”白天，海鸥的叫声让他生出自由的遐想，他闭上眼睛小心翼翼地想象着蓝天下的她，嫁了人，生下了女儿，又生下了儿子，变得圆润丰满。这想象是痛苦的却又有一点英雄的豪情，牺牲的豪情。十一年之后，学长刑满出狱了。未满四十岁的他已是两鬓苍苍，而当他终于从朋友那里知道了唐美玉的结局时，一夜之间，他像文昭关前的伍子胥一样彻底白了头。

而生活在继续。

汉语不再是禁忌，甚至变成了学校里必修的语言，它不再需要谁去为它牺牲和献身了。它变成了堂皇的困难，让如今的年轻人望而生畏和头疼。还有谁需要记得它蒙难的昨日?

生活在继续。

似乎没有了沉重的东西。人们以过来人的姿态聪明地总结历史说:“十七岁以前不相信某某主义是没有活过，二十七岁以后仍迷信某某主义那就是白活。”

而学长不总结。

年复一年，他结了婚，成了家，有了一份虽然卑微却还能养家糊口的工作，过起了朝九晚五的平常日子。在人人焗油染发追捧青春的时尚大潮中，他始终顶着一头雪似的白发，这使他看上去有一种心不在焉的苍老和无可奈何的落魄。过去的同窗朋友们大多都不来往了，除了极个别的几个，比如像小黄先生这样也是从“那个地方”归来的人。他烟抽得很凶，无论太太怎样跟他生气也是戒不掉的。他还爱喝酒，金门高粱这一类的白酒几乎每晚必饮，不过却从没见他醉到人事不知，更不会借酒撒疯。酒不过是一味药而已，用来催眠。休息日，他去河边垂钓，一边怀想从前这河水的清澈。那几乎是他唯一的癖好，他喜欢这种静止的、凝视的、与生活拉开距离的感觉，却几乎弄不清楚这河中是否真的有鱼，因为他鲜有收获。从他身边经过的路人，无一例外地把他看作是一个夕阳西下的老人，落魄，与世无争。

只是再也不吃芋头糕。

偶尔，有过那么几次，很少的几次，大概是酒喝得比往常过量的缘故，他梦游似的做了荒唐的醉事:从他卧房的窗口吊下一只不锈钢器皿，一只烧锅。他把尼龙绳拴在锅的双耳上，垂下去，垂到窗外，在想象中那大概是一只竹篮吧，一只向另一个世界传递消息的竹篮。金属品质的烧锅吊在半空，无着无落，在偶尔吹过的夜风中咣啷咣啷撞着墙壁，一夜之间伤痕累累，惶恐又无辜。他沉入梦乡，现在他敬畏黑夜了，可是那仍然是没有鬼的黑夜，没有鬼来光顾。

但是芭蕾舞剧团来了。

小黄先生在电话中告诉了他这消息，其实在这之前他就已经知道了，媒体怎么能放过这样一桩娱乐界的大事？来自中国的舞蹈团带来了两场节目，一场是古典芭蕾舞选场，另一场则是——

“《红色娘子军》，”小黄先生在电话中压抑着隐隐的激动，“我这里有两张最好的票，怎么样，去吧？”

他并不很想去，所有煽情的东西都让他厌倦，但小黄的惋惜和失望让他改了主意。他说：“你和别人去吧……”电话那头小黄先生沉默了一会回答说：“你不去，我也不去了，我想不出来还能和谁一起去……”

就这样，他如约来到小黄先生家和他会面，穿一件没有领子的短袖T恤。这让小黄先生吃了一惊，他忘了提醒学长去那样的地方是需要穿正式服装的。他也忘了学长和那样的地方有多么隔膜。于是小黄太太慌忙找出丈夫的衬衫和西装让他换上。学长比小黄先生要高，这套衣服显然是不合适的。学长支棱着胳膊笑着对小黄说：“从前，都是你借我的衣服穿，记不记得？”

多少年来，他们几乎从来不提往事，那是一个禁忌。显然这一天，学长很高兴。剧场离小黄先生家不算远，他们并肩走在路上，就像从前，很久以前，这么肩并肩走着去参加一个集会，一个让人血液沸腾的集会。落日沉下去了，大洋像着了火，又像被人捅伤了似的汩汩翻涌着血水。学长穿着借来的不合体的西装，有些茫然地笑着，去和那个红色的舞剧约会。

关于《红色娘子军》，也有一些记忆是我不能忘记的。我曾经有许多次，站在那些陌生的、操着生杀大权的人面前，一遍遍重复着这样的句子：“吴清华看到迎风招展的红旗，激动万分，奔向前去……红旗啊红旗，今天我可找到了你……”

我的声音紧张、颤抖、做作。在这样的人群面前我压抑不住那种绝望的羞耻。面对他们，面对一个留城的机会一个生存的机会一个卑微的工作，我知道我必然失败，可却仍然一次比一次无望地挣扎着，一次比一次可怕地伤害着自己。那时，成千上万的人和我拥有同一个名字，我们的名字叫社会青年或者知青。

我双手举过头顶，想象中那是一只虚拟的斗笠：“万泉河水清又清，我编斗笠送红军……”这个姿势这个造型几乎就是我青春的姿势。

我总是能在这时听到一声尖叫，女孩的尖叫，像金属的哨声又像某种我不熟悉的鸟叫："葛华，你爸跳楼了！"我清楚地记得那天我们宣传队是在四楼彩排，穿着舞台上的粉绸衫，把自己打扮成海岛上的姑娘，却不知为什么没有斗笠。那喊叫突如其来，我们扑向窗口，居高临下，看到了对面院子里那个人，身体摊成一个大字，脸亲昵地紧贴着土地。并不那么可怕，至少第一眼不狰狞。血和白色的脑浆污染的也只是那么一小块地方。一个人豁出性命纵身一跃，他全部的能量他身体中所有的爱和恨也只能污染这么一小块地方。天依然那么蓝，树依然那么绿，榆叶梅依然开得又热闹又俗气，人依然吵吵闹闹——吵吵闹闹围住了这个不再活着的人。然后我就看见了那个女孩，女孩分开人群冲进来，呆呆地迟疑了一小会，只一小会，突然气壮山河冲着那血泊中的死者呸地吐了一口唾沫。

人群中有人鼓起了掌，还有人喊口号。

我永远记住了这个陌生女孩的名字：葛华。"葛华，你爸跳楼了！"这一声尖叫，或者说她向血泊中的亲人啐出的那口唾沫，像子弹一样射进了我的生活，射进了我尚柔软的身心。"斗笠舞"就这样被毁掉了，不管我怎样努力，它永不再欢乐流畅。

多年之后，当年的样板团来我的城市巡演，他们选演了《红色娘子军》中的一场，恰恰就是这一场："万泉河水清又清，我编斗笠送红军……"歌声一起，刹那间我眼眶发热。我们又重逢了，我和陌生的葛华，血火中的葛华，这伤害了我却又让我倍加怜悯的姑娘。只是，舞台上的女红军、女战士、女群众无一例外地娇柔和漂亮，她们不是20世纪30年代的红色娘子军，不是六七十年代的红色娘子军，不是葛华和我的红色娘子军。无论她们怎样掩藏、怎样化妆，也仍然是一群娇柔而漂亮的美眉，那灰色的军装穿在她们身上有一种另类的时尚感。

我想，那一天、那一晚，学长和小黄先生邂逅的，一定也是这样一群娇柔而时尚的娘子军。可是它毕竟拥有着红色的底色，鲜血的底色，献身和牺牲的底色。国际悲歌从天而降，豪华的大剧场里，强劲的空调冷气也仍然没有扑灭大榕树下洪常青受刑就义的熊熊大火。西装革履的先生和衣香鬓影的女士们，花了不菲的钱，观赏着学长和小黄先生们不能被触碰的东西——他们激昂珍贵却又无比脆弱的青春。

谢幕时，许多人上台献了鲜花，掌声十分热烈，谢幕、返场，不断地谢幕，鲜花的香气使人微醺。他们走出剧场，热浪突如其来吞噬了他们。小黄先生脱下了西装上衣，揪开了紧紧缠在脖子上的领带，学长却好像没有感到这热。他走得很快，步履匆匆，雪白的头发像鸟羽似的在热风中一扇一扇，小黄先生几乎追不上他。小黄先生在身后叫着他的名字，说："去喝杯啤酒吧。"这时他走到了一盏路灯下，只见他戛然站住了，手扶着灯柱，慢慢滑下去，一蹲身，然后，小黄先生就听到了一声撕心裂肺的、泣血的长号。

他蹲在地上，号啕痛哭。

入狱、出狱，十一年监禁的岁月，四千多个被海浪吞噬的黑夜，甚至听到鲜花般的唐美玉蹈海的死讯，他都没有哭过，人人都以为他骨硬如铁。

刹那间，小黄先生热泪奔涌。

近在咫尺的地方，新加坡河上，欢乐的、不夜的红灯笼受了惊吓似的，暗淡了一下。但是很快地，它们定了心，它们夜夜在这河上，什么没有见过呢？歌仔戏突然嘹亮地唱起来了，穿云破浪，那当然是唱给旅游者听的。

2007年1月30日于太原

2007年7月5日改定

发表于《收获》2007年第5期

转载于《长江文艺·好小说》2015年第3期

想象一个歌手

快乐没有父亲。没有一个快乐曾经向前一个学习，它死去，没有继嗣。

——耶胡达·阿米亥

一、节日之夜，在柳林

元宵节刚过，正月十六，我们就来到了这个叫柳林的地方。我们来这里是为了看红火。这里的红火有个名称，叫盘子会。盘子我还是第一次听说，我来这里，原以为能看到伞头秧歌，结果十里不同俗，这里是不唱伞头秧歌的。看伞头秧歌得到相邻的县份——临县那里去。

临县在柳林的北边，就是碛口所在的那个县份。碛口是黄河边一个古老的小镇，从前，一两百年前，黄河还是一条真正的大河，还能够通舟走船的时候，那里曾经十分繁盛，是晋陕两省贸易的一个集散地和码头。许多的船只载着货物，从陕甘一带运过来，或者从这里运到陕甘去。碛口滩险水急，若逆水行舟，就雇纤夫来拉。黄河上拉纤的纤夫真是苦极了，在夏天，人人赤身露体，一丝不挂，阳物就吊在外面，也不避妇女。自古黄河岸边三丈六尺官地上，纤夫们就是这样，天不管，地也不管。

如今，那里当然不会有纤夫了，也不再有艄公，几十里外就是军渡大桥，它横跨在黄河之上，对面就是陕西的吴堡。军渡我去过，吴堡我也去过，可我从没有去过碛口。人家告诉我那小城有什么什么样的格局，有什么什么样的建筑民居和街巷，总之是说那里完好地保存了明清时的古貌。古城是我喜欢的，曾经繁荣而如今衰落的古城更让我喜欢，走进这样的古城我常常有一种说不出的感动和悲悯。我以为这一次的吕梁之行能够最终绕到碛口去，可是我们去的只是柳林，而碛口，百里之外也许只是几十里外的碛口，还是与我错过了。

柳林县城不大，在白天它看上去毫无特点，许多沿街的建筑贴着白色的马赛克，街道很脏，乱糟糟拥挤着叫卖的小贩。由于出产煤和焦炭，污染严重，整个县城让人感到沉闷。城边上，有一条小河蜿蜒地流着。这里人把它叫作斗气河，是说这河十冬腊月也不结冰。十冬腊月，河面上热气蒸腾，是一条天然的温泉河。我站在远处望着这河，想它也有过丰满丰腴的时候吧？丰满地、丰腴地、热气蒸腾地流向前边那条壮阔而仁厚的大河之中，但此刻，它看上去若断若续，把它叫作河实在是有些勉强了。

不过，柳林却有许多好吃的东西：河沿枣是此地的特产，晋西北黄河沿岸是大红枣的家乡，而柳林红枣则是红枣中的极品。下榻宾馆后的第一顿午饭，我们就吃到了这著名的果实。经历了一秋一冬之后，鲜枣自然变成了干枣，也不知是用什么方法腌制出来，成了佐酒的小食。餐桌上还有一种好吃的东西，叫碗坨，这是用荞麦面在碗里蒸出来的一种面食，吃法很特别，用一把小刀在碗里的面食上一旋一个圆，然后叉起来，蘸红油辣椒调料吃。那小刀人手一把，看起来像是某种西餐刀，吃蚌类的那种，非常讲究。我不知道此地老百姓居家过日子是用什么样的刀来吃碗坨。这食物据说是起源于西晋战乱年间，多么久远了呀！也许是佩刀的军中将士的吃法沿袭下来，流传到了民间吧！

那么，什么又是柳林的盘子呢？起初，我以为是和餐桌上的盘子有关，和打击乐有关。“手拿碟儿敲起来。”不是有支歌这么唱吗？这碟子不就是小号的盘子吗？我设想着闹红火的队伍中，人人一只盘子，叮叮当当地敲出各种曲目和花样。但显然我弄错了，这盘子不是那盘子。不过，这要等到夜晚到来时我才知道。

现在，我们都在等着夜晚的到来。

天其实已经黑了，餐厅里热火朝天。原来看盘子的不仅仅是我们这一行人，还有几个来自北京的客人，是研究民俗的学者、教授，一个博导和他的学生，甚至还有一个女老外。那女老外说着一口纯正的京腔，有些生硬，又有些油腔滑调，听上去懒洋洋的，似乎是宿睡未醒。一个女老外的出现使我们的人亢奋起来，这毕竟不是一桩寻常的事，我们从省城奔波几百里，来到吕梁山区，没有碰上漂亮的村姑倒先撞上了一个女老外！至于这女老外是否漂亮，我说不好。对于外国人的长相我缺乏判断力，就像他们对我们的人也缺乏判断力一样。

由于女老外的出现，晚餐意外地变得漫长，当然，最终我们还是上了汽车。汽车载着我们穿过县城，我惊讶地发现夜晚的小城非常美丽。它完全变样了，蝉蜕一样从灰暗沉闷的白昼中挣脱出来，一下子变得玲珑剔透，光彩动人。彩灯点亮了，民间的花灯也一盏一盏亮起来了，汽车开出城外，路边一堆一堆的旺火也烧起来了，远远望去红通通的，暖洋洋的，像黑夜神奇的心。

然后，我们就看到了盘子。

噢哟！原来是这样的盘子，像小小一座庙宇，或者说像一座大神龛，飞檐斗拱地装饰着，又鲜又艳。四面，不，也许是六面、八面，彩绘着天上地下八方神灵，南海观音、送子娘娘、太上老君、关帝财神等，被灯光照得雪亮，下面设着香案、红烛，摆着各色的供品。供品中最惹眼的是用白面和红枣蒸出来的花馍，高高地垒起来，形成一座枣山。人家告诉我们，这枣山有个名字，叫枣洞洞。可别小瞧这枣洞洞哟，它可关系着人间的生育大事，若有那想生孩子的妇女，就要趁五更天无人看见时，悄悄跑到这盘子前，把这枣馍偷回家，想生儿子的，就要掐掉枣洞洞最顶端那花馍的尖吃下去，若是想生女儿，就掐花馍的花瓣。

这样的盘子，在柳林差不多村村都有一个。我们看到的这个叫穆村六角盘子。盘子的来历说是有几百年了。几百年来，每到正月十五闹花灯这几天，它就被乡亲父老们恭恭敬敬地抬出来，粉饰一新，点起明烛，四周再烧起旺火，到夜晚，它就成了整个村庄的心脏。从前，没有电的那些夜晚，黑是多么纯粹的黑啊！它明烛高照的雪亮就像一村人袒露无遗和盘托出的心事和心愿。一年中总有这么几天，他们坦白着自己，向苍天、向八方神灵表露着心愿。原来这盘子里装的都是人间的愿望，原来它是这样一只巨大的盘子！

好了，现在他们都在这儿了，都在这雕梁画栋浓油重彩的盘子里了：佛祖菩萨观音罗汉玉皇大帝太上老君王母娘娘、真武大帝荡魔天尊关圣帝君、天官地官水官风神雨神雷神水神火神土神树神、正财神偏财神武财神文财神，当然少不了面如满月的送子娘娘。噢哟哟，所有的神灵济济一堂，多么热闹多么喜庆啊！四周围，一堆堆旺火旁，跑着大大小小的孩子，孩子们等着看跑秧歌舞狮子呢。忽然间来了我们这么一群外人，这外人中竟然还有一个金头发高鼻子的女老外。我们看盘子，孩子们呼啦啦围上来看我们，很好奇。县里的人手拿喇叭嘹亮地解说着，可不知为什么我听不进心里，我觉得有些别扭，我们这是擅自闯进人家的生活中了。

这是在那些旅游景点，民俗村民族园之类的地方所从没有过的，那些地方本来就是让人看的，而这里不是，这里有对生活的敬意和禁忌。

我心不在焉，所以听得糊糊涂涂，我想那女老外一定比我还糊涂。不过她始终面带微笑，摸着周围孩子们的脑袋，拍拍他们的肩膀，她一开口说话孩子们就快乐无比。这时我注意到她不年轻了，起初，我以为她是北京某所大学的留学生或者外教之类。但她不是，她只是和那年轻的博士生结伴而来。研究民俗学的博士生是为了博士论文，她呢，什么都不为。她什么都不为地来到了这黄土高原的腹地，纵深，民间的纵深。看上去她很快活，当然还有着优越。

回去的路上我们的车被堵住了，探头一看，嗬，是跑秧歌的队伍。此地方言，扭秧歌不叫扭，叫跑。花红柳绿的一支队伍，人人挥舞着一柄彩扇，扭得欢天喜地。他们正在掏场子呢，我看见了旱船、艄公，还看见了花伞，我忙回头喊道："这是不是伞头秧歌?"

"这当然不是。"回答我的是那北京的博士生，我们就这么在被堵塞的车上聊起来了。他说他的论文就是关于伞头秧歌，他说伞头秧歌真是非常有意思，然后他问我："你知道许凡吗?"

许凡这个名字，就这么在喜庆又嘈杂的黑夜里，在被欢乐围困的孤岛般的汽车上浮出水面，仓促而潦草，那是我第一次听人说起他。以后，我将许多次听人提起这个名字。以后，我每每回忆这最初的时刻，仍然能闻到这名字带来的河水般新鲜的腥气，还有土地的温暖。这个名字与我的生活无关，却让我隐隐激动。

这一夜还很漫长，欢乐才刚刚开了头，等我们的汽车冲出围困驶进城里之后，整个柳林城都在舞蹈着，整个柳林城都在跑秧歌。只有我们置身于欢乐之外，只有我们这一行人是这小城的外人。欢乐挤得我们几乎没有立锥之地了，不一会工夫我们就已经在跑秧歌的队伍之中。我们笨手笨脚地碍着人家的事，可是人家不计较，人家这不计较之中有着对一个局外人的宽宏大量。我们混杂其间，扭着，跑着，可是不顶用，我们仍然是人家生活之外的旁观者。

这就是真实的生活和旅游制造出的生活假象的不同。在一个旅游地，一切欢乐都是为你而设计的，都是为了取悦你袋中叮当作响的金钱。但这里不是，这里的欢乐还未被开发和利用。可我也清楚地知道，请我们来这里的目的，就是为了把这一切，把这没有被污染的宝藏，盘子、跑秧歌等，开发成旅游的资源。

我手里有了一把彩扇，不知是谁塞给我的。彩扇是我的伪装，迷彩服一般，使我能够混迹于人家的队伍里不再那么显眼。可这彩扇在我手里比兵器还要笨重，人家一个个彩蝶翩跹，我的彩蝶则没有翅膀。可别小瞧这跑秧歌哟，起初，我也以为我是会跑的，中国人，20 世纪 50 年代生人，谁不会扭秧歌呢？哦哟哟，大错特错，在这里跑秧歌，讲究大着呢。你听听那队伍的名称：十二连城、蛇盘九颗蛋、天地牌、龙摆尾，真是气吞山河。还有那小小一柄花扇，撒、抖、推、拉、挽、操，无数的花式啊！那花扇是会说话的，会笑，飞着媚眼，特别是在男人们的手里，一柄花扇使平时看上去呆头呆脑的汉子风情万种！花扇和花扇心有灵犀，传着情，漂亮极了，说不尽的缠绵、亲爱、性感。我猛醒这原来是男人们的舞蹈啊，真是把我看呆了。

对了对了，黄河岸边的秧歌原来是最性感的男人的舞蹈。

露天的舞台上，有人在唱小戏。不是小戏，应该叫弹唱。这是一个当红的弹唱班在演出。一男一女两个人扭着，唱着。唱的是什么？一句也听不清，可那曲调高亢极了，尖锐极了，是一种女人般的假嗓。那男演员五短身材，几乎没有脖子，原来是个残疾人，一个驼背，而且不年轻了。他扭着各种舞步，耍着彩扇，手指上套着大金镏子，可他的声音却能够穿云裂帛，那是任谁也阻挡不住的高亢和锐利，所向披靡，锐利得近于凄厉，可却是欢快的。彩扇在他手里出神入化，翩翩如飞。他端着肩膀，两臂在胸前小幅度地一摆一摆，扭着秧歌步，忽然觉得他如西门庆般风流倜傥。这残疾的唱手脱胎换骨了，他陶醉在这幸福的感觉之中，台下的妇女、田野上的妇女，还不知有多少人为他失魂落魄呢！

他唱了大半夜，他的嗓子可真结实啊！在喇叭里，那高亢的声音更是尖脆凄厉得不得了，整个柳林城都被他的歌声笼盖了。那曲调听上去十分简单，总是重复着，重复着，好像在重复着一句要紧的要命的话，那是句什么话？我听了大半夜，仍然一无所知。

几十里外，沿黄河向北，在临县的地界，今夜一定也是个狂欢夜，每一个村庄、每一个城镇，到处是跑秧歌的队伍。不过那里跑的是伞头秧歌，许凡的秧歌。伞头打着伞，是秧歌队的灵魂，他载歌载舞，又扭又唱，他一张嘴，唱词就像小鸟一样飞出，全是即兴的唱词。只是我晚来了一步，晚来了几年，那个叫许凡的伞头八年前过世了。在他过世八年后的元宵节，我听说了他的名字。八年后的正月十六，2003 年，在柳林，在这个驼背的残疾艺人身上，我好像看到了许凡的影子。我觉得他身上有一种奇异的光芒，让我痴迷。

二、回到多年前

这个叫许凡的人一开口就把我惊呆了，他这么唱："姓许名凡实不凡，范丹老祖把家业传。天下欠账要不完，我不上门他不还。"

范丹老祖是何许人？据传，他是东汉时的一名学者，有官不做，为赈济饥民而散尽了家财，最后连祖上遗留下的外欠账目也散了出去，让饥民们上门去讨账，后来，这范丹先生就被天下的乞丐尊为老祖。

现在我们知道了，原来伞头许凡是个乞丐。

在伞头秧歌的发源地，伞头是备受尊敬的人物，他们在地方上都有一定的地位，或是在乡间有口碑和德行的人。著名伞头中，有旧时代前清时的县太爷，也有新时代人民政府的县长，叫花子做伞头的，许凡是第一人。

叫花子做了伞头，做了挑伞人，一点不避讳自己卑贱的出身，他笑呵呵地告诉人家："落盘菜，摇壶酒，天南海北任我走。盘龙大棍拿在手，打遍天下咬人狗。"

这真叫人欢喜啊，还以为是走进了金庸古龙们武侠小说的世界，走进了那个侠客仗剑走天下的江湖。这个挑着伞一路扭来的叫花子，快乐的乞丐，若是活在那个虚构的江湖，一定比活在真实卑微的生活中容易。

他为什么这么快乐?

是啊,他为什么这么快乐?

有这么多不快乐的人,一个没理由快乐却偏偏快乐着的人就变得十分突兀和醒目,甚至蛮横不讲理。

我永不会知道这个快乐的流浪汉他内心的秘密了,我想象他沿着黄河一路向南,那时他还是一个少年,也许只有十六,也许只有十五。这个少年人埋葬了亲娘就离开了家乡,离开了那个叫许家峪的村庄。在那个村庄,许家并不算穷,有田产,有房,门楣上刻着“耕读传家”的古训。大热天,他和父亲在地里给黍黍锄二遍苗,毒日头没遮没挡地顶在头上,把人和苗都要烤熟了。从前,日本鬼子没来之前,许家农忙时还雇得起一半个短工,可如今家境一天不如一天。父亲锄在他前面,土布汗衫早已被汗水湿透了,紧贴在弓起的背上。父亲就这么锄啊锄啊锄了一辈子。他撂下了锄头,事情就这么决定了。

他不喜爱土地,他不喜爱把人捆绑在土地上的生活,他不要他爹这样弯腰曲背的一生。

这个少年人像青黍黍一样刚刚长成,国字脸,眼睛干净明亮,又大又黑,下巴翘着,总是抿着嘴角,这使他看上去有一点少女般的羞涩。他来到了碛口,投奔亲戚。亲戚在碛口城里有买卖,开着货栈。店堂里黑乎乎的,一股熟皮子的臭味,亲戚做的是羊毛和羊皮的生意,这你只要走进后院一眼就看得出来,羊毛堆成了小山,一口一口大铁锅里,石灰水也许是火碱水浸泡着还没有熟好的皮子。这一晚,他睡在货栈里,又热又闷,蛇蚤滚成了蛋,皮毛腥膻的臭味熏得他一阵一阵反胃。天刚蒙蒙亮,他悄悄溜出了货栈的大门,在还没有醒来的小城游荡。后来他来到了码头,他看到了船、油筏还有河水。河水是那么新鲜,被一点一点升起的太阳慢慢涂成浓郁艳丽的金色。他喜爱这动荡艳丽的河水。他掏出盘缠在刚开张的小饭铺里买了几个油旋。油旋很香,他一口咬下去一下子涌出泪水,自娘去世后他还没吃过这么香的饭食呢。他快乐地享受着他的美味,跳上了一只木船,他问扳船的老大,说:“这船去哪儿?”这个少年人不知道,这是一个决定了他一生命运的早晨。

几年过去了,有一天,许家峪来了一个衣衫褴褛的叫花子,一进村,狗就冲着他汪汪叫。他愣了一愣,心想,狗都不认识我了。他手里拖着一根打狗棍，可这棍子说什么也打不得自家乡亲的狗啊！一个老人盯住他打量了半晌，突然走上前去，啪地甩了他个大嘴巴，老人啐了一口说：“你个鳖骨子小子你还知道回来呀！你害得你爹死也没闭住眼啊！”

说完老人就蹲在了地上，抱头痛哭。他认出了这是他叔伯大爷，他愣怔了半晌，像是没听明白老人的话，忽然，这叫花子撒腿就朝家门跑。一群狗追着他狂咬，裤腿被咬下来了，狗嘴里叼着破布片跟在他身后飞跑着，可他就是跑得再快也追不上他爹了。

爹坟头上早已长了草，和他娘的坟紧挨在一起。许凡在他爹娘的坟前长跪了一夜。他想起最后一次和他爹锄黍黍，一人两行，爹锄到头总是返回来不声不响接应他。他号啕大哭，那一夜，全村人都听见了村外这锥心的长号。许家门里的上人们，听着听着也流下了泪，他们想，得把这鳖骨子的腿给拴住了，也好让他爹娘九泉之下瞑目。

那是许凡此生最后一次酣畅的痛哭，他把一辈子的哭一口气给哭完了。几天之后，他走出家门，剃了头，洗了脸，换了干净衣裳，哟嗬，好一个光眉鲜眼的俊青年！村里的年轻人，从前的小伙伴们呼啦啦围上来了，都想听他的故事。他们叫着他的小名，说：“三儿，这些年你到哪搭浪去了？”

他笑而不答，再问，问急了，他忽然冲口唱起了秧歌：“三尺短杖手中拿，浪迹江湖走天涯。嗨啦啦啦嗨啦啦，活到哪搭算哪搭。”

后生们愣住了。他唱得字正腔圆，多么好听啊！他的声音明亮、高亢，微微颤抖，还有点懒洋洋，明亮得就像蓝天上的一朵云、山坡上的一群羊。后生们被他唱软和了，他们望着他，心想，这鳖骨子是见过世面的人了。

“许凡，这些年，你在外面一定遭了不少罪吧？”有人试探着问。

“嗨，”他笑了，说道，“这些年，在家的人莫非就不遭罪？”说着他眉毛一挑又唱起来：“日本鬼，坏心锤，谁晓得造下多少罪？贺家坬把人糟害，龟峁村开过——赤笃会。”

后生们不言语了，原来他出门在外，家乡的事倒也知道得不少啊。贺家坬、龟峁村都是本乡本土的村庄，那里的人谁也没有迈出家门一步，贺家坬全村二百号人躲进地道里，被扫荡的鬼子用柴草、烟叶，拌上辣椒面点火熏烤，男女老幼，二百多号人活活熏死在了里面。二百多生灵啊，有的戏咪还在娘怀里吃奶，还是个人芽；有的老人，活了一辈子不知道县城的门朝哪边开。还有龟峁村的老百姓，被鬼子逼到了场院里，逼着人人脱光了衣服，一丝不挂，赤条条开会。光天化日之下，全村几百号人，公公媳妇，爷爷孙女，刚过门的新娘子，十七八岁花朵般干净的大姑娘，人人赤身露体。女人用手捂着自己的私处，老人闭上了眼，鬼子上来一刺刀就把闭眼睛的老人给捅穿了。

“嗨嗨，说点高兴的事吧。”后生们说话了，大家都不愿意去想这伤心的往事。天瓦蓝瓦蓝，干净极了，村庄也显得很干净，没有被庄稼覆盖的土地一片鲜黄，那鲜黄撞得人眼疼。“许凡，你和女人睡过觉吗？”女人总是能叫人高兴的。

“当然睡过。”许凡懒洋洋地回答。

“是城里窑子里的女人不是？”

“猜！”

他们顺嘴瞎猜一气，说东说西，猜不着。

“啊哈，”许凡双手朝脑后一枕，躺在了阳坡上，阳光晃得他睁不开眼，他就闭上了眼睛唱起来，“钻神堂，睡古庙，女娲和我常睡觉。身挨身，脚相靠，黑间全凭她关照。”

后生们醒过神，笑瘫了，扑上来打他，还要扯他的裤子，看他和女娲睡觉的那家伙。推推搡搡闹够了，一个后生盯住许凡，忽然说：“今年的伞头有了。”

那一天，在许家峪，一个歌手诞生了。那一天风和日暖，远远的山坡上，崖畔头，几棵杨柳树绿成一铺滩、一铺滩。没人知道他怎么就变成了一个歌手，出门时他还是一个嘴上没毛的浑小子，回来时就变成了这不唱秧歌就不说话的好唱家。

地里，庄稼齐刷刷长起来了，荞麦开了花，谷子秀了穗，看来今年是个好年景。果然，秋收过后，囤里有了粮，流浪归来的许凡成亲了。许家门里的长辈们想用一个女人来拴住这浪子的腿。自爹死后，弟兄们分了家，许凡名下也分得了几亩地，还有三眼窑洞，那是一水的青砖碹出的好窑洞，坐北朝南，冬暖夏凉，进深很深。新媳妇喜欢这窑，却不喜欢窑里这人。新媳妇叫俊英，姓了一个奇怪的姓氏：问。这问俊英长得银盆大脸，修眉俊眼，是个性子火暴的女人。她不喜欢男人身上的浮人气，她喜欢日子过得像打夯一样实实在在，她喜欢那些像树一样牢靠的男人。她一眼就把自家那人看透了，她想，他生来就是一个浮人啊。

他懒。

他真是一点不勤快，眼里没营生，也不会干营生。一冬天没见他摸过粪筐，也不知道拾掇来年的农具，到来年春耕时，他不会吆牛不会扶犁也不会摇耧，还是他哥哥过来帮衬着种了谷子又种了黍黍。他哥说，黍黍地里还得套种豆子和胡麻，给他留下了种子，他应下了。多少天过去了，他哥想起来不放心，到他地头上一看，哪里有豆子和胡麻的影子？而补种的节令早已过去了。他哥气得跑到他窑里头大骂，说："你个鳖骨子你个败家子，天生是个扶不起的刘阿斗啊！我能帮衬你一阵子，我能帮衬你一辈子？"

头遍苗好赖锄过了，到锄二遍苗时，天气热起来，他扛着锄头出村来到地头，锄不了几锄，就歇下了。他想起和爹锄禾时的情景，爹黑瘦的弓起的脊背总在他眼前晃来晃去。这让他又憎恨又难过。他躺在地头，眼睛望着水一样的天空，身子被太阳晒得软软的。天上慢慢地飘来一朵云，又飘走了，飞过一只鸟，又飞去了。他喜爱这些自由自在无根的东西。他想，许凡许凡，你绕了一大圈，咋又回来了？他还想，许凡许凡，这辈子给你一千亩好地，挣下千亩良田，你高兴不高兴？他像一个哲人一样问着自己这永不会有答案的问题，鼻子忽然酸了。他用破草帽遮住脸，他不明白自己为什么这么不喜欢爹活了一辈子的活法。

过了一天又一天，问俊英在家里沉不住气了，她想，这苗咋还锄不完呢？统共二亩地，还没有脸盘子大，别家的男人，早就上山割回荆条垛好了山粪，麻利些的三遍都锄罢了。这一天，问俊英做好了晌饭，不等他回来，挎上篮子提上瓦罐出村给他送饭去了，可地里哪有他的人影？再看自家的地，草长得比黍黍还高，哪里还是人作务的庄稼？分明就是一块没主的荒地了！太阳明晃晃的，问俊英却气得手脚冰凉，四处一看，远远地，只见一棵杨树下，有人躺着睡大觉，不是那死人又是谁？问俊英颤巍巍走过去，嘿，鳖骨子睡得还流涎水。她飞起一脚踢醒了他，踢得他哎哟一叫。

她当着他的面把瓦罐子砸了，米汤洒了一地。她踹了饭篮子，黄澄澄的玉茭窝窝让她踩扁了。她脸色煞白，厚厚的嘴唇哆嗦着，也是煞白的。她浑身的血像断头河一样从脚底下流走了，渗进了地里。她眼里闪着吃人的凶光，说：“许凡，你不是不过日子？好，咱就比着不过！”

她回到家，抄起斧头，把院门给劈了，劈了当柴烧，家里反正没有柴了。她一口气敲了十个鸡蛋，哗哗哗打碎了，炒了油汪汪黄澄澄一大盆。她就着米汤吃炒鸡蛋，新蒸出的掺了秕糠的貂黍窝窝让她一气喂了狗。从这天开始，她变着法子吃喝，葱花面、炸油糕，鸡蛋是吃了炒的吃煮的。没烧的，劈了院门再劈窑门；没花的，把铜勺铁铲做饭的家什一伙卖给收烂货的换了钱。她这么个折腾法，把一村人都吓住了。一村人还从没见过这么烈性子的女人呢！若是有人出面解劝，她就说：“等着跟上那灰人饿死，不如我好活两天乐死！”

她这里一闹，许凡那里也就罢了工。他再也不用扛着锄头到地里做样子了，他不待见这个女人，她太厉害，又贪，可又总觉得有点对不住她，现在她这么一折腾，许凡心里一松。好了，他想，快到头了。他任她撒泼，骑在他头上，打不还手，骂不还口。她成天不梳头，不洗脸，两只眼睛血红血红，在家里打狗杀鸡，抡起菜刀啪地就把鸡脖子剁下来了，那是最后一只下蛋的母鸡，血溅了她一脸。那样子真是丑得不能看。许凡就躲出去，来到村街十字口，那里有棵大槐树，是男人们吃饭的饭场。许多人正端着大海碗在吃晌饭，许凡刚想绕着走，人们却一哇声喊住了他：“许凡，大晌午的，你这是要去哪儿？”“许凡，吃饭没？”

许凡只好迎着人们走上去，笑着回答说：“嗨，你们是真不知道呀还是装糊涂？”没等人们再搭话，他就开口唱起了他的秧歌：“自从结婚下问俊英，如同来了日本人。勺子笊篱卖了铜，做饭劈得烧了门。”

他不慌不忙，好像在唱别人的事情，在唱戏文，和他自己没有一点瓜葛。他笑嘻嘻地唱完了，树底下，吃晌饭的人半天说不出话。他们想，天爷呀，世上还有这号人，都到这地步了还唱秧歌！

这段秧歌一出口，许凡心里豁亮了，踏实了，他觉得自己有了个交代，他总算把事情给村里的父老交代清楚了。他再没有了顾虑和牵挂。树下吃饭的人堆里刚好坐的有他大哥，他大哥这时叹口气，招呼自家孩子去给许凡盛碗饭来，许凡也就不客气，端着侄子捧来的大海碗埋头吃起来。吃完了，他把碗朝地下一放，对他大哥作了一个揖，说道：“哥，许家有你顶门立户，从今往后，你就不用惦记我了。”

第二天，有人就看见许凡背着褡裢，拄着他的打狗棍，出村去了。他头上裹着一块白羊肚手巾，脸洗得很干净，远远地，地里干活的人看见了，就问："许凡，你这是要去哪儿？"许凡挥挥手，回答说："周游列国。"

然后，他就快活地唱着秧歌走远了，只听他唱道："龙伴青云虎伴风，许凡我常伴棍一根……"

下面是什么，听不清了。

没人看见他是什么时候重返许家峪的，那又已经是几年之后。这一次，他大概是在夜静时分进的村，狗咬了一阵，也没引起谁的注意。第二天，人们发现，他家的烟囱里突然冒起了炊烟，村里人这才恍然大悟，浪子许凡昨夜回家了。

他家窑门平日里拴得紧紧的，那是他走后大哥给他新装下的门。晌午时分，那门呀的一声推开了，从里面走出一个婆姨，这婆姨当然不是问俊英，问俊英早就在许凡离家的当天回了娘家，想来早已改嫁了别人。这婆姨粗粗笨笨，出了窑，四下里拾了些干树枝，直起腰，手搭着凉棚望风景。阳光下这村庄明亮而干净，鸡不叫狗不咬，炊烟在每一座屋顶上从容自在地飘荡，真静啊！婆姨默默地看了一会，眼里慢慢就有了泪。

这一下，村上人知道了，原来许凡这鳖骨子带回一个婆姨来。人们寻个理由都来窑里看这婆姨。乍一看，这女人不好看，满脸大麻子，那是出天花落下的疤痕；再一看，人一点不伶俐，有些迟钝，甚至有些痴呆，和问俊英真是天上地下比不得。可是，再多看几眼就看出，这一张麻脸若是笑起来，出人意料地温暖、和善，还有着一种聪明人所没有的对这世界的天真的信赖。

后来人们说这是许凡捡来的女人。

其实，谁也不清楚这女人的来历。

大概这是许凡一生中最美好的一个秘密，想象它需要足够的善意和柔情。好吧，就假设那是在雁门关外，一个叫杀虎口的地方，出了口就是内蒙古，许凡在走口外的途中病倒在了荒村野庙里。他发着高烧，烧得不省人事。迷迷糊糊中，有人给他喂水，喂米汤，还用一种粗粝又锋利的东西，在他脊背上刮来刮去。后来，等他烧退了，睁开眼睛，第一眼看见的就是这张脸，麻脸，离他很近很近。他凝视着这脸，它就对他温暖、和善、光明地笑了。

这麻脸的女人叫粉洞，姓王。

粉洞不是一个人，她跟着爷爷乞讨，爷爷是个瞎子，这爷孙俩要到口外去讨生活。粉洞记不住从前的事，记不住太长远的事，她只记得她和爷爷总是这样一天天地走在路上，流浪。许凡听这爷孙俩说话的口音，说的竟然是家乡话，一问，果然是临县老乡。

“您老是哪村人?”许凡问。

老人迟疑了一阵，慢慢地回答说：“龟峁村。”

这三个字似乎很羞耻，老人一出口就垂下了头。许凡明白了，狗日的日本人在龟峁村召集过那个伤天害理的赤笃会。全村男女老幼在鬼子的刺刀下脱得精赤条条，公公和刚过门的新娘子，祖父和如花似玉的小孙女，身贴身站在一起……许凡不敢再往下问了，老人吧嗒吧嗒抽着旱烟袋。那是一个黄昏，太阳就要落山了，破庙里暗沉沉的，只有那烟锅子红红的一点一明一灭，一明一灭。许久许久，老人开口了，说道：“小兄弟呀，不瞒你说，我这一辈子，就那一天，觉得真是天可怜见，让我生成了个瞎子……粉洞也是从那一天起受了惊吓，变得痴憨，记不住个事情了。也是天可怜她，没爹没娘的苦命孩，记不住好啊，记不住那是她的福气!”老人说着说着流下泪来。

粉洞在一边，用拾来的树枝柴草笼起一堆火，把讨来的东西架在火上煮着。火苗把她的脸烤红了，她痴痴地蹲在那里，望着火苗，忽然没有缘由地冲着火焰温暖地笑起来。许凡觉得心里一疼。

他们大约是结伴去了口外，三个人一处一处地走。他年轻，有力气，有时给人揽工干活，收麦子割洋烟，瞎老汉则唱道情乞讨。瞎老汉弹起弦子，哑着沙嗓子唱道：“请下位丹青画四景，他画的世间四下幽。一画新疆昆仑山，二画四川峨眉山，三画南海普陀山，四画陕西终南山……”

许凡听了，就想，人这一辈子，若是能走遍这些地方，大概才不算枉活一世吧?

三个人就这么到处地走，讨生活，走着走着，就成了两个。瞎老汉殁了，老汉临死前把孙女托付给了许凡。老汉说：“后生家呀，我也看出来了，你生来是个浮人，这也是粉洞的命。我不求你别的，我只求你，有一天你走累了，不想走了，好赖要给粉洞安一个家，让她在自家窑里过两天日子……”

许凡应承下了，答应下了，答应让这苦命的女子有一天过上有家有业的日子。可是，这一天是哪一天？许凡不知道。他还没走累呢，他的两只脚板磨成了铁脚板，两条腿健壮结实，有的是走遍千山万水的力气。他们翻过了大青山，在河套平原上揽工、干活，没活干就乞讨，无牵无挂，就这么一天一天地，也不知又过了多少日子。有一天，他们来到了一个叫后大滩的地方，那儿有一个村庄，叫黄羊沟村，正赶上麦熟，有户人家雇下了许凡割麦子。这人家人手少地多，实在忙不过来，粉洞就帮这家的女人给揽工的人做饭。两口子夜晚就宿在人家的牲口棚里。有一天，粉洞做罢饭，在院子里乘凉，忽然瞅见人家屋子里，炕上放着一个纺花车。粉洞看呆了，不知不觉地起身来到屋门口，倚住门框。屋里可真亮堂啊，阳光洒了一炕，那纺车金灿灿的，像架金纺车。粉洞看着看着，看湿了眼睛，心里有处地方像绽开了缝似的，汩汩地涌进了光去。这天，许凡收工回来，她把许凡拽到了这屋门口，指着那纺车告诉他："我会纺花。"她说："从前，我一天能纺一斤花哩。"

她的脸因为兴奋而红着，眼睛又黑又亮，两朵黑花似的，原来她的眼睛这么好看！许凡从没见过她这样子，她站在人家的屋门口，痴痴地迷恋地像看宝物似的看着一架纺车——居家过日子的乡村人家再平常不过的东西，许凡心痛了。

"粉洞，"他说，"割完麦子，咱们相跟上回家去。"

两个月后，他们到家了。家虽说早已是一贫如洗，可到底还有遮风挡雨的三眼窑，有平展展的大土炕，有盘可以起火烧锅的灶。三眼窑一明两暗，从前的门窗都让问俊英劈得烧了火，他走后，他大哥胡乱卸下一扇破柴门，凑合装上，好歹算是替他守了这个家。三眼窑坐北朝南，东西两厢，粉洞东看看，西走走，在东厢坐一坐，在西厢又坐坐，怯生生的，像个好奇又认生的孩子。半夜里，她推醒了身边睡着的许凡，问道："哥啊，你没有弄错吧？这真是咱的窑、咱的家？"

她的麻脸离他很近很近，像要贴到了他脸上，月光洒在那上面，仁慈地抚平了一粒粒麻坑，月光也满满地洒了一炕。这女人记不住多少从前的事，记得的就是一天一天地走在路上，睡破庙，睡牲口棚，睡人家的屋檐底下，还从没有、从没有睡过这么一铺平展展的炕呢！这平展展的宽阔的大炕都让她糊涂了。他伸过胳膊一把把她搂在怀里，叫着她的名字，说道："这是咱的家、咱的窑，就是少一架纺花车，粉洞，我会给你置下。"

“好炕啊！”粉洞心满意足地叹息。

她没有什么不满意的了，她温暖、信赖地笑着，出出进进，忙里忙外，拾掇完这儿拾掇那儿。村里人看着这婆姨，看出了她不是个精明能干的女人，原来许凡领回个疤子脸的痴婆姨！后生们取笑许凡，戏咪则当面疤子疤子地喊她。一村人背过身去，都是疤子疤子地叫，话说得也不好听，说鳖骨子配疤子，真是歪对配歪对。这一天，黄昏后，许凡端着饭碗来到饭场，大槐树下早已聚了一群吃饭的爷们，大家凑在一起图个热闹。一个后生家看到许凡远远走过来，脱口就说：“你那疤子婆姨给你做下了啥饭食？”

许凡微微一笑，咳嗽一声，用手里的筷子当地敲了一下碗沿，亮开喉咙就是一句唱：“伢看见咪粉洞疤……”

这是在叫板了，在土语里，伢就是你们的意思，而咪则指的是我们，许凡一开口用的就是复数的人称，他不是一个人，他和粉洞一起，要向这一群人叫板。他又咳嗽一声，清清嗓子，一口气唱下去。他唱道：

伢看见咪粉洞疤
我看见是一朵花
蒸碗坨擀面炸麻花
你想吃啥能做啥

不要看咪粉洞疤
会过日子会持家
一天纺过一斤花
就是没啦个纺花车（cha）

自古歪对配歪对
瘸驴驮的烂口袋
老婆丑陋人不爱
我可把她当宝贝

唱到最后一句，许凡收敛了他惯有的嬉皮笑脸，两眼炯炯地、尊严地扫向树下的人们。人们不笑了，人们被这个他们从未见过的新鲜的许凡震住了，这是一个他们不了解的许凡，不了解的男人。堂堂男子汉，被温暖和爱意所笼罩，尊严不可凌辱。树下顿时变得鸦雀无声，人们心里不知为何生起了一点点、一点点敬意。而真的鸟雀，一大群，在被晚霞涂染的天上盘旋着，准备归巢了。

现在，让我们迅速跳过一大段珍贵的岁月，回到我所熟悉的20世纪70年代。

20世纪70年代初是个严峻的年代，这一天，许家峪的社员们正在大寨田里干活，忽听有人喊："许凡回村了！许凡回村了！"

远远地，黄尘大路上走来了盲流许凡，不是一个人，是一大家子，婆姨、儿子，还有担子里担着的最小的戏咪。几年不见许凡了，几年没有听过他的秧歌，人们很是想念。性急的后生家撂下锄头就往大路上跑，一边跑一边喊："许大叔你可是发下财了？"

许凡肩上挑着担子，担子里一头是床破铺盖，一头是他最小的戏咪。一家子风尘仆仆，身上的衣裳脏得不能看。许凡四十出头的汉子，却是满脸皱纹，皱纹里都是煤灰和尘土，乍一看像六十多岁的老头。

人们一看这一家人恓惶的样子，噤了声，最爱嬉闹的后生也不知该说什么好了，只好没话找话说："呀，宝安长下这么高了！"

一群人簇拥着这一家子往村里走，没人说话，像是一支送葬的队伍。看见村口的神树了，神树下也站下了人，是听说了这一家子回村的消息。乡亲们站在那里，沉默地迎接着这倒运的一家老小重归故里。许凡心里一热，可他不习惯这隆重和沉痛，他望着他的乡亲们笑起来，露出满口的白牙。白牙把他的脸衬得更黑了，像个非洲人。许凡笑着和乡亲们打招呼，一开口没说话，先就是四句秧歌："许凡没听党的话，把个算盘拨拉差。引上老婆走南下，飞起得了个落不下。"

这一唱把人们都唱乐了，哗一下，乡亲们围住了这流浪归来的一家子，开始问长问短。两年前，许凡穷得活不下，卖了他的三眼砖窑，引上老婆戏咪，说是要到晋西南一带谋生，听说那里地广人稀，好活人。可看起来，哪里也没有好活人的地方啊！妇女们给这无家可归的一家子端来了水和糁糁饭，家家都没米下锅了，家家锅里煮的都是高粱糁糁，孩子们举在手里吃的是到口酥——糠窝窝。

“许凡啊，在南边也站不下脚啊?”人群里最年长的长辈开口问了。

许凡喝了糁糁饭，有了气力，脸色活泛过来，又接过谁递过来的一袋烟，抽了两口，然后长嘘一口气，一气唱起来：

瓮瓮上敲一下呔呔地响（xi）
笤帚帚也扫不得半升升米
油盐炭火无处取
实在养活不了伢娘母咪

引上老婆担上戏咪
一跺脚离了许家峪
河里洗脸庙里睡
进村先受狗的气

因为家穷出了门
外面到处扣浮人（盲流）
一分钱也没挣成
回来更比走时穷

比起二三十年前，他的声音有了生活的泥沙和重量，不再像从前跑马似的嘹亮和空旷，可是却往人的心里钻得更深了，深得叫人受不住。妇女们有的已经哭起来，可他还唱个不停。据说那一天，这个秧歌王，他一口气唱了有三十几首呢。他把这出门在外所受的那些恓惶还有如今卖了窑洞无家可归的苦情，唱了个千回百转、淋漓尽致：

回家来路过小湖沟
双眼噙着泪颗颗
晓得回来也没走处

佛店庙坐到老晌午

看咯有家家难归
家里难做无米炊
戏咪年幼老婆痴
人穷活着不如鬼

外流二年跌下空
又遇今年灾情重
吃了上顿没下顿
几时能撂下这打狗棍……

他唱啊唱，到最后，妇女们呜呜哭成一片，哭许凡一家，也是哭自己，哭这难活的日子。谁家没有伤心事啊？谁家锅里不是煮的黑乎乎的高粱糁，吃得戏咪拉不下屎？戏咪看见大人们哭，也跟着响亮地哭起来。哭声把村里的狗们惊动了，它们上蹿下跳，汪汪汪咬成一片。

这真是一个奇观哪！一个人用唱来讲述他的经历和遭遇，就像一个戏里的人物："苏三离了洪洞县，将身来在大街前……"可这不是戏，这是活生生的生活。20 世纪 70 年代，在我们的土地上，在黄土高原深处，一个农民就这样用唱来诉说他的不幸的命运。唱就是他的说，就是他最自由最诚实的倾诉。唱就是他最卑贱最坚韧的存在，他天生是个歌手啊！这世上，如此纯粹如此天然的歌手，如今还有没有呢？

20 世纪 70 年代，一个严峻的年代，一个宏大的众口一词的年代，可是在生活的深处，却仍然有着戏剧性的奇迹，有着这样卑微的歌声，血肉的珍贵的歌声，安慰着人心，使一个铁血的时代动容。

三、快乐的伞头

其实，关于伞头秧歌，我又知道多少呢？十多年前，20 世纪 90 年代初，有一次，在电视上看到了一个文化专题片，是介绍伞头秧歌的。只见一个男人打一把黑色的尼龙伞，穿黑呢子西装小大衣，戴蛤蟆墨镜，手上是一副雪白的线手套，这就是那伞头了。伞头打着尼龙伞，又扭又唱，非常快乐。就是这穿黑呢子小大衣戴蛤蟆墨镜的伞头使我对伞头秧歌产生了兴趣，我想，多么不伦不类啊，我笑得不得了，可就是这可笑的形象让我难忘。

现在，我为自己的轻薄脸红。

说来，伞头秧歌不过是北方众多社火秧歌的一种，这里人把它叫作会子，一班会子多则几百人，少则几十人，有众多的讲究。比如首先要有仪仗队，从前是五色旗和金瓜、斧钺、朝天蹬开路，现在则是彩旗和门旗先行。要有热闹的鼓乐和吹奏乐，要有龙舞，还要有架鼓，打的是腰鼓，三人为一组，打腰鼓的是英俊小生，旁边有个俗称拉花的女角，还要有一个小丑。接下来是小会子和杂会子，小会子即民间的小演唱，杂会子则是传统折子戏，然后是跑驴和走旱船，最后是一对对狮子舞收场。其中最要紧的，也是最独特的，是伞头这样一个人物。伞头是整个秧歌队的头领、统帅、灵魂，他手举一柄花伞，摇响环，又叫虎衬，指挥调度着这一支队伍过街，掏场子踩牌子，随着唢呐的曲牌，走出十二连城啦、十字梅花啦，等等。除此之外，伞头还主要担当着唱秧歌的重任。这唱秧歌完全是即兴的，秧歌队走到商铺啦、人家的宅院啦或是衙门口啦（现在则是机关门口），主人都要出来放鞭炮迎接，这时，伞头就要随口唱出对情对景的秧歌来，这叫答谢秧歌。若是秧歌队进了谁家的院，主人就不光是放鞭炮，还得口唱秧歌来迎接。若遇主人也是歌手，好啦，你看吧，那就要和伞头你问我答你来我往地来一连串对唱，这叫对歌。据说从前，在临县地面做官的县太爷也得会唱几句秧歌不可，否则秧歌队上了门，进了院，搭不上腔，那是很下不了台的事。百姓们会说，这个老爷不屎行。

伞头秧歌的灵魂和珍贵之处是它的即兴性，现编现唱，张嘴就来，每一个好伞头都是一个民间诗人。

每一个好伞头天生痴迷秧歌。

你看许凡走在会子队伍中，多么快乐啊！他手挑一柄花伞，摇着虎衬，扭得是多么好看。他指挥着他的队伍，踩着锣鼓点，一会走单出水，一会走双出水，就像指挥着千军万马布阵，好威风哟！来到街心邮电局，邮递员们迎上来，许凡开口就唱道："千里捎书如见面，万里说话像闪电。汝则们要把女婿看，信筒筒里装上个相片片。"

再一来，又来到理发铺，剃头师傅迎出来，许凡开口又唱道："这里谁来谁满意，走时脸上有香气。推子推，剃刀剃，一下年轻好几岁。"

又一扭，扭到了组织部，组织部部长迎出来，许凡又是四句唱："公家急需栋梁材，组织部家巧安排。谁有本事谁上台，没本事的扯下来。"

就这么一路扭下去，唱下去，无论这一年日子多么难活，有多少不顺心的事，可是只要一挑起花伞，快乐就回到了他身上。快乐从他挑伞的那只手臂上钻进来，钻进他河网般的血脉，在他的全身奔腾流淌，撒着欢。这个人他快乐得特别诚实，特别痴迷和投入，即使在快乐的河里、海里，他的快乐仍然如大牡丹一般鲜明、醒目和动人——这是他作为一个好伞头的禀赋。

后来"破四旧"，伞头秧歌被当"四旧"给禁了。后来，又过了几年，人们又偷偷闹起来，上面也睁一只眼闭一只眼。这一年，许家峪村的秧歌要去邻村石佛山拜年，叫谁当伞头，村干部犯了愁。本来，现成的伞头摆在那里，没说的，就是许凡。可这个许凡，刚刚当盲流让遣送回来，如今又拉起了讨吃要饭棍，四处讨要着吃，叫这正要饭的花子当伞头，一村人的面子上实在不好看。古往今来，哪有要饭花子当伞头的呢？几个村干部一合计，伞头这重任委给了别人。

这一年，许凡一家人从晋西南回来，走时卖了窑，没了落脚处，村里人帮衬着，就在村后山坡上一个叫圪洼壕的地方，靠壁贴崖凿下几孔土窑洞。那圪洼壕坡厚土硬，是凿窑洞的好地方。只不过那里离村子远，担一担水要上上下下走几里地。离村远，消息传来得也慢，等到许凡知道这事时，那边秧歌队说话间就要吹打起来出发了。

许凡二话不说，拔腿就往村里跑。只见仪仗已然排下，门旗扯起来了，上面写着许家峪伞头秧歌队几个醒目的大字。许凡挡在了门旗前，开口就问："若论穷富，我不如人；若论唱秧歌，谁比我强？"一边说，一边拉开了架势，一夫当关万夫莫开地亮出了他的好嗓子。刹那间，秧歌就像江河水汩汩而出：

自古红花绿叶配
会子全凭伞头带
贫富取才太不对
状元关在大门外

三间房子看间半
试金锤锤捣了炭
成材的梁子劈成栈
领兵的元帅叫做饭

当伞头要把式硬
可不是摆弄讨吃棍
谁要对我不相信
当场上来碰一碰

歌声一落地，突然地，就是一片欢呼和喝彩，大家齐声喊着："换将换将！"那些装扮好了的渔翁和艄公、样板戏里的人物，阿庆嫂刁德一们，还有吹鼓手，所有的人一哇声喊："换将换将！"干部们让将了军，没了主意，支书一跺脚，说道："好狗日的，快，给咱披挂上阵！"

就这样，许家峪村秧歌队阵前换将，人们七手八脚打扮了许凡，给他披了件时新的衣服，棉军大衣，噢哟，多么暖和，多么气派啊！这么一打扮，讨吃要饭的叫花子登时气宇轩昂。这花花绿绿一队人马，吹吹打打，来到了石佛村，一村人都出来迎接了，一村人都出来听秧歌看红火。身穿军大衣的许凡，挑伞的许凡，走在队伍最前边，那是三军的统帅呀！石佛村人见了，一下子都叫起来："嗨呀，讨吃的许凡挑伞来了！"

是啊，讨吃的许凡挑伞来了。许凡一点不含糊，一开口，来了个自报家门。许凡摇着他的虎衬唱道："姓许名凡实不凡，范丹老祖把家传。天下欠账要不完，我不上门他不还。"

嗷的一声，石佛村人齐声叫好。石佛村里有许家的亲戚，平日里见了讨吃的许凡，羞耻得不想认，这时也忙挤到了人前去，和许凡打招呼，说："你个许凡，这是走下甚的时运？看把你风光的！"许凡就又唱道："一进村亲戚们把我问，抬举我今年走时运。自古道做甚要像个甚，今可是打伞摇虎衬。"

村人都笑了，把这许家峪秧歌队亲亲热热迎进了村。许凡一路指挥着，走街，踩牌子，在村中央空场上吹吹打打，一会走出十二连城，一会又走出十字梅花。表演了一阵后，许凡就又唱道："风水宝地石佛山，月镜河水绕村弯。推来元宝和金砖，珍珠玛瑙把沟渠填。”

这一下，全村人谁不高兴呢？说来石佛村真是好地方，守着一条月镜河，土地肥沃，枣树成林，只不过这两年，谁又能有什么好日子过呢？人们高兴过后又叹息起来，老人们就摇头说：“珍珠玛瑙？下辈子吧，这辈子，甚时黍黍窝窝能填饱戏咪的肚子就谢天谢地了。”

一句话勾起许凡多少伤心事，这一下可是不得了，许凡的秧歌就像黄河决了口子，挡也挡不住，滔滔而来：

好好价的水地痛出田
公社家硬让造平原
刨了熟土把生土填
饿得咱肠子往出连

一天价大批促大干
睡不成觉来吃不成饭
稍稍有点动弹得慢
马上现场挨批判

天天价起来跟工工
没明没黑挣分分
秕糜子烂谷称斤斤
锅里没米煮糁糁

他唱一首，人们就叫一阵好，又唱一首，又是一片喝彩。他一首接一首地唱，把个石佛村唱得像开了锅。一村人积攒了一年的不顺心、一年的辛酸和苦情，全让他唱出来了！婆姨们听他唱得湿了眼，红了鼻子，可心里却畅快了许多。人人都思谋着，等到晌午，把这好伞头请到自己窑里吃饭。这一天，家家都备下了酒菜，准备着款待秧歌队。一年价也舍不得吃一滴的胡麻油全攒到了正月这时候，能炝个锅，爆个葱花，派上大用场。富裕点的，兴许还能炸上一顿黄糜子面油糕，招待亲戚贵客。这一天，家家飘着酒香、菜香，还有羊肉的腥膻，那是包下胖鼓鼓的胡萝卜羊肉扁食了。石佛村被这温暖的食物的香气笼罩着，温情脉脉和富足。

正唱得热闹，谁也没留心有两个骑车的人进了村。这两个人骑着加重红旗车，棉袄上套制服，一看就是公家人。公家人进了村，这边唱得正红火，秧歌声给人家指了路，让人家断吼一声，逮了个正着。原来这两人是公社下来的干部，检查各村各队过革命化春节的情况，这一下，石佛村和许家峪让当场捉了典型。

好端端的一个会子给搅散了，秧歌队自进了村，又扭又唱，闹腾了这半天，水米没沾牙，这会让公社家硬给轰出了村去。酒也喝不成了，油糕也吃不上了，这一队花红柳绿的人马像霜打了一样蔫头耷脑，别提心里有多窝火。出了村，走出半里多路去，回头一看，呀，石佛村的乡亲黑压压地站在村头，鸦雀无声地送着他们呢。许凡好不忍心，忙站下了，想了想，放开喉咙，高声唱出几句。只听他唱道："7 月天霜打了秀穗的谷，娶媳妇来了个烧纸的。夹奶的羊羔饿狼扑，揭锅的馍馍鬼挖出……"

这几句，句句唱的都是这世上最倒运最败兴的事，真是对情对景。歌声一落，这边秧歌队、那边石佛村人都笑了，暗自在心里叫好。人群中，有婆姨们就喊："许凡，改天串来吧，羊肉扁食给你留下。"许凡心里一热，说实话，他已经有几年没吃过胡萝卜羊肉扁食了。

等到可以自由地演唱秧歌的年代，许凡已步入老年。我不知道他是否也如我在电视中看到过的那样，身穿黑呢子西装小大衣，戴墨镜，手上是一副雪白的线手套，我想大概是吧。就像军大衣是当年的时尚那样，黑呢子西装黑墨镜是 20 世纪 80 年代黄土高原上农民所理解的时尚，他们要以最好的东西来装扮他们的伞头。只不过，有一点我敢肯定，那穿戴在许凡身上的黑呢子大衣黑墨镜也一定是借来的，因为许凡到死都是一个贫穷的人。许凡穿着借来的呢子大衣走在队伍里，心气很高地歌唱着这个新时代：

责任制后很自由
分开土地买下牛
穿不愁来吃不愁
一年更上一层楼

如今的世事真不赖
汽车火车比腿快
枣核桃当成珍珠卖
农民也发成老员外

不错，这个时代是我们熟悉的了，人人向往发家致富，眼见一座座豪宅、一个个庄园在平原上、在山区拔地而起，比从前地主老财的宅子气派多了。真有富得流油的人啊，真有拿钱不当钱的人啊！他们站在一座山前，手一挥，说："这山我要了！"山就归了他们。他们随心所欲地在山上修起那些丑陋的不堪入目的建筑，这里就成了新的经济增长点。他们一高兴，一辆大奔就送出去了，给一个情人，或者给另一个情人。他们心情郁闷互相斗气的时候，就烧成捆成捆的人民币玩。多么潇洒啊，钱是啥东西？纸嘛！

可是，人家都富得这么不耐烦了，伞头许凡却还是穷光蛋一个。他歌唱的富裕和富足都是别人的富裕和富足，他真是没有发家致富的本事啊！他不会做买卖，不会经营焦炭厂，不会开小煤窑，去给人家打工人家也不要他，谁愿意雇一个六十多岁本乡本土的老头子呢？四川河南来的民工，想雇多少没有啊？那才是真正的物美价廉呢。就算是小煤窑塌方冒顶，压死个把人，万把块钱也就了结了后事，还顶不住人家一桌豪宴的钱呢。

要说这些年，日子是好过多了，一个许家峪村虽说没有豪富，可许多人家都起了新窑，有的还盖起了小二楼，养汽车的人家也有了，养小四轮的就更多。人们种芝麻栽枣树，家家囤里有存粮。许凡呢，也许他从来都不是种庄稼的好手，也许他的心从来不在土地上，也许他家底子太薄，也许是他运气太坏，总之，他一直、一直没能给他苦命的粉洞置下一个温暖的温饱的家。这样一个家，炕上有铺有盖，来了亲戚，箱子里拿得出多余的被褥待客，地下跑着虎虎实实的孙儿孙女，顿顿做饭有炒菜爆锅的油……

说起来，许凡有过一个小孙子，只是，孩子刚满周岁就夭折了。他儿子宝安快三十岁娶不下个媳妇，人家都嫌许家太穷，又要过饭，没人来给宝安说亲。宝安就娶了一个流浪来的南方姑娘，安徽的，不知怎么流落到了这里。那姑娘是个精神病患者，生下孩子不会喂，也不会养。不发病的时候，人痴痴的，不言不语，很安静，看儿子的目光温柔得像只母羊。可是犯起病来，哦哟哟，可不得了，几个男人也制不住她，一个不留意，浑身衣服就让她剔剥净了，一丝不挂，说往外跑就往外跑。有了奶水，两只奶胀得难受，她就端起来像水枪似的朝墙上射，朝人脸上、身上射，一边射一边甩一边哈哈笑。

这可怜的女人在黑暗里受罪，粉洞抱住她伤心地哭泣，在粉洞怀里她才能稍稍安静一点。孩子饿得连哭的力气都没有了，许凡慌忙抱上跑出窑，到村里找有奶的婆姨给小孙孙吃个一口半口。可这终究不是个长久之计呀，只好花钱买奶粉。一家子人挣的钱都换成孩子活命的奶粉了。这小孙孙越长越亲，黑葡萄似的眼睛又大又清亮，两只小手学会了做各种小把戏，挠一个或者豆豆豆豆飞，还会捂住小嘴来个飞吻。看见好看的女子，他就扇着两只小胳膊，像小鸟一样，嘴里妈妈妈妈地喊，让人家抱，小脸笑成了花朵。这小人精简直就是许凡心尖子上的一块肉，抱在怀里，多么暖和多么骄傲啊！有人问起来，说："许凡，你孙子咋个说？"许凡开口就唱："养个孙子通聪明，如今也比大人能。许凡虽然家贫穷，我孩是贵人生寒门。"

这年冬天，孩子呀呀地学说话了。看见一群羊走过，他就响亮地说："羊羊。"看见小四轮，他就说："车车。"宝安抱他到人家窑里看电视，看武打片，他看得眉飞色舞。回到自家窑，看见爷爷奶奶，他就嗨嗨嗨一通大喊，还威武地比画着拳脚。许凡把一双老眼都笑没了。可是第二天，孩子忽然发起高烧，忙请来村里的大夫，说是伤风感冒，又是打退烧针又是灌药。等到第二天晚上，孩子在奶奶怀里睁开眼睛，看了看那张让他感到安全让他信赖的麻脸，身子最后一抽搐，走了。

后来知道，孩子得的是中毒性痢疾。

许凡想不明白，想不通，他见人就问一句话，他说："你说大冬天咋就会拉痢？"这问题，一村人谁也答不上来。他就拄上他的棍子，来到刘家会，那是个乡镇，人多，他看见眼熟的人就问人家："你给咱说说，大冬天咋就会拉痢？"人们知道他这是太伤心了，还从没见过许凡这么伤心过呢。后来，饭铺掌柜过来了，这掌柜从前在刘家会食堂当大师傅，支个鏊子烙油旋，和许凡很惯熟，喜欢听他唱秧歌。这时他走上前，把许凡拉进小饭铺子里坐下，对他说："老伙计，你这问题只有阎王爷才回答得了啊！"

一句话说得许凡老泪横流。他抹了一把脸，又抹一把，最后他就把脸埋在了大巴掌里，那巴掌很快就湿了。他悄没声息地哭了一阵，抬起脸甩把鼻涕，望着老朋友嘴一咧，不是哭，是唱：“干一口，湿一口，一家人家手捉手。引上串，拖上走，亲着亲着喂了狗……”

他唱不下去了，放声痛哭，掌柜的也哭了。两个老人脸对脸哭着，没人来劝。掌柜的心想，这个老伙计呀，真是伤了元气了。他想起许多年前，有二十多年了吧，许凡有一次路过刘家会，那时饭店不叫饭店，叫某某食堂，他在食堂里烙油旋，油旋五分钱一个，粮票二两。许凡想买一个热油旋，在口袋里摸来摸去摸出五分钱，可却摸不出那二两粮票。掌柜的就说：“给咱唱段好秧歌，粮票我免了你的。”许凡开口就唱出四句来：“柏木擀杖杏木案，两圪朵杵起一盆面。鏊鏊上剥得个滚油旋，不要粮票五分钱。”

从那以后，他们就有了交情。他们做了二十多年的朋友，二十多年了，从来都是许凡宽别人的心，劝解别人，好像这世上，唯有这流浪汉没有烦心事，活得欢实快乐。那一年公社修路，刨出一个无主的古墓穴，年轻人不知轻重地把死人头颅骨挑在锹把上，吓唬过往行人。恰巧许凡路过那里，他们挑着那白骨骷髅拦住了许凡，说：“唱段秧歌，唱段秧歌！”许凡望着那骷髅头深深地作了一个揖，这才开口唱道：“远瞭像个石杵则，近看是颗脑瓜壳。因为修路来刨出，叫你看一下——新中国！”

连死人他还要安慰安慰呢！那时的许凡穷是穷，可真是活得精神，欢实！他怀念着那个许凡，他真是想他……此时，饭铺子里寂静无人，不是饭点，后边也没有锅勺的碰撞和烹炸煎炒的声音。地上油腻腻的，一摊一摊，摊着从窗外涌进的阳光。那阳光看上去也沾了污秽，不干净，叫人堵心。慢慢地，太阳斜下去了，黄昏来临了，许凡哭到这时辰，哭痛快了，他甩把鼻涕，对老朋友说了一句：“那一年我爹死后，我跟自己说过，这一辈子再也不哭了，你看看这……”他羞涩地笑笑，拄着他的棍子回家了。

回到家，看到粉洞躺在炕上，头上拔着三个紫火罐。几天了，粉洞不吃也不喝，水米不沾一下牙，花白的一头头发一脱一大把，一脱一大把。许凡走上去，坐在炕沿边陪着她。天黑了，也没人拉灯，两人摸黑坐着。后来宝安做下饭，给粉洞端过来，劝她吃一口。黑暗中，许凡说话了，许凡叫了一声：“老伴呀——”然后就哑着嗓子唱起来：

人的生死天关照

不要看得太紧要
黄泉路上无老少
只差迟到和早到

要死要活全由他
哪棵树上不落花
跌倒还得咱一起爬
有了媳妇不愁娃

许凡挺过来了。

这些年，由于媒体的介绍，伞头秧歌渐渐有了些名气，许凡的名气也越来越大，四乡八镇就别说了，连县里、连地区都知道了许凡的名字。许凡拄着他的“盘龙大棍”要饭，唱秧歌，走到哪里，哪里的人就喊:“许凡来了，许凡来了!”一边喊一边朝前跑。若是正月里挑上伞，摇上虎衬，走在会子的前面，哦哟，那更是不得了。许凡的腿脚不如从前利落了，许凡的嗓音不如从前高亢明亮了，可是人们就是爱见许凡，爱听他沙哑的、沧桑而沉静的声音，爱听他数说这人间的种种不平和辛苦愁烦，他就像个路见不平拔刀相助的江湖侠客，只不过他的刀就是他的一条肉喉咙而已。你听他唱道:

干部发成沈万三
剔剥得我们成巴干
神钱鬼钱经常摊
好赖过不了鬼门关

吃的是农民打的粮
断开奶奶就骂娘
收走票子耍上强
真是把良心喂了狼

今也要，明也要

连头呈子疙瘩票
有钱的寻不上颠和倒
没钱的愁得要上吊

这个江湖侠客一来来到种子站，想起有人买了假种子的事，就又唱起来："卖种子的卖良心，尽做鬼来不做人。假冒伪劣坑农民，公家为甚不判刑?"

再一来来到变电所，想起乡亲们的难处，出口又是四句唱："名为电工实为霸，就勒索来就敲诈。黑间你比狼还怕，怕你吃了羊腿把（指变压器上的部件）。"

他唱一首，人们就喊一阵好，再唱，再喊。真是听得解气呀！不过他又是个宽厚仁义的人，人的好，他也都一一看在了眼里，他也曾真心诚意地歌唱过那好：

因为天旱缺吃水
政府家号召打旱井
又能吃来又能洗
院里的蔬菜卖城里

咱临县人，有运气
这几任都是好书记
栽树修路又修地
集资办学兴科技

这个许凡哪，可真日能啊，他能把人唱哭，也能把人唱笑。说来他是个罕言寡语的人，越到老年，他的话越少，他把人一辈子该说的话都唱出来了。人家说，他唱。人家活一辈子，成家立业，发家致富，至少也要活个栽根立后。他呢？他活着不为这，他是为唱而活。他一次次抛弃了土地和家乡，走南闯北，流浪，讨吃要饭，受尽欺凌，都是为了这个唱字。唱原来是这么一种活法：自由、挣脱、不羁、无拘无束和痴迷。

黄河边这一块土地，一代一代地出着好伞头。他们从事着各种生计，也许是铁匠，也许是买卖人，也许是衙门里的县太爷。如今也一样，各行各业中都可能冒出个好伞头来。比如当教师的、当大夫的，也有当乡长县长的。好伞头们常常互不服气，可也惺惺相惜。有个叫孙善文的伞头，在许家峪乡当乡长、书记，闹会子的时候，和许凡多次对歌，是老许的朋友。他们相互敬重，那是一个伞头对另一个伞头的敬意，所以，当孙善文想以政府的名义救济许凡时，老许拒绝了。

孙善文这么唱："老许绝顶聪明人，口吐莲花好诗文。行乞终归不光荣，扶你一把早脱贫。"

许凡则回答："生辰八字带穷命，一辈子离不开讨吃棍。扶多扶少不顶用，不要填这无底洞。"

是啊，不要填这无底洞，许凡打定主意做一个穷人了，这世上总要有人做穷人吧？他就是那最后一个穷人，最后一个为穷人自己歌唱的珍贵的歌手。许凡缓缓告诉老友，说："山没移，性没改，生就两条走路腿。逍遥散淡七十载，忧愁苦闷脚下踩。"

只是他老了，走了一辈子的腿走不动了，也挑不起伞闹不动会子了。他就拄着棍子，慢慢地挪到村口，坐在神树下，一坐就是一晌午，或者一后晌。他喜欢听树叶飒飒的响动，喜欢看敞亮的天，喜欢风，喜欢眼前干净的洒满阳光的道路。那路上每一处坑坑洼洼，他都烂熟于心。他是多么爱见上路啊，上路，去不知道的地方。他一次次地走上这路，走到尽头，然后是更长更宽敞的路，朝北或者朝南。朝南有一个镇，叫碛口，从前那可是个大码头啊，每天许多的船只、油筏载着货物和商人，或是载着牲灵，从陕西运过来，或者从这边运到陕西去。有一个早晨，天蒙蒙亮，一个少年人来到河边，河水清新的腥气像女人一样让他激动不已，他二话不说就跳上了一条船，嘴里还咬着一个香喷喷的热油旋……那个少年人，那个像青黍黍一样不谙人间事的少年，如今到哪里去了？许凡眼睛湿了。

朝北，若走个十天半月，就是塞外了。那里的风沙可真厉害呀，那里有句民谚：春风号破琉璃瓦。夜里，大风吼叫着，他钻在残破的烽火台肚子里，听见一阵一阵的狼嚎，看见黑暗中一点一点闪着磷火，那是不知哪朝哪代将士的白骨，如今做了他的灯。他还记得一个叫花塔寺的村庄，在左云县吧？他就是在那里生了一场大病。就是在那里，他从昏迷中睁开眼，看见了他的女人，麻脸的痴呆的女人，温暖的贴心贴肺的女人，和他患难与共地活到了今天……

他就这么坐在树下，恋恋不舍地望着他的路，和它道别。他知道，要不了多久，他就要走上另一条路了。那条路他从没有走过，也没有人从那路上回来，那路上大概不会有这路上的风景。他用眼睛亲着这路，眼睛都亲疼了。路上荡起一溜黄尘，开过来一辆“蛤蟆车”，下来一个乡干部。又一会，突突突，过来一辆摩托车，那是村里的小后生。他们经过树下，都和许凡打招呼。到黄昏，太阳下了山，牵牛的老汉过来了，牛脖子上的铃铛铃铃铃铃响一路，在地上打着碎滚。老汉看见许凡，他们是从小耍大的老弟兄，老汉说：“老鬼，一天价坐下看，有甚看头？看人家风光你不眼气？”

许凡眯起眼睛笑，不说话。等老汉牵着牛过去，走远了，他看着他们走进晚霞里，慢慢唱起一段秧歌：“荣华富贵不追求，贫困潦倒没忧愁。看罢太阳看西秀（星星），再看耕地的老黄牛……”

慢慢地，从圪洼壕走上来一个婆姨，走近了，是粉洞，粉洞来唤他回家吃饭了。粉洞做好了热饭热菜，熬下了香喷喷的南瓜小米粥。他往起站，几次也站不起，粉洞就拉他起来，扶着他，蹒蹒跚跚地，像引着一个孩子，引他回家。

冬天，他终于倒下了，中风，半身不遂，在炕上忍受着熬煎。睁开眼，看见的就是窑顶，落山的太阳和满天的西秀都让这窑顶给遮住了。两条腿一寸也挪不动，它们实在是走得太累了。他爱惜地知恩图报地抚摸着它们，心里说：“老伙计呀，歇歇吧，你是该歇歇啦，咱都该歇啦。”他躺在暖烘烘的热炕上，问粉洞：“下雪啦？”粉洞回答：“下啦。”他就静静地听落雪的声音，沙沙地，沙沙地，细碎，温柔。半夜里，他听见窗外咔嚓一声轻响，他就说：“雪把枣树枝压断了。”过一会又说：“兴许是核桃枝？”

粉洞就钻出热被窝，披着棉袄下地，来到窑外，在雪地上察看。过一会进窑来，带进一股寒气和白雪的清香，告诉他：“是枣树枝。”

许凡鼻子一酸，说：“傻婆姨。”把她的手焐在自己怀里。

春天到了，他撑不下去了。他一阵清醒，一阵昏迷。昏迷中，听到一窑的哭喊，他睁开眼，看见了亲人们，粉洞、宝安、玉安、三安都在哭。粉洞看见他睁开眼就扑到了他身上。他感到身上一阵暖，浑身的血像解冻的小河一样流得顺畅起来，好舒服啊。他知道这是回光返照，他叫着粉洞的名字，颤巍巍地沙哑地唱起了秧歌，他唱道：

生老病死信天游
不要为我瞎忧愁
阎王要个好伞头
死后做鬼也风流

擦了泪，不要哭
我先走，等你着
几十年跟我受坎坷
下咯了我叫你享清福

唱完，他笑了，他又给他的粉洞，他麻脸的温暖的女人许了一个愿。然后，他看了看他的儿子们，他留在这世上的骨血，挣扎着唱出了他一生中最后一段秧歌："该笑笑，该吃吃，我儿宝安听我说，立踏起来把人做，欢送爹爹……早出国……"

唱完，他就安静地、安然地睡了，再没有醒来。

这就是一个伞头和人间的告别。

下葬的时候，粉洞把他最后挑过的那把黑色的布伞让他带走了，她说："到了那边，他还得用。"

一个好伞头、好歌手原来就是这样，唱着活，唱着死，生生世世。

四、后记和我的寻找

第一个搜集、记录许凡秧歌的人叫郭丕汉。20 世纪 80 年代，人称西山才子的郭丕汉先生是许凡的家乡——山西临县的文联主席。那时，许凡的秧歌在民间不胫而走，可由于他乞丐的身份，并不被当时的伞头界所认可。郭先生慧眼识人，将许凡的秧歌收集记录后，录入了他编著的《伞头秧歌精选》这本书中，并借助了吕梁媒体的力量，为许凡扬名。

后来，一个叫孙善文的人出任了许家峪乡的乡长和乡党委书记，他和他的后任张犬照先生，都是吕梁地区著名的伞头。也是因为惺惺相惜吧，他们二位在许家峪乡工作时都和许凡结下了友情，也非常敬佩许凡的才情。许凡过世后，为告慰这自由传奇草根的歌手，也是为留下一份文化财富，他们二位着手收集、记录、整理，编著了《奇人奇诗——许凡秧歌集锦》一书（北岳文艺出版社，2001 年出版）。我小说中所引用的秧歌大多出自这本书中。若没有这些秧歌，我的故事又在哪里？在此，我对孙善文、张犬照二位还有郭丕汉先生，表示深深的感谢。

2003 年深秋，我终于来到了黄河边这个叫碛口的古镇。午后的斜阳中，黄河近在咫尺地和一个安静的小镇从容相对。七十多年前，黄河大概就是这样亲近地、辉煌地诱惑了那个叫许凡的少年，那是这个传奇的歌手浪迹一生的开始。此刻，在我脚下泊着几条小船还有汽艇，不过那都是供旅游观光者乘坐的道具，舟楫如林船只如梭的景象，如今只存活在老年人的记忆里。一个老人在古镇的街心，在破败的晚清时代的民居里，说唱着小镇昔日的繁盛和荣耀，三街十二巷、三百八十家商号票号店铺的来历废兴，他如数家珍。他说唱着旧日的好时光，一天一天衰老下去，他的唱是古镇的绝唱。

关于古镇碛口，那将是我的又一个故事了。

2003 年 6 月 22 日草成

2003 年 11 月 2 日二稿

发表于《十月》2004 年第 1 期

转载于《北京文学·中篇小说月报》2004 年第 3 期

获首届《北京文学·中篇小说月报》优秀作品奖

琉璃

一、表姐丽莎

1

海棠十六岁那年去了一趟北京，在她二姨家住了一些日子。她二姨家在柳荫街一座四合院里，离中国音乐学院不远，表姐丽莎告诉她，那里原先是一座王府。

那是1970年的春天，离现在久远得如同传说。

虽然二姨家的四合院早已变成了一座大杂院，前前后后住了不少人家，和她自己在龙城的家相差无几，可那毕竟是伟大的北京啊！一抬头，就能看见王府；一拐弯，不多远就是银锭桥、后海……副食店里，有珍奇的芝麻酱卖；粮店里，大米白面也不是月月只供应百分之三十，龙城哪里能比？还有，麻叶也不叫麻叶，叫油条，北京人在早晨吃油条是一件多么平常的事情啊！在后来的岁月里，北京的早晨永远是和油条的香气缠绕在一起的，让她眼睛一阵湿润。

几十天后，海棠回到龙城，家里人发现了她的改变——她口音变了。海棠开始说京腔的普通话，抛弃了与她如影随形十六年的龙城方言。可是她的口音真是怪得要命，又古怪又生硬。海棠是那种辨音力很差的人，这是她生来的缺陷，可她不知道。她努力地学说普通话，但每个字的发音都阴差阳错地不在调上。她一开口，把家里人都吓住了，愣怔好一会，突然哄堂大笑，几乎笑岔气。

“哈，学会撇京了……”她弟妹们欢快地戏谑她。

她有些悲悯地宽容地望着他们，她说：“小市民！”

这是从表姐那里学到的一个标志性的词汇。生长在胡同里的表姐正在和一个京城大院里的男孩交往，是这个男孩让表姐深刻地意识到了自己小市民的身份。他总是不经意地提醒着表姐这一点，他说：“丽莎，你让我想起屠格涅夫的小说《贵族之家》。真奇怪，你怎么会叫这个名字？谁给你起的？”表姐是文艺青年，知道这话里的潜台词，她有些悲哀地回答说：“我该让你想起契诃夫的小说才对，比如《跳来跳去的女人》，是不是呢？”海棠不知道屠格涅夫，也不知道契诃夫，他们的对话让她一头雾水，那是一些遥远的、和她的生活无关的事物，可是多么文明，多么有趣和迷人，多么美！

表姐很漂亮，那是一种明媚的漂亮，大嘴大眼，唇红齿白，漂亮得一览无余。而海棠则不同，海棠也是好看的，却是小桥流水一样有回味的好看。对这个小表妹，表姐是爱惜的，甚至有些怜惜。海棠临走前，她带海棠去了一次老莫——莫斯科餐厅，请她吃了一顿西餐。她们面对面坐在高大如宫殿的餐厅里，闻着那种陌生食物的香气，表姐忽然红了眼圈，她温柔地凝视着手里的刀叉，它们在迷离的灯光下有一种令人心惊胆战的不真实的明亮，表姐说道：“这就是我想要的生活，优雅的生活……”

那是海棠生平第一次吃西餐，土豆沙拉、红菜汤、罐焖牛肉、莫斯科烤鱼，还有令她印象无限深刻的一种叫黑森林的蛋糕，销魂而庄严的美味。不错，那是一顿庄严的晚餐，有一种破釜沉舟的决绝，似乎是在和以往的一切诀别。

一年多后，身在龙城的海棠听说了表姐丽莎自杀的消息。她是在插队的陕北切腕死的。原因很多，最要命的不用说是失恋：那个大院里的男孩参军入伍，爱上了一个文工团里拉小提琴的姑娘。他们，他和表姐之间的恋情，在他也许只是蜻蜓点水，是一段插曲，而在表姐，则是她生命的全部希望和梦想，是她为之献身的图腾……海棠想起了莫斯科餐厅的送行，想起表姐的话：“这就是我想要的生活，优雅的生活……”表姐波光潋滟的眼睛里的悲伤和庄严，还有那种宁死不屈的执拗，此刻让知道了结局的海棠心痛如割。海棠在心里一遍一遍叫着她的表姐:“表姐呀!表姐呀!”却不知道该说什么,因为她比任何时候都更清楚地看到了,她和表姐是这样的相似。

2

那时,海棠已经在河滩的砖窑上做工了。从前,窑上背窑推坯的大多是从五台、定襄一带招来的农村合同工,或是无业游民。招收城里的社会青年,是这几年的事。河滩上百八十号人,各有各的口音,五台话、定襄话、南郊北郊话以及纯正的龙城方言,五花八门,就是鲜有人说普通话。

所以海棠很孤独。

起初,她就像一个笑料,走到哪儿人家笑到哪儿。她一开口,人人脸上一片愕然,她一转身,窃笑的、哄笑的骤然而起。人们捧着肚皮,哎哟哎哟笑得直不起腰。刻薄些的在身后模仿着她的口音,夸张着它的南腔北调和不准确,夸张着它的古怪:“你呲(吃)得剩馍(什么)饭?”她也因此得了一个外号:撇京,简称为老撇。起初是在背后叫,叫着叫着就叫到了她脸前,渐渐地,她的本名海棠倒不大被人提起了。

可是她不放弃。海棠不放弃。

她坦然又辛酸地坚持着,努力使自己的发音变得准确一些。每晚下班回来,她坚持收听半导体里的广播,学习着、模仿着播音员的腔调。不能说没有效果,有了一些改变,明显的改变,但仍旧是荒腔走板的,就像五音不全的人唱歌,那其实是无法战胜的。她和自己与生俱来的缺陷斗争着,不屈不挠。那些讥笑、嘲讽、挖苦,她觉得那就是她命运的一部分,那是她的人生。

那是她从小市民的人生中挣脱而出的代价,也是她对表姐丽莎,那个与屠格涅夫小说的女主角同名的姑娘永远的纪念。

其实在河滩上,会撇京说普通话的还有一个人——刘耘生。

刘耘生是在校园里长大的孩子,他父亲是一所学院里的教授,母亲则是校医院里的校医。这种家境的孩子流落到了河滩上的砖窑,做一个风吹日晒的苦力——推坯工,也算是公子落难了。而一个落难的公子撇京腔,人人都觉得那是自然而然的事,何况他的普通话听来跟广播里的播音员相差无几。

然而,在河滩这片方言的海洋里,刘耘生却渐渐感到了自己的普通话既孤苦伶仃又软弱无力，它在粗暴的粗糙的毫无修饰的生活面前显得苍白和没有表情。看来它是一种嫌贫爱富的语言，他有些自嘲地这样想。这是他放弃它改说龙城方言的原因。他的龙城方言自然不很地道，掺杂着普通话学生腔和书面语的痕迹，但他在努力吸收和学习。

他推着沉重的坯车，从机房门口的长坡道上呼啸着冲向姑娘们的坯行，千斤重的坯车在年轻的、熟谙技巧的推坯工手中，竟有一种壮丽而轻盈的飞翔感。他如同一只大鸟一样飞翔而下，超过了前头的车辆，回头对人家咧嘴一笑，洁白的牙齿让被太阳晒得黝黑的脸映衬出了某种凛冽的耀目。他用龙城方言说道："嗨，断（追）你了！"这种时候，他觉得内心有一种酸楚而歹毒的快乐，他在心里对自己说道："刘耘生，你干得不错！"

就在他能够熟练地驾驭这个城市方言的时候，他遇上了海棠。

那年他二十二岁。

3

河滩叫涧河滩。涧河是夹在山涧中的一条河流，山溪，听来几乎不算一个正式的名字。

山叫东山，在他们这个多山的省份，不清楚东山究竟属于什么什么山脉，也没有人想弄清楚。涧河从东山上奔流而下，冲刷出一条深深的河槽。只不过，如今这河槽里流淌的不再是山水，而是大大小小的石头。涧河如今是一条干涸的石头的河流。

他们的厂就守着这一条枯河，绵延着。河滩上十几座砖窑，河槽里十几座石灰窑。溯河而上，东山上则是他们的采石场。从前，这厂叫白灰社，现在壮大了，有了一个以厂命名的名字。有了规模，来了新工人，是城里的年轻人，骑着自行车呼啸着来呼啸着走。河滩热闹起来，有了喧腾的气味、青春的气味。

和东山遥遥相对的则是西山。西山也有他们的人马，为电石厂采石。起初，刘耘生他们这一批城里招来的新工人，百十号年轻人都聚集在西山上，吃大锅饭，睡大通铺，朝夕在一起。那似乎是一段光辉岁月，有着啸聚山林的那一种不羁和热闹。年轻人聚集的地方自然是生长故事的，于是就有了四大美人，有了八大金刚，有了一段一段恋情，有了悲欢离合，有了茂盛的逸闻和传说。

一年多后，他们的厂和电石厂解约，百十号年轻人被重新安置，沿着一条涧河流散开来。有人到了砖窑，有人到了灰窑，有人去做麻刀，有人则到东山上开山。西山上的光辉岁月风流云散，但那些故事却沿着一条涧河流传开来，越传越夸张，不再真实，却使后来者如海棠们心生羡慕，觉得自己错过了一段迷人的好时光。

常常有人向刘耘生求证某件传闻的真伪。刘耘生差不多总是回答："你说那件事？当然是真的！"言之凿凿，然后就不慌不忙不紧不慢从头讲起。他是一个很会讲故事的人，寻常的一件事他娓娓道来，就像一朵花，毫不张扬地在夜色中慢慢舒展，然后出其不意地给你一个惊艳的结局。在所有的听众中，刘耘生注意到了一个人，一双眼睛。那是一双姑娘的眼睛，当这双眼睛全神贯注凝望着刘耘生的时候，刘耘生觉得，这姑娘身体深处似乎有一种吸纳声音的神秘的力量。

有一天午后，突然下起了雷雨。那天海棠的坯行在远离车道的僻静地方，她让搭档燕子先去躲雨，自己用草垫苇帘苫好新码起的砖坯，冒雨跑进最远处砖窑的窑道里时，身上已经淋湿了。她摘下破草帽，抬头才发现，已经有人站在那里了。

是刘耘生。

刘耘生挪挪身子，让她站定。他们并排站在窄窄的窑道里看雨。雨越下越大，此刻，坯场上一阵忙乱的欢腾之后，不见了人迹。轰鸣的机器声停息了，白茫茫的雨中，河滩突然变得静谧。那静谧是温柔的，一种辽阔而肃穆的温柔，从蜿蜒的、被炸药炸成残疾的山坡，从那些点火和没有点火的砖窑，从一排排遮盖着苇帘的坯行、零星的野草和方圆多少里唯一的那棵杨树上，弥散开来，使它们拥有了某种新鲜的安宁的表情。

"这雨真大，"刘耘生突然开口说了一句，像是自言自语，又像是和海棠搭话，"好雨啊！"

"是好雨，"海棠觉得自己有义务回答，"下它个七天七夜才好。"

"你可真贪心。"刘耘生快活地说。

他们都笑了。

他们都盼下雨，他们盼下雨比童年时盼过年还要心切，就像大旱之年一个真正的农人盼望甘霖。下雨是他们的节日，可以摆脱苦役似的劳作，可以不干活又挣钱。河滩上的男男女女，人人都会抬头辨云，看它的走向，人人都会说那几句民谚，“云往东，一场空；云往西，披蓑衣；云往南，大水漂起船”之类。

“这要在西山上，这么大的雨，能看到汾河涨水。”刘耘生望着白茫茫的雨雾，这么说。

“你很想西山吧?”海棠突然转过脸来望着他。

他点起了一支烟卷，是那种褐色的味道极其浓烈的劣质卷烟。他吐出一口烟雾，烟雾遮住了他的眼睛。

“我恨西山，”他平静地，但是毫不犹豫地回答说，“我也恨这里。”

海棠愣了一下，慢慢湿了眼睛。不是因为他话的内容，而是那声腔：他用普通话回答了海棠。他用他熟悉的熟练的母语似的普通话回答了这个姑娘。多少日子以来，在这片酷烈的河滩上，海棠不屈不挠、荒腔走板的普通话是多么悲伤和孤独，它就像孤魂野鬼一样独自游荡，像丧偶的大雁一样被雁群抛弃，形单影只，伤痕累累……此刻，他的普通话、京腔，竟让她生出一种故乡的感觉，就像一个游子万里奔波之后终于看见了家乡的土地、山川、河流。她眼热鼻酸，她想，原来你藏在这里，原来你在这里等着我……

雨仍然在下，白茫茫的，一种隐秘的欢腾在雨中弥漫着。那是正在生长的野草、新鲜的黄土以及麦秸草垫和苇帘散发出的生命的气味、清香的气味。原来，在大雨洗去人的气味和痕迹之后，河滩竟然是美好的。

4

那是一个默契。从此，只要他们两人在一起，刘耘生就只说普通话。

从前，革命者凭着《国际歌》寻找自己的同志，而海棠则是凭普通话。

和十六岁时那个什么都不懂的海棠相比，如今的她变了很多。她努力学做一个文艺青年。表姐丽莎是她的启蒙者，指引她走上了文艺青年这条小布尔乔亚的道路。如今，契诃夫、屠格涅夫再也不是让她一头雾水毫不相干的名字，她读了不少他们的小说，爱上了那些故事中美丽的女人。普天之下，文艺青年千千万万，那差不多是一种青春期的流行病，可不知为什么，她这个文艺青年却给人一种惨烈的感觉，她惨烈地爱着那些所谓“优雅的事物”，也许是因为表姐丽莎年轻而浓郁的鲜血是它们的底色。

他们俩独处的时间其实并不多，只有下雨的日子，他们或许能够摆脱众人，躲在窑道里安静地说话。现在，刘耘生是海棠的第二个启蒙者了，他总是借书给海棠看，他家里是有书的，虽然“破四旧”时烧毁了不少，但毕竟还有一些漏网之鱼。何况他还有借书的渠道，那些不见天日的书，托尔斯泰普希金们，谁也不知道它们藏身何处，只知道它们如同地下工作者一样活跃地穿行在这城市的深处，就像不散的游魂。

他们的话题永远是书，从书开始，说啊说，最后总是说到眼前的苦闷。这片河滩，这苦役似的劳作，不是他们想要的生活……雨声中，他们沉默了，然后刘耘生吹起口哨，那口哨又明亮又忧伤，是一首俄罗斯歌曲：“为什么我苦难的命运，送我到西伯利亚……”

那口哨声就像一只云雀（这也是非现实的，因为海棠从来也没见过这种叫云雀的鸟），在雨雾中飞翔，徘徊，无枝可栖。

冬天到了，河滩变得很宁寂。霜降过后，机器就停止了轰鸣。他们就像农民一样迎来了冬闲的好时光。每日里清清坯场，抱抱草垫、苇帘，日子开始变得悠闲。机房里生起了两个巨大的火炉，休息时，大家拥炉而坐。炉边的话题，差不多永远是饮食男女间那点苟且的事。那是海棠无法忍受的事情。她宁愿在空旷的河滩上找一处背风的角落，用废弃的破苇帘点起一堆旺火。她守着那堆旺火，把冻僵的双手凑上去，或者转过身，让明亮的火光去烤暖她的脊背。苇帘哔哔剥剥响着，啵一声爆出一串火星来，金黄的小火星飞舞着，像一群奇幻的小蜜蜂扑到她脸前，美如梦境。

那是一面阳坡，有太阳，很暖和。

“你会不会唱那首歌?”她转过被火光映红的脸，问旁边的刘耘生，“小时候唱的，小喜鹊造新房，小蜜蜂采蜜糖，幸福的生活从哪里来？要靠劳动来创造……会唱不会?”

“会。”刘耘生回答。

“你相信吗？幸福的生活哪里来，要靠劳动来创造?”

“理论上相信。”

“可我现在为什么这么憎恨劳动？这么恨?”她抬眼望着脚下的河槽，远处灰窑上，女人们正在往灰坑里填石头，远远看去，她们是灰白色臃肿的一团。“你看看那些女人，你能说劳动是美的吗？她们也就三十多岁吧，可你看看她们的样子，三十多岁脸上已经是沟壑纵横，残酷的劳动已经把她们榨干了！……夏天的时候，有一天我和燕子在坡上干活，看见她们正在出灰。燕子指着她们，忽然辛酸地对我说，‘海棠，十年后，咱们就是那个样子……’那个时候我觉得手脚都冰凉了……”

“我给你背一首诗吧。”刘耘生忽然认真地说道。

“《假如生活欺骗了你》？”海棠笑笑。

“不是。”刘耘生回答。

于是，在北方酷寒的冬季，在荒凉的没有希望的一片河滩上，守着一堆哔哔剥剥的旺火，海棠第一次听到了那首诗：

当蜘蛛网无情地查封了我的炉台
当灰烬的余烟叹息着贫穷的悲哀
我依然固执地铺平失望的灰烬
用美丽的雪花写下：相信未来

许久，他们沉默着，啵一声，又一串金色的小虫从火堆里飞出来，霎时间就变成了余烬，原来那是一种壮丽的挣扎，就像一个许诺。

“你知道这是谁写的吗？”刘耘生问海棠。

“谁？”海棠抬起了眼睛，“俄国人吗？”

“不是。”

“那就是法国人。”海棠淡淡地说。她觉得那是一种美丽却遥远的哀伤。

“不是。”刘耘生摇摇头，“是一个知青。”

“知青？”海棠惊讶得半晌合不上嘴，“现在的人？中国人？”

“对，”刘耘生回答，“现在的人，和我们一样，不知道他叫什么，也不知道他在哪儿，可他是和我们一样的人。”

海棠非常非常震撼。

一个和她同病相怜的年轻人，不知名姓的人，一个同样在无望的生活中挣扎的人对她这样说：相信未来。她的眼睛慢慢湿了，她想，相信未来，这是一件多么罗曼蒂克的事，多么诗意的事！……好吧，那就相信吧。

“刘耘生，谢谢你！”她转过脸来，望着刘耘生明亮的眼睛，“那就让我们相信……不过，未来有多远？十年够不够？假如十年后生活还是这个样子，我就死。”她安静地说。

刘耘生凝视着她被火光映红的粗糙的脸，从前的干净和洁白如玉早已不见了踪影，不过仍然是好看的，尤其是眼睛，比从前深了，有了一种深潭般复杂的寒气。荒腔走板的普通话，使她的表白总有一些台词的感觉，好像她在拼尽全力投入性命塑造着一个什么角色。刘耘生一阵心痛，他伸出胳膊，把这可怜的姑娘搂进了自己怀中，他说：“好吧，那就让我们等十年。不过你要答应我，海棠，十年之内，你不能干傻事！这是咱们的十年之约，你不能失约，假如你失约了，我，我会追进地狱和你算账……”

海棠在他怀中抬起脸，望着他，他们相互怜惜地凝望着。忽然，海棠郑重地凑上去，在他被寒风吹得皴裂的嘴唇上轻轻亲了一下。这潦草的却是开天辟地的亲吻，一下子让她自己泪如泉涌。她流着热泪回答他说：“刘耘生，没有回头路了，我盖章了。”

春天到来的时候，不知什么人在河滩上种下了一小块苜蓿，等到苜蓿刚刚开出漂亮的紫花，刘耘生就离开了河滩。他有了一个新工作，是在这个省的东南部，一家三线大工厂。告别的时候，刘耘生对她说：“我给你写信……”她回答：“好。”他写了，一封、两封、三封，可是从没有收到过海棠的回信。他又写，又写，五封、六封、七封，依然石沉大海。新的环境、新的生活自然有更多吸引他的事情，渐渐地，他不再写了，时间一长，他们失去了联系。

二、人面不知何处去

1

几年后，海棠参加了史上最壮观的那次高考，十年间囤积的考生在同一个冬季走进考场。海棠没念过高中，初中一年除了学工学农就是挖防空洞，等于没上学。听说她要报名参加高考，家里人都骂她疯了。她不在意，恶补了两个月，不想初选成绩下来后，她居然入围。那一天，她高兴极了，此生她从没有这样高兴过。只是没有人分享她的高兴，她只有一个人跑到一家小饭馆，要了一盘难吃无比的饺子、一大碗散装啤酒，咕咚咕咚一饮而尽，让饭馆里其他的食客惊异得侧目。她快活地想，他们把我当女流氓了。

借着酒劲，她填报了志愿。三个志愿，她先填了第二个——某某大学，也就是本省的最高学府。第三志愿填什么呢？她笑了，大笔一挥，气壮山河地填了北大。是啊，为什么不让自己更高兴些呢？没准把北大填成第三志愿的，她是前无古人后无来者的唯一的一个……然后才是第一志愿，她收敛了笑容，许久，郑重地、字字千钧地写下了那几个字，那是本省东南部的一所师范专科学校，大专。

她直奔东南而去。

听说她报了这样一所偏远的名不见经传的小学校，人人都很惊诧，问她："就算是读专科，为什么不选择在省城读？人往高处走啊！"她回答说："我在这个城市住厌了。"

20世纪70年代末，那个位于太行山下上党盆地的小城不通火车，长途汽车要在盘山公路上绕行十几个小时。一早乘车启程，中午要在一个叫子洪山的地方打尖休息。汽车停在唯一一家稍具规模的饭店门前，她买了一碗刀削面，面又粗又硬，不好吃，环境也脏乱，遍地狼藉。她捧着粗瓷碗，温柔地打量着这肮脏的店堂、油腻的木桌凳、用白粉笔写在黑板上的歪歪斜斜的菜谱，心里想，他一定也在这家店里吃过她正吃着的难吃的刀削面……

从子洪山开始，山变得陡峻，崇山峻岭间的公路九曲十八弯，一侧就是无遮无挡的万丈深渊。然而这凶险的蜿蜒中不知为何，有一种安静和神秘的温婉，让她动心。春寒料峭，千山万壑仍旧是枯黄的，还没有苏醒，突然，山坡上出现一株孤零零的桃树，繁花怒放，一树的粉红，有一种旁若无人赤裸裸的娇艳，就像是太行山突然裸露的艳情。

她满心喜悦奔向她的新生活，她以为那新生活的起点就在此行的目的地。她对东南部这小城怀了太多的期许、希望、梦想，在心里一遍遍把它诗意化。起初的日子她是亢奋的，一点也没有在意作为一所大学的这所学校所存在的明显的缺陷，比如它局促的小格局，它的简陋，它拥挤的学生宿舍，它藏书贫瘠的图书馆和糟糕的伙食，等等。她像一个乐观主义者一样坦然地，甚至是愉快地接受着这一切，她在心里对自己说："面包会有的，牛奶会有的。"

她甚至用这样的高调来安慰自己的同学，一边回味着电影中那个经典的镜头，瓦西里是怎样温柔、怜惜地把愁苦的妻子紧紧搂在自己可以信赖的怀中。

于是，到了那一天，她觉得自己终于准备好了。那是一个星期天，风和日丽，春末夏初的阳光从小城干净的碧蓝的天空中洒下来，明亮而凄清。她怀揣着一个几年前的旧信封，那上面寄信人的地址其实早已像刀刻斧凿一样镌刻在了她心底，可她仍然把它揣在了身上，就像一件信物。她早已打听好了去那地方的路线，东西南北，怎么走，乘什么车。她乘公交车辗转两次，从城的这头来到城的那头，那大工厂在城那头的郊外，赫赫有名，她还知道这厂星期四休息，周日是他们的工作日。下了公交车，一眼就看到了那牌楼似的巍峨的厂门，非常醒目。她的心一阵狂跳，她在心里对一个人说："嗨，我来了……"

这厂门禁森严，门卫让她在窗口例行登记后，拨通了车间的电话号码。几句简短的对话后，门卫放下话筒，对她说道："你在这儿等一下，人马上就出来。"

她等着。

四周的一切，巍峨的厂房、马路、行人和车似乎突然之间都消失了，世界只剩下了无垠的阳光，明净到虚无，照耀着一个静静等待的姑娘，等待一个人从那明亮的虚无中穿过岁月朝她走来，满面笑容，风情万种，就像山中那棵怒放的山桃树。

一个骑飞鸽自行车的人唰地停到她面前。

"你找刘耘生？"他问道，一边跳下车来。

这是一个陌生的中年男人，身穿油脂麻花的工作服，一脸络腮胡子，说一口天津话。

"对。"她疑惑地回答。

"刘耘生不在厂里了，他考上大学走了，我是他师傅。"

"噢，师傅，"海棠匆忙招呼了一声，"他，他去哪儿上大学了？"

"北京，"天津师傅说出了那学校的名字，"好学校！他和他对象一块考上了！"

"他对象？"海棠没有听明白。

"对，就是他未婚妻，是个北京知青，俩人都领证了。好事成双，一块考走了……"

天津师傅的嘴在络腮胡子的包围中一张一合，一张一合，白牙凌厉地闪动着，可她已经听不见他在说什么了。他的声音就像云端上的絮语。她也不清楚自己是怎样和人家告别，怎样离开了那巍峨森严的工厂，怎么就来到了这么一片郊野之中。看到那一片金黄的油菜花，她眼一疼。她在一条田埂上坐下，愣了许久，突然笑了。

十年之约。

此刻，1978 年 5 月，北方的暮春时节，距离 1971 年那个酷寒的冬天还不到七年的时间。他失约了。

她咬着牙，跌跌撞撞，千辛万苦一路奔波走到了今天，走到了这阳光灿烂凄清的小城，来和他会合，可是他失约了。

刘耘生，你失约了。

她望着这一片蜂飞蝶舞美如梦境的菜田，觉得自己成了一个空心人。她连哭的力气都没有了，连最后一点点力气都没有了。她就这样在田埂上坐着，坐着，看着太阳终于一点一点坠下山去。那是告别，她告别了自己弱不禁风的初恋。

2

海棠三十岁那年，嫁给了一个叫崔护的内科医生。崔护比她大四岁，个子不高，不满一米七，这应该说是一个较为致命的缺陷，也是他蹉跎到三十四岁才结婚的重要原因。

20 世纪 80 年代初，他们两人都属于大龄青年，这些大龄青年迟迟不结婚让全社会着急。有一天，海棠供职的单位一定要让海棠去参加区里举办的交友联谊活动，她就是在那里认识了崔护。崔护请她跳舞，跳了一支又一支，她想，大概是自己个子不高和他比较般配的缘故。他跳舞不笨，甚至是娴熟优雅的，很舒服。突然之间她闪过一个念头，她想，就这样一辈子跳下去好像也不错……

崔护问她："你好像不爱说话?"

她回答："嗯，我说话有口音。"

崔护说："我也有口音。"

她笑了。那不同，她想。

“你说你叫崔护？哪两个字？”她问道。

“就是戏里的那个崔护，”他笑着回答，“人面不知何处去，桃花依旧笑春风，就是他。”

那是一支慢四的舞曲，如同走。不是在地上走，而是在船上，有一种奇妙的、令人微微眩晕的起伏。是啊，人面不知何处去，桃花依旧笑春风。她心里一痛。

“我父亲是个戏迷，”他笑着说，一边驾轻就熟地带领着她避开别人的冲撞，“喜欢眉户、碗碗腔、秦腔。我妈生我的时候是在老家。生我那天，刚巧有一个碗碗腔的好戏班来村里唱戏，唱的就是这出《借水》。我这边落地了，我父亲还在戏台下边看戏呢！散戏回来，咦，炕上多了个小子！一高兴，就给我起了个名字叫崔护——好在他姓崔，要不我恐怕还得改姓呢！”

他们都笑了。她想，这是一个比较有趣的人。

半年后，海棠和崔护领了结婚证。他们采取了旅行结婚的方式。没有大摆婚宴，亲朋好友在一起吃了顿饭，就把两个新人打发上了夜行的火车。旅行结婚是海棠的主意，她对崔护说：“我不要那种闹哄哄的小市民婚礼！”斩钉截铁。崔护答应了，不过让崔护有些不高兴的是，他觉得海棠似乎很轻视她自己的家人，轻视人间烟火的生活。

他们来到了北京，住在一家不错的招待所里，是崔护辗转认识的关系，给他们打了折扣。海棠带他去了柳荫街，不过没去二姨家，几年前，二姨死于癌症，知情的人都说那是因为她思念女儿忧郁成疾……后来姨父又再婚了，柳荫街不再是从前那个柳荫街，可她仍然、仍然怀念那里。她带他走银锭桥，带他穿胡同，带他去看中国音乐学院——听说它很快就要搬走了，那里是从前的恭王府。

她听着从那里传出的丝竹声，泪流满面。

崔护不知道这其中的隐情，海棠没有跟他讲过表姐的故事。他闷闷不乐，他想，原来他的新娘是个有秘密的人。

不过，接下来的日子，他们还是快乐的，几乎玩遍了北京，颐和园、香山、八达岭长城、故宫，该去的地方都去了。在天坛回音壁，他们一人一头，互相喊着对方的名字，没有海誓山盟，也没有那些私密的情话，可是仍旧是奇妙的。当海棠听着她自己的名字从长长的老墙那一边颠簸着，如同一唱三叹传到自己耳边时，她心一热，觉得那是茫茫人海中他对自己的呼喊。

在北京的最后一晚，他们去了莫斯科餐厅，老莫。这当然是海棠的主意。起初崔护不愿意，他说他吃不惯西餐，他想去尝尝北京著名的炒肝。但最后的结果他们还是面对面坐在了这高大如宫殿般的苏式建筑里。与十四年前相比，它衰颓了不少，尽管它灯火辉煌，却仍旧掩盖不住那衰颓，它弥散在空气中，让人感伤。海棠点了土豆沙拉、红菜汤、罐焖牛肉、莫斯科烤鱼，还有餐后甜品黑森林蛋糕——和十四年前一模一样的菜式。红菜汤端上来时，她嗅着那魂牵梦绕的香气，像当年的表姐一样，眼睛一下子湿了。

"真难吃，"崔护低头用汤匙喝了一口，皱起了眉头，"能把西红柿做得这么难吃，也算本事！"

两人的主菜上了桌，崔护又刻薄地批评着，把它们贬得一无是处。那些家伙什，刀和叉，他更是看不顺眼，把它们摔来摔去。海棠沉默着，任他像个母鸡一样唠叨。终于，崔护不说了，他抬起了眼睛，望着对面的海棠，问道："你吃得惯？"

海棠放下了手中的刀叉，其实她也不会熟练地使用它们，可她觉得它们是亲切的，久别重逢的那种亲切，还有感伤。她不忍心看别人那样粗暴地对待无辜的它们。

"我第一次来这里，老莫，是我表姐带我来的。"突如其来地，她望着一片狼藉的桌子这样说道，"那天，表姐也是点了这些菜，一模一样……菜还没上来，看着这些刀叉她就哭了，她说，这就是我要的生活，优雅的生活。"她抬起了湿润的眼睛，望着崔护："这句话我一辈子也忘不了，优雅的生活……后来我表姐自杀了，切腕死的，她没有从她不想要的生活中突围出来，挣扎出来，她得不到她想要的，她就干脆什么都不要了！"她说不下去了，眼泪突然之间奔涌而出。

原来她是在凭吊啊！崔护想。在他们宴尔新婚的蜜月之际，竟然把他带到这样一个莫名其妙华丽的地方，来凭吊一个如此虚荣的女人！这个女人从一开始，就给他们的新婚生活蒙上了不快的阴影。他想起第一天，她站在那个叫柳荫街的地方，站在那座什么王府的墙外泪流满面的情景。一个泪流满面的新娘，让他心里结了一个疙瘩，原来都是这个表姐在作祟……他是个心直口快的人，也是个小心眼的男人，忍了半天没忍住，他终于还是把那句话说了出来，他说："海棠，这是我们俩的蜜月旅行啊，你非得让第三者掺和进来吗？"

霎时间，海棠想起了刘耘生。她以为自己已经忘记了他，可此刻，又堂皇又衰败的灯光下，望着眼前这个人，她的丈夫，她觉得自己比任何时候都更想念他。

3

婚后的生活是宁静的。

他们的家安在崔护供职的医院里，从前他的集体宿舍现在做了他们的新房。那是一间十五六平方米的房间，背阴，在一座20世纪50年代的旧筒子楼里，走廊是所有人家的厨房兼杂物储藏室，家家在门前支炉子做饭。好在那是一座苏式的建筑，走廊宽敞，尽管蜂窝煤炉夹道，还不至于壅塞。

海棠尽可能地装扮了他们那间背阴的房间，请木匠打制的家具一律漆成白色，而窗帘、床罩、简易沙发的罩子，则选择了明亮而鲜艳的图案：娇嫩的玫红底，上面盛开着凡·高风格的热烈的向日葵。冰冷的水泥地板上，则铺着她用旧毛线混搭编织而成的漂亮的地垫，在20世纪80年代的内陆小城，它独一无二。

崔护很骄傲。他喜欢向人展示他们的小巢。

星期天，崔护有时会请同事、同学或者老乡来家里吃饭。一张折叠式餐桌当屋支起来，上面铺一块海棠用家织的白色土布缝制而成的台布，那土布来自崔护的老家，是那里女人们传统的手艺。餐具却是现代和亮丽的。崔护喜欢下厨炒菜，普普通通的家常菜，他总是能炒得有滋有味。海棠在屋外走廊上给他们煮饺子，静静听着里面的喧哗。她端饺子上桌，客人中总有人会说："嫂子辛苦了，嫂子你也喝一盅！"

她笑笑，接过客人斟满的酒盅，不管什么酒，一饮而尽。

"哎呀呀，嫂子真是性情中人！"大家欢声笑语嚷成一片。

这种时候，崔护是幸福的。他满意这样的生活。现在除了一个孩子，他什么都不缺了。

平静是突然之间被打破的，此前，崔护几乎没有看到任何预兆。海棠突然决定要调工作，去南方，去那个热火朝天正在崛起的新城市。如今，成千上万的人正在奔向它，就像当年的淘金者奔向冰天雪地的阿拉斯加一样。不知何时，海棠已联系好了单位，是一家大报社，而这边单位也已同意放人。就是说，万事俱备，只欠登程南下了。

崔护蒙了。

“这么大的事，你怎么——怎么都不跟我商量?”一时间，他说话都变得结巴。

“商量你会同意吗?”海棠平静地、冷静地问道。

“不同意！当然不同意！”他气急败坏地叫喊。

“所以呀！”海棠笑笑，“商量有什么用? 你肯定不让我走，我肯定要走，商量的结果就是多吵几架，还不如就这样，长痛不如短痛！”

“你的意思是要拆散这个家?”他的语气突然变得很悲伤。

“不是拆散这个家，是要给咱们建设一个新家。”海棠回答，“我先过去安顿下来，你再过来。那是一个新世界，那里一定更需要医生！”

“你怎么就能肯定我会跟你去那个说鸟语不说人话的鬼地方?”

“我说服你呀！”

“你说服不了我！我哪儿也不去，我爹妈在这儿，家在这儿，事业在这儿！这里就是我生活的全部，我哪儿也不去！”

“可是我的生活呢?”海棠突然愤怒了，“我中文系毕业，每天在单位里就是跑腿打杂，看报喝茶。回到家里，一头钻进这烟熏火燎暗无天日的走廊，伸手不见五指，这就是我的生活?”她忍不住一阵伤心：“崔护，我不想要这样的生活，再这样活下去，我会死……”

“就和你那个了不起的表姐一样?”崔护冷笑两声，“你们到底要什么，啊? 要‘优雅的生活’? 别他娘的跟我鬼吹这文艺腔！不就是想拣高枝攀，想飞上枝头变凤凰吗? 不就是骨子里、骨髓里嫌贫爱富，嫌弃自己的出身、自己的爹娘、自己的乡音? 现在连自己的家乡也抛弃了，不要了！好，你走吧，去你的新世界吧！去干什么? 当记者? 撇着你那让人倒吸一口凉气的京腔四处采访? 好，你走，走！这个家我也不要了！”他手一挥，把桌上的几只茶杯扫到了水泥地板上，啪的一声，碎玻璃片迸起老高。他又抓起花瓶、钟表、果盘、烟灰缸、相框，最后是暖水瓶，所有他能抓起的东西，一件一件地举起来，砸向地板。霎时间，它们血肉横飞粉身碎骨，家变成了一个屠场。他又转着圈，用自己穿着皮鞋的脚恶狠狠地踩踏着它们，嘴里疯狂地、绝望地说道："不要了，不要了，不要了！"

海棠站在那里，不阻拦，不躲避，也不说话。她任他发泄发疯，任他践踏和伤害。最后他冲出家门，她也没有追赶。她裸露的手臂被飞溅的碎玻璃划伤了几处，慢慢渗出鲜血。她就像一个孤独的伤兵站在横尸遍野的战场。所有能打碎的都打碎了，她望着一地的狼藉，想，只有打碎一个旧世界，才能建立一个新世界……

那一夜，崔护没有回家，她不知道他在哪里过夜。她一个人用受伤的手慢慢地清理着战场。第二天、第三天，他仍旧不回来。一直到她临行前，他都没有露面。她独自一人拖着大包小包去火车站，没有人送行。她家里人，父母、兄弟姐妹，人人都认为她疯了，认为她放着好好的日子不过简直是伤天害理。她觉得自己走得很悲壮。

她给崔护留了一封信，只有短短两行字，她这样写：我走了。我在新世界等你，或者是一份离婚协议书。一切由你裁决。

很短，但很冷酷。

南行的列车咣当咣当，咣当咣当，穿过白昼和黑夜，穿过北方和南方，跨过黄河、淮河、长江，在它单调如永恒的节奏中，海棠耳边听到的是这样一个声音，如同咏叹：远方远方远方远方……

去远方。

崔护，这就是我想要的，去远方。或者说逃离，逃离庸常的、令人窒息的生活、人生。

自由、美好、优雅、罗曼蒂克和梦想，这一切似乎都在远方，只在远方。

还有爱。

请原谅我，崔护。她望着车窗外疾驰而过的点点灯火，望着列车正在穿行的无边的黑夜，忽然间泪流满面。

4

大约半年前，有一天，海棠在一家新开张的豪华商场里遇到了一个熟人。

起初，她根本没有认出眼前这个春风满面、插金戴银的胖女人是谁，直到她冲上前一拳捣在海棠肩窝里，说："连我都认不出来了？"海棠才惊叫起来："哎呀燕子！"

不错，是燕子，她河滩上的伙伴、工友，当年她们俩是合码一架砖坯的搭档。

燕子显然属于先富起来的那一部分人，她请海棠在商场的咖啡座里喝茶。商场设咖啡座，是这城市的新生事物。燕子絮絮叨叨说了一些她自己这些年的经历，怎么停薪留职，怎么一跺脚下海摆摊做小买卖，从卖袜子做起，现在则是做钢材生意……听得海棠目瞪口呆。海棠望着这个志得意满、皮肤滋润、浓妆艳抹的妇女，感慨万千，她忍不住说道："燕子，你还记不记得，当年在河滩上，有一天，你指着灰窑上正在出灰的那些女人对我说，'海棠，十年后，咱们就是那个样子'，你记不记得这话？"

"咋不记得？"燕子回答，"那个时候，做梦也不会想到有今天哪！"

燕子慨叹着。不过，没有半分钟的时间，她又开始兴高采烈地絮叨。说起旧日河滩上的伙伴，谁谁谁怎么了，谁谁谁又怎么了。谁谁谁发了，谁谁谁下岗了，谁谁谁进了监狱，谁谁谁已经不在人世了，死于什么什么疾病……她说得眉飞色舞激情澎湃，海棠却听得黯然神伤。突然，燕子说道："哎，你和刘耘生，你们还有联系吗？"

霎时间，如同长风吹过海棠的身体，岁月的长风吹得她的心如同灯笼一样打晃。

她摇摇头强作镇定，回答说："没有。"

"哦——"燕子点点头，"听人家说，他去南方了。"她说出了那城市的名字，那个人人都在好奇的地方，那个新世界："听说是引进人才把他引进到那里的……"燕子望着她笑了："那时候还以为你们两人能成一对呢！"

南方就这样，如同一支箭，射进了海棠的生活，给她那原本虚弱的平静射出了鲜血淋漓的伤口。她知道那伤口是无药可救的，那是致命的、又疼又甜蜜的诱惑和吸引，是黑夜的大海上妖女美妙绝伦的歌声……除了赴死般扑向它，她别无选择。

现在，她来到这个新世界了。

炎热让她始料未及。她想象过它的热，然而身处其境才知道自己的想象是多么无力和贫弱。这真是一个炽热的地方，热烈，喧哗，生机勃勃，所有那些南方的植物，每棵树每朵花每棵草似乎都在叫喊着生长，长成不可思议的丰美、强势和夸张。生活也是这样，有一种热烈而欢快的、恣情肆意扩张的霸气。

起初，她租来的出租屋很简陋，没安空调，一只吊顶的电风扇对热的搅动和驱逐就像一只苍老而疲倦的手一样无力。她尽可能晚回家，宁可在办公室里加班，享受着写字楼里清凉如海风的冷气。周日她则去公共场所，那些豪华的大商场、大商厦或者酒店的大堂。她并不买什么，她喜欢坐在那里，痴迷地看来来往往的人流。有无数次，她以为自己看到了一个熟悉的久违的身影迎面走来，她心都快不跳了，大睁着梦幻似的眼睛，等着一个奇迹降临。然而没有奇迹，没有巧遇。在这个炽热的城市里，她孤单一人。

几个月后，手边有了一些积蓄，她搬家了，搬到了一个有冷暖空调的一室一厅的小单元。她陆续添置了一些东西，比如录像机，这样她可以常常租录像带回家来消磨时光。小区外不远就有一个租录像带的小店，她成了那里的常客。她租小众的文艺片看，渐渐地，老板和她熟识了，常常为了她一人，进一些鲜有人问津的片子。于是有一天，她看到了费里尼的《大路》。

孤女朱利亚特的命运让她伤心欲绝。

一个叫安东尼奥的流浪艺人，带着他花钱雇来的搭档、弱智的孤女朱利亚特一起卖艺：朱利亚特有一副纯净如天使的歌喉。他教会了朱利亚特一首歌，那是他们俩的保留节目。后来，在某个城镇，朱利亚特病了，安东尼奥遗弃了这孤苦无依的姑娘，一个人悄然离去。多年后，他重返这个地方，突然听到了他熟悉的那首歌，属于朱利亚特的那首歌，他很震撼。唱歌的是一个陌生的女孩，那女孩告诉他，是一个流浪的女艺人，一个孤苦无依的姑娘，在临死前教会了她这支歌……

海棠泪流满面。

往事滚滚袭来，河滩上的往事。雨中的窑道，那一堆似乎永不熄灭的光明的旺火，还有他们的十年之约。他对她说：“假如你失约了，我会追进地狱和你算账……”信誓旦旦。她翻过重重山峦去追寻他，去赴那个约会，可是他爽约了，他没有等她十年，他遗弃了她，从此杳如黄鹤，就像安东尼奥遗弃了朱利亚特。

此刻，在这个炽热的、生机勃勃的、最喧哗又最寂寞的城市，她觉得他又一次遗弃了她。她涉过千山万水重重阻隔再一次孤注一掷地践约，可他却始终、始终没有让她找到他。

一年后，深秋的某个晚上，突然有人按响了海棠家的门铃。她很惊诧，在这个城市她没有朋友，也很少有人来她的家，特别是在这样深的晚上。她疑惑地打开房门，门外站着一个风尘仆仆的男人，脚边放着大包小包的行装。她愣住了，不相信自己的眼睛，那个人是——崔护。

崔护望着她，不说话，只是不好意思地笑。

许久，海棠轻轻地、嗫嚅似的说道："我不是在做梦吧?"

崔护回答说："不是——你说服我了……"

眼泪夺眶而出，她一下子扑上去，扑进他怀中，紧紧紧紧抱住他，把泪脸埋在他肩头，说了一声："你怎么现在才来……"

三、安东尼奥与朱利亚特

1

海棠没有说错，有人的地方永远需要医生。

偶尔，走在这城市生机勃勃的街头，崔护会有一点疑惑：这样一个生猛的、年轻而健康的都市，真的有那么需要医生吗?当然这是错觉，是杞人忧天式的疑惑，只要走进他工作的地方，你就会发现，和任何一座旧城或正在衰败的城市一样，有人的地方就有痛苦和疾病。

没有的是内地医院所见惯的、难以逾越的森严等级和盘根错节的种种利益关系，或者说还没有来得及建立和培植。

所以他如鱼得水。

仅仅一年的时间，他顺利晋升为副主任医师。那时他们的儿子南南——崔哲南刚刚出生。等到儿子四岁那年，他就已经是一名主任医师了，登上了职称中最高的那级台阶。又一年，他们终于拥有了一套属于他们自己的房子，在一座有电梯的高层建筑里，一百五十平方米，三室两厅，高踞在二十六层。夜晚，从他们的落地式窗口俯瞰，一城的灯光在他们脚下，流光溢彩，像璀璨的海。这种时刻让他心生感慨，他想，在这个远天远地的城市，他总算有一个家了。

他们小区的名字叫幸福新村，他对人说起他们的小区，就总是我们村我们村的，听上去像一个农民。

只是在这个城市里，他只是一个崔护医生、崔护主任、崔护副院长，却不是任何人的老友、故交或者昔日的同窗。这是一个没有根、没有历史的城市。他不再请任何人来家里吃饭，尽管他们现在有了宽敞的新居和现代化的厨房。作为一个医生、名医、一个医院的负责人，在外面，应酬交际自然是少不了的，他有时甚至也喝得酩酊大醉，可那说到底只是应酬而不是心灵沉浸的欢宴。后来他学会了开车，拿到了驾照，买了一辆家用型轿车。休息日，一家人去海边度假，或者去哪个港口吃渔船刚刚打捞上来的深海海鲜。他其实并不爱吃那些海里出产的怪怪的东西，像海胆、象拔蚌什么的。但是儿子南南喜欢。南南生于斯长于斯，是南方的儿子，口味和他这个父亲南辕北辙。

有时，他和海棠坐在海边沙滩上，看儿子游泳。他们一起看夕阳静静沉落到海水里，把海水涂染成浓郁的血红。他忽然对海棠说："这一辈子，能看到这样的美景，也算值了。"

海棠有些惊讶。这不像他说的话。忽然她明白了，他这是在说服他自己啊，给这漂泊一个灿烂的理由。她听出了他话里隐藏的忧伤，她知道他想念家乡。

许久，海棠回答说："崔护，你知道吗？你总是让我有负罪感……"

就在儿子中考那一年，某一天，崔护接到了北方老家哥哥的电话，告诉了他母亲病重的消息。

他心急如焚，买了当天下午的机票飞回北方。不想由于大雾，航班晚点，到达内陆省城已是深夜11点多。一个他昔日的哥们在机场接机，连夜开了一辆越野车把他送回了几百公里之外的老家。但是他仍然晚了一步，仍然没有赶上见母亲最后一面。

大哥对他说："咱妈一直在等你，到死都没闭上眼睛……"

噩耗传来，海棠带着儿子回来奔丧。几天的工夫，她几乎认不出崔护了。只见他身穿家织的有白毛边的布袍，腰系一缕麻丝，头戴孝帽，眼窝深陷，瘦得几乎脱了形，跪在母亲灵前，谁叫也叫不起来。海棠二话不说，默默地给自己也披上了同样的孝服，戴上了同样的孝帽，系上了同样的麻丝，走到他身边，陪他一起跪下了。那一夜，他们两个远游的孝子孝妇肩并肩跪着，默默地为母亲添香守灵。

封棺前，崔护的大哥把侄儿哲南叫过来，让他做一件事。他给了哲南一块白馍、一沓纸钱，让他把白馍塞到奶奶的左手，纸钱塞进奶奶的右手，为的是让她过奈何桥时，遇到拦路的小鬼撒钱，碰到断路的恶狗扔馍。新世界长大的南南不懂这些乡俗，他和奶奶也不亲。这些年来，奶奶只在他上幼儿园时到南方他们家里住过一阵，死活住不惯，也不知是南方潮湿的空气还是某种热带植物的花粉，害北方的奶奶诱发了过敏性哮喘，吓得崔护赶紧把母亲护送回老家，从此再没敢让她来过。尽管后来他们有了漂亮宽敞的新居，新居中设有舒适的客房，有了出行自由的汽车，可这一切都和家乡的母亲无关。

奶奶是陌生的，躺在棺材里，穿着稀奇古怪的绸缎衣服，被打扮成一个戏台上的旧人物。南南有些害怕，踌躇着不敢上前。人们催促他，越催他越往后躲。突然间，只见崔护猛地跳起来，扑上去，狠狠一脚把儿子踹倒在了地上，然后长号一声，转身扑倒在母亲的棺木上，像匹受伤的狼一样，号叫着大哭起来，嘴里一边号一边喊："妈呀——妈呀——妈呀……"那哭号和叫喊令人心惊胆战。所有人都落泪了。人们上前拉他起来，他愤怒而疯狂地抗拒。封棺的时辰到了，这是不能拖延的时辰，可是他拦在那里，就像一块泰山石敢当，不许任何人近前盖棺。终于，大哥指使几个抬棺的壮小伙冲上来绑架似的架起了他，他挣扎着，反抗着，嘶吼着，突然昏厥过去。

海棠默默看着这一切，她把儿子扶起来紧紧搂在怀里，她想，他又一次让她成了一个罪人。

传来了钉棺的声音，一锤一锤，钉进人心里一样。人们凄厉地哭喊着："躲钉——躲钉——躲钉……"

2

那一年中考，儿子没有如愿考上中意的高中。

有很长一段时间，儿子疏远着崔护。

这个暑假，儿子突然之间蹿个了，远远高出了崔护半头，长成了一米七八的大小伙子。海棠又感动又惊喜，她一直担心儿子会遗传父亲矮小的基因。每当她为儿子的个头发愁时，崔护就总是说那句人人皆知的所谓名言来解嘲和调侃："浓缩的都是精华。"海棠恨透了这句无辜的话。

一米七八的儿子变得沉默寡言，放学回来躲进自己屋里，耳朵里塞上MP3的耳机，一边听音乐，一边做功课。一天，儿子把MP3忘在了家里，海棠收拾房间时，好奇地把耳机塞在了耳朵里，打开了电源开关，骤然间，重金属轰鸣的声音几乎刺穿她的耳膜。

她很担心。

饭桌上，她对两个男人说："这个周末咱们开车出去玩吧，好久没出去了。"

崔护沉默不语，儿子头也不抬地说道："不去。"

丧母的悲痛使崔护看上去有了一种寥落的秋意，那是他身上最明显的变化。他想和儿子和解，可却觉得没有力气。他望着儿子出来进去的背影，高大的背影，心里是伤感和歉疚的。从前，儿子天天早晨缠着他要他开车送他上学，那时他的学校离家其实并不很远，何况他们父子俩的作息时间并不相同，为了送儿子，他每天至少要早起一个小时。那时，他常常一边开车一边跟儿子开玩笑，说："小子，赔你老爸的觉！"儿子则回答说："你记账吧，以后还。"

可现在，儿子的高中远多了。每天早晨，儿子都要匆匆忙忙背着书包去挤公车。那青春的背影里有一种冷酷的不动声色的拒绝。这天是台风袭来的日子，早晨起来就在下雨。崔护早早地起床，把汽车从地下停车场开到了他们楼门口，儿子一露面，他按下了车窗，说道："上车！"

儿子冷冷望着他。

他的车堵在了车道上，后面有车开始鸣喇叭。崔护不动，坚挺着。父子二人僵持了一阵，又有车在后面催促，儿子终于打开了后面的车门，上车了。

他舒出一口气。

一路上，他们沉默着，他从后视镜悄悄注视着他长大的儿子。儿子一脸严肃，那么英俊。他眼眶一热。雨刷的声音单调地响着，刷——刷——。他突然说话了，他说："奶奶去世，我非常伤心……可是在这里，在这个城市，没有一个人和我一起难过……"

儿子心里一震。

半月后，崔护开车应邀去临近的一个小城给一个病人会诊，在高速公路上发生车祸，追尾，在送医院的途中伤重身亡。

儿子考上北京的某所大学那年，海棠把崔护的骨灰送回了北方安葬。她和儿子在那个内陆城市为崔护选了一块墓地，在东山脚下，四周是移植过来的高大的松柏，很肃穆也很安静。墓碑是儿子设计的，没有雕琢的一块青石板，无任何修饰，上面刻着：河东崔护之墓。下葬那天，来了那么多儿子从不认识的叔叔、伯伯、阿姨，他们是他父亲的同学、同乡、从前的同事，纷纷从四面八方赶来。葬仪上，一个头发花白的阿姨走上前，站在墓碑前，对着墓碑说道："崔护，这么多年你在南边，大概从来听不到咱们的家乡戏吧？记不记得当年咱们在宣传队演《梁秋燕》？你演春生，我演秋燕。几十年了，崔护，我唱一段送你吧……"说着，她开口唱起了在他们家乡人尽皆知家喻户晓的、属于过去年代的那个名剧："那一天呀那一天，相亲相爱多呀多喜欢。咱二人竞赛搞生产，看谁落后谁占了先。我给咱争取个劳动英雄，我给咱争取个模范团员……"

从前的、青春的、过时的戏词，天真的戏词，穿越了茫茫岁月，来到了一个人生命的终点。那唱腔又高亢，又明亮，又婉转，引来了四周枝头上百鸟的和鸣。花白头发的阿姨，崔哲南不知姓名的阿姨泪流满面，唱着唱着，唱出了所有人的眼泪。此时此刻，崔哲南忽然明白了，父亲曾经跟他说过的那句话："在这个城市，没有一个人和我一起难过。"

他心痛如割。

这一晚，他们住在姥姥家。哲南睡在客厅沙发上，他久久难眠。半夜里，他忍不住了，起来推开了母亲借宿的房门，母亲竟也醒着。他走到母亲床前，说道："妈，奶奶去世，你难过吗？"

"为什么问这个？"海棠有些奇怪。

"爸爸跟我说，他说，奶奶去世他非常悲伤，可是在那里，在南方我们那个城市，没有一个人和他一起难过……"

海棠坐起来，把儿子拉到床边坐下，紧紧握着他的手，许久，她对儿子这样说道：“这就是我跟你爸爸不同的地方，儿子，他是一棵树，而我，我是一只鸟。”

可是，这棵树把自己连根拔起来，和鸟一起迁徙了。这是一棵多么悲壮的树！崔哲南悲伤地想。

3

又一年初夏，海棠因出差再一次回到了北方家乡，那个崔护如今安息的城市。

这一次，她是来采访一个致力于某非遗项目传承和研究的文化人。他们约好在一间酒店的茶吧见面。那是一家五星级酒店，她从自动旋转门内走进暗沉沉奢华的大堂，迎面过来一个人，步履匆匆，暗沉沉的大堂烘托着他犹如一张巨画的背景。骤然间，她觉得身体里一阵爆炸般的轰鸣。

她呆住了。

那人直奔大门而来，走到她面前，就要擦肩而过时，咦的一声，忽然大叫起来：“海棠！陈海棠！”

她张张嘴，笑了。

“哎呀，真的是你！你怎么在这儿？听说你去南方了呀！”

“你呢，你怎么在这儿？”她觉得自己的声音轻飘飘的，很遥远。

他低头看了一眼手表。“一言难尽，我现在有急事，车在外面等我。你手机多少？给我个联系方式，我打电话约你，我请你吃饭……”他急匆匆地说。

仓皇间，海棠从包里摸出一张名片递给了他，说：“全在这上头了。”他接过来扫了一眼，笑了：“嘿嘿，资深记者、编辑，挺适合你的。”他说，仍旧是字正腔圆、播音员一样标准的普通话，潇洒地一挥手：“等我电话……”旋转出了大门。

就像一个短暂的梦。

暗沉沉奢华的大堂里，有一种隐约的异香，强化着那不真实和虚幻。一定是梦，海棠这样想。只有在梦里，他才可能这样潇洒、轻松、毫无负担地站在她面前吧？

接到刘耘生的电话，已经是第二天下午了。他约她吃晚饭，在一个叫某公馆的地方，是这城市隐秘的私人俱乐部：庭院深深，花木扶疏，房间里古色古香，硬木的明式家具，条案、高几、八仙桌，几上设炉瓶三事，案上则陈列着一把古琴。他看她打量那琴，就对她说，那琴是明代的一把古琴，有名字，有出处，这饭店的老板花大价钱收来的。显然他是这里的常客。

他们在桌前坐下了，他随手接过服务小姐递上来的菜谱，那菜谱也很别致，就像国画的册页一样。他唰地拉开问海棠："你喜欢吃什么?"

"随便。"海棠回答。

他笑笑，说："那我就随便点了。你从南边来，海鲜不稀罕，不像这里的土老帽，味蕾迟钝无比。我今天中午请那些家伙吃饭，鱼翅捞饭、九孔的澳洲鲍鱼、龙虾、活海参、东星斑，什么贵来什么，砸钱呗！一群傻×……"他一边说，一边在菜谱上指着，对服务小姐吩咐说："这个，这个，还有这个……告诉大厨，给我整得精致精致再精致！家常菜的灵魂是什么，知道不知道？就是精益求精！"

"酒水要什么?"小姐问。

他望着海棠："喝什么？还是随便？那我决定了。"他一转脸对小姐说道："来瓶拉菲，就我平时喝的那种！"

终于只剩下了他们俩。

他安静下来，望着她。她眼睛里有一种梦境般的神情。他想，大概是这里的考究把她吓住了。

"咱们有多少年没见了?"他忽然说，"三十多年了吧?"

"三十二年。"她轻轻回答，叹息似的。

"是啊，三十二年了！你好像没怎么变，我一眼就把你认出来了。"他说。

"你呢?"她反问。

"我?"他笑笑，"这得你来回答呀，你不是也把我认出来了吗?"

"你下海了?"海棠问，"做什么生意?"

"被全国人民所诅咒的房地产，"他回答，解嘲地笑笑，"不好意思。"

菜来了，精致如日本的风格，小小的一碟、一盏、一碗，器皿异常精美，脆弱。酒也来了，他颇为内行地品鉴过后，小姐为他们斟在水晶酒杯里。他举起酒杯，说道："为重逢。"

她也举起了杯子，抿了一口。

“怎么样，这酒?”他问道。

“我不懂，”她笑笑，“我不会喝酒，干红凑合能喝一点。”

“这可不是一般的干红，”他说，“这是拉菲的精品，去年几个世界著名的品酒大师盲品，它得了第一，三万多块钱一瓶呢!”

“那你糟蹋了，”海棠回答，“酒也需要知音来赏，我喝不出好坏差别……”

“不糟蹋，”他说，一边又举起了杯子，“因为我要谢谢你。”

“谢我?谢我什么?”海棠惊讶了。

“你记不记得我们有个约定，十年之约?”他望着海棠忽然这样说。

十年之约!海棠心一热，眼睛顿时湿润了。原来他还记得他们的约定，原来他还记得!……海棠举杯的手颤抖了。

“我当然记得。”她回答。

“我说过，要是你干了傻事，我一定追进地狱里和你算账!幸好你没干傻事，来，干杯。”他笑嘻嘻地说。

“莫非你真会追到地狱去?”海棠抬起了眼睛。

“开个玩笑——我哪有那份胆量啊!”他回答，“说起来那时候真幼稚，真小资，不知道什么是死，天天把死挂嘴边上，对吧?你说，那时候你要是真干了傻事，我怎么办?我只能做个爽约的背信之人!我热爱生命——所以啊，海棠，谢谢你没让我做背信之人，谢谢你没干傻事，我们今天才能坐到这里喝拉菲。”他仍旧嬉皮笑脸。

海棠听着，微笑地听，一颗心惶恐地沉下去，好像身体里有个深渊，不见底。他在对面举着酒杯，邀她同饮，那样浓郁的红色，那样虚无的红色。她让她自己笑得灿烂些，举起酒杯，砰一声碰响了，那琅琅的轻响如同天籁。她想起一个诗人的话：“那是梦破碎的声音……”她一饮而尽。

“不用谢。”她回答。

“那时候真是做梦也想不到，未来会是这个样子!”他突然感慨起来，“会过这样的生活，钱多得能把人埋起来!——你呢，海棠，这些年你过得怎么样?你当记者了，应该也不错。我说，你愿意到我的公司来吗?我们自己有份杂志，缺个好主编，你要是来了，别的我不敢说，我保证你的薪水我能给你翻两番!怎么样，考虑考虑?”

就在这时，他的手机响了，他掏出来看了一眼，皱皱眉头，断然把它关掉了。

“麻烦！”他小声说。

“小三的电话，对吧？”海棠笑着问道。

他皱着眉头笑了：“老朋友面前不说假话……一个初出茅庐的大学生，学中文的，来应聘我们杂志的文字总监，人很聪明，很有心计。我和她是酒后乱性，酒后失德，可现在她用这件事来要挟我，要我把主编的位置给她！现在的年轻人真是现实得可怕，完全是物质的动物！你别误会我，海棠，我对我太太，一时出轨是有的，酒后乱性也有，可从来没有二心。”他笑了：“不说别的，离婚了一半身家分出去了，我有那么傻吗？……”

他的嘴一张一合，一张一合，作为一个男人，他的嘴唇过于红润了一些。海棠出神地望着那张嘴，她曾在那张嘴上那么庄严地“盖章”。忽然，她想起了契诃夫的小说《醋栗》，那个志得意满脑满肠肥的小地主，此刻他们多么相像……那是表姐丽莎以死抗拒的人生啊！

“你呢，海棠，你还没说说你自己，你过得好吗？”他忽然想起来问道，“你先生呢，他是做什么的？”

她的心疼了一下，想起了安息在东山脚下的崔护。

“很好，”她回答，“我先生，他是个医生。”

“哦——医生，”他望着她，“我觉得你不像是一个会嫁给医生的人。”

“可我就嫁给医生了。”她安静地回答。

一种微妙的寂静突然间不期而至，酒杯、精美的碗盏、遥远的明代的古琴，似乎都有了某种微妙的耐人寻味的表情，如同突然被舞台上的灯光照亮。

“那时候我给你写了好多封信，你为什么不回我的信？”终于，他隔着一张八仙桌，隔着三十二年的岁月，轻声问出了这句话。

“我写了。”她回答。

“可我从来没有收到。”他说。

“对，”她抬起了眼睛，“因为我没有寄出去。”

“为什么？”他问。

海棠微笑了。“刘耘生，看在老朋友的分上，我说一句实话。”她安静地说，“假如我昨天没有在那家该死的酒店碰到你，那该有多好！”

他愣住了。

海棠站了起来："我还有点急事，先告辞了，谢谢你的款待，还有你这么昂贵的拉菲。再见！"

海棠朝他温柔地留恋地笑笑，那是告别，和青春，和纯洁的初恋，和对它们的眷恋。它们太漫长了，她想。她安静地朝门口走去，身后是她曾经视为生命的一切。她的手握住了黄铜的门把手，心里一疼。就在这时，她听到了身后轻轻的一声喊，他说："海棠！"

她站住了。

"我能不能——再抱抱你？"他轻声说。

她没有回答，也没有回头。他几乎是无声地走过来，从身后抱住了她，他把她拥在了他如今发福的厚实的怀中，轻轻拥着，很怜惜——那是一个凭吊式的拥抱。他身体的气息仍然让她伤感。他就这样抱着她静静地站着，许久，他在她耳边说了一声："我们都老了……"

海棠哭了。

4

墓地很安静。

四周有松柏，也有一些榆槐之类的杂树，初夏的太阳将松柏树晒出了暖烘烘幽长而苦涩的松香气，那是崔护喜欢闻的味道。

鸟鸣声却很喧腾。

海棠临走前来和崔护道别。她凝望着墓碑，独自在地上坐了很久很久。一只喜鹊绕着墓碑不停地飞呀飞，最后停在了墓碑上，歪着小小的脑袋，看着海棠，样子有些忧伤。海棠望着喜鹊微笑了。

"崔护，是你吧？"她对喜鹊说，"我知道是你。"

喜鹊扑棱一下飞走了。

她抬起眼睛依恋地追随着喜鹊，看它最终飞向树林，消失在鸟群之中。

"我知道那是你。"她收回眼睛望着墓碑微笑，"昨天晚上我梦到你了，你来敲门，我开门一看，你大包小包的行李堆在脚下，冲着我笑，说，'你说服我了……'我往你怀里一扑，醒了。"她又笑笑："崔护，你知道吗？那时候，我离开这城市的时候，我心里其实一点也不想说服你……"她伸出一只手抚摸墓碑，抚摸青石板上那几个铿锵有力的字——河东崔护之墓，就像抚摸着他的脸："崔护，那天，下葬那天，在你墓前唱戏的那个女人，你们中间一定有些故事吧？你从来没有告诉过我，那是你的秘密，对不对？我，我也有秘密……"

她说不下去了。

她想起他对儿子说的话："在这个城市，没有人和我一起难过……"是的，没有人。

二十多年的岁月中，她不知道在什么地方、哪个时刻，遗弃了她自己生命中的朱利亚特。

"崔护，"她在心里眷恋地叫着他的名字，她说，"我知道你的秘密了，可是我的秘密，我永远都不会告诉你……"

鸟鸣声喧腾着，她的眼泪无声无息地流了一脸。

2011年11月3日草成于脚伤之际
2012年1月3日于太原改毕
发表于《人民文学》2012年第4期
转载于《北京文学·中篇小说月报》2012年第7期
《小说月报》2012年增刊
获《人民文学》首届柔石小说奖优秀中篇小说奖

完美的旅行

一、家乡在身体中的感觉

刘钢是一对外省夫妇的孩子。刘钢的父母都是东北人。他父亲的老家在黑龙江一个叫东京城的小镇，那是一个林区，属长白山地界。刘钢的爷爷是伐木工人。而母亲的老家则在那个叫牡丹江的美丽城市。

刘钢的父母在那种流动的建筑单位上班，那单位很大，属北京什么部什么局管。刘钢刚出生时，那单位就从东北迁到了华北，后来又落脚在高原上这个城市。而刘钢却被母亲留在了东北老家，跟爷爷奶奶过。

母亲撇下刘钢时，他还不到半岁。爷爷买来一头奶羊，新鲜的羊奶把刘钢养成了一个柔和的白皙的小男孩。他皮肤中总是隐隐透出膻气和青草的香味。这善良的气味将追随他一生，是食草的动物留在他生命中的印记。当然他身上还有一些别的气味，比如松木柈子的味道、毛皮的味道、鸡舍猪圈的味道、腐叶和夏天树林茂盛的气息，这些就是一个普通的东北林区孩子身上的气味了。

东京城是个安静的小城，日子在这里是悠长的，像一条缓慢深沉的大河，从容地流在世界的边上。这里的天空是旷世寂寞的天空，那是寂寞和纯净的极限。在这样的天空下长大的孩子，对世界往往有一种隔膜和错觉。

在冬天的大雪原上，雪爬犁远远地从一片银白中滑翔而来。马脖子上的铃铛是这寂静的没有人声的世界中唯一的声音。雪爬犁来了又走了，并且带走了刘钢。刘钢被一个陌生的男人带上了爬犁。那男人用皮袄紧紧裹着他。在零下三十摄氏度的严寒中，那人的呼吸有一种玻璃般的锐利和凛冽。雪爬犁把他们带到县城，从那里他们登上了开往牡丹江的长途汽车。这是一个漫长旅途的开始——抛弃家乡的旅途。

后来他只有在梦中回忆家乡，回忆他的小城。有时他会觉得那个至亲至爱的地方远在天边，有时又觉得它近在咫尺。它像个婴儿，躲藏在他自己温暖的身体中，这感觉亲切又奇怪。只不过，不管远在天边还是近在体内，他都无法触摸到它。这是一个永远的隔绝。

他来到的这个城市是S省的省会。

二、城市很冰冷

那时他以为这是世界上最大的城市、最热闹的地方。当然，那不是。

他不习惯这里的一切，不习惯这嘈杂、拥挤和肮脏。他也不习惯干燥。春天是让他最难受的一个季节，干旱的永不停息的黄风吹干了人身体中最后的一点水分，人变成了风干的物体。整整一个春季，他嘴唇皴裂，牙龈出血。这里的春天丝毫不给人融化和柔和的感觉。漫天的风沙中，一切新生和吐绿的生命都苏醒得那么苦难和坚韧，绿色成了那样决绝悲壮和惨烈的颜色。他的双脚踩在硬邦邦冰冷的马路上，感觉不到春天。他想象着春天曾经是怎样从他的双脚钻进他的身体，就像破土而出的一棵幼苗，在他血脉里攀缘而上。那时他就觉得自己变成了一棵树。他向上伸展手臂，他感到从自己的手指尖慢慢抽出嫩芽，长出绿叶。融化的土地是多么奇妙温暖和芳香啊！到处是泥泞、滴水的声音和欢快的人声，还有新鲜嘹亮的鸟鸣。在春天，人的脉搏也跳得快起来。他是多么喜欢这样的春天。但是在这里，这干旱的黄风和灰蒙蒙的天空，还有线条尖硬没有鸟雀做窝的丑陋的楼房，春天又在什么地方?

天气热起来。他脱下了笨重的棉衣。他的棉衣已经很脏，前襟黑乎乎的，泛着一层油光。妈说这哪是棉衣这简直是铠甲！在一个有太阳的星期天，妈一边拆洗它们一边愤怒地唠叨。妈让他换上了一件毛衣，是姐姐穿旧的，大红的颜色，穿在他身上紧绷绷的，手腕露在外面一大截。妈像只猎狗一样伸着鼻子在他头发上嗅着，说："去去去，好好把自己洗一洗，瞧你，什么味！"

妈常说这句话。瞧你，什么味！可那气味是洗不掉的。那气味躲藏在他皮肤下面、身体深处，在他蔚蓝的柔软的血管里面像小河一样奔流。那是家乡的亲爱的气息，是食草动物的气息，在春天它们苏醒和返青。可这气味莫名其妙地让他母亲感到不安和心烦，还有强烈的陌生感，她从这个有异味的孩子身上找不到一点骨肉的感觉、亲人的感觉。她简直不知道该怎样去对待这个陌生的闯入者。她只有频频地往澡堂里轰他。

澡堂是单位的公共澡堂。在开放的日子里，许多赤裸的人拥挤着争抢一个个莲蓬头。蒸腾的热烘烘的水汽中，赤裸的身体挤作一团是那么丑陋和恐怖。水汽扭曲了他们，使他们变形。他们在水雾中做着各种各样难堪和羞耻的动作，用丝瓜瓤或海绵搓洗那些难看的部位。他只好把自己的身体藏起来，藏在白瓷砖砌成的水池子里，让水淹没它们。可是水池子也不是个安全的地方。孩子们把这里当成了游泳池。赤身裸体的男孩们在这池子里游泳，打水仗。他的哥哥和弟弟也在其中。他们把这肮脏的洗澡堂当成了乐园，他们夸张着自己的快乐，他们用这样的方式把这个兄弟这个亲人排除在了他们的生活之外。

三、童话的由来

我从小生活在 T 城。在我少年时期，我的城市曾经发生过几件令人震惊的事件。它们都和死亡有关。准确地说，那是几起完美或者不完美的自杀。有一个女人在某一个早晨爬上了市中心的一个工业烟囱，她想从上面跳下来，结束自己的生命。可她在爬上那顶峰之后后悔了。于是，我的城市中有许多人都目睹了那一幕，目睹了一个绝望者在生死的边际上怎样挣扎。她一览无余地暴露在这个城市的制高点，没人知道是什么挽留了她。那天 T 城市中心的交通为此整整阻塞了好几个小时，人们把马路挤了个水泄不通。后来消防队员出面了，那些战士像绿色的植物一样无声地攀缘而上，解救了她。他们张起的大网就像生活的罗网，她被劫持着富有弹性地落入网中。这个场面，我什么时候想起来都为之伤痛。

还有一个男人，他曾经做过我的小学教师，教我们美术。我有史以来美术课上的一个最高分就是他给我的。在我的印象中，他是一个天津人，脸是六角形的，颧骨很高，脾气暴躁。有一次临摹一幅命题画，补衣服什么的，一个男生画得很不像样。他挥舞着那画对男孩咆哮道：“这是补衣服吗？这是——打屁股!”我们哄堂大笑。这让我们觉得他很没尊严。不久，他就不教我们了，不知道去了哪里。就是这个高颧骨六角形脸的天津小伙子，后来干出了一件惊天动地的大事情——在闹市区触摸了高压线。

那是因为失恋。我的美术老师他失恋了。他好不容易才找到了一个对象，因为他有一个资本家或是小业主之类的出身。可是这个对象还是决定要和我的老师分手了。于是在某个清晨，就发生了这样的一幕。我的老师当着他恋人的面爬上了高压电杆。那是在闹市区一个著名的通衢大道上，我的老师笨拙地爬着，下面站着他心冷似铁的恋人。他爬呀爬，爬到一半时，他抱着电杆停住了。他凝望下面，他指望听到什么?那女人沉默着，嘴角挂着嘲讽的讥笑。还有那些行人，行人像看普通的小两口打架一样看着热闹。爱起哄的人甚至在喊:“嗨，伙计，上!不到长城非好汉呀!”我的老师叹息一声，又一拱一拱地爬了上去。太阳从他的背后升起，那最后的时刻很辉煌。他伸出了手臂。他的手臂又细又长，像长臂猿。他握住了那亮若游丝的高压线，然后他就突然像风筝一样悬挂在了清晨的阳光中。

人们到处传说这故事。我听说了死者的名字。我很难过。我想象着老师在众目睽睽之下艰辛笨拙地爬向他生命的终点，他以一个滑稽的闹剧的形式结束了他一生的悲剧。那时我还小，可我想我理解了他孤绝的悲哀。

还有一件事，一个死亡事件，是在静悄悄中发生的。它发生在一个医院的宿舍院里。有一天，一个女人和一个孩子在他们的房间里原因不明地自杀了。他们死得很安静。他们把自己并排悬挂在了暖气管上，手牵着手。我一直不知道他们为什么死。他们的死在我整个青少年时期始终是一个秘密。我想象他们颀长、洁白、冰冷无言的尸体，觉得那是一个最神秘最彻底的死。它向我传达出一种死亡的美丽。这是我在后来慢慢意会到的。事隔多年之后，有一次，在某个怀旧性质的聚会上，我忽然说起这件事，人们一片茫然。谁也不记得在我们的城市曾经发生过这样一个决绝和美丽的死亡。我问:“那个跳烟筒的女人，你们记不记得?”“记得呀!”大家异口同声。“那，那个摸高压线的老师呢?”“记得呀!”又是异口同声，因为我们的城市实在算不得一个什么辽阔的大城。这下轮到我茫然了。我不知道是谁的记忆出了错。我呆望着大家。我想也许真的并没有这么一件事。这件事怎么想也像一个童话，有着美丽最虚无的本质。那么好吧，就让我来完成一个童话吧。也许这是20世纪最后一个童话，或者说是 20 世纪最后一个光明的颂歌。

四、很多故事都是在火车站发生

1972 年某个夏夜，一个叫陈忆珠的女人走出了 T 城的火车站。从北京开来的这列直快晚点六个多小时。十一小时的旅程变成了近十八小时。车抵 T 城时已是深夜。远处是一个漆黑的城市。除了站前广场几盏昏暗的路灯之外，这个城市其余的路灯都被枪弹或者孩子们的石头敲碎了。这是一个没有了灯光抚慰的城市。在巨大无边的黑暗面前，站前广场的灯光看上去是那么瘦骨伶仃和不堪一击。

这个没有人接站的女人只好走进候车室。她只有耐心地等待天亮，等待城市苏醒。早班第一辆公共汽车还有四个小时才会打着哈欠开来，假如它准时的话。好在候车室人并不太多，T 城不是那种处在交通枢纽和要道上的城市，比如郑州、石家庄什么的，连接 T 城和外面世界的只有两条不那么重要的铁路支线，人们称它们为南、北同蒲。要不是因为火车常常晚点的话，在这个时间，T 城火车站候车室的人应该更少一些才对。

尽管如此，陈忆珠还是很容易地找到了空着的长椅。这下有卧铺睡了，她高兴地想。坐了十八小时的硬座，腿都坐僵了，双脚也肿胀麻木。她几乎是快乐地躺下去，一下子放松了身体。松弛和舒展的快乐使她感到身体像水一样波动和荡漾了一阵。一波一波的浪从里向外起伏着，带着某种隐秘的芳香。陈忆珠是一个乐观的女人。一个乐观的女人其实很容易识别。在灰蒙蒙的人群中，她们有着高原雪域般的清新和阳光似的明亮，生活的灰尘不能使她们蒙垢。

现在她把自己安排得很舒服。头枕着行囊，狭窄又硌人的木椅在她身下似乎是一张宽阔松软的大床。它甚至还给人岛屿似的感觉，比如南太平洋上的那些与世隔绝的美丽的小岛屿，有着最充足的阳光和最丰沛肥硕的热带花朵和女人。肮脏、空气污浊和满地狼藉的候车大厅被明净的海水淹没了。这个女人似乎是幸福地睡在星空下面，宁静得像一棵植物。瞧，当那个迷途的孩子走进候车大厅的时候，他一下子就发现了这个，感觉到了这个。

陈忆珠睁开眼睛的时候，天已经蒙蒙亮。她伸了一下蜷得发麻的腿，却蹬在了一个人身上。于是她看见了坐在她脚边的那个孩子，一个十一二岁的男孩，或者说一个少年。

她坐起来。

“我打鼾了吧?”她愉快地问那孩子。

“没有。”孩子说。

周围有好些椅子空着，可那孩子却挤在她脚边。这有些奇怪。当然，要不了多一会，那些空着的椅子就会被人肮脏的屁股填满了。要不了多一会，候车室就会重新变得嘈杂、热闹和拥挤。陈忆珠抬起手腕看看表，5点一刻。再有一刻钟，早班公共汽车就应该开出车场了。醒得可真及时呀，她想。她马上拉开她的行囊，掏出一把梳子，鲜艳夺目的大红，不知是塑料还是牛角。她匆匆拢了几下头发，立刻，清新的精神如醍醐灌顶似的回到了她的脸上。

孩子始终在看她。

“你去哪儿?”她随口问。

“东京城。”孩子回答。

“哪儿?”她很惊讶，她从没听说过东京城这样一个地方，“东京?日本的东京?”

孩子摇摇头。“东北。”他说。

“你和谁去?”她朝四周看了看。

“没有谁。”孩子安静地说。

“你一个人?”

“一个人。”

她懂了，这是一个需要帮助的孩子，一个流浪儿。可是这个流浪儿衣衫整洁，面孔也很干净，从那上面还看不出流浪生活的痕迹。陈忆珠不笑了。她用清明的眼睛凝望了这孩子一会。多么明亮的一个孩子!她在心里这样喊了一声。这孩子身上有一种奇异的光明的气息，只不过它被某种东西遮盖了。候车室的灯光就在这一刹那无声地熄灭了。黎明的熹光中，污浊的空气突然像尘暴一样降落在孩子身上。这可不是他待的地方，她想。她把自己的手伸给了孩子。

“我们走吧。”她说，“跟我来。”

孩子没有问去哪儿，孩子只是犹豫了一下，然后就把自己的手信赖地交给了她。孩子的手冰凉而光滑，像条刚从河里打捞上来的小鱼。这感觉是新鲜的。她记不得自己什么时候牵过一个孩子的手。她是一个……没有生育过的女人。她回头看看那孩子，孩子忽然羞怯地朝她一笑。那是花朵初绽的时刻。他身上那种光明的气质一下子绽放出来，就像破晓的鸡啼。她突然觉得心疼，美好又脆弱的东西总是让她心疼和痛惜。她不知道自己已经走进了一个残忍的故事里。

陈忆珠是一个医生。她在 T 城一家医院做眼科大夫。她是一个住院医师。这是医师的等级中最低的一个级别。在它上面还有主治医师、副主任医师和主任医师这一系列冰冷洁白的台阶。医院从来是一个等级森严的地方，在这方面，它森严的程度几乎可以和军队相媲美。

当然，在 1972 年，它的等级制度被彻底摧毁了。主任医师副主任医师们也许正在用刷子和去污粉刷厕所的抽水马桶，而一个护士则有可能站在无影灯下，做针刺麻醉的手术或者是为小儿麻痹的患者做割治埋线的治疗。这就是出现在那些年代的所有新生事物中的一种。

不过，陈忆珠的生活似乎没有太大的变化，至少她还在做着临床的工作。她也没有参加任何的革命群众组织，她天生是个逍遥派。逍遥派这称呼真是让她心生欢喜。她喜欢这其中那宽袍大袖的飘逸之气，有一种难得的诗情和浪漫。医院建在城边上，和郊区接壤，从大门走出不远，就可以走进庄稼地和菜田。在青纱帐起来的时候，人很容易被芳香的绿色吞没。后来，在很长一段时间，这景色就成了孩子刘钢眼中见惯的风景，那是这个暗淡冷漠的城市唯一亲切明亮的一个角落。

那个夏天的早晨，孩子和女人就走在这样的一片绿色中。所有不洁的气味，隔宿的候车室的浊臭、公共汽车上呛人的汽油味像退潮的海水一样退出了他们的体内。现在他们的胸腔变得像沙滩一样洁净。女人告诉孩子，这是玉米，那是油菜，那是谷子和蓖麻，那是……孩子默不作声。他认识这些，这一切。田野、泥土，正在生长的庄稼、粪水的气味，它们多么强大和迷人。它们洗涤着他。他的脚变成了魔脚，走一步一个泉眼，泉水汩汩地从他脚心涌入他的身体。他柔软下来，松弛下来。他保持一个僵硬坚固的姿势已经保持了太久。他温驯地默不作声地走在女人身边，上楼，进屋……女人进屋的第一件事就是打开了窗子。田野的气味像光线一样涌入。这让他安心。他听话地做着女人让他做的事，在水龙头下洗着手和脸。清凉的自来水哗哗冲击着他的掌心。他第一次觉得自来水是一种活水，从地心一条看不见的大河流来，带着活水迷人的腥气。后来他安静地坐在窗下，看女人进进出出忙碌。女人端来了早饭，煎鸡蛋、玉米面糊。它们金黄的色彩和热气一下子模糊了这孩子的双眼，他流出了眼泪。

女人放下了食物。好了，她想。她抱起胳膊坐在他对面，看他哭。女人没有劝阻。女人看眼泪怎样滚出他黑葡萄似的眼睛。先是一颗又一颗，又大又沉重，像一些有重量的珠子，后来连成了串。在无声和漫长的哭泣中，这个孩子身体和心灵中的灰尘都被冲洗掉了，流走了。女人觉得这个早晨变得轻盈起来，光明起来。女人喜欢轻盈和光明的事物。

“你叫什么?”她微笑着问。

我们当然知道这个孩子叫什么，我们早就知道了。我们还知道了一些别的，关于他的来历，关于他对 T 城生活的隔膜和憎恶。其实这并不重要。重要的是，他和这个女人相遇了，就像——灰姑娘遇到了仙女。这是经典的童话模式。现在女人就扮演了类似仙女的角色，听一个迷途的孩子诉说。他说得又急促又匆忙，像在奔跑。他说他要回家，回东京城，去看爷爷、奶奶、花壮（一条狗）和黑鼻子（他的羊妈妈的后代），他离开这些亲人们已经整整两年了。他说，阿姨你知道东京城吗?知道老爷岭吗?那里是林区。那里有红松、落叶松、鱼鳞松，还有漂亮的白桦树、落叶栎树、槭树、紫椴树、杨树……哦，那些树啊，到秋天，浅黄、金黄、明黄、金红……真迷人啊!对了，还有榆树，在夏天，下过雨后，榆树下就长出了榆蘑，也叫黄蘑，用黄蘑炒菜、做馅，那可真叫好吃!还有那些灌木丛，山地虎榛子、绣线菊灌丛，那里藏着的好吃的可真多呀!木刻楞的房屋，屋后流着溪水，不知道那水是从哪儿流出又要流到哪儿去，这显得有些神秘，那就是看林人也就是爷爷的屋子。爷爷以前是伐木工，后来得了老寒腿，就做了看林人……爷爷腰里一年四季别个酒葫芦，酒葫芦里是鹿茸啊人参啊之类的药酒。爷爷吱溜抿一口，脖根就红了。爷爷年轻时喝酒就上脸，可却是没人能比的好酒量……他们那天告诉他爷爷死了，说是什么胃里长了东西，这他可不相信。爷爷除了老寒腿身上简直没一点毛病，一顿饭能吃五六个贴饼子喝三碗棒糙粥，怎么会死?而且爸爸也没回去奔丧，说是搞什么大会战。他说，阿姨你相信吗?

你相信不相信我爷爷会死？他黑葡萄似的眼睛凝望着女人，这么问。

“当然不相信。”陈忆珠回答得斩钉截铁。

孩子一下子泪如泉涌。

“我也不相信。”他说。

诉说是多么痛快啊！诉说使他变成了一条河流，淹没了僵硬的现在。是啊，这里的生活是多么僵硬啊！到处都是硬邦邦的，他常常看不见自己的脚印，除了下雪。可这里连雪都是肮脏的。可他们还总是说：“你身上什么味?”他们总是、总是往澡堂里轰他，他们总是把他往那个可怕的恶心的澡堂里驱赶，就像——赶一条狗。他说：“阿姨你见过东北人怎么杀狗吗？他们把狗赶进那么窄的一个小缸里，然后当头浇下一壶滚开的水。狗在里面挣扎，扭动，身上的毛就在缸壁上蹭掉了。那些毛无声脱落，漂浮或者沉底……澡堂真是让我害怕，可是他们，他们总是说，澡堂有什么好害怕的？他们，他们……”他忽然抽泣起来。

陈忆珠握住了他的两只手。现在它们有了温暖的感觉，像从冬眠中苏醒的动物。她把这样两只手温存地握了一会。抽泣声弱下去，只剩下了奔涌的眼泪。孩子的故事中有着可怕的东西，它在血腥的气味中结束，这让她暗暗心惊。

“刘钢，”她努力使自己声音平静，“告诉你，我也不喜欢公共澡堂。那确实是一个很可怕的地方。”

孩子抬起头。

“你瞧，我们都不那么勇敢，对不对?”她说。

“不过，”她微笑了，“这问题也不是不可以解决，比如，呶，只需要这么一个大盆。”她指了指自己的床下，那儿果然有一只宽阔的木盆静静地躺着，枣木板，漆着桐油。“再烧一桶开水，事情就解决了，对不对？这其实很简单。”她温柔地说。

在这个女人这里，一切都是简单的。事情一下子就变得单纯起来，光明起来，就像蓝天白云、红花绿草、多汁的水果，这就是童话的魅力。这个女人是神奇的、大气的，有着化复杂为单纯的魔力……那个迷途的孩子真幸运啊！在一段最黑暗的日子里他和这样一个女人相遇，和光明、拯救相遇。从此他的生活将发生巨大的改变。不过，此刻，在那个早已逝去的夏天的早晨，十二岁的孩子还不懂这个。他只是信任地望着她，不再流泪。他想她的话多有意思。一只大木盆！一句废话。可它奇怪地给人信心。

“对不对?”她问。

他点点头。

“瞧，不是非得离家出走不可。”她微笑，“你家，哦，我是说你T城的家住什么地方?”

这个叫刘钢的孩子警惕起来。

“我不回去，我要去东京城，我要去看爷爷，我要知道他是不是真的、真的——死了，我得弄清楚这个。”刘钢说，口气很坚决，像在强化着那个已经在融化的大决心。其实他分明听出了它在自己身体中消融的声响，就像春天融雪的声音。

“爷爷没死。”陈忆珠斩钉截铁地回答，“我告诉你，刘钢，你爱一个人他就不会死。这用不着证实。”

你爱一个人，他就不会死。这像天堂的音乐。

后来的事情就简单了。刘钢结结实实地吃了一顿舒服的早饭，煎荷包蛋、玉米糊、松软香甜的果脯面包，那是陈忆珠刚刚从北京带来的好东西。他甚至默许了陈忆珠给他的父亲通了电话。那个被大会战和儿子的走失折磨得要发疯的男人说了一百个谢谢，电话里他的声音哽咽了，他说：“那个小兔崽子，他一回来我就拿绳子把他拴起来，我把他零拆了！”陈忆珠说：“那我就不费事送他回去了。我正想要一个儿子呢！”电话那头那个东北汉子急了，说：“同志同志我是急糊涂了，我一个指头也不会动他。我造了什么孽呀，碰上了这么一个让人折寿的小祖宗！”

太阳很高的时候，他们走上了刚才的来路。太阳把庄稼晒出了腥气。路上起了灰尘，有了人迹。刘钢头发湿漉漉的，身体洁净清新，散发着枣木盆和玫瑰香皂的好闻气味，像棵刚刚被一场豪雨冲洗过的漂亮翠绿的青菜。枣木盆是多么安全美妙啊！把身体浸泡在清亮芳香的水中是多么安全美妙啊！一个人的沐浴是多么安全美妙啊！袅袅白汽缭绕着，如同仙境。从前奶奶就总是这样把他捉来搡进木盆里，辽阔的、桦树皮做成的木盆，那是爷爷做的。林区的爷爷们大多会用桦树皮做各种日用的东西，木桶、木盆、小孩的摇篮什么的。奶奶粗大的手搓着他的脖根、腋下、小脚丫，还有他柔软的小雀，那就是回家的滋味。刘钢坐在温暖的水中回想着奶奶的手、白发和皱纹，身体有种梦境般的漂浮感。他回家了。他把身体更深地往水中缩一缩……过道对面的厨房里，那用最简单的魔法——一只木盆送他回家的仙女，正在慢慢吃剩下的玉米糊、六必居的酱萝卜和王致和的腐乳。女人慢慢慢慢吃着她延时的早饭。窗外，鸟在叫，那是些麻雀、燕子，偶尔会有一两只黑羽毛白肚皮的喜鹊，它们在那些粗大的杨树和槐树间跳荡，觅食，享受着生命的喜悦。

现在他们终于走上了重返 T 城的路。他沉默干净地走在女人的身旁，鼻尖慢慢沁出细碎的汗珠。他的脚步越来越迟缓。陈忆珠注意到了这个。现在这条乡野的大路被太阳晒得干燥起来。他们的鞋上不一会就有了灰尘，他们的身体也有了重量。没有风。路边的玉米叶、高粱叶纹丝不动，根部蒸腾着热气。刘钢抬起了脸。

“这条路一直走下去走到底，到哪儿?”他问。

“汽车站。”陈忆珠回答，“进城。”

“进了城呢?”

陈忆珠想了想：“出城。”

“出了城呢?”

“再进城。”

“出多少次城，进多少次城，才能到东京城呢?”刘钢终于说。

“这我不知道。”陈忆珠抱歉地回答。但是他脸上马上笼罩了失望，失望像一层霜，挂在了这个刚刚从流浪的黑夜穿过来的孩子的脸上。“不过我们可以查查地图，你说它在东北，对不对?”

“对。”

“东北哪一块呢?”

“老爷岭那一块。”

这又是一个陌生的地名，阻隔了她。她的地理真是学得不够好。她也没去过东三省。她只知道沈阳、长春、哈尔滨这样一些众人皆知的地方，还有威虎山和夹皮沟什么的。威虎山和夹皮沟现在是全中国人民心目中的东北。还有就是锦州。锦州和苹果之类的东西联系在一起出现在主席的著作里，说的是辽沈战役的事。再想想，对了，还有大兴安岭和长白山。这两个地名的出现使她眼睛一亮，它们像两大朵花开放在一棵遥远的树上，美丽热烈而招摇。

“没关系，只要它在东北，我们朝东北方向走就是了。”陈忆珠笑起来，那笑明朗又天真，“我们可以先到北京，那儿有许多趟车开往东北，沈阳、长春、哈尔滨，还有牡丹江……”

“我知道牡丹江，”刘钢兴奋地插嘴，“我妈就是牡丹江人！”

“是吗？”

“我去过一次牡丹江，五岁的时候，爷爷带我去看病，住在我姥姥家。那里有一条大河。”刘钢说。这就是他对牡丹江的全部记忆。“阿姨，你要带我去牡丹江，去东北吗？”他仰着脸，呼吸急促起来，“我们坐火车去吗？”

这时他们已经来到了汽车站。这是13路公共汽车的终点，当然也可以把它叫作起点。13路公共汽车从城里开来，在这里停留几分钟然后再返回城里去。终点站的名字是荣军医院。这不是陈忆珠医院的名字。荣军医院此刻就在他们看得见的地方，对面，包围在一片杨树的绿荫里，静悄悄的。刘钢现在回忆起了这地方，他们曾去那里参观过，是学校组织他们去的，组织他们去参观迫害荣军的罪行。光秃秃的没有任何遮盖的钢丝床在阴沉的水泥地中央，给他刑具的感觉。还有泡在福尔马林药水中的那些内脏，心、肝、脾、肺，那些脱离了人体的器官孤独，怪诞，丑陋，变成了另一种生物，变成了一些悲哀的血腥的眼睛。这感觉叫他毛骨悚然。现在他又一次突如其来地看见了这地方。

他抓住了陈忆珠的手。

“阿姨，我们坐火车去吗？离开这里去东北？”他急促地问。

“有很多种方法，可以去我们想去的任何地方。”陈忆珠想了想，这样回答。

“什么方法？”

陈忆珠温柔地望着他。

“比如想象。”

“想象？”

“对，”陈忆珠兴奋起来，摇着他的小手，“那可以让我们走得很远，我们人在T城，可实际上我们已经去了远方。”

“那是神话。”刘钢有些悲伤地回答。

“不，那是另一种生活。”陈忆珠说，“比如说吧，我们现在就去一个地方，先去近处吧，晋祠，你去过没有?”

刘钢摇摇头。

“那好吧，现在就让我们去晋祠。”陈忆珠愉快地抬起了脸，阳光在这张漂亮的脸上闪烁着。“呶，我们现在步行穿过这条公路，”她指了指右边，这条公路和那条青纱帐中的土路恰好呈现出一个丁字，“我们大约要步行半个小时，你能不能走得动?”刘钢兴奋地点点头。“好，半个小时后，我们就上了晋祠公路，我们可以在南屯等 8 路公共汽车，那是离我们最近的一站。如果车正常的话，半小时后，我们就可以到晋祠了。这样，我们每人需要四角五分钱的车票钱。”

“可我没钱。”刘钢叹口气，嗫嚅着。

“没关系，我有。一个大人和一个孩子结伴旅行，孩子用不着为钱的事发愁，对不对?”

“不对，怎么能随便花别人的钱呢? 爷爷奶奶说，不能随便拿别人的东西。”

“那好吧，既然你是一个这么有原则的孩子，就算我借给你的，将来等你工作挣钱了，再还我就是了。这总行吧?”

刘钢想想，再想想，点点头笑了。

解决了钱的问题，他们继续上路。陈忆珠开始描述公路两旁的风光。她说:“刘钢，我们的汽车现在走在稻田里。晋祠一带是我们 T 城唯一有稻田的地方，盛产稻米。晋祠的大米非常好吃，比南方的籼米好吃多了。传说，真正的晋祠大米蒸出饭来，每一粒都是站着的，晶莹剔透地站立着，芳香扑鼻。据说现在只有一块田地里出产的米是这样的珍品，遗憾的是我们不知道是哪一块。稻田和我们这个干旱的高原城市是多么格格不入啊! 它像一个异类，给我们带来江南的气息，湿润，艳丽。刘钢，你知道那一带为什么会有稻田吗? 那是因为泉水，晋祠的泉水。”

13 路开来了。他们上了车。汽车开往 T 城，可他们却背道而驰。他们走在一条完全不同的公路上，稻田、莲塘。夏天的莲塘是多么漂亮啊! 塘里游着花鸭和白鹅。现在汽车停了下来，停在了晋祠公园的门口。那里此刻很安静，因为不是星期天。从汽车上下来的大多是外地人，外地来出差的、外调的、探亲的，没有T城人。T城人不会在这样一个不是节假日的时候乘公共汽车到晋祠去，T城人没有这份闲情。“可是我们去了，刘钢！”陈忆珠得意地笑起来。笑容使她流动，像一条洒满阳光的河流。

现在他们走在了浓荫之中。一千只鸟在叫。这是北方的树，槐、山杨、栎树，还有美人似的垂柳。花香扑鼻。那也是一些北方的花朵，大丽花、波斯菊、榆叶梅，还有月季，在通往祠堂的路上，开着它们粉红、金黄、深紫、浅蓝的花朵。瞧，祠堂到了。绛红色的墙，朱红色的门，多么巍峨！这个北方的园林。“哦，我去买门票，五角一张。”

“好了，刘钢，我们进去了。”

不要惊奇，孩子，这渠中就是晋祠的泉水。多么碧清啊！水草是这么柔软、妩媚，它们折服和漂动的姿势是一种生存的姿势。你一会就会看到它们的源头。关于泉水有许多传说和故事，我会告诉你。看，现在我们走上了献殿，这是宋代的建筑。不对，也许是金代的，它的建筑很有特点，四周没有墙壁，也没有一根屋梁，你仔细瞧，没有屋梁，是不是？我们不搞建筑，我们不懂，可是懂的人知道，这是建筑学上的奇迹。你穿过献殿往前走，停下先看一看，你马上要走上一座石桥，青石桥面，白石栏杆，这可不是普通的石桥，这桥叫鱼沼飞梁，你看它是十字形的。好，让我们走上去，这样我们会看得很清楚，十字的桥梁横跨在渠上。这种十字的桥梁，目前在世界上仅存的只有两座，一座好像在罗马，还有一座就是这个——鱼沼飞梁！古人说，圆为池，方为沼，一为桥，十为梁，所以它叫鱼沼飞梁。

现在你低头，让我们再看脚下的泉水。我们下桥往左边走，我们会走下一个有石阶的门，那是我们接近泉水的唯一的道路。看哪，这个亭子上面写着不系舟三个字，建在泉水中，它像不像一只泊在水边的船？你看这石壁上的泉眼，它从难老泉汩汩涌出。你听它的响声，它像小瀑布一样奔流而下，我们得大声呼喊才能听到对方的声音。我们走下台阶，要小心，台阶又凉又滑，水汽扑面而来，清凉的水汽扑面而来，看，我们现在到了智伯渠里。蹲下来，刘钢，你现在可以把你的手浸在泉水中。你看它们怎样从你的手心、手背、手指缝中流动。泉水奔流而下，水雾溅在你身上、头发上、脸上，我们过去喝一口。用手捧着，对，就这样喝一口，怎么样？它们开始在你的身体中奔流，是不是？你身体中也有了这样一条尽善尽美的泉水，清亮，芳香，清澈见底。水草在那里浮动，千姿百态，你的身体变得柔软和多情。哦，现在看这里，这条石坝，看到没有，石坝上有一些洞眼，数一数，它们是十个。泉水从这里分流而去，三眼朝西，七眼朝东，知道吗？这里面有一个故事，就是智伯渠的故事。现在让我们坐在不系舟上，听我给你讲一讲智伯和渠水的故事……

汽车穿越了郊区和市区，向着城市的中心深入。呼呼的风声中，他们以逆向的速度向着民间传说和园林纵深挺进。圣母殿、水母殿、叔虞祠……刘钢无限喜悦和动情地从它们宏伟的年深日久的身体中穿越。他抚摸唐槐周柏，他像只小野兔一样在山路上蹿，那山叫悬瓮山，他们在那半山的亭子上眺望T城。这是他们旅行的开始。他们从一个美好的北方园林开始了他们快乐的漫游。而这时，他们已经来到了那个建筑单位的宿舍大院门口，一男一女两个人向他们奔来。他们奔跑的慌张的姿势使一个旅行在最快乐的高潮中戛然而止。

刘钢的父亲不停嘴地说：“谢谢，谢谢。”刘钢的父亲高大英俊，一看就是个东北大汉，一脸的络腮胡子。虽然穿一身工作服，可不怎么像个工人。他母亲却没说话。他母亲紧紧盯着儿子的手。那手被握在一个陌生的女人手中，驯顺，听话，信赖，而且——依恋。这很刺目。儿子从没让她这么握过。儿子非常害怕她触碰他的身体，儿子就像含羞草，像一种软体的敏感的虫子，一碰就恐惧得缩成一团。

太阳明晃晃的。这个异常明亮的正午灼伤了一个母亲。疼痛从眼睛传导进身体深部，像一些种子落进黑暗和温暖的泥土中。当然，最后她还是堆起了礼节性的笑容，她说：“多亏了你呀！”

陈忆珠把孩子朝他们面前轻轻一推：“他想当个小徐霞客！”她说，高高兴兴的。她谢绝了男人请她共进午餐的邀请，她用手抚摸了一下孩子的头发，对他说；“徐霞客，想去旅行就来找我。”

刘钢笑了，眼泪一下子滚出了他的眼睛，一颗，一颗。这是射向他母亲的散弹，可惜他不知道。

五、自由的行程

从那个中午开始，陈忆珠迷上了一件事：收集地图册。她跑遍了这城中大大小小的新华书店，买来了中国地图册、世界地图册、中国交通图册、中国公路图册、各省的分省图册、自然地理图册……

阅读地图原来是这么一件愉快的事。当那些熟悉或陌生的地名一下子朝你逼近的时候，那里有一种音乐的旋律。随手一翻，比如那曲、措美、扎西则，那就像从一声神秘嘹亮的呼喊中显现出来的奇迹，洁白，遥远，有如神谕。它们还像果实一般悬挂在最奇妙的树上，沉默，守秘密，是一种天长地久等待的姿态。再比如横塘、丫髻山、雪堰桥，这里面有了颜色，宋元山水的颜色，还有古琴淙淙高山流水的声响。更多的地名是生活的声音，比如鲤鱼江、羊角塘，听起来多么亲切热闹啊！这样的地名没有神秘感，却给人生活的兴致。可是另一些就不同了，三十里铺、漫川关、落水河，那就像没有人烟的苍凉孤旅上的驿站。

她还喜欢看那些形形色色的曲线，比如山义线。极高山、高山、东西向山系、南北向山系，它们在一个平面上横扫一切，有着千钧之势和霸气，还有着笨拙。而那些气流线就不同了，它们轻盈，柔和，流畅，就像飞天婆娑的舞姿一样绝妙和迷人，还有着风中杨柳的那种艳情。当然，她做的第一件事是寻找那个名字——东京城。原来它并不难找。它就在铁路沿线上，在黑龙江的东南部，图例表示它是一个小镇。和它相连接的分别是兰岗、宁安、温春、牡丹江。

她久久盯着它，这个名字。她觉得它是活的，带着它的汗腥气、体温、呼吸和心跳，还有血流图。像所有生命力茂盛的人一样，它的心跳沉着，缓慢，庄重，有力，和地心神秘的律动相呼应。它似乎永远处在生命的盛年。她知道这是刘钢眼中的爷爷，他和长白山共存。她轻轻叹息，她想这就是山脉的最动人之处和魅力所在……

现在她独自居住的这间屋子成了刘钢最喜欢最热爱的地方。差不多每个星期天，这个孩子都会乘 13 路汽车风尘仆仆地赶来。他一进门就嚷嚷：“嗨，我没误火车吧？”旅行现在成了他生活中最重要的内容，比吃饭重要，比睡觉重要，比和小伙伴们游戏重要，甚至比和父母相处重要。旅行的光芒照亮了刘钢其余时间的生活，T 城不那么难以忍受了，挨过六天灰暗沉闷的日子，然后就迎来了光明的一天。这一天就像红日一样跳出海面，把平凡的岁月之水照耀得辉煌灿烂，金波粼粼。

他们是两个最好的旅伴，不娇气，能吃苦，精力充沛，他们的身体和心灵一样敏感，感知自然的能力就像植物感知四季。他们坐在不足十五平方米的小屋里，开始他们的行程。那开始的一刻是神圣的，充满仪式感。他们屏息静气，手心对着手心。陈忆珠说："好，我们上路，徐霞客。"于是他们就背起想象的行囊出发。他们在出发的一刹那松弛下来，身心充满欢乐。他们每一次的旅行路线都由陈忆珠精心设定。他们是两个穷人，没太多的钱，所以得精打细算。怎样花最少的钱走更多的地方，当然他们最后总是花得一块钱也不剩。几个月来，他们有过壮丽和艰苦的西行，走西安，走兰州，经天水，过嘉峪关，直达伟大的敦煌。他们也有过轻松的江南之旅，在苏州看园林，在西湖泛舟，吃楼外楼的醋鱼，喝龙井。他们还有过文化之旅，凭吊赤壁，登北固山、岳阳楼，一路发思古之幽情。大西南也同样留下了他们的足迹，他们从武汉坐船经绝美的三峡到重庆，从重庆又乘上了开往成都的火车，从那里他们抵达贵阳，然后陈忆珠停顿了一下，建议他们从贵阳折向西去，经安顺、六盘水，最后到达威宁彝族回族苗族自治县。

为什么要去威宁这样一个偏远、交通不便又并非旅游胜地的地方，陈忆珠没有说。陈忆珠说："知道吗刘钢？那里有草海。那是贵州最大最美丽的湖泊。"说这话时，陈忆珠的眼睛就像真实的草海一样动人而多情。

也许这牵涉她个人生活中的一个秘密，不过她不说。刘钢也不追问。刘钢也从不追问别的。比如你为什么和别人不一样，没有家，没有孩子？刘钢一点不觉得这有什么奇怪或者不好，像别人有时悄悄议论的那样。他喜欢陈阿姨这样。陈阿姨不是他妈妈那样的女人，陈阿姨是——是动物。在茫茫人海中，刘钢很容易识别那些善良的食草动物的后代。所以，陈阿姨就是有秘密，那也是一个和人类的阴暗毫不搭界的光明的秘密。

刘钢热爱这样的生活。刘钢觉得他现在变成了一只鸟，到处飞翔。他喜欢这自由的感觉。他甚至觉得自己的身体变得流畅，没有任何阻力。飞翔的感觉是多么美妙啊！飞翔是真实的，而生活本身倒变得虚假。T 城不再是他的牢笼了，因为他知道他的精神可以到达多么遥远的天边。

只是有一个地方，刘钢和陈阿姨迟迟地迟迟地没有能够到达。那就是——东京城。为了这个，整个东北，整个东三省，他们都回避着。他们的身影几次在它的边缘徘徊，在就要接近它走进它的时候突然掉头而去。他们到过秦皇岛、山海关，到过赤峰、乌兰浩特，他们在亲爱的东三省的边缘游荡，然后转过身去。

现在刘钢也成了一个热爱地图的孩子，他阅读地图就像别的孩子阅读小人书。那些地名密密麻麻散布在纸上，它们在他的注释中变成花蕾，在他抵达它们时它们就像花朵一样开放。这想象无比快乐，充满挑战性。他开始在地图上寻找那些更陌生更遥远的名字，比如伊尔库茨克、贝加尔湖、新西伯利亚、秋明和莫斯科，就这样，他看见一条铁路线穿起了这样一串花蕾。它们沉睡着，散发出某种神秘和黑暗的异香。他微笑了。他知道那是一种召唤。后来他见到陈阿姨的时候，他说："我们什么时候去看一看这些地方呢?"

陈忆珠有些惊讶，她说："恐怕不行，我们没有护照，也没有签证。"停一停她又说："我们也没有那种自由。"

她看出了他很失望。说实话她还没让这孩子失望过呢。这是一个多么无情、现实、胆怯和没有魅力的回答。她抱歉地望着他，摸摸他柔软的头发，她的手触到他的身体，她内心的禁锢一下子就崩溃了。

"好，刘钢，不过我们得好好准备准备，这可不是一个普通的旅行。"她说，然后她说了一句对于一个孩子来说过于艰深的话，"俄罗斯是我的一个梦想。"

"我们可以去?"他仰起脸。

"我想我们有办法过境。"

他笑了。他们当然有办法去任何地方，他们是鸟啊！现在他知道了那一片辽阔的土地还有一个名字叫俄罗斯，不光叫"苏修"，也不光叫"老毛子"。后来，他还知道了那里不仅仅有赫鲁晓夫和勃列日涅夫这些"修正主义"者，还有——诗人，是他们使那片陌生的土地变得善良、美丽和动人。陈阿姨背诵着那些诗篇，眼里闪烁着感动和憧憬的泪水。他们就要到这样的俄罗斯去了。这真叫人兴奋。后来，他一遍一遍地问陈阿姨："我们准备好没有?"陈忆珠说："快了刘钢，我们快准备好了。"

所有旅途的终点最后都是13路汽车的尽头——这间亲爱的小屋。它永远在庄稼和菜田的后面，在杨树的绿荫中等待着他们。他们精疲力竭，风尘仆仆，小屋就是抚摸和安慰。然后就到了那个时刻，陈阿姨说："刘钢，我该去烧水了。"她站起来走进厨房，二十分钟后，刘钢就把自己埋进了白气袅袅的安全的大澡盆里。水流在他皮肤上温暖地滑动，他觉得自己像一缕漂亮的水草。真的，他觉得一切都很漂亮，他目光所及的一切……在对面，厨房里，从精神旅行的激情中平静下来的女人默默坐在炉边，听着隐约的水声和清亮的响动，觉得这是生活中充满温情和善意的时刻。

六、谁是我们的敌人

现在李淑终于要出场了。李淑已经在痛苦中等了这么久。这个女人其实是个好女人，最好的女人，正派和顾家是她们共同的标志。李淑是个会计。整天坐办公室使她本来就白皙的皮肤看上去更加光洁。她长得有些像朝鲜族人，可其实她不是。她是四个孩子的母亲，所以她的身体开始发胖，走形，她的腰不再是少女的纤腰，屁股也不再是少女紧凑的屁股，它们沉甸甸松弛地坠在她的身后，使她原本修长的腿看上去也短了一截。

岁月就是在这些多余的赘肉上沉淀下来，让人伤心。一个刚刚从会计学校毕业的姑娘，梳两条黑油油的大辫子，一眨眼就变成了眼前这副悲伤的模样。当然这是她丈夫老刘的看法。而她，李淑，眼前这样的时刻，她为这宽阔肥硕的身体骄傲。这是生育的纪念，这是最肥沃的能生能养的土地。你呢？你这只母鸡，你下过一个蛋吗？

李淑越来越经常地发出类似的质问。李淑这样的女人，对异类的气息生来敏感。她们从千千万万的人中一眼就能分辨出谁是女人中的异类。她们个个是火眼金睛。就算她们瞎了眼睛，鼻子一闻，也能闻出她们的气味。那是夏天闷热的青草的腥气、春天的麝、迷香和精液混杂的骚味，还有着腐烂的苹果发酵后的腻甜。那个刺目的无比明亮的中午，她老远就闻到了这不祥的气味。它覆盖、笼罩了她的儿子。从那天开始，它变得无所不在。在白天它是光，在夜晚它是黑暗。吃饭时它是吞咽的声响，睡着后它是儿子均匀的呼吸。她儿子就这样落进了妖精的手中，李淑悲伤地想。没人比她更知道真相：就是她儿子其实是从这个令人头晕目眩的险恶的中午真正走失。

有时她会看到儿子身体四周有一层雾状的东西，使他和正常的一切隔绝。她触摸不到他。她一摸他那雾状的东西就有了硬度，有了柔韧的弹性。她儿子就躲藏在这雾状的东西后面，就像一个王子躲藏在青蛙的身体中，躲藏在熊瞎子的身体中。那还是一件传说中的隐身衣，儿子穿上了它，立刻无影无踪。

洗澡这老办法也拯救不了他了。洗澡现在变成了一个灾难。她让他去澡堂，他就说："我不脏，我洗过了。""在哪儿？"李淑明知故问。"在陈阿姨那儿。"刘钢回答。李淑是多么听不得这句话！这话是一个咒语，一遍一遍在他们的房间里起落，最后落下来，在地上铺起厚厚的一层，踩上去就像落叶，软绵绵的，快把她的脚埋住了，快把她活埋了。他伸出手，手是干净的；撸起袖子，身上是干净的；看看耳朵后面，耳朵后面是干净的；闻闻头发，头发也是干净的。她儿子所有的器官和肢体洁白，光滑，明亮，没有一星半点污渍和灰尘。它们无可指摘，却携带了、暗藏了那个女人的邪气。那邪气在皮肤下面奔窜着，像无数条小蛇。李淑强压着怒火，说："你洗过了也是脏的。你一天到晚朝医院跑，身上到处都是病菌，你现在比过去要脏十倍，脏一百倍！"儿子愤怒了。对了，是愤怒。只要李淑话里的明枪或者暗箭触碰了那女人，儿子的反应就总是这么激烈。儿子愤怒地望着她，后来就变得悲伤。当然最后妥协的是儿子，儿子去了公共澡堂，但是糟糕的是，出来后那气味有增无减。于是她明白了一件事，那异味是洗不掉的。水不能溶解它，不能稀释它，反而灌溉了它似的越发鲜明蓬勃起来。那么它不是巫术又是什么？

李淑对丈夫说："老刘，别让你儿子一个人去那么远的地方了，多不安全。"老刘说："怕啥呀？他一个人连逃跑都敢，正经串个门倒不敢了吗？再说咱也管不住他的腿呀。"老刘是个大大咧咧的人，又忙，忙着搞大会战，负责着其中的一个什么项目，哪顾得了那么多？李淑不甘心，说："医院是啥好地方，也不怕传染上毛病？"老刘说："邪乎啥？又不是琉璃吹的，又不是林黛玉，哪那么娇气？他愿去叫他去，比离家出走强吧？陈大夫人多好，会开导人，你没看出来他这些日子变开朗了吗？"

天呀天！男人哪，真是笨。变开朗了！瞎了眼还有个窟窿呢！要不就是别有用心。李淑冷笑两声，说："是啊，一个大好人哪，我看想往那儿跑的不光是你儿子一个人吧？"老刘说："你瞎扯啥？你个老娘们咋净长歪心眼？"李淑说："现在你觉得我心眼歪了？早干啥去了？"老刘叹口气，说："李淑，我干了十六个小时的活，你让我睡会觉行不行？"

好吧，就让男人们去睡觉吧，哪怕在坟墓里睡呢！李淑又是一声冷笑。可我不能让别人骑在我脖子上拉屎，对不对？我不能让别人从我眼皮子底下抢走一个生龙活虎的儿子！她想起一出戏《穆桂英挂帅》，对了，现在就是该穆桂英出场的时候了。

如果是现在，这两个女人约会的地点可能会在一个茶屋或者安静的小饭馆，气氛幽雅，适于谈话。我们在电视剧中常常看到这样的场景。但那时不行，那时没有这样一个很布尔乔亚的地方。于是，李淑选择了公园。

深秋的公园里几乎没有游人。满地的落叶在李淑坚毅的挑衅的脚下发出粉身碎骨的呻吟。她们并排坐在湖边的绿色长椅上，那样子很怪诞。湖边的长椅通常是给谈情说爱的恋人们准备的，可她们在本质上却是敌人。李淑努力做出了亲密的样子。

"陈大夫，你可别怪我多事，我想给你介绍个对象。"

"大姐……"

"你可别推三推四，跟你说，白工程师可是个百里挑一的好人。前年死了老婆，一个人带着个孩子……"

"大姐！"陈忆珠打断了她，"我不想谈这事。"

"怎么不想谈这事？"李淑夸张地瞪大了眼睛，"这可是终身大事啊，你总不能一个人过一辈子不是？陈大夫，不是我说你，你也老大不小了，千挑万挑，男人还不就是那么一回事？早点成个家，早点生个自己的孩子，也省得——省得一天到晚看着别人的孩子眼馋。"

李淑终于把这句话说了出来，这句久蓄于心中的话。陈忆珠明白了。在秋风萧瑟的季节，陈忆珠明白了一件事。可她明白得太晚了。她默默地望着身旁的这个女人，这个孩子的母亲，不知道该说什么。现在她知道这次约会的性质了，原来是鸿门宴。她伤心地笑起来。

"大姐，"许久她说，"你放心，没人会夺走你的孩子。"

"陈大夫，你别误会……"

"我没误会。"她说，站了起来，"我走了，大姐。"

她在风地里走了很久。她一个人从城市的这头走到那头。秋风吹着她的脸，她的脸很冰冷。她不知道自己什么时候流出了眼泪。这让她很吃惊，她几乎不记得自己什么时候哭过。她的眼泪一向很金贵。她想，多可笑啊，怕我抢走她的儿子！可她笑不出来。她踩着满城落叶，听着它们在她脚下粉身碎骨地呻吟，她想起一句话：人心比夜黑。

后来她给老刘打了电话，让他转告刘钢，以后不要再来找她了，她有事要出远门。

接下来的这个星期天，她果然一早就出了门。她去看望城里的一个久违的老同学，在人家家里盘桓了整整一天。她们包饺子，喝青梅酒，玩得很是热闹。临分手时，她对老同学说："今天真快活。"然后她就一个人走在了清冷的街头。她听着自己的脚步声，她想，我真的快活吗？

在黑暗的走廊里，她几乎踢到了一个人身上。一个人蜷在她的小屋门口，无声无息，就像一条睡着的狗。她立刻就知道这是谁了。那熟悉的亲爱的气息袭击了她，他竟等了她整整一天！霎时间，她感到身体里有什么东西在无声引爆。可她坚持着，坚持着。终于她说："我不是告诉你我要出远门吗？"

"我不信。"他安静地回答。

"是真的。"

"可你还是回来了。"

"要是我不回来呢？"

"我等你。"他安静地，但是决绝地回答，"一直等。"

她叹息一声，眼泪忽然夺眶而出。她想，我怎么变得这么脆弱啊！可她没管它们，她任由它们流。她看他慢慢地站起来，小小的身体紧靠在了门板上。那是一个坚如磐石的姿势、扎根的姿势。她知道自己不行了。她摇着头，说："刘钢，刘钢，我该拿你怎么办？"

七、玫瑰园

可以想象李淑的愤怒。李淑的阻挠失败了。每个星期天，她的儿子仍然一如既往地朝那个该死的女人那里跑。现在那个女人该是多么得意啊！那个女人会说："是啊是啊，儿子是你的，这不假，可他归根到底是谁的呢？"

这双得意非凡的、嘲讽的胜利者的眼睛悬挂在李淑的生活中，就像咸鱼一样散发出无处不在的臭气。李淑和它对峙，李淑在心里说，别高兴得太早，谁笑到最后，谁才笑得最好，对不对贱货？

儿子在日益远去，她知道这个。就算他人在家里坐着，魂也不知道去了哪里。他早已不是一个正常的孩子了，正常的孩子谁会像他一样整天抱一本破地图册发呆？那里有什么玄机和秘密呢？正常的孩子扎堆，打架，疯跑野马，这才像一个孩子，而他呢，除了看地图，就是说一些没头没脑的话，云山雾罩。当然这些话他只跟妹妹红霞说，在这个家里，只有红霞能撬开他的嘴巴。六岁的小红霞扎牛角辫，像燕子一样穿梭在李淑和二哥之间，做了信使般的人物。红霞说："妈，二哥去桂林了。"李淑说："胡说八道！"红霞也不计较，一跳一跳跑去跳房子了。

再一天，红霞又跑来对她说："妈，二哥去乌鲁木齐了。"她伸手摸摸红霞的脑袋，不发烧呀，怎么满嘴跑火车说胡话？李淑说："嗨，我说咱家有一个中邪的就够了，你别再凑热闹好不好？"红霞说："不好。"一甩小辫，又一跳一跳跑走了，去踢鸡毛毽子。

终于到了这一天，红霞跑来对她说："妈，二哥要去——俄罗斯呢！"这次李淑吓一跳，李淑吓了一大跳："小祖宗，你疯了？"红霞说："没疯呀！谁疯了？二哥说的，陈阿姨要带二哥去俄罗斯看、看三套车呢！"

李淑的心突突跳，突突跳。好啊好啊，她想。她的心跳着跳着忽然撒开了欢。她的心舞蹈起来，跳起了踢踏舞。这是喝醉的赫鲁晓夫的舞蹈，一双大皮靴在克里姆林宫如镜子般光滑的地板上踢踢踏踏，多么欢快啊！李淑想，好啊好啊。她激动得脸色苍白，她说好啊，我知道地图的秘密了！我总算等到这一天了，我等到这一天了！

有一个这样的名词——向阳院，现在绝迹了，可在 20 世纪 70 年代，那是一个新生事物。

现在我们来到了向阳院。我们一下子闻到了那个时代的气息。那个时代的气息被完好地封存在这样一些历史名词中，就像陈封多年没有人再打开的香水。这将是这个故事结尾的地方，好比一个童话，往往要在最后出现美丽的花园或者玫瑰园，现在我的玫瑰园出现了，我们走进了一个向阳院。

向阳院是明亮的，没有黑暗的死角。每个人的生活都暴露在光天化日之下。它们透明，干净，清澈见底，秘密就是罪恶。

可是一个独身女人，一个三十岁还不结婚的独身女人，这本身就是一个大秘密，这本身就是一个大暧昧。向阳院怎么容忍得了这样的事情呢？向阳院有多少双雪亮的、正派的、容不得一粒沙子的眼睛盯着她呢！可她把自己隐藏得多么好啊，简直滴水不漏。她整天进进出出，高高兴兴，一脸的光明正大和清白。不过一个叫张桂香的女人想，只要你是狐狸，早晚你会露出尾巴。

张桂香就是我们这个向阳院的院长，家庭妇女，四十多岁，也是陈忆珠的邻居，在一幢筒子楼里住着，隔不了几个门。上级选张桂香做院长，真是伯乐识千里马。她心明眼亮，耳朵是狗的耳朵，鼻子是狗的鼻子，非常灵敏。瞧，她说什么来着，从那个男孩进出这幢筒子楼起，张桂香就兴奋起来。张桂香想，看吧看吧，狐狸尾巴就快露出来了！

其实最初一两次张桂香倒没怎么太在意。可是，渐渐地不对了，那男孩来得也太频繁了，太有规律了。只要是星期天，刮风也好，下雨也好，下雪也好，男孩总是准时地出现在他们这个黑黝黝堆满杂物的走廊上，男孩占领了这个独身女人所有的业余生活。男孩来了，他们就把自己关起来，一关就是半天。没人知道他们这半天时间里在做什么。有时可以听见里面叽叽呱呱的，忽高忽低，是女人在说话，说个没完。一个三十岁的女人和一个孩子哪有那么多的话说呢？张桂香不是没有设法进去过，张桂香进去过许多次，收水电费呀，收卫生费呀，或是进去借个什么东西，要不干脆不要借口，就是进去串个门，看到的总是差不多的一种情景：他们很亲密地坐在一起，并排坐在床沿上，或是面对面坐在桌旁讲着什么，非常兴奋。似乎没什么可怀疑的。不，不，让人起疑心的是那种亲密，那种——亲人般的亲密。对了，还有洗澡。那孩子有时甚至在这独身女人的房里洗澡！当然这种时候女人大多是在厨房里坐着，这才叫此地无银三百两呢。张桂香微笑起来，心想，这不是此地无银三百两是什么？

隔了好几间屋子、好几道房门，张桂香似乎仍然能听到那水声，哗哗的，掩盖着某个真相。噢，水声中，女人的手慢慢抚摸孩子的身体，孩子身上的每一处她都抚摸到了。非常亲密。她把他抱在怀里，让他——吸吮她的奶。事情一下子明朗起来，事情在这样一个画面中明朗起来，张桂香胜利地想，她想，原来她有一个私孩子！

她非常快乐，太快乐了！因为她破解了一个秘密。你呀你呀，她叫着女人的名字，狐狸再狡猾也斗不过好猎手啊！她想，现在她终于把这女人清白骄傲的假面给撕下来了。

第二天她在走廊里叫住了那女人。她说："陈大夫你听说没有？在13路汽车站牌下面，有人捡了一只人造革旅行包，打开一看，你猜里面是啥？""是啥呀？"陈忆珠天真地问。"私孩子！"张桂香气吞山河地回答。

"造孽。"陈忆珠说。

"谁说不是呢！"她嘿嘿笑起来。

可是天哪，事情还要更复杂、更下流、更无耻呢！那个冬天的黄昏，一个叫李淑的女人出现了。她先找到了医院革委会，又找到了向阳院。院长张桂香在自己的家里接待了这女人。起初她一点也没想到，这女人会给她带来什么样的震惊或者说是惊喜。她公事公办地说："坐吧坐吧，也没张办公桌，就坐炕上吧。"李淑就坐在张家的热炕头上。李淑说："那个天杀的该死的陈忆珠啊！"眼泪就下来了，她一把鼻涕一把眼泪地控诉着，诉说着。她听着听着，冷汗就下来了。那是激动的冷汗。"大妹子呀，"张桂香拍打着李淑的手背，"我还以为那是她的私孩子呢！没想到，没想到……""大姐呀，"李淑泪眼婆娑地望着她，"你这不是骂我吗？那可是我的亲儿子哟，十月怀胎生下来的儿子呀。我怀他的时候，吃什么吐什么，吐得脸都绿了，胆汁都吐出来了，五脏六腑都震碎了，一张嘴，震碎的五脏六腑就往外冲啊！那可真是惊天动地哟！生他的时候又是难产，侧切了一刀，缝了二十四针呢！""是啊是啊大妹子，这滋味咱们当妈的都知道。咱们可不能让自己亲生亲养的孩子落在这些坏女人的手里！居然还想拐带着人家的孩子潜逃，还想投敌叛国，跑到苏修那里去，过资产阶级腐朽的生活！她是嫌咱们这儿不自由啊，群众的眼睛是雪亮的啊，她干坏事哪有那么便当？大妹子，你是没看见哪，你也太大意呀，你不知道她在你儿子身上都干了什么呀！""大姐，那坏女人她对我儿子怎么啦？啊？她对我儿子干什么了？你说呀大姐！""大妹子，这我可真说不出口，你是不知道呀，太恶心了呀！你别着急，听我慢慢说……"这两个女人，李淑和张桂香，两个母亲，心心相印地促膝而坐。她们相互那么理解，那么同情，那么同仇敌忾！她们十月怀胎一朝分娩生下的孩子可不是为了让别人来掠夺和——糟蹋。对了，是糟蹋。这两个字冲口而出，一下子射中了一个母亲的心脏。现在张桂香想起洗澡的场景，想起那暧昧和私密的水声，一切都不同了。她想象他们在巨大的澡盆中湿漉漉地抚摸，拥抱。她抚摸男孩身上最娇嫩的地方，看它雄起……这太恶心了。她想。她在慢慢的生动的描述中紧握住那个悲痛欲绝的母亲的手，给她支持和力量。她们都是那种爱憎分明疾恶如仇的人民群众……

她们吹响了号角。

八、盛夏的激情

会场设在楼前那一片空地上，那里平时是孩子们游戏的地方。男孩在这里踢球，女孩在这里跳皮筋丢手绢。四周有树，杨树还有槐树。在夏天，绿荫总是遮蔽着这个孩子们的乐园。但现在是冬季，树枝光秃秃的，显得干净利落和坚硬。空地也是坚硬的，寒流把它们冻得像铁一样结实。

但是群众的激情是那么热烈和高涨。那是盛夏的激情。妇女们身体中贮满阳光和热力。这是多么可怕的罪行啊！投敌叛国还在其次，最让她们愤慨的是这不要脸的女人对一个孩子的——猥亵。她们早已从张桂香那里知道了一切。那故事，那所有的细节，她们听了已经不止一遍。现在她们义愤满腔地聚集在这里，她们用远远超过真实的愤慨来掩盖她们的兴奋和窥阴的邪念。她们叫喊成一片。她们让她坦白交代。她们喊着喊着目标就集中在了一个方向，她们眼前闪动着一个巨大的无耻的激动人心的画面。她们说："你摸过他没有，你动过他没有？啊？你让他摸你的奶没有，摸了没有？……"她们叫喊着。她们一点不害羞，兴奋万分。那是多么壮观的集体的手淫。女人咬紧牙关沉默不语。女人在这一片叫喊声中渐渐没有了知觉和表情。最初她曾仰望过天空，天是那种稀薄的明澈的灰蓝，很远。在这样高尚的天空下面，他们曾经有过多么愉快的旅行。但是他们霎时间就脏了。一个孤独的大人和孩子之间的友谊、温情霎时间就脏了，污秽了，沉入了深渊般的黑暗。她的沉默激怒了人群，她的不合作激怒了人群。她们无法从她嘴中证实这个邪恶和下流的故事，她们无法知道更多更有趣的细节。这让她们多么不满足不过瘾。最后她们忍无可忍，终于采取行动了。她们说，革命不是请客吃饭。她们说，你以为你不说我们就无法证实了吗？若要人不知，除非己莫为！看看她的奶，看看她还是不是一个姑娘的奶了？早让人揉搓熟了！早变成狗奶了！她们一哄而上冲上去撕扯着她的上衣。她们七手八脚扒下她的棉衣，扯下她的毛衣，撕开她的内衣。然后，一片耀眼的光明出现了。两只最美好最善意最羞涩最尊贵的乳房，鸽子一样扑棱棱腾空出世，鲜花一样丰肥地绽放。12 月的严寒中，女人裸露出了她洁白高尚的秘密。人群忽然静默下来，她们感到了太阳般的炫目。于是，寂静中，那非凡的耀眼的明亮天河一样划开了尘世与天国的界线。

而我们的孩子正在朝这边赶来。孩子冲破了他母亲的阻挠。那个星期天的早晨，不知为什么，母亲死活不许他出门，但他还是趁人不备设法跑出来了。他朝这里赶来，他就要来了。他已经走下 13 路公共汽车，他已经开始穿过冬天的田野。没有了庄稼的土地空旷荒凉，麻雀在那里跳蹦觅食，有一种和平生活的静谧和安详。孩子不知道那是他此生最后一个静谧和安详的时刻了。现在他走进了大门，看见了人群。他忽然不安起来。他愣了一愣，朝人群走去。最外面的人看到了他，一下子安静了，他们闪身给他让开了一条路。看到他的人都给他让路。他在这条漫长的路上走着走着，渐渐地，他闻到了血腥气。他发现自己走进了凶猛的食肉动物的包围之中。然后，一下子，他就看见了赤裸着上身的女人，看见了这个人间最黑暗最丑陋最卑贱同时又是最光明最美丽最高贵的一个画面。

当天夜里，女人服安眠药自杀。女人是内科医生，她知道哪种药效力最强大。她用葡萄酒灌下了那些白色的精灵样的小东西，它们在她体内旋转和飞翔，慢慢把她带向另一个世界。行前，女人洗了热水澡。女人在那只宽阔的枣木盆里浸泡了很久很久。那水是煮了干茉莉花、干菊花、干连翘花还有橘皮的水，温暖芳香。女人芳香地上路，洁白地上路。女人想，我可不能把人间的污秽带到我要去的地方。

人们清理她的遗物时发现了那封信。信是写给刘钢的。老刘把信交给了病中的儿子。儿子阅读那信时，老刘不敢看儿子的脸。信是这样写的：

小朋友：

这次，我一个人去旅行了。这次我去的地方是一个人能够到达的最远的地方。

你最终要一个人去东京城，要一个人去面对——爷爷的坟墓。这就是我们迟迟、迟迟没有去那里的原因。我们都明白这一点，对不对？亲爱的小朋友，你爱一个人，他就不会死。这也是我最后要说的话。

我们有过最快乐的日子、最快乐的旅行。现在，我的旅行结束了，我用最后的气力挽留了一件我认为很珍贵的东西——尊严的美丽。所以，我这样到达了我的终点。而你的行程还很远，这需要勇气和光明的心情。这两样都是你所拥有的。你一直拥有着它们。孩子，记住我的话，你要好好地好好地走下去，你身体和精神将要到达的每一个地方都会使一个老朋友无限欣喜……

九、和T城永别

刘钢又一次失踪了，这一次是在他病愈之后。细心的读者也许已经发现我更改了一个传说的结尾，尽管我喜欢那个并排悬挂的结局，可事实不是这样。事实是，那天早晨，李淑一起床就发现外屋刘钢的床是空的。那是早晨6点半，天才蒙蒙亮。外面下着雪，雪花漫天飞舞。李淑一下子慌了神。漫天大雪中，她的儿子不知去向。

从此，刘钢再也没有回家，T城从此再没有过这孩子的痕迹。这孩子来过，又走了。T城本来有过一个机会，可以使自己变得柔软，洁白，浪漫，有心肝一些。但这机会最终失去了。T城不知道珍惜，它失去了最后一个机会。在后来的岁月中，它飞速旋转，发出钢铁般冰冷和刺耳的尖叫。它尖叫着奔向高速公路，奔向下一个世纪。

关于刘钢，下落始终不明。有人说他在中苏边境偷越国境时被打死了，也有人说他最终变成了一个诗人。

1998年12月15日于太原

1999年元月12日修改

发表于《天涯》1999年第2期

转载于《小说选刊》1999年第6期

水仙眼

一

傍晚，那个姑娘又来了，仍然是独自一人，坐在了角落里那张桌子旁。陈昭默不作声走过去，端过去一杯柠檬水。

“你好，”陈昭说，“一杯焦糖玛奇朵?”

她笑了，说：“你怎么知道?”

陈昭有一点点恍惚和迷惑，她的笑容不知为何，给人一种飘忽的感觉，但这只是一刹那的事。店堂里很静，夕阳总给人一种山穷水尽的伤感，何况玛琳·黛德丽还在背景音乐里轻轻唱着：“最爱的莉莉·玛莲，最爱的莉莉·玛莲……”陈昭也笑了。

“你每次来都点这个。”她回答。

“你记性真好，”姑娘说，诚恳地赞美陈昭，“这么多客人，你居然能记住。”

陈昭微笑不语。通常这种时候，她知道客人期望一个什么样的回答，比如因为你很特别、你与众不同之类，可陈昭看得出眼前这个人不需要这样的奉承。她脸上有一种饱经沧桑却又漫不经心的天真，这很奇怪，陈昭最初就是因为这一点而记住了她。

这家叫作水仙眼的咖啡馆，无论地理位置还是装饰风格，在这条著名的酒吧街上都不算显眼。在学设计的陈昭眼中，它几乎是乏善可陈的，没什么风格可言，既没有鲜明或者说矫情的中国符号，也没有同样鲜明矫情的异国符号，只不过很奇怪地，它给人一种安静和温暖的感觉，就像某种宁静的香气。店堂里看不到任何和水仙有关的东西，眼睛倒是有一只，就悬挂在最醒目的墙上。乍一看像是一幅油画，仔细看才能看出那其实是一帧被处理过的照片。一只大大的柔美的眼睛半垂着，深邃，端庄，安详，有一种神秘而悠远的喜悦，不知是人眼还是神明的美目。半年前，陈昭就是被这双奇异的眼睛所吸引，才决定从将要移民加拿大的老板手里盘下了这家店面。也还是为了这双眼睛，她保留了这咖啡屋随意的、混搭的、貌似无为而治的风格。

水仙眼的回头客似乎都有一些自恋的倾向，所以他们才能和这只无处不在的凝视的眼睛和平共处。

就像陈昭。

三天前，那个女孩第一次来水仙眼的时候，陈昭就注意到了她。她在晚高峰到来之前走进尚显空寂的店堂，没来由地，陈昭就觉得心里一凛，也说不出是什么缘故。看上去这并不是一个艳光四射的美女，穿一件与时尚无关的白亚麻布无袖上衣，蓝色蜡染长裙，短发，一只耳朵上嵌着耳钉，另一只则戴着那种青花瓷镶银耳环。她进来径直走到角落里那个位置，陈昭端着柠檬水走过去的时候，她低头看着桌面，看得很专注。

这大概是水仙眼唯一与众不同的地方，它每一张粗拙的、铺着红白格子粗布的桌面上都压着一块玻璃板，玻璃板下面则是密密麻麻无数张留言条。那些留言条上写着奇奇怪怪的语言，或是一句歌词、一小段诗歌、一句电影对白，或是没头没脑的心事、突兀的不明就里的表白、没有对象的宣泄，等等。偶尔陈昭在打烊后收拾餐桌时，会留意一下那些字条的内容。

那一天，女孩直到店堂打烊时才起身离去，她一共点了三次饮品，三次都是同样的焦糖玛奇朵。也许是觉得点一杯咖啡坐这么久不好意思的缘故吧？陈昭想。可她喝这么多咖啡回去还怎么睡觉呢？收拾她坐过的餐桌时，陈昭留意了一下，果然，她在玻璃板下看见了压在最醒目处的一张留言条，笔迹像夏日的露珠一样新鲜，上面写着：门，你好吗？过得好吗？我来过了，想念你，特别想……

不知为什么，这朴素无华的表白，让陈昭对这素不相识的女孩起了一点怜惜。

一连三天都是这样。

显然，她在等那个门，或者说等一个奇迹。

她总是选择角落里那张桌子，大概也是因为这个，她总是在客人稀少的时分进门，一坐下来，第一眼先盯着桌面看，玻璃板下那张写给门的留言，那悠长缠绵的想念静静地在冷气充足的房间里，如同冻结了一般，凝结成了玻璃上一朵一朵忧伤的冰花，沉默地与她相望。

三天来，她始终是那一身衣裳，白亚麻布上衣，蓝色蜡染长裙。白亚麻布上衣起了褶皱，却仍旧是洁净的，没有一点汗渍或污渍。这在酷热肮脏的夏天的北京简直就是奇迹。陈昭不知道是这身服装对她和那个门有特殊的意义，还是她出门在外没带那么多行头？这一晚，当她喊服务员点第三杯咖啡的时候，陈昭端着一杯清香的菊花茶和一小碟新烤的曲奇走到了她面前。

“美女，”陈昭说，“尝尝我们的菊花茶好吗？很香的。我请客。咖啡喝太多了会睡不着觉……”然后她压低了声音：“其实你什么也不用再点，也可以坐到我们打烊的。”

她笑了。

这是一个阴雨天。雨从她进店来不久就下了起来，起初是夏天常见的雷阵雨，慢慢地竟下成了连绵的秋雨。雨使得店里生意清淡，整整一晚没有几个客人，此刻，准确地说，除了她和一对显然是被雨逼进来的小情侣之外，店堂里再没有别的客人了。

“不好意思，”她朝四周看了看，对陈昭说，“耽误你们下班了吧？”

“没有，”陈昭回答，“就算没有一个客人，我们也得坚持到打烊的时间——灯亮着，总会有人走进来。”

陈昭放下东西转身要离开的时候，女孩突然说话了：“我在等人，可是他没来。”

陈昭犹豫一下，回过头来，她知道，她撞上了一个故事。

“三天了，也许他不会来了。”陈昭想了想，这样回答。

女孩有些惊诧地笑了：“你说话好直爽！”

“那要看对谁。”陈昭诚实地回答，“妹妹，你不会怪我交浅言深吧？”

她们俩默默地对视了一会，姑娘大而清澈的眼睛里盛满了那种深刻的黑夜般浓郁的寂寞。

“能坐下来说会话吗?”她突然这样恳求陈昭。

夜雨敲打着玻璃窗，灯红酒绿的酒吧街似乎被绵绵的夜雨滋润出了一点点沉静，还有一点点朴素的真心。若有若无的音乐，仍旧是玛琳·黛德丽很老很老的歌声，又慵懒又凄迷。陈昭破例坐在了客人的对面，她很清楚地看到了对方细瘦的手腕上有一道醒目的疤痕，像一只粗大的蜈蚣浮雕。她注视着那道伤痕，没有顾忌应有的礼貌——不知为什么，陈昭觉得和她在一起，可以是没有顾忌的。

“很难看吧?”她索性把胳膊伸到了陈昭面前。

“是为了那个门?”陈昭抬起了眼睛。

突然传来了一阵笑声，原来是另一边那两个小情侣，他们叽叽咕咕笑起来，只听女孩一边笑一边用尖脆的声音说道:“你要是能给我买房，我立马就嫁给你!”

陈昭对面的她也无声地笑了。

二

那一天，老板带李生生和另一个女孩参加一个商务应酬，是一个重要的活动。所以，李生生特意穿了她最好的一件白色丝绸裙装和一双银蓝色皮凉鞋。为了搭这双鞋，她特意在一家很小资很波希米亚的专卖自制皮货小店里，选了一款同样颜色的小皮包。那天因为有雨，她好不容易才打车来到了酒店。意想不到的事发生了，那只漂亮的银蓝色小包因为淋了雨脱色，在她白色的丝绸连衣裙上洇出了一大片如水彩烟云般潦草夸张的痕迹，猛一看像一幅写意的画。

可以想象李生生的狼狈和沮丧，也可以想象老板大人的失望与不满。当然，这个有教养的先生并没有说什么太过分的话，他扫了一眼那个肇事的小包，又看了看另一个女孩——李生生的同事拎在手里的皮包，微微点点头，面无表情地说了一声:“这个包不错。”

女孩粲然一笑，回答说:“这是我男朋友送我的生日礼物。”

李生生差点没把自己的嘴唇咬破才没叫出声来。天，那是什么包啊!那是 Lady Dior（戴妃包）啊!蟒蛇皮，淡淡的粉色，什么样的男朋友才能送得起这样的生日礼物呢？李生生不知道。李生生只记得自己有一天到上海出差，偶然闲逛，走进了不知哪个大厦 Dior 的专卖店里。那是华灯初上的傍晚，店里几乎没有顾客，迷离的梦幻般的灯光打在展示柜上，她看到了那一款款的 Lady Dior：羊皮的、蟒蛇皮的、布料的，黑色、淡粉色、浅紫色、红色……一只只如同沉在灯光的水里，像神话中的水仙，魅惑而沉静。她静静地缠绵地望着它们，那一刻，她觉得它们似乎是有灵魂的。

只是，她听不懂它们在说什么。

但她决定要尊重它们，比如在读懂它们之后，再拥有它。

可是，在发生了那个皮包意外之后的周末，李生生和一个闺蜜约在了水仙眼喝茶。一见面，她忍不住讲了那件不愉快的事情，还特意模仿了老板说这个包不错的口气以及同事回答时的那份炫耀。然后她这样问闺蜜："你说我要不要写张字条压在这玻璃板下面，就写'谁送我一个 Lady Dior，我就做谁的女朋友'？"

闺蜜愣了一下，然后，她们一起哈哈大笑。

那一天，她点的是焦糖玛奇朵，就在那杯咖啡喝完的时候，一张字条突然出现在了她面前的桌子上，是一张普通的便笺纸，上面用碳素笔画了一只皮包的速写，李生生一眼就认出来，那是 Lady Dior。只不过是一只夸张的 Lady Dior，包面上那些绗线的圆形图案变成了一只只大大的挑逗的眼睛，寥寥几笔，却魅惑而生动。

皮包下面写了这样一行字迹："每一只眼睛都在喜悦地望着你。做我的女朋友吧！"

李生生惊讶地抬起头，旁边桌子上，一个英俊而阳光的帅哥正朝着她微笑。

现在，那一只只眼睛，那么多只眼睛，在夜雨声中，似乎正与陈昭冷冷对望：那是一种漆黑悠远的冷。陈昭觉得有些诡异。她抬起头，忽然注意到姑娘耳朵上那只青花瓷镶银大耳环，仔细看，中间仿佛也有一只眼睛。

"你的耳环上也有一只眼睛吗？"陈昭不禁这样问。

她笑了，说："你看出来了？"

陈昭也笑了，她想，假如看不出来，还有什么意义？

她轻轻地、爱抚似的用手摸了摸耳环，说，那是她和他一起从古旧市场淘来的古瓷片，然后他千挑万选，亲自挑选了图案，亲自设计，请人加工切割，做成了这只耳环。

那是她准备出国的前夕。他们这个外资公司派她去国外培训半年。半年的离别让他们难过和恐惧。他把这只耳环给她戴上，他说："李生生，不管你走到天涯还是海角，我每天可都在看着你。"

他说那是他的眼睛。

此刻，这个叫李生生的姑娘望着陈昭，笑了笑，说："姐姐，你听过太多这样的故事了，对吧？"

"对。"陈昭很肯定地点头。

"那你一定知道下面发生了什么。"

"对，"陈昭回答，"你回来，发现他的眼睛不再看你了……我猜他可能是一个凤凰男，他爱上了一个，怎么说呢，能让他成功的女人。"

"你好聪明啊！"她又一次真心地这样赞美，"你怎么会什么都知道？"

"我还知道，你干了傻事。"陈昭放轻了声音，直直地盯住了她手腕上醒目而丑陋的疤痕。

"是啊。"她叹息似的回答，"不过姐姐，我不后悔。"

感动就是在听到这样一个天真的回答时悄悄浮上了陈昭的心底。她终于忍不住伸出手去，轻轻抚摸着那伤痕，抚摸着人世间的残酷、冷峻、背叛以及生生不灭的痴情。夜雨突然之间又下大了，雨声盖过了若有若无的忧伤的音乐，那是一种更大更辽阔的忧伤，笼罩住了整个没有心的城市。

"你不是北京人吧？"陈昭小声问道。

"对，我是北漂。"她回答，"他也是。"

"今天，不，这三天是特别的日子吗？"

"算是吧。"她像个孩子似的舔了下嘴唇，这样回答，"看来他忘了。"她又朝陈昭笑了一笑："姐姐，我也该走了，我还要赶路。"

陈昭点点头。

她迟疑了一下："姐姐，我能拜托你件事吗？"她侧过脸，伸手摘下了那只青花镶银耳环，把它托在了掌心里。她的掌心苍白，细致，有种不真实的脆弱："假如，也许有一天，他，我是说门，他再来这里喝咖啡，你见着了他，就把这只耳环交给他。他说过，这耳环的名字叫青花的注视，他说那是他的眼睛。你对他说，就说我戴着他的眼睛，太难过了……”她仍然笑着，声音却哽咽了：“我知道我太冒昧，可我实在无人可托。我不会再来了，姐姐，你说了，咱们交浅言深，那就拜托你！万一，万一他永远不再来这里，那那就当作我们俩认识一场的纪念，或者就干脆把它扔了……”

“我不会扔，放心，我想我总会碰到他的，不管多久。山和山不会相逢，人和人总会见面，对不对？”陈昭温柔地回答，她觉得眼睛有些湿了。

她使劲点点头，说：“谢谢你，姐姐。我总算没有白来一趟。你还不知道我的名字吧？我叫李生生。”突如其来地，她哭了。

三

12月，临近圣诞节，有一天下午，一对夫妻模样的男女来到了水仙眼。他们拎着大包小包的购物袋，都是一些如雷贯耳的大品牌的商标——显然是在附近的专卖店里购物后来这里歇脚的。起初，陈昭并没有特别注意到他们，那一天客人很多，店堂里很拥挤，人来人往。那个男人用信用卡结账，他在打印的凭条上流利地签下了自己的名字，那名字很特别：门庭芳。

收款的恰好是陈昭。

陈昭抬起眼睛，不动声色地看了他一眼。“这个姓挺少见。”她说。

“是，”男人礼貌地回答，“这是个小姓。”

“还好，要是个大姓可就麻烦了。我有东西要给你。”陈昭说。

男人十分惊诧：“你认识我？”

陈昭摇摇头：“不，我不认识你，是李生生，她要我转交你一样东西。”

“谁？你说谁？”男人大惊失色。

“李生生。”

他迅速朝身后的女人那边看了一眼，陈昭闭了下眼睛，她想，亲爱的上帝，我终于找到那个门了。

他回过头来，神色紧张，压低了声音说道：“你，你什么意思？”

陈昭笑了：“我知道你现在不方便说话，等你方便的时候来找我吧。”

这天晚上，纷纷扬扬地下起了雪。快打烊时，他冒雪来了。这个门夹带着风雪和寒气，走进了水仙眼。他身高足有一米八，小麦色的皮肤，两只马来人似的深眼睛，马尾辫，皮夹克，不用说也知道他是一个艺术青年。只是他的神情仓皇而落寞，这让他看上去有一点萎缩。

“我知道你今天会来。”陈昭说。

“你是谁?”他疾速打断了她的话，“你什么时候见到的生生?”

她朝他伸出手，手掌上是那只眼睛，青花瓷耳环。

他惊得后退一步：“它?它怎么会在这儿，怎么会在你手里?”

“李生生亲手交给我的。”陈昭回答。

“不可能!”他叫起来，“不可能!这不可能!她，她入殓时戴着它走的，我亲眼看着她被火化的……”

他对面的女人陈昭一点也不惊讶。

“我知道。”她说。

“你知道?”他倒吸一口气。

“你先坐下吧。”陈昭说。

她让他坐下，然后她给他端来了一杯咖啡，焦糖玛奇朵。他盯着那咖啡望了许久。

“我好久没碰过焦糖玛奇朵了。自从生生死后，我就没有再喝过它。”他俯下身去，深深地闻了闻那咖啡的气味，声音突然有些喑哑。

“她来过了?”他突然抬起了头。

“对。”陈昭回答。

“什么时候?”

“夏天，7月份的时候。”

“那是她的祭日。7月16日。今年是她的三周年。”他这么说，“三年前，她割腕自杀……”

“你原来还记得呀!”陈昭回答道，“一连三天，她都在这里等你……可你没来。”

他突然埋下头去，用两只大巴掌捂住了脸，渐渐地，从指缝中渗出了泪水。雪天的深夜，就要打烊的咖啡屋中温暖而静谧。一个女人的声音若有若无地在唱着一支关于红雪莲和死亡的歌，“有一天你上了天山再也没有回家来，在冰雪过后我找到了你那冻僵的身怀。你的怀中放着为我病中所采下的红雪莲，我知道了这是你对我最后的表白……”

陈昭突然涌上来深深的感伤，为生生，为自己，为眼前这个门，为所有被生活摧残着的年轻和不年轻的生命。她突然不想再说什么，也不想再知道什么。她轻轻拍了拍他的肩膀，说："别这样。"

他抬起了头，满面泪痕，望着她："活着真难。"

是，她想。可是没有办法。太宰治说：生而为人，对不起。可是，对不起谁呢？

在这个雪天的深夜，她把那只来自另一个世界的青花的眼睛交还给了这个世界的故人。她能做的也就只是这一点点。

他最后这样问陈昭："那时候，她拜托你的时候，你猜出生生的来历了吗？"

陈昭点点头。

"你怎么知道的？"

"因为，"陈昭轻轻回答，"一连几天，我都在我的收款箱里发现了几张纸钱——她在用冥币付账。"泪水突然之间溢满了她悲伤的眼睛。

漫天大雪之中，北京变得洁白。

2013 年 3 月 28 日于北京

发表于《长江文艺》2016 年第 12 期

行走的年代

情不知所起，一往而深，生者可以死，死可以生。

——汤显祖

第一章　行走的年代

一、陈香和诗人

有一天，一个叫莽河的诗人游历到了某个内陆小城，他认识了一个叫陈香的姑娘。陈香是一个文艺青年，在小城的大学里读书，读的是中文系，崇拜一切和文学有关的事物。莽河不是一个声名震天的名家，不是北岛、江河，也不是后来的海子、西川，只能算是小有诗名。不过这就够了，在那样一个浪漫的年代，一个小有名气的诗人的到来就是小城的大事了。

20 世纪 80 年代是一个游历的年代，诗人们的足迹遍布大江南北、长城内外。在某个黄尘滚滚的乡村土路上，在某个破烂拥挤污浊不堪的长途客车上，在一列逢站必停的最慢的慢车车厢里，都有可能出现一个年轻的充满激情的诗人。他们风尘仆仆，眼睛如孩子般明亮。那些遥远纯净的边地，人迹罕至的角落，像诺日朗，像德令哈，像哈尔盖，随着他们的足迹和诗，一个一个地走进了喧嚷的尘世和人间。

陈香读大四，面临着即将到来的毕业考试和分配，可她还是参加了文学社的活动。那天，他们在汾河边聚会，和诗人座谈。诗人一下子就把陈香震住了。诗人说："我生在黄土高原，我要让黄土高原发出自己的声音。"那时，陈香没有看过《索菲的抉择》，不知道那是一种改头换面的模仿。

然后，他热血沸腾地为他们朗诵了他最新发表的长诗——《高原》中的一节：

也许，我是天地的弃儿
也许，黄河是我的父亲
也许，我母亲分娩时流出的血是黄的
它们流淌至今，这就是高原上所有河流的起源
……

太像一个诗人了，年轻的陈香激动地想。他披着长长的油黑的头发，脸色苍白，有一种晦暗的神经质的美，眉头总是悲天悯人地紧锁着。他们有了一夜情，就在他借住的朋友的小屋里。一群人喝了太多的酒，酒使诗人情不自已。那是陈香的第一次。她怀了献身的热忱，抖得像发疟疾。他很温柔。他温柔地怜悯地把这洁白无瑕的羔羊紧紧抱在自己怀里，说道："我的温暖，我的灵感啊……"

陈香落泪了。

两天后，他离开了这城市，从此杳无踪迹。他汲取了这城市的精华：爱、温暖、永逝不返的少女的圣洁和一颗心。他带着这新鲜的一切重新上路，再没有回头。这城市是他生命长旅中的一个驿站，他在这驿站中留下了一个故事，他却永远不会知道。

陈香在他离开后的那些日子里，常常一个人去看河。她就是从那时起爱上了河流。她站在坝堰上眺望汾河，河水只有浑黄的一条，但河床是宽阔的。防风林带在她视线可及的远处，绿得又端庄又单调。蓝天、白云、黄水，偶尔飞过的水鸟，她小小的秘密就藏匿在这地久天长的永不会开口的天水之间。眼泪会忽然涌上她的眼睛，又疼又甜蜜。她以为这一切将是天长地久的，那时她不知道，有一天，这永恒的河边景色会成为最幻灭、最伤痛的青春记忆。

两个多月后，陈香毕业留校了，她以闪电的速度结婚，嫁给了一个和她

一起毕业留校的学长。学长比她大八岁，有过婚史，几年前离异。七个月后，儿子出生了，陈香的儿子健康，结实，漂亮，哭声又响亮又理直气壮，一点没有早产儿的孱弱：没人会相信这是一个严重不足月的婴儿。陈香把他抱在怀中，来探望的人们尽管心存疑惑，嘴里却说：“噢哟，小家伙好命大，真壮实！”要不就打圆场：“老话说得好，七活八不活嘛！”

陈香骄傲地坦然地笑着，亲着儿子的小脸、小鼻子、小眼，亲着他娇嫩的、小得不可思议的十个小手指头。多奇妙啊，她感动地想，现在你再也不能和我分开了，你就是人在天涯，也不能和我分离。她柔情似水的亲吻大概使儿子感到了不耐烦，他突然一蹙眉头，晃着小脑袋，那神情几乎就是某一瞬间的重现！她呆了一呆，忽然仰脸哈哈大笑，笑着笑着却泪如雨下。

丈夫走过来抱住了她。丈夫说道：“可怜的陈香……”

二、雕花拱窗

起初，人人都羡慕莽河的好运气，能够分配到那样一个堂皇的学术机关中去。莽河自己也是高兴的。

堂皇的学术机关却设在一个陈旧的小楼里。那陈旧的程度令人惊诧。没人说得清它是一个什么样的建筑，灰砖，光秃秃、粗鄙、丑陋的三层小楼，却又有着镶嵌了雕花石刻、拱形的、细长而精致的窗户，这使它的来历顿时变得可疑，就像一个身份复杂的女人。走廊幽暗，狭长，永远弥漫着厕所的臭味。终年走在这样的走廊里，感到生活就像一块湿漉漉的旧抹布，暧昧，不洁。

雕花的拱形窗户细长到不合比例，严重影响了室内的采光。冬天，一到下午 4 点钟就需要开灯照明。但这仍然是整座建筑中唯一让莽河喜欢的东西。他常常爱怜地温柔地望着它，心里想，是什么缘故让它沦落到这里来的呢？这垃圾山中的百合。比想象中枯燥百倍的、日复一日没有尽头的办公室生涯，因为这样的追问和联想，变得似乎可以忍受。

并没有发生什么特别的惊天动地的大事，他经历的是那个年代所有那些刚刚走出校门步入社会的年轻人都要经历的东西：学习融入。上班第一天，他来得很早，坐在拥挤的角落里他的办公桌前，却不知道应该拎着暖水瓶去锅炉房打回开水。那天，去打开水的人居然是多年来没有参与过办公室杂事的科长，科长拎着饱满的暖瓶走到他桌前，问他："喝水吗?"他居然一边把茶杯递上去一边心无城府地回答说："谢谢。"那一刻，一办公室的人都饶有兴味地旁观了这猫对老鼠的戏弄。

就这样，他在第一时间向大家展示了他的第一个缺点：没有眼力见，还有傲慢。

漫长的八小时办公时间，一屋子人看报纸，喝茶，聊天，或是借机溜出去到附近的菜市场拎一网兜蔬菜回来。办公室生涯就像沿着轨迹运行的列车一样周而复始，那一种平凡的单调是他不能忍受的。他常常一个人躲进资料室里看书，写一些诗行。那是一间设在地下室里的暗无天日的大房间，书架壁立，灯光昏暗，散发着故纸堆发霉的气味。那一段时间，他觉得自己写在纸上的每一个字都有一种可疑的苍白，贫血，像一种他不喜欢的孱弱的菌类。这让他心情晦暗，沮丧万分。就在这时主任找他谈话了，主任语重心长地说："年轻人，我们这里不是作协，要记住，写诗不是我们的正业。"

主任是一个令人尊敬的学者，视学者的荣誉如同生命，他的话有着不容置疑的正确。后来在许多场合，这个学者都给别人讲过那个著名的故事。抗战时期，那个刘什么教授，庄子专家，在日寇飞机横空肆虐的时刻，质问跑向防空洞躲轰炸的沈从文："你跑那么快干什么？我为庄子跑，你为谁跑?"此刻，主任苦口婆心地想把这个文艺青年拉回正途。他从主任办公室走出来，回到自己的办公桌前，抬眼望着细长的优雅的拱窗，忽然一个声音在他心里响起来，是一个神秘的祈祷般的声音，一下一下撞击着他，他整个身体像钟一样发出嗡嗡的震颤与共鸣，那声音说："走吧，走吧，走吧……"顿时，他眼睛潮湿了，他觉得是命运在和他说话。

那是一个节日的前夕，楼下院子里在分葡萄和带鱼，热闹，喧哗，喜气洋洋。人人拎着带鱼和葡萄回到办公室，一边议论着各自手中带鱼的宽窄、葡萄的大小。忽然有人在下面吵起来："凭啥给我这么一堆破烂？这是叫人吃还是叫猫吃？……"是一个变了腔调的尖厉的女声。恐惧就是在这时一下子攫住了他，他想，我不要这样的日子和人生。

然而，不要不是一件容易的事。它折磨着他。他不能跟任何人吐露自己不要的决心，尤其是亲人们。只要他略露一下口风，他们就骂他发疯和作孽。不要这么好的前程，他要什么呢？他一天一天拖延着，犹豫着，挣扎着，就像一个被拷问的哈姆雷特。日子飞逝而过，一晃竟是数年。直到有一天，他去上班，听人说，他们的旧楼房要重新装修了，拱窗要被砸掉，扩宽，换上那种新式的塑钢窗。他一愣，然后笑了。

当天，他做出了一个地动山摇的举动：递上了一份辞职申请。

在一个安静的晚上，他一个人来办公室收拾自己的东西。日光灯管嗡嗡地轻响着，是静的声音，不知为何让他想起正午时分阳光照耀下空无一人的公路。他默默打量着这间横七竖八挤了四张办公桌的拥挤杂乱的斗室，心里柔软下来。一瞬间，他想，也许不是没有和解的可能，和凡俗的生活、琐碎的日子和解，也许这里有一些秘密是他不知道的，卑微却依然珍贵的秘密……他用手抚摸就要消失的拱窗，最后的拱窗，月亮悬挂在窗外，是一轮雾蒙蒙风尘中的圆月。“再见了，朋友！”他轻轻说，是对拱窗，或者也是对这里的一切。

走吧，走吧，到天国去吧。

地上一定有一处教堂，在唱着这样的颂歌。

三、陕北，你这大胆的女子

现在，陕北该出场了。这是莽河的故事开始的地方。

其实陕北并不是他的目的地，他甚至说不清为什么第一站要到这个叫米脂的地方。他本来是要到更远的地方去的，比如草原，比如天山，但结果是，太阳快要落山时，他一个人站在了陕北米脂的街头。米脂很安静，很空旷，黄昏的忧伤和小城的寂寥一下子就穿透了他的身体。

他想起了那句人人都知道的民谚：米脂的婆姨绥德的汉。他还想起了一句不那么为人知的诗，是黄河对岸一个叫吕新的人写的：陕北，你这大胆的女子，还没有结婚，就生下了米脂……他微笑了，他想，多情的地方啊！

他沿着空旷的大路走，看着太阳在前面一点一点坠入旱塬。太阳沉没的那一瞬间，他找到了一家小客栈，是那种窑洞式的屋子，青砖盖脸，深而长，却没有炕，里面前前后后支了四张铺板，房钱很便宜，被褥也干爽。他选了最角落里的一张，放下了背包。老板笑着对他说道：“对着哩，在家靠娘，出门靠墙。”又说道：“没别人，想咋睡都行。”

他也笑了，说：“行，我前半宿睡这张，后半宿睡那张，换着睡。”

“就你一人睡?”老板笑着问，“不恓惶?”

他怔了一怔，听懂了那弦外之音：“那可不，出门时我媳妇交代了，路边的野花你不要采。”

那不是他媳妇，那是邓丽君，他想。

旅馆不卖饭，他洗了把脸就出去寻找吃晚饭的地方。太阳落山了，街上几乎没有行人，但是空气中弥漫着饭香，这使寂寥的小城有了人间的气息。他走进了临街的一家小饭铺，里面支着三四张木桌，扑面一股奇异的酒香，有客人在喝酒。他想起听人说过，米脂这地方出好米酒。

他在临窗的桌前坐下。米酒的浓香和这昏暗的小店不知为何，让他想起《水浒传》里好汉饮酒的那些酒家。他几乎想高声大喊：“筛酒来——”显然，这是家私营小店，他刚落座，老板娘就笑吟吟麻利地站在了他面前，问道：“客人吃啥?”

是一个矮矮胖胖的女人，很壮实，没有出众的姿色，但眉眼干净，皮肤白皙，有着家常的温暖和好看，米脂的婆姨。他笑了，说道：“你有啥?”

她指了指身后的墙。

墙上挂着一块小黑板，菜谱就一五一十写在黑板上。

“我这里的驴板肠，米脂人都说好。”她补充了一句，“老汤卤煮，家传秘方。”

驴板肠是米脂的名小吃，似乎也听人说起过。还听人说过这样的话：“天上龙肉，地下驴肉。”在北方，很多人喜欢吃这一口。既然米脂人都说好，看来是来对了地方。他望着老板娘温暖干净的脸，愿意相信她的话是真的。

“好，切盘驴板肠，筛半斤米酒。”

酒菜上来了。酒果然是本地自酿的米酒，醇香清洌，盛在一只粗陶大碗中。他端起碗来就是一大口，呛得他咳嗽。驴板肠也是香脆的，卤出了绵长的滋味。他想，不错，这是一个美好的夜晚。他大口大口喝酒吃肉，一个声音忽然在耳边响起来：“外乡人，这米酒可是有后劲的。”

他一抬眼，桌前立着一个人，女人，一个姑娘。牛仔夹克，马尾辫，鲜艳的嘴唇在昏暗的灯光下有如暗夜中幽香浮动的花朵。他望着她笑了。原来，他在这样的一个黄昏走进这样的一家小店，不是没有缘故的。

“你也是外乡人吧?刚才你是不是一个人坐在角落里?我邀请你共进晚

餐，可以吗?”他借着酒劲盖脸，这样说。

她刚要开口说话，他打断了她：“别说你已经吃过了——吃过了就坐下来，一块喝两盅米酒，这总行吧？看在我们都是外乡人的分上。”

她笑了，是那种非常安静的笑容，知识女性身上很难看到的那种天然的宿命的安静。她坐下了，说道：“好吧，不过我没酒量。老板娘，给取个酒盅。”

酒盅取来了，斟满了，她端起来，对他说道：“纠正你一下，我不是外乡人，米脂是我老家。”

他上上下下打量了她一番，点点头：“明白了，你是来寻根的。”

她又安静地一笑：“算是吧。”

“中文系大学生?”

“不，社会学系的，”她回答，“黄河对岸，南边师大的，听过你的讲座，莽河老师。”

“你认识我?”他差点被一口酒呛住，惊讶地瞪大了眼睛。

她没有马上回答，湿润而狡黠地笑着，忽然开口念道：“也许，我是天地的弃儿，也许，黄河是我的父亲，也许，我母亲分娩时流出的血是黄的，它们流淌至今，这就是高原上所有河流的起源……这是你的名片，莽河老师。”

“哦——”莽河太得意了，“你可别对我说，天下无人不识君!”

“那是李白，不是您。”她笑着回答。

他突然哈哈大笑。是啊是啊，那是一千多年前的李白，不是他。不过已经够了，一个跨过黄河来寻根的米脂姑娘，在这地老天荒的小城，在黄土高原浑厚的腹地，认出了一个漫游的落拓诗人，他的诗是他们相互辨认的暗语。这样的奇遇只能发生在那个浪漫的年代、天真的年代。

他收敛了笑容，郑重地起身，朝她伸出了右手：“请允许我介绍我自己，莽河，写诗的无业游民，这是我最新的身份……”

她握住了他的手，说道：“叶柔。”

世界忽然沉入博大无边的宁静之中。

叶柔住在县招待所。

叶柔是一个研究生，为了自己的论文在做一项田野调查，那是一个有关迁徙的题目——历史上的走西口。出发前，她特意绕道陕北，回到了自己从未回过的老家。不用说，这个文艺青年是受了方兴未艾的寻根文学的诱惑：米脂，历史上的银州，这从未谋面的家乡，突然之间向她呈现出了审美上的意义。

他送叶柔回住地。米脂城睡了，昏黄的几盏路灯穿不透整座小城和千山万壑间的漆黑。月亮是一牙细细的眉月，而星星则亮得像是要从天上滴落下来，几乎能听到那滴落的声音。路很短，不足二百米，叶柔说："谢谢你送我，还有你的酒。"他说："不用谢……"他看着她的身影被漆黑的院子吞没，心里一阵惆怅。

那一夜，他失眠了。

他想，原来神差鬼使莫名其妙让他来到陕北，是为了让他遇到一个好姑娘。

第二天一早，叶柔就跑来邀他去县招待所吃早饭。她为他买好了饭票。叶柔站在小客栈的院子里，清新得像一株带着露水的仙草。叶柔说："请你喝小米粥。米脂的小米可是闻名天下的。"莽河笑了，说："好。"

那一顿早饭是莽河此生吃过的最难忘的美味。小米糕、小米粥、简朴得点了一点香油的咸菜，粮食珍贵朴素的香味，被土地孕育滋养出的醇厚和芬芳，还有太阳的暖香，使他在吞咽时第一次像个耕作者一样感受到了大地的仁慈。粥面上凝结着一层厚厚的油脂，据说那就是米脂的由来。多好，他想，这名字里有恩情。

饭后，叶柔说："你愿不愿意和我去个地方？"

他太愿意了，眉开眼笑，不过嘴里却这样说："我就知道这世界上没有白吃的午餐。"

出银州镇，沿无定河向南，在银州镇和十里铺之间，有个叫叶家圪捞的村庄。那是个只有几十户人家的小山村，家家都住窑洞，村外是层层梯田。春耕的时节阳光灿烂，村庄显得格外安静。

从前，村西头土崖下有座小小的庄户院。三眼一炷香土窑，一明两暗，那就是叶柔父亲出生的老窑。父亲十几岁离家，参加了八路军，十多年后进城，回来接走了叶柔的奶奶，从此再也没有返乡。起初，那窑洞还有个孤寡的亲戚住着，照看着，后来那亲戚过世了，庄户院就一天一天荒芜下来，长满没膝深的杂草，成了蛇鼠的天堂。但是土窑还在，没了门和窗，裂着大缝，缝里摇曳着去年的枯草，但是仍旧坚持地站在那里。窑顶崖头上，一棵枣树在4月的春风中刚刚苏醒，爆出米粒大的小芽。当这两个“寻根”的年轻人步行八里路赶到叶家圪塄时，看到的就是这样一幅情景。

太阳真好。

陕北的天空瓦蓝瓦蓝，那是他们从没见过的纯粹而高远的蓝天，辽阔无边的善良、静谧、安详、尊严，这样的天空是对最卑微、艰辛的生存的一种补偿吧？莽河望着蓝天下摇摇欲坠的土窑这样想。

叶柔久久默不作声。

她抬起了脸，眼睛里有泪光，她仰脸向着万里无云的天空突然叫了一声：“奶，我回到你说的老家了……”

唰啦啦啦啦，从塬上吹过一阵风，满院的荒草一阵乱响。

陪他们来的是一门远亲，出了五服的一个哥哥，成锁哥。说是哥，年纪却比叶柔大许多，是五十几岁的人了，还记得叶柔的奶奶，叫她六奶。

“六奶埋在啥地方？”成锁哥问叶柔。

叶柔摇摇头。奶奶的骨灰至今存放在殡仪馆骨灰堂里，存放在她最终也没有视为家乡的那座客居之城，还没有入土。

“入土为安哪！”成锁哥说。

他们在成锁哥的带领下离开了荒窑，朝村里走去。刚刚走出十几米远，只听身后轰隆一声巨响，他们吃惊地猛回头，只见鸟雀狂飞，烟尘冲天而起，荒窑坍塌了。叶柔惊讶地望着轰然倒塌的祖居——原来这么多年它一直支撑着，坚挺着，等待着，坚挺着等着她的到来，等着和一个亲人、一个血亲最后告别。

她泪流满面，朝着坍塌的荒窑，打断骨头连着筋的老家，扑通一声跪倒在地。

四、窑洞之夜

那天他们就留在了叶家圪塄。

太阳落山前，他和她就一直坐在一面土崖上，俯瞰着她的村庄。鲜黄的塬，鲜黄的土崖，瓦蓝的天，世界纯净到就只有这两种颜色，世界之初的颜色。他们安静地坐着，听那些自然的声音，风声、虫声、鸟鸣、草叶的细语、牛哞和远近的狗吠，他觉得心很静。

叶柔的声音也是静的："你老家在哪儿，莽河老师?"

"叫我名字，"他回答，"我不习惯人家叫我老师。"

"你老家在哪儿，莽河?"

"我出生的城市就是我的老家，"他回答，"我父亲、爷爷，三代人都出生在那儿。我老爷爷、爷爷都是商人，到了我父亲，新中国成立了，公私合营了，就成了商业局下属公司的一名职工。"他笑起来："有时候我想，我怎么可能成为一个诗人呢？我从头到脚流的都是商人的血。"

"你已经是诗人了。"叶柔说。

"可我怀疑自己，我是不是真有一个诗人的灵魂？会写几行诗未必就是一个真诗人。"他凝望着鲜黄的塬、安静的小村落，缓缓说道，"也许就是因为我怀疑，所以我才要迫不及待地去证明什么，我才要逃跑，从平庸的日常生活中出逃，那是因为我害怕真相——是不是这样?"

"从平庸的日常生活中出逃，那是诗人的本质。"叶柔这样回答。

"你给了我一个好理由。"他笑了，"你是个善良的好女孩，可是你知道吗叶柔？这代价也太大了，我把我爸都气病了，高血压，住了医院……我爸说，我要是不回去上班，他就和我断绝父子关系，不认我这个儿子了。"

"真的?"

"他出院那天，我给他磕了一个头，就这么走了……其实我心里挺不是滋味的。"

叶柔不知道该怎样安慰他，她为他难过。

"你后悔吗?"她犹豫地问他。

"至少现在，此刻我不后悔。"他叹息似的望着远山近郭，"它们多美！"他由衷地说。

太阳就要落山了，此刻天空出现了晚霞，晚霞把鲜黄的土崖涂染成血红。壮阔无边的寂静、瑰丽的寂静笼罩了小山村，笼罩了千沟万壑。一缕缕炊烟像灵魂一样袅袅升腾。这一刻，莽河觉得自己看见了神。

成锁哥打发孩子来喊他们去吃晚饭。

成锁家五眼窑，最西边那一眼平时不住人，堆些农具、杂物做仓房，今夜主人临时收拾了出来，笼起火炕驱赶潮气，做了莽河的客房。叶柔则住在了成锁哥女子们的窑里。

晚饭，成锁嫂熬了一大锅钱钱饭，炸了黄米糕，杀了鸡，摊了鸡蛋，去供销社打来了米酒。他们左一盅右一盅，边喝边听成锁哥给他们讲些家族里的陈年旧事。

成锁哥喝高了，用筷子指着莽河对叶柔说道："柔啊，你这个对象人不赖，喝酒一点不偷奸耍滑。"

叶柔脸红了，说道："哥，你喝醉了，人家不是我对象。"

成锁嘿嘿笑出了声："你就日哄我吧，不是你对象，和你跑到咱这山沟里做啥?"

叶柔急了，说："哥，你别瞎说，人家是我老师……"

莽河举起酒盅打断了她的话，莽河说："成锁哥，你这妹子眼太高，人家看不上我。"

成锁哥左看看右看看，打着酒嗝，用筷头点着叶柔的脑门说道："柔啊，我看你是挑花眼了。听哥一句劝，人无千日好，花无百日红，不敢自己耽误自己……"

话音未落，窑顶吊着的十五瓦烛光灯泡忽地灭了。黑暗一下子灌进了窑洞，就像在为成锁哥的话做着注脚。停电了，叶柔想。停电了，莽河也这样想。却原来不是，只听成锁哥笃定地说："9 点了。"原来一到 9 点，这里的电厂就拉电闸。隔间灶洞里的火光忽然变得前所未有的珍贵，像点亮人类文明的那一堆火。成锁嫂去点灯了，他们就在伸手不见五指的黑暗中坐着。叶柔的手忽然被一只手悄悄握住了，那手很大，却很柔软，是一只孤独渴望的手。叶柔的手没有挣扎，叶柔的手宽容地、温柔地、像传说中的解语花一样默默说道："你这个迷途的小弟弟……"

煤油灯点亮了，莽河依依不舍地放开了叶柔的手。他探身执壶，给自己和成锁哥都重新斟满了，说道："哥，喝酒，这米酒可真香啊！"

酒阑人散时，叶家圪塄早已是漆黑一片。村庄睡沉了，片刻工夫，待客的主人也睡了，熄了灯。莽河静静地躺在炕上，朦胧的月光把糊在窗棂上的麻纸映得很亮。他了无睡意，米酒、一天的奔劳都不能使他入睡。大概是这世界太静太纯粹了，而他是个有杂念的人。他披衣下炕，开门走出了窑。

月光淡淡地涂染了窑院。不是十五十六的大月亮，没有那种如水的坦白和清澈，却更柔和，更具善意和禁忌。山风一吹，他有些头晕，酒劲上来了。他靠着磨盘坐下，背风点燃一支香烟。红红一点烟头像萤火虫一样，在千山万壑的内心、在黑夜的内心一闪一闪飞动。一支烟没有抽完，吱呀一声，东边的一扇窑门轻轻开了，一个人影无声地走出来，掩上门，走下台阶站住了。

他扔掉烟头，起身朝她走去，朝那朵鲜花。他们面对面站在了一起，他抓住了她的手，冰凉的手，他牵着她走回他的窑，别人家的窑。她发着抖，他一把把她搂在怀中，她的脸紧贴着他的心口，她的脸烫得像一块燃烧的火炭，灼着他的肉。他不住口地叫着她的名字："叶柔，叶柔，叶柔，宝……"她眼泪夺眶而出，那眼泪也是滚烫的，吱吱冒着热气，像熔化的铁水。她耳语一般地说："我疯了，我疯了……"

窑外，狗不明缘由地突然吠了起来。

阳光灿烂的早晨。

他醒了，来到窑外。喳喳喳一片鸟鸣。他洗脸，漱口，成锁嫂喊他去吃早饭。成锁哥一早下地去了，娃们去上学，饭桌上除了他没有别人。他奇怪地问成锁嫂："叶柔呢？还没起来呀？"成锁嫂回答说："哦，她叫说给你，她一早起来先回城去了，说是有啥事情，是公家的事。她叫说给你，她在县城等你。"

他蒙了，忽然有了不好的预感。他放下了筷子，对成锁嫂说："嫂子，我不吃了，我得回城去。"

他几乎是一路跑着赶往县城，赶出一身又一身热汗，中途搭了一程拉砖的小四轮农用车，弄得灰眉土脸。他灰眉土脸跑进她住的县招待所，服务员说，客人已经退房了。

他不相信自己的耳朵："啥？"

"退房了，一早就退了。"

他耳朵嗡嗡嗡响着，像钻进了一窝蜜蜂。

"你，你弄错了吧？怎么可能？你知不知道她去了哪里？"他结结巴巴地问。

"看见她搭顺车走了。河对岸山西家的车，走了一阵阵了。"服务员认真地、同情地回答。那是一个团团脸和气的姑娘，唇红齿白，两只小酒窝若隐若现。

热汗变成了冷汗，冰冷地贴着他的后背前心，他一阵恐惧。这样好的太阳，这样好的早晨，一觉醒来，他把叶柔弄丢了。她就像草叶上的一滴露水，在太阳下蒸发了。

来无踪去无影，就像一个聊斋故事。

第二章　父与子

一、陈香和老周

老周是陈香的丈夫，也是她同班的师兄，叫周敬言。只不过，周敬言这名字平日里很少有人叫，大家都叫他老周。还在做学生的时候，他就是老周了，全班男女无论大小，大家都老周老周地叫，听起来朗朗上口，老少咸宜，好像他生来就该是个老周似的。

说来，一个班里比他大的也不是没有。像贾爱斌，比他大一岁，却很少有人叫他老贾。和他同岁的有好几个，也不是随时随地都被人以老什么冠名，唯独老周，是毫无歧义的。你站在他面前，面对着他的脸，不叫他老周还能叫什么呢？在某种意义上，那是一个尊称——七七级一班的老大哥。

老周是个善良的人，有一颗金子般的心。

老周结过婚，有过一个孩子，一个漂亮的小男孩。孩子不满周岁时，因为一场中毒性痢疾死了。这件惨痛的事最终导致了他们夫妻的离异。老周的前妻是一个北插，孩子的去世使她椎心泣血地痛恨这个客居之地，她对老周说："我就是回北京要饭也不在这鬼地方待了。"于是，她抛下老周走了，当然她没有回去要饭，家里给她托门路找了一个不错的接收单位。但是北京不接收老周，北京有什么理由接收一个毫无名堂的外乡人呢？北京最终使他们孔雀东南飞。

可是你在老周身上几乎看不到这些伤痛的痕迹，他一点也不愤世嫉俗，对世界抱着几近天真的善意。他生来是个天真的人，这使他的笑容纯净而温暖。他像孩子一样欢笑，像哲人一样思考，只不过，年轻的陈香不知道这一切有多么珍贵。

老周不算英俊，远远不算，他有一张扁圆的大脸，中等个头，偏胖，还有一点微微的驼背。总之，他只能是一个兄长似的老周而决非陈香心里的白马王子。陈香甚至都不知道他其实一直在喜欢着自己，四年的时间，朝夕相处，陈香过得轰轰烈烈又浑浑噩噩，直到她遇上了那个大麻烦。

她几乎没有什么妊娠反应，她唯一的反应就是变得格外贪吃。她的饭量几乎是以几何倍数增长着。一顿饭她可以吃下四个馒头、三碗小米粥、两碗大烩菜。他们出去打牙祭，吃灌汤小笼包，她一个人足足吃下去八屉，吃得所有人目瞪口呆。她的好朋友明翠看出了事情的古怪和蹊跷，当天下午把她约到了河边，对她说道："陈香，出什么事了?"

陈香微笑，眯起眼睛看河，不说话。明翠清晰地看到了她鼻翼两侧的蝴蝶斑。陈香的脸从来是洁净无瑕的，像玉一样纤尘不染，但现在它看上去像张画稿一样纷乱。明翠觉得自己的心揪成了一团。

"几个月了?"她只好摊牌。

"嗯，怎么算呢? 我想想，"陈香回答，"两个月零十三天。"

"谢天谢地，还来得及!"明翠长出一口气，"陈香，今天太晚了，明天早晨我陪你去医院。"

陈香不笑了，她转过脸来，犀利地凌厉地逼视着明翠，说道："明翠，我知道你是什么意思，你要我放弃这个孩子，杀死这个孩子，对不对? 这话我只说一遍，我要把他生下来。不管谁说什么，千难万难，我也要把他生下来! 我想好了，大不了我不留校，大不了没有任何单位接受一个单亲妈妈，那我就去海子边摆地摊卖大碗茶，卖糖葫芦，卖烤红薯，要不就开家小饭铺卖油条丸子汤，总行吧? 所以，那些残忍的话你最好让它烂到你的肚子里，不要让我的孩子听见! 你是我最好的朋友，明翠，我不希望我们从此成为仇人……"

她是认真的、壮烈的，那壮烈的神情吓住了明翠，那是一个崭新的她不认识的陈香。明翠想，完了，这没心没肺的傻孩子鬼迷心窍了。当晚她找到了老周，老周是他们的班长。他们班，老周、明翠、陈香是留校的候选人，老周还是他们那个文学小社团的负责人。明翠说："老周，陈香闯祸了，你不能见死不救。"

明翠的意思是让老周去做陈香的工作，打掉那个孩子。她觉得老周说话要比她有分量，其实也是病急乱投医而已。老周听完明翠的话，沉吟许久，说道："晚了，明翠，说什么都没用了。"

"你还没说，怎么就知道没用？"

老周望着明翠，有句话却没有说出口。老周想说的是，明翠，陈香和你不一样，陈香和大多数人都不一样；陈香身上有一种圣徒的品质，她生来是要牺牲的。老周把这句悲壮的话咽了下去，说道："行，我试试吧。"

20 世纪 80 年代初，这个内陆城市还没有任何一家茶楼和咖啡馆，像样的饭店也屈指可数，像雨后春笋般破土而出的那些上岛咖啡、第二客厅之类的场所还要再等十多年后才会应运而生。老周只能把陈香约到他们共同的河边。他们并排坐在坝堰上，看着脚下无声流淌的河水。水鸟嘎嘎地叫着，老周忽然开口说道："陈香，咱们结婚吧。"

陈香吓一大跳："你说什么？"

"我说，咱们结婚吧。"老周搓着肥厚的像婴儿一样红润的手掌回答。

"为什么？"陈香知道老周是明翠搬来的说客、救兵，却怎么也没有想到他会石破天惊地向她求婚。

"不为什么。"老周说，"就是不想让你去海子边摆地摊卖冰糖葫芦，就你这脑子还做生意？会赔光的。"

"这不算结婚的理由，还有呢？"

"还有，还有就是，你这个傻子，你没有看出来吗？我……我喜欢你。"

"可是，可是……"陈香结结巴巴不知该怎么说才好，"可是，我……"

"可是你并不喜欢我，这我知道，"老周断然打断了她，"就算我乘人之危吧！陈香，我们来给这孩子一个家，你做妈妈，我做爸爸，你看怎么样？我不要你现在回答我，你回去好好想想，想想这是不是一个比较好的提议。"

眼泪慢慢涌上了陈香的眼睛。你做妈妈，我做爸爸，这句如同儿戏的话，不知为什么比所有的承诺、所有的誓言都让她感动和心酸。她低头揪下了身边一根狗尾巴草，把它绕成了小小的一个环状，她把它托在掌心伸到了老周面前。

"周敬言，你这样求婚是不是太简单了？总要有一枚戒指吧？"

老周用粗大的手指拈起那枚小小的草环，把它小心翼翼地、珍惜地套在了陈香手指上。然后，他轻轻地、温存地搂住了那个怀有大秘密的小身体，他搂着她嘴里不停地叫着她的名字："陈香啊，陈香啊……"陈香泪流满面地回答说："周敬言，你这个傻子啊！"

二、奇迹

她给肚子里的孩子起名叫小船，周小船。

她问老周："这名字好吗？"

他说："好。"

其实不好，他想。船是属于河的，而他（她）的父亲是河。

老周不知道，原本她想起一个更夸张的名字：不悔。

起初，他们的家就安在学校集体宿舍的筒子楼里。十六平方米的一间屋子，安了一张大床、一张小床。小床是松木原色的，四周有精致的栏杆，上面吊了蚊帐。这松木小床是老周亲手做的，从前插队的时候，老周干过木匠。

大腹便便的陈香坐在阳光灿烂的南窗下，看着老周用砂纸细致入微地、不厌其烦地打磨着那一个个漂亮的小栏杆，松香的气味在阳光里像魂灵一样飘散。那是他们俩跑遍了这个物资匮乏的北方城市，怎么也找不到一张合适的婴儿床之后，老周说："算了，自己动手，丰衣足食。"他模仿着瓦西里的语气安慰陈香说："面包会有的，牛奶会有的。"果然，两天后，一堆木板堆在了他们窗下，然后他锯，刨，凿，洁白的刨花飞舞着。于是，陈香目睹了一张婴儿小床在亲人的手下横空出世。

那是迷人的，陈香想，一个父亲在为儿子挥汗如雨。刨子所到之处，薄如蝉翼的刨花怕疼似的卷曲着，卷曲成某种旋律的形状。它们蝴蝶般飞舞，无声而美。陈香找来许多只敞口的罐头玻璃瓶，透明的花瓶，洗净了，然后把那些形状最好的木头刨花小心地装进去，高高低低地摆在窗台上。阳光照耀在上面，有一种强烈的装饰效果。陈香觉得自己把那个迷人的时刻贮存下来了。

老周说："只见过把刨花当柴烧的，还真没见过把它当花养的，你是第一个。"

她笑了，忽然有一种悲伤突如其来涌上她的心头，雪崩似的。美都是瞬间即逝的，她挽留不住。

孩子是顺产，但有一点小磨难，侧切了一刀，缝了七针。

第一眼看到孩子，红红的，皱皱的，闭着眼，像蜡烛似的插在襁褓之中，看不出像人还是像动物。护士托着他的小脑袋，对老周说："看，长得像妈妈。"他一下子幸福地笑了。他轻轻地、怜惜地在心里叫了一声："你好啊，周小船。"

他愿意周小船像妈妈，他祈祷上帝、佛祖、所有的神明，让周小船长得像妈妈。

陈香把周小船抱在怀里，久久久久凝视着他的脸，陈香望着他皱巴巴的小脸柔声说道："周小船，我是妈妈。"她让周小船吮吸她的乳房，周小船的嘴像花骨朵一般嘟着，一抽一抽，魂灵就这样被这张小嘴抽空了。突然他松开了她的乳头，哇的一声悲伤地哭了。

她没有奶水。

三天了，她下不来奶。七天了，出院了，她还是没有奶水。

老周给周小船订了牛奶，托人从东北买来了最好的完达山牌奶粉。那时，订牛奶需要医院的出生证明，而且关于牛奶，这城市当时有许多的流言和传说，说牛奶出场时要兑一次水，分送到了奶站再兑一次，到了送牛奶的工人手里还要兑一次水。这城市有条河，叫沙河，沙河里流淌着的是这城市的生活污水和山上冲刷下来的山水，传说送牛奶的自行车就停在沙河边，把沙河水掺进了牛奶里。总之，那牛奶是稀薄的、靠不住的。

陈香不甘心。

陈香不相信自己的身体是自私的。

按摩、热敷、吸奶器，所有这些作用于外部的方法一一败下阵来，陈香还是一个不甘心。陈香想，这世界上没有不分泌奶水的母亲，无论是动物还是人。这是一个最简单的道理，是一个真理，这是"信"。那些最终没有奶水的母亲是放弃，而她不，她信，她不放弃。

她四处寻找来那些下奶的民间偏方，一张一张虔诚地抄下来，贴在墙上。这些偏方看得老周心惊肉跳，老周问她："这些东西你不会真的吃吧？"陈香很惊讶，说："不吃，莫非把它们贴在这里当画看呀？"

它们让老周恶心。

有一个偏方是猪蹄。做法是将一只七星猪蹄洗净，去沫，白水煮，不加任何调味品，不加盐，加一味中药——通草，煮成奶白汤，连汤带蹄服食。

另一个偏方是鲫鱼汤。做法是鲫鱼一条，去内脏，不能刮鳞，洗净，去沫，清水煮，不加任何调味品，不加盐，煮成糊状，连肉渣带汤服食。

还有一个是米酒豆腐，相比之下这个偏方要仁慈一些，但也最麻烦。首先是要先酿出米酒，然后用自酿的米酒加红糖，加豆腐，煮成豆渣般的糊状，每天服食两次……

于是，这些没有盐、没有调味的荤腥，这些难以下咽的汤汤水水，就成了陈香每日餐桌上的主菜。好在生活在变，他们匮乏的城市里有了集贸市场，这些东西还不难买到。还在月子里，她就东寻西问向南方人讨来了酒曲，学会了制作米酒的方法。她差老周去买回了一只小缸和白江米，让老周将小缸一遍遍清洗干净，然后自己动手，把江米浸泡一天后上笼蒸成半熟，入缸，再倒入事先备好的凉开水和一块一寸大小的酒曲，细细搅拌均匀，中间挖出一只深坑，一周后就有清澈的米酒沁出来了，满屋飘散出米酒香。她惊喜地收获着这劳作的果实，把它们仔细装入玻璃瓶中，用宣纸封好。从此，米酒豆腐就成了她每日必不可少的早点和夜宵。此时孩子已满月了，于是给自己买煮汤的食材就成了她的首要工作。她天天跑集贸市场、菜市场、副食商场，极其认真严肃地给自己挑选着那些多孔而肥硕的猪蹄、鳞片鲜亮的鲫鱼，还有至少六年以上的老母鸡这一类东西。当这些东西散发着古怪的气味端上餐桌时，陈香的眼睛里就会闪过一种母兽的神情。她迅疾地端起来，吃得又凶狠又回肠荡气，鳞片常常沾在她的嘴角，她抬起脸，冲着老周粲然一笑。这种时候，老周心里觉得又恐怖又怜悯。

又一个月过去了，孩子满两个月了，她的乳房沉寂着，没有动静，没有响应。

她母亲从另一个城市来看她，对她说："香啊，认了吧，别再遭罪了，这么长时间不下奶，那就是没奶了。有的女人生来就是石奶，你大概就是长石奶了。"

明翠也劝她："我说陈香，你再吃这些没盐的汤汤水水，恐怕就成白毛女了。"

她不听，继续吃，吃不放盐的猪蹄，吃不刮鳞的鱼，吃煮成糊状的米酒豆腐。

三个月过去了，仍旧没有消息，她的身体如同一片冻土。三个月的孩子应该会翻身了，可是周小船不会。稀薄的牛奶使周小船看上去有了缺钙的征兆，他们抱他去医院，打了一针D3。打针使周小船哭得声嘶力竭，陈香也掉泪了。于是，她继续不放弃地吃下去。

老周终于说话了，老周说："陈香，尽人事，听天命吧。"

陈香回答："哥，你说天命是什么？天命就是这世界上的每一个妈妈都应该有奶水啊！"

老周不说话了，他还能说什么呢？他早就知道，陈香身上有一种别人所没有的圣徒的品质，她理所当然地把奇迹看作是世间平常的事。老周想，让她折腾吧，豁出去，就让她折腾一年，莫非等孩子满周岁了，该断奶了，她还不死心吗？

就让她折腾。

折腾着，一百天到了。一百天头上，他们为小船操办了一个小小的百日宴，在外地的爷爷奶奶姥姥姥爷都没惊动，只请了楼下的明翠夫妻。明翠也是刚刚出满月不久，她生下了一个八斤的男孩，十分壮硕，但奶水不足，明翠的奶水只够肥壮的儿子吃个半饱，于是，陈香每日为自己炖猪蹄煮鱼汤时，顺便也给明翠送一份下去。只不过，明翠可咽不下去这些令人作呕的东西，不是把猪蹄重新用盐和酱油加工一番，让她丈夫下饭，就是把带鳞的鱼汤偷偷倒进了垃圾桶。

这天，明翠把自己的儿子小壮用奶粉喂饱了。灌进奶瓶的奶粉让小壮吃得很不愉快。他用小舌头使劲朝外面顶那只让他讨厌的橡皮奶头：四十多天的人生经验告诉他，现在不是他吸这代用品玩意的时间。明翠充满歉意地哄着他，对他说道："噢——好宝贝，好乖，你帮妈妈一个忙，就今天一次，你帮妈妈一个忙，求你了……"

就这样，明翠从自己儿子嘴里掠夺来了一顿午餐——这就是她送小船的礼物。于是，来到人间一百天的小船第一次尝到了人乳的滋味。他吃得很香甜，他只是在最开始时有过一点点疑惑和惊讶，但第一口吞咽之后，他就被那香味、那原始的香味唤醒了。他忘情地、欢畅地、贪婪地吞咽着香甜的粮食，他伸出小手爱恋地捧着人家妈妈的乳房……一屋子人安静地目睹了这场景。陈香眼睛湿润了，轻声说道："明翠，等我下来奶，我一定帮你喂小壮……"

明翠笑笑，没有回答。让她说什么好？人说不撞南墙不回头，而这个人是撞了南墙头破血流也不回头的呀！

晚饭时，陈香照例吞下了一大碗七星猪蹄汤。她刚刚放下碗，突然之间，两肋之下一阵过电一般的麻热，那麻酥酥热乎乎的感觉如小蛇一样奔蹿着，烧酒一般奔蹿着，蹿进她的胸膛。两股暖流喷涌而出，一下子濡湿了她的衣裳。这感觉惊住了她，她低头看着自己湿漉漉的前胸，突然之间醒悟过来。她一把扯开了自己的衣襟，然后她就看见了那奇观：她的奶水，她等待了这么久这么久的奶水如同春潮一般汹涌着，泛滥着，她的乳房如同两个喷泉，吱吱有声地向天空喷射着奶液。那些不计其数的汤汤水水，那些辛苦和坚持，连同她的血脉，此时都化作了汩汩奔流的芳香四溢的奶河，涌向她的双乳，就如同千条解冻的小溪涌向大海。她大叫一声："哥，你看！"然后望着喷泉般的奶水，哈哈哈哈大笑。

老周闻声赶来，惊呆了。老周想，苍天哪，这世上真的有奇迹。

三、写给小船

现在，我可以踏实地坐下来写信了。小船，我的孩子，这是妈妈写给你的第一封信。你吃饱了我的奶，睡熟了，我用相机拍下了你心满意足的睡相。你睡着了的时候沉静得像个女孩子。有时我真希望你是个女孩，这样，将来就不会有另一个女人来和我争夺你了。想到有一天你会恋爱、结婚，我就妒忌那个将站在你身边、穿婚纱的女孩子——儿子，我得跟你说实话，我不会是一个无私的宽容的慈祥的婆婆，我永远不会像爱你一样去爱你的爱人。

现在，你已经六个月了，体重××斤，身高××厘米。说来妈妈很骄傲，妈妈的奶水丰沛得就像一头奶牛！一只奶足足可以让你吸一百六十口！这是妈妈一口一口数过的，两只奶就是三百二十口。儿子，有充足奶水的妈妈多么幸福！任你敞开吃、挥霍着吃也吃不了！楼下有个小弟弟，四个月了，他妈妈奶水不足，后来干脆就没奶了，他只好吃稀薄的牛奶，常常生病。现在，妈妈的奶就请小弟弟来一起分享了。他名字叫小壮，我希望你们将来能成为好朋友、好兄弟，相亲相爱，就像妈妈和小壮的妈妈明翠阿姨一样。

这封信有可能你要在很久的将来才可能看到，要等到妈妈不在人世之后。但是，谁知道呢？生命的秘密不在人的掌握之中，也许会有一个意外发生——写到意外这两个字妈妈真是害怕，自从有了你，宝贝，妈妈变得胆小，对所有未知的事物心存绝对虔诚的敬畏，因为有了你，妈妈害怕死去。但是，我是说万一，万一有一天意外突然降临，妈妈离开了你，离开了这个世界，到那时，假如妈妈没有准备，没有给你留下这些话，那么妈妈会死不瞑目。

所以，为了这个意外和万一，妈妈必须现在写这封非常难写的信。

就从你的名字说起吧：小船这名字是妈妈为你起的，那是一个纪念，纪念你的父亲，生身父亲。他是一个诗人，叫莽河。等你读这封信的时候，也许他已经名动天下，也许早已销声匿迹，默默无闻。无论他将来怎样，我想告诉你的是，当年我们相识时，他就如同神迹一样美好，如同阳光一样光明。他留给了妈妈一首最杰出最壮硕的诗——你。为此，妈妈永远永远感谢他，在妈妈心中，他是一个当之无愧的诗人，他惊世骇俗地使妈妈成了诗的一部分，我们共同完成了一个美丽的创造。

小船，我的儿子，你身上流着诗人的血。诗人，他们是一群被神选中的人，你不能用俗世的标准来衡量他，也不能用俗世的价值观来判断他，评价他，约束他。我希望你懂这个，我更希望你拥有一颗诗人的心，用诗人的心来体会这个世界。这是我一生所羡慕的事，我永远不可能知道世界在诗人心中是什么奇妙的样子，而你能。你有可能听见妈妈所听不见的声音，看见妈妈所看不见的颜色，发现妈妈所不能理解的神迹和光亮，儿子，这是你的幸运，也是你的宿命。

也许你的父亲，他永远不知道这世界上有你这样一个儿子，也许你也永远不想和一个从未谋面的父亲相认，但是尽管如此，你要了解他，尊敬他。是他把你带到了这个世界，他创造了你，他给了你的妈妈巨大的秘密的幸福，他让我今生今世拥有了你。假如，在你读了这封信或任何别的时刻，发现了你的身世真相之后，怨恨你父亲的话，儿子，那我会深深失望。因为我相信你会有一颗父亲的心，诗人的心，浪漫、天真、善良。你们父子会惺惺相惜。尽管你们有可能对面相逢不相识，也不知道谁在天涯谁在海角，但是你们仍旧会互相怜惜，就像当年李白最倒霉的时候，只有杜甫才能写出那样振聋发聩悲天悯人的诗句：世人皆欲杀，吾意独怜才。这是一个诗人对另一个诗人的深深爱恋，它超越一切。

现在，该说说你的另一个父亲了。儿子，你要记住，你有两个父亲。这个你一生下来就看见你的父亲，这个先于妈妈，第一个把你抱在怀里的男人，永远永远都是你的爸爸。他爱你，这一点，妈妈比任何人都看得清楚。他肥厚的大手抚摸你的时候，你半夜里哭闹，他抱着你在屋子里转悠，嘴里乱七八糟为你唱各种歌谣当催眠曲的时候，当妈妈还没有下奶的那些日子里，他半夜里爬起来为你热牛奶，小心翼翼把奶水滴到自己手腕上试凉热的时候，泪水常常在妈妈身体里汹涌：他毫无障碍地、发自内心地视你如己出。在你之前，他曾经有过一个儿子，叫陶陶，乐陶陶的那个陶陶，但是这个陶陶在不满周岁的时候不幸得了中毒性痢疾，由于医生的误诊耽误了治疗，走了……这是爸爸最伤心的事，也是他极力要隐藏的最大的隐痛。但是就在昨天，我上课回来，看见他站在窗前抱着你，凝视着你的小脸，我看见眼泪在他眼睛里打转。我悄悄走到了他身边，他听到我的声音，说了一句：“陈香，我觉得陶陶又回来了……”说完，眼泪就滴在了你的脸上。

他珍爱你，儿子。

中毒性痢疾在他，是埋伏在人生道路上最大的一个凶险，最大的一个阴谋和邪恶。它似乎无处不在，这让他变得有些神经质。你的奶瓶、小碗、衣物、毛巾、尿布，他一定要自己洗，要自己煮，要亲手消毒。假如他不在的时候，我动手洗了，他回来之后一定要把我洗过的、烫过的东西再重新洗一遍，煮一遍，好像我会敷衍自己的孩子，好像我手上沾满了病菌，是一个疾病的传染源。你吃的水果、鸡蛋、橘子汁他一定要自己去买，千挑万选。你喝的橘子汁不是商店里卖的那种，都是他用鲜橘子亲手榨出来的。他不知从哪个药店里买来一只厚厚的玻璃盏，一只玻璃臼，洗净、烫过之后，就变成了一个榨汁机。每天，把橘瓣剥出来放进盏中，用玻璃臼小心地碾出汁液，再用煮过的纱布过滤出来，鲜黄浓郁、芳香四溢的一盏，就是你喝的橘子汁。这个工作爸爸一定要自己动手，他总是怕别人弄得不卫生……有时，他的坚持让我不高兴，我对他说：“难道我是《芦花记》里的后妈，还是白雪公主的后妈？”其实，话一出口我就后悔了，我知道那是他的心病，也知道那是他一生的惧怕：惧怕瞬间的分崩离析和失去。

儿子，其实这一切，用不着我多说，你会一天天长大，你会自己去感知一个父亲深厚无边的爱。我写下的是你没有记忆的时候发生的事，就算我替你完成一个记忆吧。我想，你应该已明了我要说的话，那就是，将来无论发生什么事，哪怕天塌地陷的大事，也无论你将来长成什么样的大人物，周小船，你要记住，周敬言永远是你的爸爸、你的父亲、你最亲的血亲！

亲爱的宝贝，妈妈写这封信的时候内心一片静谧，就像这夜晚。你睡了，爸爸也睡了，你微微的鼻息还有爸爸的鼾声此起彼落，让妈妈踏实。9月了，我们的城市已有了秋意，这是它一年中最美的时光。杨树叶子黄了，银杏树的叶子也快黄了，当它们黄透的时候，假如你走在一条乡野间的大路上，如洗的蓝天下，金黄的杨树或者银杏树与你突然遭遇，那时，你会被这种纯粹的辉煌的美所深深感动，并且你会理解，为什么有的人终其一生要走在这样的路上，就像你的生身父亲。

妈妈

1983年9月

这封信，陈香封在了一只没有标记的牛皮纸信封里，上面这样写了：给我的儿子，小船。第二天，她把这封信交给了楼下的明翠。她对明翠说："明翠，你就是我的保险箱——你一定要好好替我保管这封信。假如我遇到什么意外不在了，你要选个合适的时候，比如小船考上大学或者是他十八岁生日的时候，你亲手把这信交给他。"

明翠回答说："呸呸呸，一大清早的说些什么丧话？晦气不晦气？"但她还是把信接了过来，打量了一番，又递给了陈香："这我可不能接，看上去像遗书似的，你怎么就能保证我不会死在你前面？我比你还大几个月呢！"

陈香不接，望着她说道："除了你，我没人可托。还有，我知道你不会那么无情无义死在我前面的，你要答应我。"

明翠笑了，她想得出来这封信大约是什么内容，她不能推辞："好吧，没见过你这么霸道的人。就算我答应了你，阎王老子也得答应啊。赶明我也写封遗书，交给你替我保管，咱俩就算扯平了。”

明翠笑着，但她的眼圈红了。她觉得有些心酸。

第三章　春风号破琉璃瓦

一、风景

出雁门关朝西有个县叫朔县，再朝北有个县叫平鲁，美国人哈默和中国合资开采的大型露天煤矿就在这两县之间，叫平朔露天煤矿。由于这中国最大的露天煤矿的开采，一些村庄搬迁了，也是由于它的开采，一个庞大的汉墓群出土了。原来，在这肥厚辽阔的煤田上面，一直安睡着这片土地上的祖先。

汉墓群的发现因为它的庞大，震惊了考古界。

1985 年春天，当叶柔抵达这里时，汉墓群的发掘工作方兴未艾，而露天煤矿的建设也正热火朝天。机器终日轰鸣，路上尘土飞扬，而出土的部分文物则陈列在一个叫崇福寺的寺庙里。陶器修复室也设在那个从前荒草丛生的庙院。由于县里有人带领，叶柔被允许参观了陶器的修复。她站在一堆堆残缺不全的器皿中间、一堆堆碎陶片中间，感到了一种不可思议的神秘。这些两千多岁的器物碎片比那些摆在博物馆里的完好的文物似乎更具某种震撼力。它们阴气逼人，就好像它们不再是任何一种具象的东西，而是摆脱了具象之身的灵魂，历史的灵魂，美而幽怨。

崇福寺内没有一个游人，寺内最著名的大殿佛陀殿是金代原构建筑，没有历朝历代的重修、复建，古老的人字结构，屋脊上少见的彩色跑脊人，沉淀了几世纪的风霜。此刻，20 世纪 80 年代的阳光清澈地照耀着它，它看上去似乎要倾塌了，但依然有一种荒凉的静穆与宏大、不动声色的尊严。檐下栖息了许多野鸽子，宽阔的石台基上落了厚厚的鸟粪。殿内有几百年前的壁画，佛的背光奇异而精致，美轮美奂。

时光仿佛在这里凝固了，叶柔想。

短短一周时间，她看上去消瘦了，脸上多了一种严峻和苛刻的神情，是对自己的严苛。正是黄昏时分，她不声不响忙完了手里的工作，一个人悄悄走进了空无一人的大殿，在佛陀面前跪下了。夕阳从背后笼罩住了她，就像神的抚摸。她双手合十，抬头仰望着那张安详静谧慈悲的脸，霎时间，泪水静静地流了下来。

她跪了许久，静静地流泪，感受着那一双洞穿一切的美目的凝视。此刻，她没有任何世俗的诉求，没有任何期许与愿望，连日来折磨着她的一切，幸福又羞耻的那个夜晚，疯狂又幻灭的激情与缠绵，对一个人无望却又无边无涯的想念，在这一刹那像野鸽子一样从她体内飞走了。她奇妙地体会到了一种仿佛置身在时光之外的神秘的静谧。这珍贵的静谧虽然短暂，却是年轻的叶柔离神最近的时刻。

她可以一个人上路了。

二、叶柔的田野调查笔记

早晨，县里派了一辆吉普车把我送到了平鲁县一个叫安太堡的村庄。沿着这条路线，我将一直朝北，在右玉县出杀虎口，而不是朝西，在河曲过黄河。

安太堡也是一个即将消逝的村落。村里安排我住的地方紧邻着公路，汽车一辆接一辆轰鸣而过，公路那边就是正在建设中的平朔露天煤矿的工业广场。再远处便是黑驼山了。透过尘烟滚滚的阳光，看得见山上残破的烽火台，在时光中挺立着，像边塞诗。

不知为什么，鼻子一酸，烽火台让人惆怅。

村干部似乎很忙，却又一上午蹲在太阳地里，晒太阳说话。午饭时，县里下来几个农机局的人，村主任请他们喝酒，他们开了十几瓶啤酒而不是高粱白酒，边喝边划拳，五魁首啊，四季财啊。这让我意外。不久的从前，在我居住的那个内陆省会城市，好多城里人还把啤酒叫作马尿，而现在，它已经如此深入和普及了。这大概是合资给此地带来的变化吧？

外边太阳地里，一个小闺女跪坐在一张青石桌旁，在玩抓拐。她玩得很投入，很认真，很娴熟。沙包抛起来接住，抛起来再接住。四只羊拐骨瞬间在她手下翻出不同的花样。我隔着窑门看她玩，一阵一阵眼热。这古老的游戏，从前，我小时候也玩过的游戏，如今在城里早已失传多年了。它是什么时候消失不见的？

下午我走访了一户人家，这人家姓黄，当家的有个学名叫黄存厚，小名留根，年轻时走过口外。他家窑院很大，几个小伙子在窑院里修一辆小四轮，院子显得嘈杂而凌乱。整个村庄、整个安太堡都是这样嘈杂而凌乱的。窑里倒还整齐，也干净，炕上的油布擦得明晃晃的，绿底红花，画的是怒放的大牡丹，还有彩蝶翩跹。主人邀我上炕，我盛情难却，脱了鞋，盘腿坐在炕桌前，可我知道，我盘腿的姿势生硬，不受看。

村主任三言两语说明了来意，忙别的事情去了。我开始问话。活了这么大，平生第一次做田野，心里没底，也不知道铺垫，上来就开门见山。

我问道："大爷，你是多大时候走口外的？"

大爷想了想，说："二十三上。"

我说："大爷，你就像讲古一样，给我讲讲你走口外的故事，行不行？你随便讲。"

大爷说："就是个受苦揽工，没个甚讲头。"

通往别人命运的路隐藏在荒草丛中，莽撞的践踏是一种轻佻的举止，也是对历史的不尊重。越接近此行的终点，我越明白这个。但当我面对第一个走访对象时，我急于想得到的是有"价值"的线索和故事。

于是我说："大爷，歌里唱走西口，都是唱一个女人给出口外的男人送行，千叮咛，万嘱咐。你二十三岁走口外，成家娶女人了吧？"

大爷半天不说话，吧嗒吧嗒抽了阵旱烟，是我熟悉的烟叶的香味，叫小兰花。大爷在小兰花的香味中开口说起了女人。大爷说他二十三上走口外，是带着新娶的婆姨上路的，婆姨叫个二女，十九岁。十九岁的二女来到口外，生下了他们的儿，他们的大小子。谁知道，大小子刚刚生下十天光景，一路奔劳的二女就得急病死了。他埋了二女，把儿子奶给一户人家，自己揽工挣麦子。不想有人竟要用一头大犍牛换他的儿，他死活不应。"娶女人为啥？还不就为个栽根立后？"他用烟袋锅敲着鞋底这么对我说。

"后来呢？"我问。

"后来就带上我儿，一路问人讨奶吃，回来了。"

"再后来呢？"我努力地做着最后的试探。

真的还有后来。二十五年以后，长大成人的那个儿又去口外用一只红布袋"度带"回了二女的尸骨。只是，二女的骸骨并不能进祖坟，她还需要再耐心等着，等她的男人死后再与她入土合葬。当然，她的男人如今早已又娶妻生子，续娶的女人是个寡妇，叫王粉香。

现在，王粉香就站在当屋地下，为客人们添茶续水。

不到五分钟时间，这个叫黄存厚、叫留根的男人，就如此平淡地讲完了他的大半生。我不能再问后来了，可我很震撼。我知道这平淡的叙述中埋藏了怎样的惊涛骇浪和刻骨铭心的伤痛。假如我是个小说家，我想，就他怀抱吃奶的儿子跋山涉水一路还家的经历，就可以写成一部《奥德修纪》……还有男人朴素的深情、绵长却坚忍的牵挂，二十五年后让儿子去口外寻找母亲的遗骨并带回故乡。想想，二十五年的时光，去寻找一个孤坟野冢是多么不易！还有那个挺着大肚子和男人在口外千辛万苦挣生活的二女，她一定也有一双让她的男人终生不能忘怀的美丽的毛眼眼……

王粉香走上前，为我的茶碗里续水，她笑得很温暖。

门帘一掀，走进一个老汉，小个子，背微驼，进门就上炕，抽水烟。水烟袋咕噜咕噜响，伴随着另类的烟香。我以为这是黄家的老人，原来却不是。老汉是邻家来串门的。他的光脚板上沾满灰黑的泥，像是刚刚干完什么活计。说话间，接二连三地，又进来几个后生、闺女，围在炕下和我们说话。刚才在窑院里修小四轮的后生们也进来了，其中有两个是黄存厚和王粉香的儿子。

我请教老人贵姓，老汉没听清。黄存厚替他回答说："姓李。"这下他听清了，冲我伸过手，用树枝般的食指比画了一个钩子——那是一个"九"。

"九辈子了，"老汉开口对我说道，"李姓人在这安太堡村住了九辈子了。这下要连根拔起走了，死死活活都得走，神、人都得走了。"

我明白了，老人是在跟我说搬迁的事。如今，这才是所有安太堡人心中最大的大事，事关生存，事关每一个人、每一个家族乃至整个村庄的命运、兴衰。我忽然觉得我的到来、我的打搅是那样不合时宜。这村中不光有人，还有坟，还有庙，五道庙和龙王庙，庙中的神灵、坟里的先人，这才是一村的老人们最挂心的大事。

这李老汉的儿媳前不久淘沙砸死了。砸死的女人算是屈死鬼，此地风俗，屈死鬼不能进祖坟。就算能进祖坟，祖坟也要挪动了。

李老汉很愁烦。

祖坟显然不太在年轻人的心上，地上的一个小后生忽然问我说：“记者，你去过香港没有？”

我摇摇头。我告诉他们我不是记者。

“和尚呢？你见过和尚没有？”

我点点头。心里奇怪这话题怎么一下子就从香港跑到了和尚身上。我说：“和尚我见过，还见过尼姑，我去过五台山。”

五台山这话题一下子让地上的后生和闺女们兴奋起来。不仅仅是后生、闺女，炕上的李老汉、黄存厚还有王粉香也都兴奋了，五台山五台山地问个不停，原来，村委会近日要组织村民旅游——游五台山。对我，这又是一个意外。

搬迁、旅游这两件事，哪一件都比回忆往事重要。

一夜，工地上灯火通明，公路上的汽车轰隆轰隆，朝着那一片热火朝天却又孤独的灯火奔驰。这是我所经历过的最不安静的山村的夜晚。

今夜无人入睡。

三、北固山、凤凰城还有红景天

从前，人们把平鲁城称作凤凰城。登上北固山，低头俯瞰，本地人就会极热情地给你画出这凤凰的全貌：南门是凤头，左右两眼甜井是凤眼，两边两座小山峦则是凤翅，凤尾便是这北固山了。山后还修出一截石城墙，颇像翘起的尾尖。

东、西、南三座城门，城墙隐约可见，再远处，沿山势蜿蜒着的是明代古长城残破的遗迹。

20 世纪 80 年代中期，人们还习惯把镇政府称作公社。红景天就是公社的一名宣传干事。红景天原本不叫红景天，那是他给自己取的笔名。红景天写诗，他的诗歌近年来除了在地区杂志上发表外，有一些还发在了本省和邻省的省一级刊物上。于是，红景天成了小镇的名人。

说来，红景天原本是一味中药，这笔名的由来是红景天爷爷的一张药方。他爷爷是一位乡村郎中，下世多年了。从小，他是在爷爷身边长大的，和爷爷很亲。有一天，红景天收拾旧物，从一本残破的《汤头歌诀》中掉出一张陈年旧纸，是一张药方。他一眼就认出了爷爷敦厚、温和、小心翼翼的笔迹。这药方开给谁？它为什么藏在这里？永远不会有答案了……他久久望着那药方，一个陌生的名字，像一张陌生的脸，从熟悉的连翘、金银花、广藿香、板蓝根这些熟面孔中蹦跳出来：红景天。于是他有了一个笔名，那是对爷爷的纪念。

这一天黄昏，诗人红景天端着一只粗瓷大碗准备到食堂去打饭，空旷的公社大院里迎面走来一个人，一个旅人，背着一个挎包，拎着一个帆布旅行袋——这个时间是从省城方向开来的长途汽车到站的时刻。来人径直走到了他面前，说道："请问红景天在吗？我找红景天。"

红景天回答说："在，我就是。"

"哦，"来人说道，"我猜你也应该是。我是莽河。"

"谁？莽河？"红景天惊喜地叫起来，"我没听错吧？莽河老师！真没想到啊——太高兴了！怪不得今天喜鹊在我窗外叫了一天！走走走，先把东西放窑里，咱们去吃饭……"

这就是那个游历的年代常见的风景。在任何一个城市、小镇，任何一处边地，都有可能迎面走来一个远方的诗人，以诗的名义，和另一个从未谋面的诗人会师，带来意外和惊喜。这就是那个时代的浪漫和珍贵之处，也是它的天真之处：诗人在路上。

那一晚，莽河就住在公社大院红景天的窑洞里。那是一间刷了白灰的干净的砖窑，一盘大炕占据了窑洞二分之一的面积。炕是火炕，烧煤，亮晶晶的一小堆煤炭堆在墙角，红景天不断把炭块夹起来填进哔哔剥剥燃烧的炕洞里。炕很温暖。他们围着一张炕桌喝酒，谈诗，谈各自喜欢或不喜欢的诗与诗人。傍黑时起了风，风越刮越大，此时，已经是在狂啸和怒吼。吼破了嗓子的狂风有一种说不出的凄厉与哀伤，像一大群身处绝境的动物。他俩出去小解，风吹得他们踉踉跄跄几乎站不住脚。莽河喘息着说道："我靠，好厉害的风！"

红景天在风中大声回答说："春风号破琉璃瓦——"

这是此地的一句民谚，春风号破琉璃瓦，但是今年的风格外肆虐，是天旱的缘故。一冬无雪，开春后不见一滴天水。老年人骂年轻人说："看你们这些灰孙子，连白面吃着都不香了，不遭天年等甚？"

人们都说该唱台戏了，一动响器，天就要下雨。

一夜，莽河似睡非睡，狂风在木格扇的窗外号叫着，哭喊着。是成千上万个古代的亡灵在哭喊吧？莽河想。古城墙外，应该就是当年金戈铁马白骨成堆的征战的沙场，关山阻隔，世世代代的亡灵在这塞外的荒野上游荡着，有家归不得。“可怜无定河边骨，犹是春闺梦里人”啊。莽河想。

突然，炕的另一头一直静静躺着的红景天说话了：“莽河老师，我猜你来这里还有其他的事情吧？”

莽河没有回答。

窗外，哗啦啦啦，传来了什么东西倒塌的声音。远远地，狂风裹挟着某种凄厉的悲鸣，听上去像是一声狼的哀嚎。

“听，是狼在嚎吧？”莽河开口问道。

“我没有听见，”红景天回答，“是风吼，不是狼，如今狼很少了。”

“是啊，狼都转世成人了。”莽河无声地笑笑，“我觉得我前生前世大概就是匹狼。”

红景天没有说话。

“你呢？要是有前世，红景天，你前世是什么？”

“我？”红景天想了想，“大概就是棵草药吧，一棵红景天……你这匹狼受了伤，我给你疗伤。”

刚才，莽河已经听红景天讲了自己笔名的来历，现在听他这样说，心里一热。几句话开始在他心里翻腾，他在黑暗中把它们慢慢地念了出来：“红景天在陈年旧纸上，左边是金银花那荡妇凉爽的身影，右边是绵马贯众，他如同侠客般来去无踪，爷爷，你藏匿了铁石心肠的时光，向我讲述温暖的疗救……”

红景天静静地听，不知不觉泪水流了一脸。这个狂风呼啸的干旱的春夜给了他如此珍贵的一个纪念。他一生都会珍藏这一个春夜了，他想，因为平生第一次，他有了一个为他写诗的朋友。

“莽河老师……”他不知道该说什么。

莽河沉默了。许久，他开了口，他的声音不知为什么突然变得有些沙哑。

“你说对了，红景天，我来这里是想等一个人，我想试试我的运气。”

他不知道她会走哪条路。是从河曲保德过黄河，还是从右玉出杀虎口？

这两条路都是当年走西口的重要路线。

冥冥中他似乎听到一个声音，这声音忽远忽近，告诉他："杀虎口，杀虎口，杀虎口……"于是，他选择了平鲁老城，这是出杀虎口的必经之路。而且，当年这个小城是西口路上一个重镇，假如她走杀虎口，她应该不会放弃这里。现在他扼守着这从前的重镇，像等待一个离散的亲人一样等待着一个令人心疼的重逢。

幸运的是这里有一个红景天，一个写诗的朋友。

早晨，红景天带他去食堂吃早饭，发现公社院子里一只砖砌的烟囱被昨夜的大风刮倒了。食堂里，吃早饭的人除了他俩，就只有一位戴眼镜，还是学生模样的副镇长。做饭的大师傅一边给他们往碗里盛金黄的小米粥，一边对副镇长絮叨："该动响器了，不动响器下不来雨，动响器哇……"

副镇长回答说："愚昧。"

早饭后，红景天带着莽河登上了北固山。

风停了。灰色的颓败的一座小城，如画一样线条清晰地展现在了山下。莽河心里暗暗惊讶，他从来没有见过如此破败如此荒颓又如此骄傲尊严的城池。到处是断壁残垣，所有的建筑都破败而灰暗，却有一种凛然的时光的尊严，笼盖了这不容人轻薄的衰城。生活在这里的人，脸上有一种落寞的骄傲，现在这骄傲就闪烁在红景天的眼睛里，他向莽河描绘着这小城的从前——这是一座回忆的城，到处是从前的光荣与繁华。

从前，这北固山上寺庙如林，玉皇庙、五道庙、奶奶庙、老爷庙，等等等等，是众神的山。最有名的天福洞其实叫千佛洞，老百姓叫讹了音。这千佛洞依天然岩洞而凿，供释迦牟尼，里面壁画七彩辉煌。晚上，洞口点燃七星长明灯，一夜高悬。站在城中十字街往山上看，这七星灯就像是永不熄灭的小城的福星。夜风中飘荡着一阵一阵清脆的钟磬、悠扬的箫声……据说，从前大同府和乌兰花的说书人说这北固山的繁华盛景，半个月才从山顶说到山腰处。

从前，平鲁城内商号林立，数不清的买卖字号遍布大街小巷，什么永聚金、三义隆，什么丰恒泰、复源长，做山货生意的天庆园，收羊毛的协成店，卖布匹绸缎的万成厚……走高脚的驼队日日走在平鲁城的大路小路上。这城中的大客栈都有拴得下几十头高脚牲口的宽敞院子，人有歇处，骆驼、骡马也有歇处；人有热汤热酒，马有好草好料。到天明，精精神神一支高脚队穿城而去，清脆饱满的驼铃是这城中不断头的音乐。揽工的穷汉住不起大客栈，就住留人小店，这样的留人小店也有热汤热水热火炕，给人消困解乏。平鲁城心胸宽厚，不势利，是座仁慈的城。

从前，这里的日子充满仪式感。一年两次大庙会，搭台唱戏，秋季还有骡马大会。三月二十八要到天齐庙烧香、坐会；四月初八佛诞日，一城人五更天去庙里跪香，香头红如繁星，一跪一炷香，跌一次香灰磕一次头；四月十八是去娘娘庙送满堂鞋，用彩纸糊十二双小鞋子，给神神们穿。元宵、端午、八月半，不用多说了。二月二龙抬头，要在五道庙请盲乐人吹打，为什么？从前这里狼太多，糟害人，五道爷是管狼的神，二月里狼围窝生小狼，请五道爷出山降狼；七月十五是鬼节，家家捏面人，点桃红，上坟烧纸；冬至节要闹冬，一家老小围炉而坐，啃羊头，吃羊蹄；腊月二十三祭灶送神；大年初一五更天，男人们接神回宅，不光接灶神，还有各路家神、床公床母，一年到头，神人同在……

现在，他们就站在这传说中的北固山上，一切荡然无存。娘娘庙、五道庙、天齐庙都没有了，就像从来没有存在过。千佛洞里面的洞口被严严地封死了，但洞口处插了根小小的枯树枝，树枝上绑了根红布条，摇曳着，想来是有人在此求拜过什么……有一段时期，山上最高处曾树起过一座高高的领袖像，他高高地孤独地站在那个制高点上，人们悄悄摇头说："不好，让主席给咱瞭哨了。"于是又请了下来。终于，如今的北固山上再没有一个神，也没有一个人了。

莽河在山上坐下来，静静俯瞰着脚下的小城，灰色的颓败的小城，在身旁这个人嘴里、心里却如此五光十色和温暖。他掏出烟盒递过去，红景天抽出一根，他自己也抽出一根，背过身用打火机点燃了，他们静静地坐在荒芜的空山上抽烟。许久，他开口说道："红景天，你比我热爱生活。"

这话让红景天意外，他想了想，回答说："可能，是因为我没有野心。你热爱更宏大的东西、更抽象的东西。三岛由纪夫自杀前写了一张字条，他说，'人的生命是有限的，可我想永远活下去。'我没有这样的野心。"

是吗？莽河不知道，也许他只是没有热爱生活的能力，朴实而真诚地生活的那种深刻的能力。那里面的美和魅力他体会不到。他从来没有像身旁的这个人一样，用这样柔情似水的眼睛凝视他日日生活在其中的故乡。

四、跟我来

汽车在黄昏时分风尘仆仆到达了小城，人和鸡、猪崽以及货物一起挤下了车门。叶柔最后一个下车，她中途从安太堡上车，始终没有座位，先是站着，后来就挤坐在人家的行李包上，一路颠簸。此刻，在清新的春风中，她觉得自己灰头土脸得就像一个女鬼。

一个人无声地站在了她面前。

那一刹那，她以为是在做梦。

他沐浴着夕阳，就像一个金人，小麦色的皮肤，散发着太阳的气味。他比她记忆中似乎还要高大一些，她不敢眨眼睛，这是她生命中少有的一个神性又虚幻的时刻。但是他走上前来了，从她手里接过了脏兮兮的旅行袋，也不说话，掉头就走。

她傻傻地站着，望着他的背影发呆。

他止住了脚步，回头对她说道："走啊！"

"去哪儿？"她终于脱口问。真实感渐渐回到了她身上。

"你住的地方啊。"

"我住的地方？我住哪儿？"

"Follow me（跟我来）。"他散淡地回答，好像他们分别不过才几个小时。

说完，他大步流星朝前走，手里拎着她的旅行袋，不再回头。她只得跟上来，如同被劫持了一样跟在他身后，走过陌生的黄昏的街巷。她看着他在前边走路的样子、魂牵梦萦的样子，眼睛渐渐湿润。但是她告诉自己，不能哭啊，叶柔，不能哭。

到了。原来是公社的大院，门口挂着镇政府的牌子。

在最后一排窑洞前，一个年轻人迎了出来，看到他们，惊讶地喊了一声："哎呀，真接到了！"他一边喊，一边转身撩起了窑洞上挂着的棉门帘。

"这是红景天，诗人，我的朋友。"莽河给叶柔介绍着，"这房子就是他给安排的。"

"我们这里条件差，没有招待所，来客人都是住在这公社大院。"红景天解释着，一边把叶柔让进屋，"不过被褥还干净，一定下房莽河老师就晒被褥，晒了三天了。就是不知道叶柔老师睡惯睡不惯暖炕?”

“谢谢，”叶柔回答，“我喜欢暖炕。”

红景天看着叶柔，看着这个从天而降的奇迹，第一眼他甚至有些失望。他以为，配得上这奇迹的应该是一个非凡的妖孽般的女人。可她是平凡的、人间烟火的，好看也是那种大地上长出来的好看。可他抬头看见了莽河那双就像被突然照亮的眼睛，于是他笑笑说道：“我先去食堂报饭，暖瓶里有热水，叶柔老师先洗把脸吧。”

说完，他出去了。

又在一个窑洞里了，另一个窑洞，砖窑，刷了雪白的白灰，但仍然是陌生的，有着禁忌和诱惑的气味。她默默望着他，此刻，他脸上的散淡不见了，她看见了一双让她害怕的眼睛，那里有深渊般黑暗的柔情和爱意。

她感到了危险。

“脸盆在哪儿？我想洗把脸，你先出去一下行吗?”她语气尽量平静地下了逐客令。

他不动。

“你住哪里？我一会过去找你。”她说。

他狠狠地盯住了她，她受不了他的眼睛，背过身去，假装寻找脸盆。只听他在她身后叹息似的说道：“你这个女人，怎么竟是铁石心肠？算你狠！”

他一撩门帘愤愤地出去了。她无力地垂下双手，在窑洞中央茫然地站了一会。后来她走到炕边，在炕沿上坐下了，她发现自己像打摆子一样在发抖。

再见面时已到吃晚饭的时间，他和红景天一起出现在窑洞外，喊她去吃饭。他们都变得平静，克制，甚至是客气。灶房里，吃饭的仍然只有他们几个和戴眼镜的副镇长，现在，莽河和这位副镇长也已经熟了，知道他姓田，是个1977级的大学生。他把叶柔介绍给副镇长认识，说：“我朋友，来采风的。”叶柔马上从随身携带的挎包里掏出了学校的介绍信，说：“镇长，我来做课题。”

副镇长接过介绍信看了半晌，笑了，说：“来得正好，明天地区二人台剧团要来唱戏，少不了要唱《走西口》。”

莽河也笑了：“真要动响器了?”

“可不，”副镇长回答，“就算为了老百姓的心理需要也得动。不过也怪，好多事科学是解释不通的，就算是巧合吧。大研究生别笑话我们愚昧。”

叶柔回答说:“我哪敢!”

又是一个纯粹的黑夜，小城一片黑暗，稀少的几点灯光似乎是为了衬托那黑夜的浓密和强大。仍旧没有月亮，只有一弯月牙和满天的大星星。他们三人在叶柔的窑洞里围桌而坐。红景天准备了酒、午餐肉罐头和水果罐头。酒是本地产的白酒，很烈。叶柔吃罐头水果，喝一种苦苦的大叶茶。莽河和红景天则把烧酒咕咚咕咚倒在搪瓷茶缸里，你一口，我一口，莽河喝得很沉默。

只有红景天一个人吃力地寻找话题。

“叶柔老师……”

叶柔打断了他:“千万别叫我老师，我只不过是个学生，你叫我老师，我以为你在叫别人。”

“那好吧，叶柔。我没上过大学，也不知道社会学是讲什么的，我只是奇怪你为啥要选走西口这么一个题目做论文?歌里唱、戏里演的这老题目，还能做出什么新意来吗?”

“那要看你怎么做了。”于是，叶柔认真地、过分认真地讲解起来，关于社会学，关于这一段历史中可能被遮蔽和过滤掉的内容，等等，她还说这一路采访过来，她几乎都想写小说了。

“好啊，那你写，写小说一定比写论文有意思。”红景天回答。

叶柔热情、认真地描绘，似乎只是对着红景天这一个听众，她始终没看旁边沉默不语只是埋头喝酒的莽河。昏灯下，白酒浓郁的香气像某种凛冽的有毒的正在绽放的花，泼辣、强烈的香气让人心神不宁。半茶缸酒不知不觉见了底，莽河伸手去抓酒瓶，几乎是同时，另一只手也伸了过去，按在了瓶子上。

“你不能再喝了,”叶柔说,“这酒太烈。”

两只手抓着同一只酒瓶，四只眼睛终于在一晚上的挣扎之后，碰撞在了一起。叶柔看见了他眼睛里的痛苦，她握酒瓶的手又在发抖了，可她仍旧死死地抓着，不放松，就像在无望的黑暗的大海中抓着一块不堪一击的浮木。

“不能再喝了。”她说。

他望着她。她真实的脸、罂粟花一般鲜艳湿润的红唇，还有深不可测难以捉摸的眼睛，像在雾气中漂浮着一般，一会清晰，一会虚幻。他笑了，摇摇头：“你是谁？叶柔，你是妖还是人，是魔鬼还是天使？你为什么要这样折磨我？”

她咬紧了牙关。

“叶柔，你这个坏狐狸，你为什么要折磨我？”他的声音突然像个又无辜又委屈的孩子似的，软弱得如同带着露水的仙草，她的鼻子一下子酸了。

“是你在折磨我，莽河，你不讲理，”她悄声回答，“你不该在这儿。”

“为什么？为什么我不该在这儿？”

“求你，放了我吧。”她终于说出了这句话，“别再来打扰我……”

他一下子攥住了她握酒瓶的手腕，死死地，像铁钳一样把那个细瘦的手腕攥牢了，似乎他一松手，她就会像烟一样袅袅而散：“说，给我个理由！”他眼睛血红，低声咆哮，怒视着她，不像人，像受伤的野兽。

不知什么时候，红景天悄悄出去了。窑洞里只剩下了他和她。有毒的酒香、危险的酒香早已让她溃不成军，她只是在做最后的挣扎。

“说！你说，叶柔，你给我个理由……”

“我害怕！”她突然冲着他大吼一声。

“害怕？”他愣了一下，“你怕什么？”

“我怕什么？”她凄伤地反问一句，突然像决堤的河水一样崩溃了，“你问我怕什么？莽河，我怕我自己，我怕我会不顾死活地去爱你，迷失本性地爱你！我不是个随便的水性杨花的女人，我也不是疯狂的浪漫的女人，可我为什么做了这么疯狂的事？……我怕你，莽河，因为你是诗人——诗人总是不断需要新鲜的情感、新鲜的爱、新鲜的刺激，没有这些永远的新鲜大概就没有诗人永恒的灵感。可我说到底只是个普通的女人，我需要的是普通的爱，执子之手、与子偕老的那种！你给不了我，莽河，你不可能和我平淡无奇地终老一生，那只会让你厌倦。我怕你厌倦，我怕你有一天弃我而去，我怕我只不过是你生命中的一段逸事、一个插曲，我怕这样的结局……”

他突然用一个热吻堵住了她的嘴，心疼的怜惜的长吻，心疼她的透彻和无助。他抱住了她，她想抗拒，但那抗拒不堪一击。她的身体、她的心霎时间就被这令人窒息的缠绵亲吻瓦解了，她的灵魂好像被他吸吮出了体外，成了一缕游魂，在这窑洞的上方含着眼泪凝望着地上那个无可救药的自己，沦入死亡般黑暗却狂喜的深渊。

终于，他松开了她，说话了。他说："叶柔，我不想欺骗你，海誓山盟其实很廉价，一生很长，我不敢说终老一生这样的话……我奶奶说过，人都是摸黑走夜路的，你愿意跟我一起冒个险吗？"

叶柔抬起了脸，和他对视着，那是一双绝对、绝对诚实的眼睛，深渊般黑暗的柔情和泪光足以让任何一个善良的女人灭顶。良久，她伸出一只手，抚摸他的脸，为他揩去眼角的泪痕。她知道她完了。她知道前边就是地狱她也要朝地狱里跳了。跳吧叶柔，她对自己说，这世上所有绝美的东西都是短暂的、一刹那的呀，比如晶莹的朝露，比如绽放的春华，比如珍贵的少女之美和转瞬即逝的青春……那么，又有什么理由要求爱情永恒？

他用双手捧住了她的脸："人都是走夜路的，这就是人生的魅力。叶柔，冒个险吧，也许我明天早晨就会死呢……"

叶柔一下子捂住了他的嘴："别瞎说，头上有灯！"他微笑了，这阳光般无邪的微笑让她感到了一阵揪心的疼。她把他紧紧抱住了，突然想到一个词：挽歌。此刻她拥抱的好像是一段终将到来的挽歌，那是尘世的爱不能抗拒的宿命。

一颗流星划过了塞外庄严肃穆的夜空。

第四章　半个月亮爬上来

一、小城之夜

后来，叶柔总是这样问他："莽河，你怎么知道我要走杀虎口？"

莽河回答说："我就是知道。"

"你怎么知道我不会走河曲，从那里过黄河？"

"你不会。"

"为什么？"

"你过了吗？"

叶柔笑了，说："我差点就过了呢。"

莽河回答："可你还是没过。"

叶柔转身望着他："我做梦也没想到你会追上来，在平鲁老城等我。"

"你想到了，我知道你想到了，要不你怎么会放弃过黄河呢？"莽河认真地说。

他们在平鲁城停留了五天。

莽河以向导的身份带领叶柔爬北固山，就像当初红景天那样，告诉她哪里是凤头，哪里是凤眼，指给她看千佛洞的遗迹，还有石碑，看烽火台，看远处山峦上外长城残破的蜿蜒。

晴好的春天，很难得地有风，但不凛冽，也不大，阳光很澄澈，长城、烽火台、山峦在肃静的蓝天下，有种格外清晰的苍凉。叶柔眯起了眼睛，出神地眺望着它们。

“这一路上看了多少烽火台？”她对莽河说，“清晨、黄昏、太阳当头的正午，不管什么时候，只要看见它，心里就觉得特别伤感。”

“我也是，”莽河回答，“看见它，想起的就是战争、苦难、离散，还有死。”

“好像还不仅仅是触景生情，我也说不好。”

“那是什么？”

“你说，”叶柔转过来，眼睛望着莽河，“前生前世我会不会是一个戍边将士的妻子？丈夫战死在沙场，我来这里寻找死去丈夫的遗骨，想把他带回故乡，可是我没能找到……所以生生世世，我都要来这里找他？”

“怎么像是孟姜女的故事？”莽河微笑了，“叶柔，也许你真该写小说。”

“我不是开玩笑。”叶柔摇摇头，“也许真有前世的记忆，我们只是不知道罢了，但是它会让你做出一些奇怪的决定，比如我，我一直觉得，雁门关、嘉峪关、边塞、大漠戈壁这些是我此生必将到达的地方，这也是我为什么要做这个关于迁徙的论文。当我第一次看到烽火台，心里一阵疼，不是形容，是真的心疼，物质的那颗心在疼。我仿佛觉得那是一个旧景，我和它终于又重逢……”

莽河伸出胳膊搂住了她清瘦的肩头：“也许我就是你要找的那个战死沙场的将士。”

叶柔抬起头，默默凝望他的脸，望了许久。

“是吗？”她摇摇头，“我不知道，要是的话我应该心安了，可我为什么还觉得不安呢？”

“看来你是个贪心的女人，你想要的太多。”莽河半开玩笑半认真地这么说。

叶柔笑了，笑得有些忧伤："好吧，我努力要的少一点。"

在这安静凋敝的小城中，叶柔收获颇丰，红景天带领她走访了一些十分有趣的人物，有出过口的，也有没出过口的。眼镜副镇长也给她安排了很好的采访对象。那是识文断字的老人，做过地方上的小学校长。他为叶柔一五一十梳理了平鲁老城五百多年的历史以及那些商家的兴衰，还有他们与口外和内陆的渊源。老人语气平和，像讲古，但是叶柔还是听出了其中深藏不露的隐痛和伤怀。

这里的人家爱在躺柜上、米缸上、门楣上贴一些红字条，上面写些吉庆话。躺柜上贴"用之不竭"，小柜上贴"取之不尽"，米缸上贴"米面如山"，而门楣上则是"出门通顺"，墙上贴的是花红柳绿的杨柳青年画：燕青卖线、三打陶三春、梁山伯与祝英台。叶柔坐在人家的炕上，这些红字条、这些年画会让她突然涌上来一阵说不出的眷恋和感动，为这种安静、平和、朴素的希望和又有几分狡狯的生活姿态。

晚上是最愉快的时刻，他们三人盘腿坐在火炕上，围着一张小炕桌，开一瓶白酒，沏一大茶缸大叶茶，没有下酒菜，佐酒的是带壳的炒花生、醉枣、炒南瓜子和绵绵无尽的话题。酒香、醉枣的醇香缭绕着，加上大叶茶的苦香，使夜晚变得亢奋。有时小城的文艺青年也会加入进来。有一晚，莽河讲起了高更的故事，高更怎样独自在塔西提岛上游历并寻找到了他的毛利新娘。高更和凡·高，那是20世纪80年代文艺青年们的神，文艺青年们向往并集体诗化了那样的人生：自由、浪漫、富有献身的勇气和激情。这故事让在场所有的人都慨叹着自己人生的苍白，可是只有叶柔想到了这故事的结局：那个鬓边永远插一朵红花的姑娘，两年后忧伤地坐在岸边，目送着一艘轮船远去。那船开往欧洲，船上有离她而去的男人。

莽河说得不错，她是个贪心的女人。她问这世界要的太多。

这一晚，等人群散尽，在满地花生皮瓜子壳的窑洞里，叶柔叫住了莽河。

"莽河，你愿意跟我走一程吗？"

"当然愿意，"莽河回答，心里有些奇怪，"咱们不是已经说好一起走了吗？"

"我是说真的走，步行，一步一步走到四子王旗。愿意吗？"叶柔望着他说。

两个男人同时叫起来，天哪叶柔！于是，他们迎来了一个巅峰，夜晚的巅峰。叶柔笑了。可是她知道，再长的旅程也有终点。红景天吃惊地发现，这一瞬间的叶柔美得不可思议，她像被某种神光照亮了一样，美却不祥。

莽河立刻在炕桌上摊开地图，寻找着四子王旗。当年的乌兰花，无论过去和现在，这名字都很动听，有一种传奇性。他们在地图上计算着距离，讨论着路线，计划着每天可以走多少公里。讨论到最热烈的时候，莽河突然抬起了头，望着叶柔不相信地问道："宝，你真行吗?"叶柔脸红了，还没等她回答，莽河自己抢着回答了："没关系，你要真不行，我背你。"

红景天隐藏起了他的不安，他愿意相信那是一种错觉，他笑着叫起来："我说行了，我都要羡慕死你们了。可惜我请不了假，我也不能像莽河一样说辞职就辞职，我更学不了高更，我不是你们。我要能做你们多好！我要能跟你们一路走多好！"

莽河猛地给了红景天一拳："兄弟，别，别说这种话！我们到一处地方，只要有电话，我一定给你打电话。"

"我会给你寄明信片，"叶柔也这样说，"我保证。"

红景天望着他们，忽然之间有一种做梦的感觉。多年之后，他回忆起这些夜晚，仍然感到那里面有一种奇怪的虚幻感。可它们多美！某一天，一个陌生的诗人背着简单的行囊，突然来到你生活中，和你谈论诗和爱情，激起你内心的波澜，然后消失。这样的时光，梦境般的时光，如同白云，飘浮在生活之上，供人仰望，所以它又格外残酷。

那一晚，他们忽然都有了一种不舍之情，为即将到来的分别。红景天和莽河不住地碰杯，两个人都醉了。后来连叶柔也加入进来，三个人喝干了两瓶烧酒，叶柔只记得自己呵呵呵笑得很响亮，然后就什么都不知道了。

二、叶柔的田野调查笔记

清早，红景天送我们出东门上路。太阳出来了，但天色黄蒙蒙的，红景天说："看样子下午要起大风。"

我们说："没事。"

莽河说："我们朝东北方向走，顺风顺水。"

红景天一直送我们走出很远。

莽河说：“兄弟，送君千里，终须一别，回去吧……”

我没敢看红景天的眼睛，我怕自己忍不住掉泪。我只是回头留恋地看了看平鲁城、凤凰城，我不知道这一辈子还会再来这遥远的小城吗？

莽河突然动情地拥抱了一下红景天，说了一声：“后会有期！”然后他猛地转身，拉起我的手，没有再回头。就这样，我们上路了。

走出很远、很远，突然，身后传来了二人台的歌声，高亢，嘹亮，说不出的悲伤：“哥哥你走西口，小妹妹实在难留，手拉住哥哥的手，送哥送到大路口……”

我惊住了，是红景天，我猛地回头，远远地看见他背朝着我们，边唱边往回走。二人台特殊的发声方法使这歌声嘹亮到近于凄厉，他用这种凄厉的歌唱为我们，不，为莽河送行，这里面应该有我不能完全了解的东西：男人间的情义，古典的情义，士为知己者死的那种恩义……

我看到了莽河眼里闪过的泪光。

太阳钻到云里去了，我们沉默地走，公路像河流一样，在山峦间跌宕着。爬上一个高高的陡坡之后，莽河站住了，回过身来，朝来路的方向望了很久。其实从这里已经看不到平鲁老城了，山遮挡住了它。但我知道他是在看它，在心里看。我也和他一起看，这小城啊，把莽河还给了我的珍贵的小城，还能再见到它吗？

终于，他搂了一下我的肩，说：“走吧，宝，我们上路！”

我心里一暖，上路了。这是前人的路，也是我们两个人的。现在，天地之间、山水之间只有我们，我和他，千沟万壑之中，初起的呼呼的风中只有我和他。我的手被他攥在手里，叶柔，可以了，这一刻长于百年。

中午，我们来到了一个叫花家寺的村庄，风已经很大了。找到了这村的村主任，村主任将中饭派到了一户赵姓人家。这家里男人学名叫赵有成，七十一岁了，瘦瘦小小，脑子还很清楚，身体也很健康，刚刚才犁地回来。他早年出过口，和村中一个后生做伴，出七墩，到过和林、呼市、武川，给人做工。最后，在武川县拔麦子时，被傅作义的部队给抓了兵。当时是半夜，他正睡觉，村里人欺生，指认着叫兵们一绳子捆了他。他在傅作义的部队里当骑兵，南征北战，到过河北、甘肃、宁夏。解放军围城时，他正在北京，驻防在西南门一带，傅作义率部起义，于是他又参加了解放军。三年后，从西北复员回乡，娶了一个寡妇。那年，他已经三十八岁了，寡妇给他带来两个孩子，又和他一口气生下五个，如今老人儿孙满堂。

初来乍到，萍水相逢，有很多事情是没办法深问的，谈起往事、经历，都不过是短短三言两语。艰辛的一生就如一股淡淡的水，远远流走了，无风，无浪，无声，无息。一路走来，我越来越怀疑，如果没有足够的尊重和敬畏，我有权利闯进人家命运的深处吗？比如眼前这个女人，知道她是再嫁的寡妇，一问，她和头一个男人成亲那年，才虚岁十四，就生儿育女，给人家当起了女人。再问，原来她是被自己的亲姑父领到人市上，以卷席筒的方式卖给自家男人的。

据说这卷席筒买卖人口是口外一带的旧俗，就是将人用一领席子卷起来，买家可从席筒两头伸手进去，捏捏脚，捏捏腿，摸摸人脸的轮廓，讨价还价……真是骇人听闻！听上去就像是在买卖牲口。我望着已经快六十岁的老人，不知道当初虚岁十四的那个孩子被一领席子裹卷进黑暗之中的那种恐惧，当无数陌生的粗暴的男人的手伸进席筒摸她、捏她的时候，一个洁白无瑕的身体会感到怎样的羞辱和无助！如今，她脸上带着平静的微笑，三言两语，说着卷席筒，就像在说一件遥远的别人的故事。

午饭端上来了，是莜面窝窝和莜面鱼鱼，看来她是个精干的女人，饭做得很细致，蘸窝窝和鱼鱼的调和很香。莜面是雁北一带最主要的农作物，学名叫裸燕麦，耐寒。莜面窝窝是一种蒸食，各地叫法不同，在晋中等地被叫作栲栳栳。民歌里这样唱：交城那个大山里，莫啦好茶饭，只有那个莜面栲栳栳还有那山药蛋。说的就是它。饭后给人家饭钱，死活都不收，赵老汉说：“笑话，笑话，一顿粗茶饭，哪能要钱！”心里很感动，知道再坚持就是矫情了。莽河说道：“大爷，我给你们一家人照几张相吧。”

这提议让大爷高兴。

这家女儿打扮得像个城里姑娘，很时尚，烫过的头发高高绾起别在脑后，穿水洗布牛仔裤，是个初中毕业生。吃饭前，一个人趴在炕上练毛笔字，用小楷抄着什么东西。我看了看，原来她抄的竟是一篇小说。我问她："是小说吗?"她点点头告诉我，作者是她的同学。现在听说要照相，她转身进了对面的窑里，再出来时，脖子上多了一条漂亮的红纱巾。

莽河给大爷一家拍了许多张。

告辞时，大爷挽留我们，说："住下吧，晚上看戏。"原来村里搭起了戏台，请来了剧团要唱两天大戏，连本《刘公案》。我们当然不能住下，于是大爷送我们出村上公路，这时天已是昏黄一片了。

狂风大作，飞沙走石，扑打在脸上生疼，真是塞外的大风，名不虚传，能吹破琉璃瓦。莽河戴上了墨镜，我则用一块纱巾整个包住了头和脸。来到一面草坡前，莽河要给我拍照，大声喊："留个见证！到此一游——"我脸裹纱巾，在风中踉跄着站也站不住，身上的灯芯绒风衣鼓得像风帆一般，而他则根本端不稳手中的相机，那一定是一张对不准焦距的照片，影像模糊，却清晰地摄出了欢乐：它为我们的欢乐立此存照。

那是一条公路，却不见一辆汽车，一路行来，也几乎没见一个路人。飞沙走石的大风中，只有我们这两个旅人。路盘着山，绕来绕去，一会顶风，一会顺风。他拉着我的手，顶风时他低头走在我前面，试图用身体为我挡风，顺风时我们则脚不点地似的并肩飞跑……他在风中一边跑一边扯着嗓子号叫似的唱："哥哥妹妹走西口……"

傍晚，风终于小了下来。天就要黑了，一个小水库突然出现在眼前，小小的一湾，碧绿安静，弯在干旱枯黄的沟壑间，又温柔，又孤寂。水库后面是一个小村庄——牛家堡，那就是我们今晚准备投宿的地方。

三、西口，西口

多年后，莽河仍旧能回忆起那些名字：梁家油坊、高墙框、右玉老城、杀虎口……这些貌不惊人的北方边地的普通地名，在后来的时光中，将像文身一样文进他心里，和他如影随形。

那是他们永恒的蜜月。

走进右玉县境，天气似乎一下子转暖了，他们和黄土高原迟来的春天猝不及防地相遇在了这个省份的最北端。公路一直沿着一条叫苍头河的河流北上，河谷里，意想不到的秀丽甚至是妩媚，一丛一丛水柳，这儿一蓬，那儿一蓬，远远看去，一蓬紫，一蓬绿，一蓬鹅黄，竟是江南的颜色；一片一片返青的树林，小叶杨，北方最常见的乔木，却长得异常干净，挺拔，嫩绿的叶片，树干洁白如同白桦。树丛里倏的一下闪过了野兔的身影，又一下则飞过了漂亮的野鸡。喜鹊跳跳蹦蹦在沙洲边饮水，而远处绿茸茸的草滩上，则有人在放牧牛羊。

许久以来，看惯了漫天风沙和寸草不生的荒山秃岭，看惯了孤独的烽火台、残破的外长城这些粗粝荒寒的塞外景色的眼睛，一下子如同看见了一个梦境。他们禁不住走下了草滩，阳光下，青草生涩、新鲜的腥气如同某种爱抚一般让他们脚步变得柔软。他们温柔地、小心翼翼地踩着久违的青草，突然间，莽河嘿地大喊一声，一回身紧紧抱住了身边的叶柔。

“你怎么了?”叶柔吓一跳，慌忙问道。

“没怎么，”莽河小声地回答，“就是想抱抱你——我还没在春天里抱过你……”

叶柔不说话了，她把脸默默地贴在了他暖暖的胸前，一阵鼻酸。这个花言巧语的家伙啊，叶柔想，一边伸出双臂抱紧了他。他们就这样抱着，在草滩上站了许久，汹涌的草香如同河浪一般使他们晕眩。莽河低下头去，望着叶柔的脸，突然轻声说道：“叶柔，为什么你总是让人这么心疼呢?”

咩咩的羊叫声打着战，突如其来地惊扰了他们，一群羊驯顺地从他们身边拥挤着走过。两个小羊倌，一个十四五，一个十二三，手持羊铲，小的那个用树枝架着行李卷挑在身后，正好奇地瞪大眼睛，打量着这两个拥抱在一起的男女。

“你们是照相的?”大的那个指着莽河身上的照相机这么问。

他们两人对视一眼，笑了。

被人当作走乡串村照相的手艺人，这已经不是第一次了。就在两天前，他们在公路上碰上了一队驮水的牲畜，十几头毛驴、骡子，浩浩荡荡晃晃荡荡驮着木桶，缓缓从坡上下来，莽河举起相机拍下了这镜头。忽听公路下面的沟底有人大声喊：“照相的！照相的……”

那是一户庄户小院，土窑，木窗，紧邻着土崖。干干净净的院子里晒着粮食。一个年轻的农妇正在向他们招手。

“叫我们?”两人你看我我看你，居高临下，一时没听明白。

“照相的！下来！给照张相……”

他们一下子笑了，急忙回答说：“好嘞……”

于是他们下到了沟底，来到了人家的院子里。一条极凶的大黑狗汪汪叫着，被一个小女孩用手蒙了眼。女人抱着一个小孩子，精明地打量着他们，说道：“先看看你们的相片，才好照呢！”

莽河冲着女人笑了：“大姐，我们照相不要钱，我们用相片换你一个故事。”

女人瞪大了眼，没有听明白。是啊，谁能听明白他在说什么?他望着女人怀里的孩子，问道：“是要给这孩子照相吧?我看看，让孩子坐在哪儿……”他四面望望，然后用手一指摊在地上的粮食，金灿灿芳香的一摊：“这儿不错，大姐，你把孩子放这儿……”

后来，这位年轻冒失的农妇总算弄明白了他们不是流浪四方的手艺人，可他们究竟是干什么的，却始终懵懵懂懂。不过结局是温暖的，他们给孩子和粮食、女孩和大黑狗、女人和窑洞、女人和石磨碾盘、女人和窑顶上的枣树、女人和一碧如洗的蓝天都拍了照。他们留下了女人的地址，知道了这小村的名字叫交界，女人的名字叫石桂花。然后，他们就在交界村石桂花家的炕头上吃了一顿很香很可口的午饭：莜面搓鱼鱼、炒酸菜、羊肉口蘑调和。

还听了一个故事，是关于石桂花的公公——一个赌徒早年间走口外的故事。

此刻，在这阳光灿烂的草滩上，两个小羊倌见多识广地、好奇地站在了他们面前，说道：“你们是照相的?是照相的吧?”

“对，”莽河笑着放开了叶柔，“小兄弟，想照相是不是?”

“照一张多少钱?”羊倌警惕地、审慎地望着莽河的眼睛。

“不要钱！”莽河爽快地回答。

两个孩子吃惊地瞪大了眼睛。

“不要钱，小兄弟！本来我们是用相片换故事的，你们俩优惠，故事也免了！”

兄弟俩你看我我看你，终于，大的那个想起了什么，问道：“你们是记者?”

“算是吧。”莽河信口回答，“来来，站好！”

于是，照相机镜头对准了这小哥俩，他们身后是羊，是波光粼粼温暖的苍头河。弟弟蹙着眉头，一言不发，挑着他的行李卷，哥哥则露出一点憨笑。叶柔望着他们笑了。

“照片给你们寄哪里呀?”叶柔问那个哥哥。

“中旗，察右中旗，广昌隆公社，黄羊沟村。”这次，抢着回答的竟然是弟弟。

“察右中旗?”叶柔愣了一下，“那是在内蒙古啊！”

“是，是在内蒙古，中旗是我们家。我俩在这里的徐村给人家放羊……”哥哥说道。

哦，叶柔不笑了，她望着这两个小小年纪背井离乡出外打工谋生的小羊倌，这勇敢的让人动容的小哥俩，不知道该说些什么。她想伸手摸摸弟弟的脑袋，又觉得这是个轻浮的动作。许久，她冲着弟弟点点头：“我们只要碰到能洗照片的地方，就马上把你们的照片洗出来，寄回那个——察右中旗，黄羊沟村，是黄羊沟村，对不对?让你妈妈看看你们现在的样子。对了，小弟弟，你刚才一直没有笑，你是不是应该笑一笑?让你妈妈看了高兴和放心?来，我们来重拍一张，拍一张快活点的，怎么样?”

这一次面对着镜头，弟弟笑了。黑黑的小脸，风吹日晒粗糙的小脸，一笑犹如万物花开。笑容在他动物样洁白的牙齿上闪烁着，流光溢彩，一个妈妈看到出门在外的小儿子这样的笑容，一定又骄傲又伤心。

如今，他们竟然真的站在了这个叫察右中旗的地方。

时间是在半月之后，天气已是晚春的天气，河套平原上的太阳在正午时分已经让人感到了几分灼热。从杀虎口出来，他们最终还是选择了乘汽车直奔呼和浩特。因为在杀虎口，莽河生病耽搁了一周的时间。抵达杀虎口的当晚，莽河半夜里发起高烧，止不住地泻肚子，腹痛如割，急性肠炎也许是痢疾改变了他们预计的行程。这是此行中最让莽河感到沮丧的地方，从平鲁老城到杀虎口，两百多公里的跋涉居然就放倒了他这样一条一米七八的汉子！

他躺在小镇的卫生院里输液，叶柔安静地、片刻不离地守在他的病床前，为他擦汗，扶他上厕所，操心着液体的滴速，做着一个看护该做的一切。他躺在那里，一遍一遍地重复着同样的话："真该死，我要是不喝那瓶啤酒就好了，一定是那瓶啤酒有问题！"

"可能。"叶柔回答。

"我当时就觉得不对劲，那么浑浊。"

"是，你是说了。"

"那你为什么不拦着我？"

"对不起。"

他一遍一遍地问："你为什么不拦着我？"她则耐心地、抱歉地一遍又一遍地回答："对不起，对不起……"好像一切都是她的错，都是因为她没有阻拦。其实他和她都明白，他要说的不是这个。

几天后，他病愈了，但严重的腹泻使他消瘦脱相。这期间，叶柔借用镇政府的电话和导师联系了一次，导师要她在某日之前返校，也就是说，这个日子比原计划提前了一些。这样一来，他们不得不改变那个在河套平原漫游的计划了，只得改乘长途汽车登程上路。

离开杀虎口的前一天，黄昏时分，他和她爬上了山坡上明长城的遗迹，默默眺望着脚下的城池、远处的群山。从前，这是古长城上最重要的关隘之一，唐时称它白狼关，宋时叫它牙狼关，是兵家扼守的要塞。清代以后，这里遂成为通往口外，通往河套平原、蒙古高原乃至更远的地方——大库仑（乌兰巴托）和俄罗斯西伯利亚的重要通道。现在，从山西开往呼和浩特的长途汽车仍然要从此口经过。

古长城早已残破不堪，坍塌了，但有些地方仍然能够看得出它顽强的、不屈不挠的孤独的蜿蜒，最后的蜿蜒。残阳如血，是一天中最忧伤的时分，那一点依着山势残存的痕迹就像长城的遗骨、遗骸，像它的幽魂。叶柔抚摸着土质的残墙，突然有一种强烈的悲怆与不舍。莽河伸手搂住了她，他们就默默地站在长城的遗骸之上看着夕阳一点一点坠入群山。平生第一次，他们看到了一个壮美的长城落日。

"真美！"叶柔叹息似的轻轻说道，"杀虎口，再见了……"

天色就要黑下来了，这时，莽河突然没头没脑地说了一句："对不起！"

叶柔回头看他。

“对不起，”莽河不看她，他眼睛望着渐渐沉入黑暗的山峦，“这些天，你跟我说了那么多对不起，其实该说对不起的是我。叶柔，谢谢你！”

叶柔无声地笑了，没有回答。

“你怎么不抱怨呢叶柔？我那么不讲理，像小孩似的胡搅蛮缠，任性。”

叶柔望着他轻轻摇摇头：“莽河，告诉你一句话，男人不会成熟只会变老。”

他猛地回头，瞪起了眼睛。

她笑了：“这不是我说的，是一个叫保尔·艾吕雅的人说的，是你们诗人自己说的。”

他也笑了，更紧地搂住了她纤细的小肩膀，那纤细总是给他一种错觉，以为稍用些力气就能使它散架。可其实它是坚韧的、有担当的、宽厚的，病中，有许多昏昏沉沉蒙蒙眬眬的时刻，在异乡昏暗的灯下，他以为是母亲的手在抚摸他，为他做着那些琐碎而吃力、亲昵又温暖的事。

“你烧得迷迷糊糊的时候一直叫妈，”叶柔温暖地说，“像个孩子。”

月亮升起来了，是轮大月亮，清澈，皎洁，无限明净。起了山风，月光下的山风浩荡而缠绵。这是属于口内的最后一夜，长城、关隘，明天一早，就要和这一切告别。他们在风中拥抱着站了一会，叶柔说道：“一千年前，我肯定来过这儿……莽河，你信吗？”

“我不知道，”莽河老实地回答，“叶柔，我不知道。”

她宽容地、宽厚地笑笑。

“一千年前，一个今天的姑娘站在唐朝的山巅，他们合谋掩埋了一个秘密——叶柔，这是一首诗的开始。”莽河说。

叶柔心里一暖，是啊，那是一个什么秘密呢？为什么她对这样一个荒凉的非亲非故的异乡、一个从没到过的地方这么依恋，这么动情？为什么对于迁徙这样一个受人冷落的题目这么热情和痴迷？她不知道，也许永远不会知道，但她的脚曾一尺一尺地亲近过、穿越过这片土地。在20世纪80年代中期，在交通工具已经很发达的时代，她选择了最古老的方式向这土地表达了她的敬意，这如同一个生命的仪式。

第二天上午，从右玉县城开来的长途汽车将他们载到了呼和浩特。从那里，他们搭乘一辆顺路的卡车，来到了乌兰察布盟（今乌兰察布市）盟府所在地集宁市（今集宁区）。叶柔的导师有个学生在这里的师专教书，他负责接待了他们，并建议他们去察右中旗，因为那里从口内出来的山西人很多，而且开发后大滩的时间要早于他们原来的目的地——四子王旗。

就这样，他们来到了两个小羊倌的故乡。

中旗过去叫陶林，这是一个他们从沿途乡亲们嘴里早已听熟的名字，它几乎挂在每一个出过口外的老乡嘴上，有太多和他们命运相关的故事发生在这个地方。导师的学生为他们介绍了几个本地的朋友，在文化馆或学校一类的地方供职。朋友告诉他们，从前，更早一些的时候，陶林不叫陶林，叫科布尔。科布尔是蒙语，什么意思？一个姓王的朋友说，科布尔就是蓝色的湖泊。而另一个余姓朋友则说，科布尔意即软绵绵，因为这里到处是沼泽，还有一层意思，在放牧的时代，这里的羊从来不剪羊毛，由它自己脱落，脱落的羊毛使这里变成一个绵软的世界。

总之这是一个丰美的地方，草肥水美，牛羊肥壮。

起初，他们是从姓王的朋友那里听说了义兴全这样一个名字，他们一边喝酒一边听老王讲家史。老王的祖父早年间从山西定襄出口谋生，从推车挑担做起，终于在离科布尔镇十几里的地方，开了一个商号义兴全，经营布匹、马群。后来跑马圈地，雇人耕种，渐渐地，就有了一个叫义兴全的村庄。

这让叶柔心里一动。

“王老师，”叶柔开口问道，“有个广昌隆乡，也是一个商号的名字吗？”

“对，不错。”老王回答，“科布尔有很多村子，都是叫商号的名字，像广昌隆啊、广益隆啊、义兴全啊，都是。”

“为什么？”叶柔忙问。

“当年这些村子都是商号的地庄子呀。那时候科布尔还是牧区，无人耕种，传说它有九十九个海子，草鲜水好，到夏天，草长得没住人腰。咱山西商人以商号的名头，在这里跑马圈地，买下地庄子，再雇口内的老乡，来这里开荒、耕种，种麦子，种谷子，当然也种洋烟，也就是罂粟。有人春天来秋天走，有人就落住了脚，在这里栽根立后，这里就有了一个一个农耕的村庄，有了一代一代种田的农民，有了鸡鸣狗吠，有了口内所有的一切，后大滩就这样被开发了出来。”

哦！原来是这样，叶柔突然激动起来。那是叶柔第一次探寻到了山西商人或曰晋商这样一个特殊的群体，探寻到了这样一段在正史中从来未着一字的历史。她很兴奋，在中旗的街头四处游荡，想找到这些商号的痕迹，找到一个可以触摸的历史的入口。当然，她什么也没找到。

太阳沉落了，一天就要结束了，在一个小巷口，她和莽河碰到了一班乡下来的鼓匠，远远地，他们就听到了鼓匠的吹打。原来，巷里有人家殁了人，请来了广昌隆乡小东滩的鼓匠班子守灵发送。他们站在看热闹的人群里，唢呐嘹亮高亢，又快活又哀伤。看热闹的人评点着说：比街上的班子好！叶柔和莽河这两个外乡人，也不知道这街上的班子是指哪一家。

鼓匠们吹打的是晋地的民歌小调《想亲亲》《割洋烟》，还不断地有人在一旁点曲子，说："吹段《走西口》。"果然，唢呐一顿，转了调，凄厉得如同一个女子的叫板，《走西口》来了。

"哥哥你走西口，小妹妹实在难留……"

唢呐哭着，喊着，是晋地那些名叫翠莲、桂花、翠英、桂梅的女人几百年来的哭诉。一代一代的翠莲、桂花，一茬一茬的翠英、桂梅，站在她们家乡的崖头、村口，朝着黄尘大路、朝着苍天喊叫。晋地的女人们哭破了嗓子，眼泪流成了血河，于是，长草的地方有了庄稼，有了村庄，有了商号，有了几个男人的功业。

唢呐真是个好唢呐，它朝人心里钻。叶柔流泪了。

第二天，他们乘车来到了广昌隆乡。

四、墓志铭

车停在黄羊城时已是傍晚 7 点钟。从呼市开来的长途汽车一路风尘卸下了他们，这里就是广昌隆乡了。暮霭中，四野显得苍茫辽阔，远远一脉平缓柔和的山坡，围着大片青青的麦田。只有银弓山苍青峻伟，在平缓的山背上忽然画出奇特突兀的曲线，幽幽的，黑黑的，神秘安静。据说银弓山里蕴藏着墨金。

太阳一点一点地从银弓山上栽下去。

黄羊城没有旅馆，他们找到了公社也就是广昌隆乡乡政府，准备投宿一晚。不巧，这天乡里来了一群大人物，盟里的副盟长、旗长以及一大批随从到这乡里视察。乡里的上上下下，忙得谁也没有工夫看这两个年轻人一眼。他们只好走了出来，重新站在了公路边，两人你看我我看你，笑了。

“他妈的，我要是省长就好了。”莽河耸耸肩膀。

“多可惜呀，你不是。”叶柔学他的样子也耸耸肩，“诗人，这里离黄羊沟村有多远?”叶柔问道。

“从地图上看，怎么也有十多里。”莽河回答，“你想赶夜路?”

“你不想?”叶柔反问。

“有狼。”莽河吓唬她说。

“反正露宿旷野也是喂狼。”叶柔嫣然一笑。

莽河也笑了。奔波了一天，又累又饿，再赶十几里夜路，他真是怕叶柔吃不消。“我说，你行吗?”他问叶柔。

“有你呀，”叶柔回答，“走不动你背我!”

多年之后，莽河常常想起这句话，这是叶柔跟他说过的唯一一句撒娇的话，小女人的话。这一路千辛万苦，住过最破的破窑，盖过黑乎乎最脏的破棉被，受过各种冷眼，经历过酷烈的风吹日晒，可是她从没有跟他撒过娇，她也从来没有跟他说过累、饿，或者哪儿哪儿疼、痒、难过……好像她纤细好看的身体不是一具肉身，不是一具血肉之躯。这让他讶然，那时，他以为这具身体是远比常人坚韧的、柔韧的，受着神格外的庇佑，是一具金刚不坏之身。

他们回去和乡政府的看门人打听清楚了方向，就上路了。路是一条大路，坦途，洒满月光。月不是满月，是半轮月亮。抬起头，满天的星星，有种慑人的绵密和静。夜风吹来麦苗新鲜的香气，麦田里远远地，这儿一盏，那儿一盏，亮着灭虫的黑光灯。

“半个月亮爬上来，咿啦啦，爬上来……”莽河突然放声唱起了这支关于月亮的歌。

“照着我的姑娘梳妆台，咿啦啦，梳妆台……”叶柔也小声地合唱。

“月亮出来亮汪汪，亮汪汪，想起我的阿哥，在深山……”莽河又唱起了另一曲月亮的歌。

“哥像月亮天上走，天上走，山下小河淌水，清悠悠……”叶柔又小声地跟上了下半段。

他们就这样走着唱着，一支接一支，唱着天上的这轮月亮，千年万年的这一轮月亮，原来世上有这么多关于月亮的歌，中国的、外国的，从前的、今天的。唱着唱着，莽河忽然住了口，他跨到叶柔的前面，弯下了身子，说道："来，上来！"

叶柔莫名其妙："干什么？"

"上来呀，"莽河回答，"你不是说，走不动了让我背你吗？"

"我没走不动啊！"

"你就是走不动了！"

"我没有！"

"就算你走不动了，行吗？"莽河回头，望着月光下她的眼睛，那眼睛深，黑，安静。他们对视了片刻，叶柔有些羞涩地笑了："就背一小段。"

他真的背起了她。

他背着她，走在洒满月光的公路，清香的公路。夜很壮阔，他们很小，很亲。她伏在他背上，像在方舟上摇晃。他们走得又沉默又温暖。

"莽河……"她轻轻叫了他一声。

"嗯？"

"跟你说实话，我是走不动了。"

"那你为什么不早说？"

"好多时候，我都走不动了……走不动的时候我就想，不怕，有莽河呢，我倒下了他会背我……"

"可你一次也没跟我说过，你一次也没让我背过。"

"你这不是在背我吗？……你真有力气，哥。"

这平常的一句话，不知为什么差点让莽河掉泪。一句话从他嘴里脱口而出："叶柔，你愿意一辈子这么走下去吗？和我？"

终于，他说出了那个词，那个禁忌：一辈子，或者永远。他许诺了，海誓山盟了。他自己似乎也被这许诺惊了一下。

良久，叶柔叹息似的说了一句："哥，别说这样的话，我会当真的。我不要你的一辈子……"

"那就三生三世。"他说。

她搂紧了他，把她的脸紧贴在他的脖子上，慢慢地，有热乎乎的东西濡湿了他的脖子。这无声的流泪让他说不出的心疼和感动，他不知道她身上为什么会有一种不明就里的原始的哀伤，对了，是原始的哀伤，那是她身上最打动他的地方，那里有一种神秘的力量。

那晚，他们在近9点的时候终于敲开了小羊倌家的大门。差不多一村的狗都叫了，第二天一早，一村人都知道张七十一家昨晚留宿了客人。

张七十一是两个小羊倌的爷爷，六十出头，关节炎让他走路一瘸一拐。他爷爷七十一岁那年他来到人世，于是七十一就做了他的名字。两年前，他自己的儿子，也就是小羊倌的爸爸在口内背窑被砸死，老伴生病拉下了饥荒，不得已，才让自己的两个小孙子去口内给人家放羊。

小羊倌们的娘胡冬姐捧着儿子的相片，两手直哆嗦，眼泪扑簌簌落个不住。

因为这几张照片，他们两人就像传说中传书的柳毅一样，被张家一家人奉作了贵客。胡冬姐给他们捅火做饭，擀面条，摊鸡蛋，炝葱花，吃了喝了，又从邻家新结婚的新娘子那里借来了两床新被褥，那被褥又松软又沉实，散发着新棉花的香味、太阳的香味。莽河睡在羊倌兄弟住过的小屋，叶柔则和胡冬姐睡在一盘炕上，他们睡得十分安稳，安心，香甜。这是一路行来他们盖过的最干净清香的棉被、最温馨有情意的棉被。

第二天早饭后，他们就听张七十一给他们讲村史和张门一族的故事。当年，这里还是牧区，张七十一的老老爷爷，一个名叫张善的后生从晋地老家忻州东红院来到了这里，先是给人家地庄子上垦荒，后来慢慢地从东家手里买下了荒地，于是，黄羊沟村就有了张家自己的土地。

那时，说不好是哪年哪月，官家放地，买家骑在马上，纵马飞奔，马跑不动了就是自家地庄子的边界，可以想象那辽阔。种不过来，再转手卖出去。张善和兄弟张良一咬牙，打下饥荒，从广昌隆手里毅然买下了荒地，拿绳子一牵，从此地姓了张。那地蒿子长得有一房高，像麻秆，黄羊成群，在白茅草中奔跑时自由而矫健。弟兄俩搭起茅庵，在地上深深挖了一个坑，上面盖上蒿秆，这就是他们最初的家。

夜晚，他们在狼嚎声中入睡。草原上的星空美不胜收，那是和他们无关的美景。

地一锹一镐地开垦出来，依照时令，种下了小麦、大麦、莜麦，种下了菜籽、胡麻和山药，当然还有洋烟。洋烟开花的时候，这里就成了花海。

一年又一年，这里成了一座村庄，盖起了房屋，养起了牲畜，娶来了女人。于是，洋烟成熟的时候，男人在前头割，女人家在后头抿。女人生下了儿女，儿女长大了，又迁来了别姓的人家，姓李的，姓杨的，姓于的……于是盖起了更多的房屋，养起了更多的牲畜，娶来了更多的女人。鸡鸣狗吠，炊烟升腾，村名却还是原先的地名——黄羊沟村。只是，这里再没有了黄羊的影子。

有人烟的地方自然就有兴衰的故事，说来这小小的村庄也有过张塌李发的典故。和所有败家的原因差不多，张家某位家主抽洋烟抽败了家，李家本是张家的长工，长工和东家闹了个结拜，东家卖地长工买，于是，张家塌李家发，三十年河东三十年河西，李家成了黄羊沟村的首富。最兴旺的时候，李家有大牲口百多头，十六七犋牛，土地连成了片，套上牛一气就犁到了东山上。柴火垛垛得像座山，居然掏了个洞，安了碾盘做磨坊，有一年着了火，大火整整烧了两个月！发了家，自然要起屋盖院，房子上筑起了炮台，养起了家兵，为的是防土匪。

然而，尽管张家败了家，可远近人说起黄羊沟村，还是说那原来是张家的。

从张善张良到张七十一，张家在黄羊沟村已经是第六辈人。

有一年，那已经是新中国成立后，张门族中一家出一块钱、尺半布票，请人画了张氏家谱。这家谱后来让人烧了。如今，毁灭的家谱上那些拓荒的先人没有回到故乡晋地，而是长眠在了这里。

正午的太阳明晃晃地照耀着这片叫西坡的地方，连天接地的空旷之中，五个坟包簇拥着，联手比肩，肃立在万里无云的青天之下。远处缓缓的一面山坡，耕过却没有播种的土地像金子一样静静流泻下来，四周都是这样没有播种的寂静无声的土地，金子般的土地。五个坟包被这一大片明晃晃的空旷拥抱着，挤压着，小小的一簇，说不出的孤独。五个坟包除了摇曳的荒草，没有任何标记，无碑，无字——这就是张家老坟。

阳光下，莽河和叶柔这两个外乡人被这深不可测的无字的坟深深震撼了。他们不知道，这坟里哪一座掩埋着创业的张善张良，哪一座掩埋着败家的那位先人。死是如此孤独的事，即使所有的亲人都聚集在一起，也无法抵御这巨大到无边无际的虚无。无遮无拦的阳光下，它是如此触目惊心。霎时间，悲情和正午的阳光一起，涌进了他们的心里。

他们在这萍水相逢的拓荒人坟前盘桓了许久。后来他们就坐在了坟的对面，坐在明亮得已经有些灼人的阳光里。那是莽河一生中最明亮的一个中午，极目望去，四周的世界没有一点阴影，没有树、庄稼、房屋。静极了，似乎天地之间只有他和她以及这些坟，甚至没有鸟鸣，也听不到远处村庄中的任何声响。天是那种澄明到让人伤心的碧蓝，偶尔飘过的云朵就像是天空的灵魂。

“叶柔，”莽河伸出臂膀搂住了叶柔的肩头，“假如我死在你前面——我当然要死在你前面——你在我的墓碑上就写：一个天真的人长眠于此，生活过，爱过，诉说过……”

“好的。”叶柔点点头。

“咦？你怎么不抗议，说要死在我前面？”莽河扭头望着她说。

她笑了：“我不，我要死在你后面，你这么多情，我不放心你。”

“好啊！我还不放心你呢！我可不愿意你再醮——不行，我要死你后头了，我要给你写墓志铭。你说，你墓碑上写什么？”

“不知道。”她回答，眼睛望着面前的坟包，不笑了，“莽河，躺在坟墓里能听见亲人说话吗？”

莽河愣了一下，不知道怎么回答这样一个浅显、幼稚的问题。

叶柔转过了眼睛，望着莽河：“要是有一个墓碑，有一个我的墓碑，就写生者可以死，死可以生……”

这是汤显祖的话，莽河知道，那是对《牡丹亭》的注解：“情不知所起，一往而深，生者可以死，死可以生。”此时，不知为什么，这句话听来让他有些心惊。

叶柔抬眼望着辽远的如洗的碧空，自语似的说道：“在这样的天空下，人是相信有灵魂这件事的，真美。”

那一天，由于没有顺车，他们就在黄羊沟村多停留了一晚。

张七十一打发儿媳去邻村割来了新鲜羊肉，给他们包羊肉胡萝卜饺子。

黄昏时分，莽河从村里唯一的小卖部买来了白酒、啤酒和午餐肉、五香带鱼等罐头，给小羊倌的两个小妹妹买了糖果糕点。晚上，他和七十一老汉就着羊肉饺子，开怀畅饮，喝了白的喝啤的。叶柔坐在一旁和冬姐拉家常，两个小姑娘围在她身边，她用剥开的糖纸给她们折小人儿，那小人儿花红柳绿，个个都穿着 18 世纪欧洲的大裙子，排成一排，却各有姿态。

那是愉快的夜晚，酒香、羊肉的膻香、山西陈醋的浓香，还有女孩们的欢笑，在这经历过创伤的贫困的家里飘荡着，绕梁三匝。胡冬姐不时地背转身去悄悄拭泪，昏暗到暧昧的灯光下，她望着有了醉意的公公、笑靥如花的女儿，觉得这是一个梦中的夜晚。

深夜，叶柔突然被剧烈的腹痛疼醒了。一切来得如此突兀，毫无征兆和预料。那是一种陌生的、黑暗冰冷的剧痛，她在炕上缩成一团，死死咬住嘴唇，不让自己呻吟出声。她不想惊动人，想忍到天亮，但是突然之间，一股腥热的热流呼一下从她的体内奔涌出来，随着那不祥的热流，她喊叫了。

他们找来了一辆拖拉机，送她去乡里的卫生院。他们把她裹在那床借来的棉被里，被子已经成了一床血被。莽河紧紧抱着她，她在他怀里发着抖，拖拉机突突突颠簸着，他不停地、不停地叫着她，他说："叶柔，叶柔，叶柔……"她闭着眼睛，意识随着汩汩的热血渐渐流出了体内。拖拉机快到目的地的时候，她突然清醒了，睁开了眼，望着莽河安静地、温柔地、无力地说了一声："哥，别怕……"然后就温暖地笑了。

那一夜，卫生院没有人值班，锁着门，黑如深渊。拖拉机继续突突突朝着旗里赶，莽河抱着几近透明的叶柔，仍旧不停地、杜鹃泣血一般叫着那个名字，唯一的名字。他不知道自己的声带已经真的叫破了，满嘴都是血沫。他说："叶柔，叶柔，叶柔，我不怕，我不怕，你也别怕……"他重复着这一句话，他始终觉得她在微笑，尽管她的身体已经越来越冷，越来越冷。等到他们赶到医院急诊室的时候，她不再流血，她的血流光了。

宫外孕。

宫外孕引发的大出血。

他一点不知道她怀孕，她自己也不知道。

他们用一床白被单盖住了她，盖住了她血迹斑斑的挣扎过的身体，盖住了她透明的微笑的好看的脸。他们试图用白被单藏匿起她，像变魔术一样让她从这人间消失。他愤怒了，疯狂了，他怒不可遏地扑上去，一拳打倒了护士，阻挡着要把她带往太平间的那个白色的推车。他扑在她身上，一把扯掉那个诡谲的、罪恶的白被单，嘴里仍旧不停地叫着那个名字，唯一的永远的名字："叶柔，叶柔，叶柔，我不怕，我不怕，你也别怕……"然后他跪下了，一口血从他嘴里喷涌而出，他面目狰狞地倒在了车前。

叶柔死了。

大地上一定有一处教堂，在这个时间唱着一首颂歌："走吧，走吧，到天国去吧……"

第五章　真相

一、死于青春

小船三岁那年，1986 年，某一天，陈香在新华书店看到一本新诗集——《死于青春》，作者是莽河。这本诗集还有一个副标题：献给我的爱人。她把这本薄薄的、散发着油墨香味的小书打开了，扉页上有一张照片，一张作者像，背景是边地的烽火台，一个陌生的男人坐在残墙上凝视前方。

一个陌生的、从没有见过的男人。

陈香脑子里嗡的一声，她想，我看错了。她合上书再去看封面上作者的名字：莽河。没错，刀刻斧凿的两个字一笔一画，触目惊心。愣了片刻，她想起去看作者简介，也许是一个同名同姓的什么人。但简介告诉她，这就是那个莽河，写《高原》的莽河，说你是天地的弃儿的那个莽河。

唯一的莽河。

她蒙了。

4 月的春风中，浑浑噩噩的春风中，她走出了书店。半小时前，也许十几分钟前，她走进这家书店的时候，世界是明媚的，生活是明媚的。此刻，当她走出书店的时候，生活在顷刻间变成了噩梦。

她茫然地、如同一个空心人一样走在街上，没有方向，不辨东西，不知道自己要往哪里去。她走、走、走，无数的行人与她擦肩而过，无数的罪恶、伤害、欺骗与她擦肩而过，城市巨大而邪恶，她被一种邪恶的气味熏得摇摇欲坠站不稳脚跟。在一个公共汽车站旁她终于倒下了，倒下的那一瞬间，她看见了丁香树。

4月，一城的丁香花都开了，那是她的花，她生在丁香开花的季节，所以她叫陈香。

人们叫来了救护车，把她送进了附近的一家医院。医生从她身上发现了工作证，给学校打去了电话。老周那些日子刚巧在外地开会，不在家，于是匆匆赶到医院的人是明翠。那时，陈香已经苏醒过来，初步检查的结果，没有发现什么器质性的问题。明翠冲着她夸张地大叫道："陈香，你吓死我了！你怎么昏倒了?"

她拒绝了医生留院观察的建议，和明翠一起走出了医院。明翠用自行车驮着她走在春天的大街上。她沉默着，不回答明翠的任何问话。后来，明翠也沉默了，明翠隐约意识到陈香遇上了一个大问题，一个残酷的、她们都不知道怎样面对的问题。在暧昧的丁香的香气中，她把陈香送回了家，安顿她躺下，对她说道："你好好休息，一会我去幼儿园接小船，我先把他接我家里。"

陈香一震。

小船，这名字让她战栗。这是她此时此刻最最恐惧的一个名字，她想逃离的一个名字。她缩在被子里发着抖，感到了一种彻骨的寒冷，就像赤身裸体浸在了冰窖之中。昏昏沉沉地，她睡着了。那是一种她从没沉入过的深睡，很深，很黑，如同死。她不知道自己这样如死般睡了多久，当明翠叫醒她的时候，灯光晃着她的眼睛，天黑了。

明翠说："我熬了点粥，你起来吃点。"

"几点了?"她问。

有一刹那，她不记得发生了什么，不记得这个晚上和平常的夜晚有什么不一样。但这仁慈的混沌仅仅只是片刻，一分钟，只听明翠回答道："10点多了，小船已经睡了。"

小船！她闭了下眼睛。

"你走吧，我困了。"她对明翠说。

明翠张了张嘴，她想说，你刚睡了那么久。可她还是把这句话咽了回去。陈香脸上有一种她从没看到过的冷漠和恶意的、敌意的疏远，让她觉得她们之间就像是两个陌路人。

明翠忧心忡忡地走了。

陈香坐在床上，望着对面的那张小床，松木的，曾经散发着松脂香，那么清新，那是他们亲手缔造的幸福的象征。一根根精巧的、只刷了清漆的栏杆裸露着美丽的木纹，如同生活一般恣意和性感……现在，四周的栏杆被卸了下来，看上去加长了，变成了一张普通的小床。小船——就睡在那上面，长大的儿子睡在那上面，可是，他是谁的儿子？

冷汗呼一下爬上了她的脊背。她盯着那床，抑制不住的寒战使她的牙齿嘚嘚嘚撞击出冷酷的声响。你毁了一切，她想。多么龌龊，她想。你是谁？是谁？是谁？可是，不管你是谁，我已经像没有办法拒绝我的生命那样拒绝你了，拒绝羞耻、欺骗、伤害，你将和我一起永在。好，她冷笑了，那就让我们同归于尽。

她站起身抄起一个枕头，木棉的大枕头散发着南方和太阳的气味，明媚的气味——她喜欢让枕头在太阳下晒得如同白云般松软。她抄着松软的枕头来到小床前，现在它是一件凶器了。她赤着脚站在床边，他沉沉地睡着，额前一缕头发妩媚地搭在他的眼角，这妩媚、这肉体的气息让她憎恶，她盯着他，紧紧紧紧盯着，呼吸急促到像是要窒息。就在这时，非常奇异地，他突然睁开了眼睛，安静地、成熟地望着她，那眼神一点也不像一个孩子。他说：“妈妈，你干什么？”然后就毫无痕迹地合上眼睛，像从来也没有睁开过似的又睡着了。

也许命运的眼睛真的睁开过，也许那只是她的幻觉。

她像被电光一击，猛醒了。天！陈香你在干什么？她突然瘫软了，身子出溜下来，枕头落在了脚下。苍天、上帝、神，你在干什么？那是你的儿子，你仙草般的儿子……她扑在了她儿子身上，小船的身上，把脸埋在了孩子熟睡的芳香的身体上。上帝，你干了什么？她像发热病一样打着寒战，剧烈地哆嗦，泪如雨下。可怜的孩子啊，对不起，对不起，对不起，她在心里对他说了无数个对不起，可她知道，她永远、永远对不起这不幸的孩子了。

她将永远不敢再去看这孩子的眼睛。

她跳起来冲进厨房，那是她刚刚拥有的一个厨房。年初，他们才搬进了这个旧旧的小单元里，两居，没有厅，可历史性地结束了在筒子楼黑魆魆的走廊里做饭烧菜的那份草率和局促。她爱厨房，在这个城市的人还都没有装修这概念时，她就尽最大可能布置了这个六平方米的小小空间，使它看上去朴素、洁净而温暖。此刻，它在黑暗中熟睡着，墙壁上有幽幽的冷光在闪，铁腥气的冷光，那是挂在那里的刀具。她冲进来，轻车熟路地直奔它们而去，那都是她用顺手的、服帖的、亲爱的利刃。

她摘下一把西式的餐刀，平日她用它来杀鱼，尖而锋利。她毫不犹豫地用它切开了自己的手腕，噗的一声，血肉分崩原来是有声响的。她把刀一丢，月光下划过一道华丽的银光，随后她闻到了血的热腥气。她笑了。去死吧陈香，我杀了你。

二、折磨

大约在半年前，明翠去北京某大学参加一个研讨会，一天傍晚，她在海报上看到一则消息，诗人莽河要在这天晚上来校园里举行讲座，主办单位是中文系学生诗社。

久违了，她想。

她去听那个讲座了。她想听听他说什么，她不知道他是否还记得那个内陆小城，那个河边的校园，那个——姑娘。他大概做梦也不会想到，那个初夏，他在别人的城市别人的生活中留下了什么。

可是她傻了。她看到阶梯教室的讲台上完全是一个不认识的人，一个陌生人。她问身边的同学，说："不是莽河的讲座吗？还请了别人？莽河呢？"同学有些奇怪地望着她，说道："那不就是莽河吗？"

原来有一个他们生活之外的莽河。

真正的莽河。

那是让她崩溃的一晚。她逃出了会场，一个人在黑夜的校园里坐了很久很久。她哭了。生活为什么要这样伤害陈香呢？伤害一个对世界充满善意的女人。她是那样壮烈地、义无反顾地要用一生来践行一个浪漫而严肃的悲剧，结果却落进了一个最荒唐恶意的闹剧之中。

她不知道该怎样面对这一切，面对陈香。

回到他们的城市，犹豫再三，她还是把这件事告诉了老周。她不是一个能独自承担这样一个大秘密的人。她对老周说："怎么办呢老周，我们该怎么办？这件事要不要让陈香知道？”

老周摇摇头：“她迟早有一天会自己发现的，还是让她自己发现吧，要是从我们嘴里告诉她，她会更受不了，那会摧毁她。”

“是啊，”明翠回答，“可就算是她自己发现，她还是会崩溃。”忽然她奇怪地望向老周：“咦？奇怪呀，我告诉了你这样一个惊天大秘密，你怎么一点也不吃惊？我哭了整整一夜，觉得天都塌了！”

老周淡淡一笑：“其实我早知道了。有一次翻一本杂志，偶然看到了莽河的照片……后来我为了证实这个，去省图书馆翻阅了所有的期刊、所有和他有关的书还有资料。前几年，期刊刊登照片的不多，近来才多起来了，不过莽河的照片还是不多见——但愿永远不要让陈香看到，上帝保佑吧。”

明翠惊奇地瞪大了眼睛：“天哪，你的心可真深，能装下这样的秘密！”

老周回答：“装不下又能怎么办？我能告诉谁，小船的爸爸是个冒名者，是个赝品？”悲哀涌上了他的眼睛，“那个混蛋，他不知道自己都干了什么……”

他们沉默了，那是一个他们谁也无能为力的难题，那是一个耸立在前路上的险关，一个终将伤害到他们的陷阱。只不过，他们都存了一点点、一点点侥幸：或许有一条岔路可以让他们绕过那个凶险，或许神会怜悯他们，怜悯那个孩子，赐给他们奇迹。

阳光没有表情地照耀着他们。

听到陈香昏倒的消息，起初，明翠并没有往那个她最害怕的地方去想，大学四年，有一次体育课上，陈香也曾经在做俯卧撑的时候突然昏厥了过去。但是接她回家的路上，明翠开始觉得不对劲，越来越不对劲：她的沉默里有一种可怕的东西。明翠想，天哪，该来的还是来了。

从幼儿园接回两个孩子——小船和壮壮，做晚饭，给他们讲故事，给陈香煮粥，然后带着粥和小船一起回家。做这一切的时候，她心神不宁。老周去外地开会了，不在家，没有一个人可以和她分担不安。她哄睡了小船，叫醒了熟睡的陈香，陈香莫名的敌意证实了让她恐惧的那个猜想。再次从那里出来的时候，夜已经深了，她慌慌地回到家，慌慌地坐在灯下。书桌上杂乱地摊着她的教案、丈夫没写完的文章，还有他的三五牌香烟。破天荒地，她从那烟盒中抽出一支，点燃了，深吸一口，居然从鼻子里幽幽地吐出了一缕烟雾。那是她此生第一支烟，慌乱中抓住的一点支撑。第二口，她就没有那样的运气了，烟呛出了她的眼泪，她一阵咳嗽。

这将是一个不眠之夜。

睡梦中的儿子突然喃喃地喊了一声："妈妈——"这喊声不知为何让她觉得心惊。不行，她想，这样不行。她腾地站起身，重新走出家门走出楼门来到陈香的家门口。她站在房门前聆听着，里面很静，太静了，这寂静让她扑通扑通心跳。她摸出了钥匙，她和陈香为了接送孩子方便互相拥有对方家的钥匙——谢天谢地她有钥匙，她毫不犹豫地用钥匙打开了房门。推门的一瞬间，她就闻见了那不吉祥的气味、强烈邪恶的气味、事后，她明白了那是扑面的血腥气。

陈香倒在厨房的地上，倒在一片血泊中。

血还在流，流得缓慢而温柔。

在缓缓流淌的血河旁边，小船仍旧睡得很沉。

老周赶回来时已是第二天傍晚，他在火车上整整站了二十八小时回到了他的城市。他直奔医院，在病房门口看到了明翠。明翠对他说："谢天谢地我有你家钥匙。"说完，明翠就哭了。

"她怎么样?"他哑着嗓子问明翠。

"输了血，救过来了，"明翠说，"可是很不好。"

他轻轻搂了一下明翠的肩膀："多亏你了，明翠。"

他走进了病房，她在睡，脸色惨白，连嘴唇也是惨白的，像一张没有染色的面具。一滴一滴血浆静静地流进她的静脉、她的身体。那是陌生人的血、不相干的血。难过就是在这时候突然涌上来：从此她的身体里就流着陌生人的血了。他坐下来握住了她的另一只手，那手很凉。

她睁开了眼睛。

她默默地望着他，望了一会，冷冷地抽出了自己的手。她说："现在什么都别问，我会告诉你一切的。你走吧，让我自己一个人待会……"

此刻，他明白了明翠所说的那个不好是指什么。她真的不好，寒冷，充满敌意。她从不是一个与人为敌的人，但此刻，敌意就像这被输入的血浆一样在她周身的每一根血管中流淌着，她张开的每一个毛孔都散发着它冰冷的拒人千里的气味，像刺猬竖起的针。他无言地坐了一会，起身走了出去。

明翠一直等在外面。

“怎么样?”明翠小声问，“说什么了吗?”

他摇摇头。

“怎么办呢老周?”明翠的声音里带着哭腔。

“别着急，明翠，我们得给她时间……让她长伤口。”老周回答。他的回答其实毫无底气。

尽管那天急救车是在半夜时分拉走了陈香，尽管明翠用意外和事故来解释这事件，可人们还是觉出了这其中的蹊跷。人们不傻，一个擅长厨事的主妇被菜刀划破手腕动脉的可能性有多少?人们探究着其中的破绽，用异样的猜测的眼睛打量老周，试图从明翠嘴里套出实情。没多久就传出了流言，那流言有模有样，说老周有了外遇：一个新分配到中文系的女孩和老周有了私情。

老周沉默着，不辩解，骑着他的破自行车出出进进，去幼儿园接送小船，去医院照看陈香，一如既往上班下班。

一周后，陈香的伤口拆线了，可以出院了。这天傍晚，陈香忽然对老周提出一个要求，陈香说：“你明天把小船送到我妈那儿去吧。”

陈香的娘家不在这个城市，在相邻的另一个小城。那是座小山城。

老周没有问为什么，老周知道就是问她也不会说。这是几天来她开口和他说的唯一一句话，送走小船，她视为性命的儿子。

老周点点头，说：“行，好吧。”

“你是不是早就想把他打发走了?”陈香冷笑一声，“你连原因都不问一下?”

“好，”老周安静地望着她，“那你告诉我原因。”

“因为你讨厌他！你瞧不起他……”陈香冲着他的脸喊叫。

“陈香，你怎么能这么不讲理?”明翠刚巧走进病房，听到了他们之间的对话，“你怎么说这么没良心的话?”

“我为什么要有良心?我把我的心杀了，谁让你救一个没心的人?”陈香冷笑着回答。

“你——”

“明翠！”老周拦住了明翠，回头对陈香说道，“不管是什么原因，你一定有你的道理。好，明天我送小船走，你说什么时候接他回来，我马上去接。”

第二天，陈香出院回到家里的时候，小船已经不在了，这是一个没有了小船的家。松木的小床空荡荡的，堆在床上的毛毛熊、衣物、图画书、识字卡片都不见了，他所有的玩具都不在了，但他的气味还在，孩子身上那种热烘烘温暖的香味充斥在房间的每一个角落，呼之欲出。没人的时候，她扑在了那松木的小床上，把脸埋进他的小枕头里，泪流如雨。

傍晚时分，老周从那小山城赶回来了，一进门，看见陈香在厨房里做饭。那一瞬间，他以为生活又回到了从前，回到了有阳光的时候。他站在那里默默看着她的背影，看她低头切菜，她在切一种丝状的东西。她一向很以自己的厨艺为骄傲，她是个热爱厨房的女人。此刻，一锅鸡汤在炉子上炖着，香气四溢，那香气几乎熏出他的眼泪。

他们平静沉默地吃了一顿晚饭。

饭后，他洗碗，给他们各自泡了一杯绿茶。他说：“要不要看会电视？”陈香回答说：“你过来坐下，我有话说。”

他坐下了。

突如其来地，她讲起来，她说：“你不要打断我，不要提问，不然我会没有勇气讲下去——我看到了一张照片，莽河的照片，可那是一个我们都不认识的人，不是小船的爸爸，你明白了吗？他不是小船的爸爸……”她哽了一下，眼泪静静地流下来，她任由它们在脸上流淌，她说这个莽河从来也没有来过他们的城市，没有来过他们的河边，那来过的那个又是谁呢？她像是问自己又像是问冥冥中的什么人。“还有更可怕的事，”她停顿了一下，像是在喘息，“我昏了头，我疯了，我疯了……”她用手捂住了嘴，试图压住那哽咽，那身体深处巨大的恐惧，她终于还是没能说出口，她以为必须说出的一切。这一刻，她知道，那是她永远、永远要独自承担的罪孽。

他站起身，来到她身边搂住了她。他把她紧紧搂在怀里，心里隐隐约约明白了一点什么，明白了她为什么不敢见小船。他心惊肉跳地搂紧了她，知道了生活原来还有更深更黑暗的地狱。

陈香依偎着他，他的体味有一种海水般的咸味，太阳下的海水，暖洋洋的，那是她熟悉的热爱的气味，那是让她心软的气味。她挣出了他的拥抱，抬起了脸，说道："哥，我们离婚吧。"

奇怪的是，这句话并不让他感到意外。他望着她严肃的脸，用平静的语气问道："为什么？给我个理由。"

"我闹出了这么大的动静，把生活搅成了这样，我不能把你也拖进地狱里，我不能毁了你的人生——你是个好人，善良的人。哥，你吃过那么多苦，你应该去过自己的生活，你想要的生活。"

"做周小船的爸爸，这就是我想要的生活。"

"那我会一辈子觉得愧疚，一辈子觉得对不起你，我不能假装这一切没有发生过。我拿刀杀自己的时候，就背弃你了。我没杀死自己，可足以杀死我们的婚姻……我没有能力再给你带来快乐，带来正常的日子，长痛不如短痛，哥，撒手吧。"

他没有说话。他知道说什么都没有用了。这个女人生来是要做烈士的，是要赴汤蹈火和献身的，为爱，为信仰，或者为罪孽。

三、南方

他们僵持着。

她不再睡他们共同的床，她也不睡那张松木小床，她就睡在客厅兼书房的那张双人沙发上。那沙发的长度只有一米六，她躺在上面根本伸不开腿，她就那样不舒服地睡了一夜又一夜。她用这种不舒服折磨着老周。

有一天，老周只好抢在她前面蜷在那沙发里了，老周说："你睡床，我睡这儿。"她听了，说道："好，那我出去。"说完她就开门出去了，在初夏的街头游荡，最后来到一个小广场，在一条长凳上坐下了。一抬头，老周就站在她面前，对她说道："我认输，你爱睡哪儿就睡哪儿吧。"

她开始和南方联系，联系调动的事。那是成千上万个淘金者的南方、梦想者的南方，当然也是逃避者的南方。南方没有拒绝她，酷烈的骄阳、木棉树、大海和新兴的城市没有拒绝她，她开始办理调动的手续，她要去南方一家报社当编辑。

手续办下来了，她把手续摆在了他面前，他沉默不语。她说："求你了，离婚吧。"

他回答："小船怎么办？这对小船是不是太不公平？"

她笑笑："这世界就是个不公平的世界。"

"陈香，你原来是这么势利的一个女人。莽河的儿子、诗人的儿子就应该被小心翼翼地保护，而现在的小船就可以承受伤害？对我而言，莽河的儿子和随便什么人的儿子，本质上没有改变，他们都是周小船，都是我的孩子！我们说过要给这可怜的孩子一个完整的家，你当妈妈，我当爸爸——好吧，既然如此，这家家就过到这儿吧，游戏就到这儿吧！你不值得我这样难过，陈香……"他激动地、激愤地说出了这一番话。

陈香平静地、哀伤地望着他："周敬言，这是你的真心话吗？这里没有一点做作的成分吗？不错，野种和一个来历不明的野种，对一个女人而言确实是不一样的，我说的是女人不是母亲！我不仅仅是个母亲！你呢？你心里，你心里最深的地方没有一丝一毫对这个生命的轻视？也许现在你感觉不到，但不一定在什么时刻、什么瞬间，它会突然冒头，突然钻出来，你面对着他的某个缺点、某个弱点，你会想，这不奇怪，这是遗传，这是他基因的问题！我害怕你有一天会这样看他，这样对待他，那对他才是不公平！所以，游戏就到这儿吧，我伤你伤得这么深，你想怎么骂我就骂吧……"

他们互相对望着，窗外一片麻雀的叫声，叽叽喳喳，欢天喜地，夕阳坠落了，他们的心也在无可挽回地坠落着。

几天后，他们去街道办事处办理了离婚手续。在这前一天，她搬出了他们的家，她曾经十分热爱的家。那个家有松木小床，有漂亮的花窗帘，有干净的厨房，也有杀害了他们婚姻的血腥的利刃。

办完手续，走出办事处的大门，已经是中午了，他说："12 点了，去吃午饭吧？"

她笑笑，说："不了，明翠还在她家等我。"

她望着他，望了一会，转身走了。现在他们是陌路人了。他看着她的背影，渐渐远去的背影，忽然叫了一声："陈香。"她站住了，转过身。他走上来站在她面前，许久，突然说道："要是我想小船了，我还能去看他吗？"陈香笑了，说："当然能，你是小船的爸爸呀。"

他眼睛湿了。"陈香——"他哑着嗓子叫出一声，"你要爱惜自己。"

她忍住了眼泪："周敬言，你结婚的时候，别忘了给我发个喜帖。"

明翠真的在等她。明翠在这个悲伤的日子里包了饺子。明翠说："送行饺子接风面，这是咱们北方的习俗。"

她面对着一盘白鹅似的大馅饺子，一个也咽不下去。

"别忘了北方。"明翠说。

她点点头。

"别忘了龙城。"明翠又说。

一下子她眼眶里都是眼泪："明翠，帮帮老周，让他快点成个家——不是说那个新分来的女孩对他挺好吗？那个叫马梅龙的。现在我走了，你帮帮他！"

明翠狠狠地、狠狠地盯住了陈香："陈香，你相信这样的流言会遭天谴！你不怕遭天谴？"

陈香泪流满面地回答："我已经遭天谴了，明翠，我把一个好人伤成这样，把他的生活毁成这样，我这辈子都不会安心……真要有这样一个女孩喜欢他，我心里会好过一点……"

明翠无可奈何地摇摇头："陈香，陈香，上辈子我们欠了你什么？周敬言欠了你什么？算了，你走你的吧，你远走高飞，别的你就别管了。可是你要记住，你欠了周敬言！"她用指头一指陈香："所以，你必须，必须幸福，陈香，你要幸福……"她说不下去了。

她知道这个叫陈香的女人不会幸福了，这个大词，这个人间的理想从此和陈香无缘，而这一切都始于那个初夏的午后，诗、激情、热血沸腾的午后。

"这辈子我会天天诅咒那个莽河，真的和那个假的，诅咒他们下十八层地狱！"明翠咬牙切齿地这么说。

陈香含着眼泪笑了："别这样，明翠。"

"小船——小船你打算怎么安排？"迟疑一下，明翠还是问出了这句话。

陈香想了想，其实这些天来她一直、一直在想，每一分钟都在想："先让他跟着姥姥，我在那边安顿下来再接他过去。"她这么回答。

她需要时间，需要从仁慈的时光中一点一点汲取勇气，足够的勇气，就像一只工蜂从花海中汲取花蜜，来面对审判者，面对她儿子天真的眼睛。

四、小船的诗

只是，她没有等来这一天。

陈香母亲的家是个小县城，她家住的是那种老式的房屋，冬天需要在房间里生炉子取暖。意外就出在这炉子上。那是个特别严寒的冬季，家里炉火烧得很旺，门窗紧闭，小船就死于煤气中毒，一氧化碳中毒。

那个冬天，小城家家屋檐下都挂着长长的冰凌，小城人把这冰凌叫作冻梨。小船对姥姥说："姥姥，冻梨里有甜的太阳。"那是小船的诗。

小船说话带着小城的口音，有一天，小船望着天上飞过的鸽子，非常高兴地喊了一声："呀，嘎——子！"那是小船最后的一天。

第六章　面朝大海，春暖花开

一、样板间

新世纪某一年，夏天，明翠参加了一个看房团，赴威海看房。那个地方说是威海，其实离青岛更近，从前大概是一片荒凉的海滩，如今被开发了出来，建起了新楼盘，那楼盘的名字叫望海小筑。

可能是这个谦逊的名字使明翠动了去看看它的念头。还有它的广告，广告词这样写："面朝大海，春暖花开——来望海小筑，从明天起做一个幸福的人。"那是改头换面的海子的诗。

明翠笑了，她想，海子做梦也想不到，他会用这种方式活着。

望海小筑在那片海滩上占据了不错的位置，朴素，低调，优雅，暗合着在青年时代喜欢海子、张爱玲、罗大佑和披头士还有凡·高的都市白领的品位。现房只有一小部分，大部分还是正在建设中的期房。沙盘上的小区淹没在一片花海之中，据售房小姐介绍，那些花是樱花，他们将在小区内种多少多少棵樱花树，已经种了一些，还远远不够。

明翠不知道这里的气候和土壤能不能让樱花树存活，但她不喜欢樱花。樱花的美过于虚无和壮烈，像三岛由纪夫，她更喜欢草根和中国的桃花。她想起小壮小时候，一两岁的时候，特别喜欢蒋大为，喜欢他唱的那首《在那桃花盛开的地方》，录音机里只要一放那首歌，他就欢天喜地，眉飞色舞，嘴里桃花、桃花地跟着瞎唱。当然，现在他爱周杰伦，爱信，爱李宇春，而且坚决否认自己有过追捧蒋大为的历史，好像那是段不良记录。

可是从此以后，明翠就特别喜欢桃花，桃花让她快乐。

此刻，无论是桃花还是樱花还都在沙盘上，但大海在那里，蔚蓝，宁静，丰饶。明翠不是第一次看见海，她到过北戴河，到过广西北海，到过三亚，还到过巴厘岛。小时候没见过海的时候，她是爱大海的，大概所有的孩子都向往海洋吧？但现在，此刻，她不敢说那个爱字。她是一个岸上的人，海对她有一种天然而博大的拒绝。她还是一个内心渴望平静、缺乏想象力的人，她知道自己读不懂海，可她仍然被海吸引着，渴望着面朝大海生活。她还知道，面朝大海对有些人而言是一种人生的理想。

她站在样板间落地飘窗前眺望着大海。隔着玻璃，海呈现出一种不可思议的静谧的翠蓝，一波一波海浪从遥远的天边把浪花推向海岸，每一排浪花都朝着那个命定的方向欢快地赴死。她默默地站在窗边看了很久，这永恒不绝的赴死突然让她十分感动。她想起了一个小说中的人物——饭沼勋，三岛由纪夫《奔马》中的主人公。这个叫阿勋的人，他的人生理想就是在太阳升起的断崖上，面对初生的红日和闪耀着光亮的大海，在松树下——自刃。他的理想多么像这些浪花，多么像大自然中某些不可思议的秘密。

她还想起了别的……

售楼小姐在叫她了。

售楼小姐说：“范老师，你来看看这边，这边有一间阳光房。”

从主卧延伸出的阳光房，其实是由阳台演变而来，如今它被设计成了日式的榻榻米，上面摆了蒲团和精致的古色古香的茶具。书房也在向阳的一侧，面朝大海。书柜占据了一面墙壁，里面象征性地摆了一些杂志和书。来样板间看房子的人，大概没几个人会去注意那是一些什么书，但是明翠出于职业的习惯忍不住打开书柜翻了翻那些摆样子的书籍。如她所料，杂志是一些时尚类生活类的东西，《嘉人》啦、《时尚芭莎》啦，等等，而书却显得芜杂，除了几本当红的流行读物之外，居然也有几本很文艺的书，《卡拉马佐夫兄弟》《小团圆》《里尔克诗选》《海子的诗》，艾略特的《荒原》，还有一本——《死于青春》。

明翠一震。她从书柜里抽出了这本薄薄的小书。

“这，它——它怎么会在这里？”她有些结巴地问。

“哦——”售楼小姐笑了，“听说那是我们老板的书，我们老板写的，他以前是个诗人呢！”

“老板？什么老板？”

“开发商啊，望海小筑的开发商。”

书啪地掉到了明翠脚下。

冤家路窄，她想。真是冤家路窄啊！

她愤愤地转身走出了样板间。等电梯的时候，售楼小姐追了出来。这一路上，小姐和他们每一个人都已经很熟，她的爽快和热情颇让售楼小姐喜欢。此刻，小姐又诧异又惊慌地问道：“范老师，是我说错什么话了吗？您不再看看吗？您如果不满意的话，还有其他户型……”

她努力使自己镇定下来，她回答说：“姑娘，你能给我带句话吗？给这个开发商老板带句话。我不管你通过什么途径，请你告诉他，这辈子我就是露宿街头，也不会花钱买他盖的房子！我就是把钱当纸钱烧了，也不会让他赚我一分钱！你告诉他，这楼盘让人恶心，我祝福他一间也卖不出去，我祝福他破产！请你务必把这话转告他！……”话音未落，电梯门开了，她庄严地走进去，把惊愕万分的售楼小姐留在了电梯外。

二十年了，二十年了，二十年了……明翠想，小船离开人世二十多年了啊！

她来到了沙滩上，她沿着海边走，走，浪花扑上来没住她的脚踝，又退下去，再扑上来，再退下，前仆后继。她好想这个孩子。她看见这个浪花般的孩子一路奔跑着扑向他不懂得的死亡。他不是阿勋，死不是他的理想，可是他死了。

海面上飞翔着海鸥，那是小船不认识的鸟。他没有机会认识海鸟。也许小船会指着它们高兴地说道：“呀，嘎——子！”明翠哭了，她恨不能让孩子长大的那一切。

二、赵善明的娜塔莎

20 世纪 90 年代初，莽河来到了俄罗斯。那是初秋季节，他乘火车穿越了西伯利亚，在莫斯科下车。当他的脚踩在了俄罗斯的大地上，他想起了叶赛宁的一句诗：“我告别了我出生时的老屋子，离开了天蓝色的俄罗斯……”那一刻他感慨万千，和国际列车卸下的那些同胞一样，他是作为一个淘金者而来，不是作为一个朝圣者、一个诗人。他来这片广袤的大地是为了寻找机会。

从踏上俄罗斯土地的那一刻，他不再是莽河，他恢复了他的本名：赵善明。

这是他对这片土地最起码的尊敬。

他经历了一段极其痛苦的日子，叶柔的死，还有接下来生活和时代的巨变，突然之间，身边的朋友们抛弃了诗，大家的话题变成了下海。认识和不认识的许许多多的人都脱鞋下海了。诗变得无足轻重，甚至尴尬。诗所象征的那一切几乎是灰飞烟灭。每个人都有自己下海的动力和理由，他也有，那就是为了麻痹自己，摆脱痛苦。

他想念叶柔，非常想。

他和两个朋友结伴来到了莫斯科，做贸易。渐渐地他发现，原来他居然有做生意的禀赋，原来他生来就不是一个诗人。他当初对自己的担心，担心他会无力抗拒生活的侵蚀，看来并非空穴来风啊！他一边在心里谴责着自己对诗的背叛，一边野心勃勃地、抑制不住地把生意往大里做。很快地，他们有了自己的公司。起初那公司规模很小，除了他们三个合伙人，连一个打杂的都没有，于是他们就给这小小的公司起了一个揶揄的却也是壮胆的名字：三剑客。那是他的生活中存留的最后一点浪漫的文艺气息。

面包会有的，牛奶会有的。

几年后，三剑客在香港成功上市。又几年，他们在一个最好的时机，杀回了国内房地产这片正在开发的处女地。

当他们的公司还真正只是三剑客的时候，这个冬天，莫斯科下了一场接一场的大雪，那是莽河——赵善明所没有经历过的严寒，比想象中的还要冷。这让他常常想起一本苏联小说的名字《多雪的冬天》，有一种忧伤扑面而来。但他告诫自己，一个商人不能总是多愁善感。

俄罗斯的冬天白昼很短，夜晚那么漫长。他现在觉得自己有些理解了俄罗斯诗歌和小说中那种沉郁的基色。但对于一个正在打拼的商人来讲，他活在另一个俄罗斯，纷乱，莫测，生气勃勃，充满机会。在这样的俄罗斯，商人是没工夫睡觉的，尽管它有着最长的黑夜。三剑客的纪录是曾经七十二小时没合过眼。第四天，赵善明去冲澡，结果在澡盆里睡着了。

尽管那是他第一个异国他乡的冬季、离家万里的冬季，可他没时间思乡。

有一天，他独自去见一个客户，那是一单大生意，却没有成功。从地铁里走出来，雪停了，马路上积雪很厚。那是一条比较僻静、扫雪车没有抵达的街道，一个老妇人正在横穿马路，她走得很慢，很艰难，腿脚一跛一滑。突然之间，这个在雪地上艰难行走的老人让他心底一软，乡愁霎时间滚滚而来。他愣了片刻，突然跑过去扶住了那个老人。老人抬头看了看他的脸，陌生的异国的脸，却信任地抓住了他的一只手，老人的手戴了厚厚的大手套，像熊掌。他们就这样手握着手慢慢穿过人行横道，来到便道上。他仍旧没有松开老人，老人也没有松开他，他们咯吱咯吱踩着积雪走在一条他叫不出名字的莫斯科街巷，那和他要去的地方南辕北辙。

那条路并不长。老人到家了。

他的很烂的俄语还是让他能勉强听懂老人的话。老人边比画边指着路旁的一座楼房说，她就住在这里。接下来，老人突然冲着他狡黠地一笑，用他完全听得懂的语言、他血液里的语言——汉语，说道："年轻人，愿不愿意进去和我一起喝杯茶?"

他愣住了，一时间仿佛不相信自己的耳朵："您——您会说中文?"

老人笑得很开心："怎么，不愿意接受一个老人的邀请吗?"

"我愿意，"他笑了，一瞬间他觉得自己的眼眶有些湿润，"我太愿意了!"

那是座旧楼房。以他的眼睛还分辨不出它是什么时期的建筑，他揣测那应该是旧俄时代的产物。没有电梯，但楼梯很宽，铁艺的栏杆铸出橄榄枝的花样。前厅不大，但却有着高高的拱顶。她的房间在二层，大概是因为朝向，显得阴冷、幽暗。一个阔大的壁炉黑沉沉的，没有火光，像洞穴的入口。家具和这座建筑一样也是旧时代的，有一种凝重的时间感和华丽的破败。他仍旧不知道它们属于什么样式，经历了多少岁月，却让人在它们面前不由自主地收敛了轻薄的姿态。此刻，窗外的雪光微微映照着它们，那种幽光仿佛时间的光芒。老人打开了暖气，一边脱大衣一边对他说道："请坐，年轻人，我这就去烧开水。"

他在一把蒙着缎面的椅子上坐下了，那缎面早已褪尽了颜色，曾经活色生香的花纹也磨损得完全看不出从前的面孔。他一边追随着老人忙碌的身影一边抑制不住他的好奇："您中文说得真好，您在哪儿学的中文?"

“在中国。”老人回答，“我在中国生活了十五年。”

“上帝！”他惊叫一声。

茶炊备好了，他们围桌而坐，热腾腾的红茶里加了煮好的牛奶，茶香混合着奶香，顿时使屋子里有了暖意。正山小种。老人举着茶杯对他温暖地笑着，那手严重变形，是类风湿关节炎的手。那也是他这个茶盲第一次听说了正山小种的名字。

他想他知道为什么老人会邀请一个萍水相逢的路人来家里喝茶了。有一个故事在等着他。老人一边啜着热茶一边慢慢地讲，大概是长久不说中文的缘故，她的中文到底有些磕磕绊绊，偶尔还会像唱歌一样跑调，可那又有什么关系？原来，20 世纪 50 年代初，中苏热恋的时期，一个年轻的中国工程师来莫斯科进修，他们派刚刚大学毕业的姑娘做他的助手。他的俄文名字叫阿辽沙，两年后，阿辽沙回祖国时，姑娘和他一起回来了，因为姑娘已经是阿辽沙的妻子。

“阿辽沙很英俊，眼睛明亮，爱唱歌。”老人眼睛越过茶杯望向窗外的皑皑白雪，那大概就是她爱上他的原因吧？如此单纯的原因，却能使一个姑娘别国离乡。后来，中苏交恶了，再后来，珍宝岛打仗了，他们的处境变得很糟。阿辽沙说：“我们分手吧，你带着孩子们走吧。”她走了，带走了三个孩子。那时，她的小女儿才刚刚三岁。

“后来呢？”他忍不住这么问。

“阿辽沙自杀了。”老人安静地回答。

暖气始终没有把这间幽暗的房间暖热。窗外，天色暗淡下来，黄昏就要到了。俄罗斯冬天的黄昏短暂得就像是一声叹息。他突然想起了叶柔，想起很久以前，他们一路同行穿越了多少别人的人生……他无言地望着老人，老人朝他微笑。

门就在这时被打开了。

“怎么不开灯妈妈？”

光明照亮了房间，是电灯的光，也是她的。那就是他第一次见到娜塔莎，混血的娜塔莎，和那个托尔斯泰的娜塔莎同名，和安德烈的娜塔莎同名。她站在门口，身穿一件大红的羽绒衣，暖洋洋的，一看就是中国制造。顿时，房间里温暖了，亮堂了。后来，无数的时刻他都很好奇，不知道这个看上去并不庞大的女人，为什么她一出现，房间里就会显得拥挤。她与生俱来地有一种光芒和喧腾的活力，如果她盛开，每一片花瓣都会发出噼噼啪啪欢天喜地的声响。

她瞪大眼睛望着这个不速之客，突然露出惊喜的表情："噢！妈妈，这个漂亮的中国小伙子哪里来的？你变出来的吗？"她用俄语高兴地叫着。

老人又露出了那种狡黠的微笑："不是。"她用汉语回答："是从街上捡来的。"

于是他明白了，为什么在冰天雪地的异乡的街头，一个陌生的老人会无端唤起他的滚滚乡愁，原来是为了一个相遇，为了赵善明和娜塔莎的相遇。有了娜塔莎，背井离乡，和俄罗斯一起挣扎的赵善明才会从莽河的躯壳中脱胎换骨，才会在精神上告别叶柔那朵幽微的纤丽安静的花。

娜塔莎是三剑客公司的第一个雇员。后来，她就成了赵善明的妻子。

三、和一棵树相遇

不知道是什么缘故，明翠的话居然真的传到了这公司的最高层。当然，通过层层的传递，到达赵董那里的时候，已经是秋天了。

他有些惊诧。他想，是谁这么恨我呢？为什么？是拆迁时的积怨吗？他让有关人员调出了这些年的拆迁资料，好像没有太出格的事件发生。这更让他困惑，为什么这个女人恨我入骨？

本来生活中的八卦，他大可不必放在心上，可这一次好像有些不同，知道这世界上有一个人锥心刺骨地恨着你，诅咒着你，而你却一点不知道那缘由，这让他有些不寒而栗。也许这是一个现实生活中的豫让，她活着的目的就是向他复仇，当然他并不怎么担心自己的人身安全，可那毕竟是扎进他人生中的一根刺，让他不安。

另外还有整个公司的形象。

于是，他决定找到这个人。

当然，那一点也不困难，参加看房团时，每个人都留下了自己的基本资料：地址、电话。他通过秘书联系到了这个叫范明翠的女人。起初，范明翠拒绝见他，后来，秘书一天一个电话地穷追不舍，于是，明翠改变了主意。

他飞到了范明翠的城市。

见面地点约在了一个叫津渡茶堂的茶餐厅，秘书为他们预订了一个包间。这个地方是秘书精心选择的，既不奢华到令人反感，却又安静、雅致，能让客人感到自己的被尊重。他破例早早等在了那里，不是作秀，是真的被那秘密折磨着。天灰蒙蒙的，城市灰蒙蒙的，行道树却很有姿态，是叶子开始变黄的银杏。

服务员引进了他等待多时的客人。

他站起身，望着她。一个中年妇女，不，应该是老妇女，五十多岁，体态明显开始臃肿，可皮肤看上去保养得还很好。无论怎样回忆，这也是一张陌生的面孔，从来没有过任何纠葛的面孔，毫无意义的一张面孔。那面孔绷得很紧，像是做了拉皮手术，从上面看不出任何表情。他犹豫片刻，还是没敢贸然伸出手去。服务员拉开椅子，客人坐下来，他小心翼翼地问道："您喝什么茶?"

她摇摇头。

他不知道这摇头是什么意思，于是，他对服务员说："来壶普洱吧。"

房间里只剩他们两人的时候，她开口说话了。她说："其实我没有见你的理由，也没有恨你的理由，可我就是——恨你。"

她的话更是让他一头雾水。"为什么?"他不禁问。

她深深地看了他一眼，那是解冻的一眼。她突然叹息一声，从自己随身的手袋里掏出一样东西，一个信封，很旧的信封，她把这信封放在了茶桌上，说："看看这个。"

他狐疑地拿起来，只见信封上写着：写给小船。是早已褪色的钢笔字，是如今很难再看到的钢笔字，笔迹清秀，婉转，小家碧玉。只听对面的女人说道："你打开来看看……"

于是，他看了。

上帝让他看见了这封母亲写给儿子的信。

他惊骇万分地从信纸上抬起了脸，他的声音在哆嗦："这，这到底是怎么回事？怎么回事？我从来，从来也不认识这个女人哪！"

他惊骇，却又有一种说不出的震动。明翠望着他，突然问道："有烟吗?"他哆嗦着从自己的口袋里摸出了一包骆驼，说："这个行吗?"这倒让明翠惊诧了，她没想到一个脑满肠肥的房地产商居然抽的是美国工人阶级的香烟。

她点点头，说："来一支。"她知道那烟很烈。

顿时，这间雅致的新古典风格的茶室里弥漫起了呛人的、浓烈的、异香异气的烟雾。

在烟雾的遮蔽下，她一五一十讲出了那个故事：陈香的故事，那个年代的故事，小船的故事。隔了这么多年，这么辽阔的时光，那一切仍旧清晰得就像是昨天发生的事。她讲得很安静，很平静，没有渲染，水波不兴，茶凉了，水冷了，烟灰缸里的烟蒂却在增多，两个、四个……她觉得就像是在做梦，居然可以对着这个人讲出这一切。生活还是仁慈的，她想。这样想着的时候，她眼里慢慢涌上来泪水。

"小船死后，陈香一滴眼泪也没有掉，她只是不停地给小船写信，写一封拿到十字街口去烧一封。不停地写，不停地烧，不停地写，不停地烧……我们都不知道她写的什么，她就那么白天黑夜不吃不喝地写个没完，烧个没完。大家都很害怕，我急了，我冲到她面前对她说，我说，陈香你别白费心机了，小船根本不识字，他——看——不——懂！我这么一吼把她吼醒了，她突然望着我惨叫一声，昏了过去……你说，我为什么不恨你？"她望着他，突然说不下去了。

原来是这样，他想。原来是这样啊。这是一个什么样的女人哪！他在毫不知情的情状下居然改写了这样一个女人的一生。他重新打开了那封信，怀着凛然的感动细细地读完了它，当读到结尾那几句："假如你走在一条乡野间的大路上，如洗的蓝天下，金黄的杨树或者银杏树与你突然遭遇，那时，你会被这种纯粹的辉煌的美所深深打动，并且你会理解，为什么有的人终其一生要走在这样的路上，就像你的生身父亲。"他一阵眼热鼻酸，尽管阴差阳错，可那正是他青春时代的理想，是他曾经向往的人生。他读着它们，就像在和另一个自己会晤。

也是在会晤一个知己，红颜知己。

"她，这个陈香，她现在在哪儿？"许久，他抬起脸问对面的女人。

明翠笑了，那是一个讽刺的讥笑："我为什么要告诉你呢？你是谁？赵董还是赵总？"

四、仁者爱山

亏某山区，一个新的希望小学建成剪彩。那是个很深的深山里的村庄，从前只有一条羊肠小路通向山外，交通十分不便。后来有了这条公路，村里的年轻人沿着这条路走出了山外，去外面的世界闯荡，怀着梦想打工挣钱，渐渐地，村庄里剩下的大多都是孩子和老人。

某房地产公司援建的这所希望小学很漂亮，也很结实。整体浇筑的结构，外墙采用了本地取材的青石料，和这大山，和这干净的天空，和村庄的其他建筑十分吻合。除了主教学楼，还附带了配楼，用来做学生公寓和教工宿舍。剪彩这天很热闹，市里、县里都来了人，还有媒体，公司来了首脑。热闹过后，嘉宾们星散了，这公司的老总却提出了要求，说是想在山里留宿一晚。他说他喜欢这山里的空气。

就留下来了。

秋天正是山里最美丽的季节，阔叶的树、针叶的树都变了颜色，四顾一望，层林尽染，浅黄、橙黄、明黄，还有火焰般的红，把秋山渲染得如梦境般辉煌斑斓。叫不出名字的野草有许多结出了小小的果实，颗颗如同艳丽的玛瑙，在微风中摆荡。空气是香的。

“真美……”老总站在山坡前慨叹。

女校长陪同着他，她听惯了外来者这样浮光掠影的感慨，笑笑，没有说话。她在想着更现实的事：今天晚上怎样安排这位贵宾的下榻之处。新建成的学生公寓和教师宿舍还没有启用，里面还都是四壁空空的空屋。

“赵总，”她迟疑地叫了他一声，“村里有一对刚刚结婚的小夫妻，一结婚就结伴出去打工了，他们的洞房是新石窑，空着。我让人给您收拾出来，今晚您住那里，您看行不行？”

赵总，赵善明回答说：“校长，不用麻烦人家，我就住学生公寓，我打地铺就行——就当是给新校舍暖房了。”

“那哪行！”女校长着急了，“山里的秋天到晚上很凉的。这样吧，学校里还有间窑洞空着，是给志愿者准备的，您要是不介意的话，我这就让人去打扫出来，生上炕火。”

“行，这样就好，给你添麻烦了，真不好意思——先说好，晚饭你千万别张罗，你给你那些留守孩子吃什么，我就吃什么。校长，我——”他笑了，“说句粗话，我还不那么太装丫！”

这话把女校长逗笑了。

太阳坠落了，黄昏来临了，鸟鸣声突然变得响亮，孩子们吃完了晚饭，在学校空场地上跑着，闹着，跳着。他们的爸爸妈妈都在远方的城市里打工，现在学校就是他们的家。

伙房被临时布置成了餐厅，两张课桌拼在一起，变成了一张长桌。上面蒙上了一块当地老乡手织的土布做桌布，一把结着红果实的野草，颇有几分姿态地插在一个玻璃水杯里，袅袅娜娜，点缀着餐桌的气氛。餐桌上，金黄的小米粥，煮好的老玉米和南瓜，用葱花爆炒出来的山药蛋布烂子，真正的笨鸡蛋摊出的鸡蛋饼……每一样都是最平常的材质，可是每一样都诚心诚意。面对着这样一张餐桌，客人突然十分感动。

“校长，你，谢谢你了。”

“您怎么这么说？我们应该谢您……这么好的新校舍盖起来了，这方圆几十里、百里的孩子们都会受益。赵总，谢谢您！”女校长边说边斟满了酒杯，那酒也是本地的白酒，“我敬您一杯！”说着，她端起酒杯一饮而尽。

客人也端起来一饮而尽。

“校长，听说你本来是来山里支教的志愿者，怎么就留下来了？”他借着酒劲突然这么问。

“我喜欢这儿。”她回答，“还有这儿的孩子。”

“是吗？”

“当然是。”她望着他。

他们相互对望了一会。他笑了。

“仁者爱山，智者乐水。看来你是仁者。”他说。

“我猜你大概爱水，对不对？”她也笑了，举起了酒杯，“智者，干一杯。”

他们干了。

他放下了酒杯，望着她，灯下的她，突然说道：“我从前是个诗人。”

她微微一笑：“是吗？从前我也很爱诗。”

“我想说的是，我从前是个诗人，可我大概从来没有爱过诗。”他说。

“为什么这么说？”她回答。

“诗其实很残酷，对吧？”他望着她。

“你问我？”

“对。”

她笑笑：“美的东西都很残酷。”

就在这时，门外突然有人喊：“赵总！赵总！”门帘一掀，两个男人前后脚进来，原来是这村里的村主任和党支部书记，他们是来请贵客去吃酒的：“赵总啊，走走走，那边都准备好了，一桌人都等着呢！山里没有好茶饭，可也不能怠慢贵客！赏个脸！不去？不去可就是看不起我们山里人啊……”他们连说带拽，客人根本没有招架的余地，一阵风似的，他们席卷他而去。

如画的餐桌旁只剩下了女主人。

深夜，几个人把他送回了学校。他醉了，他的司机扶着他，架着他，他走得东倒西歪。她一直在等他，临时收拾出来的那间客房此刻窗明几净。炕烧得很暖，被褥也都是在太阳下晒出了香味的被褥。那瓶野趣盎然的小野果摆在了房间醒目的地方，给这朴实无华的窑洞平添了几分柔情和姿色。他们扶他进来，让他躺下，他说：“我没醉……”然后他在一群人、一群闲人后面看见了她——女主人，他冲她一笑，说道：“我从前是个诗人……”话音没落，他哇的一声吐了。

第二天早晨，太阳刚刚升起的时候，他要出发了。山里的早晨有一种神秘的宁静，山岚若隐若现，如同山的隐衷。四面山坡上，每一棵树都沉默着，那沉默很坚韧，而鸟鸣声则铺天盖地。他的奔驰越野车停在学校的空场上，她带着她的学生来给他送行。

“不好意思，昨晚让你看笑话了。”他对她说。

“谁没有醉过？”她回答，“我也有。”

他望着她，千言万语涌动着，却一句也没有说出，一句也没有机会说出。他知道是她不给他机会，她那张波澜不惊的、平静的、受尽磨难的沧桑的脸不给他机会。他笑着向她伸出手，心里却觉得忧伤和怅然。

他说：“再见！”

她握住了他的手，说：“再见！”

他打开车门，向她、向孩子们挥手。就在这时，孩子们——她的学生们突然间用清脆的天籁般的童声、鸟鸣般的童声齐声朗诵起来：“也许，我是天地的弃儿，也许，黄河是我的父亲……”

他惊呆了。

这久违的、这石破天惊的声音，这重如千钧的礼物，让他震撼。

“也许，我母亲分娩时流出的血是黄的，它们流淌至今，这就是高原上所有河流的起源……”

他寻找着她的眼睛，他看到了那里面的泪光，被阳光照耀着的美如霞光的泪光。他知道不需要再说什么了，他乘车而去，泪流满面，把他纯真的青春时代留在了黄尘滚滚的身后，留给了陈香。

2010 年 4 月 26 日于北京顺义东方太阳城

发表于《小说界》2010 年第 5 期

转载于《中篇小说选刊》2010 年第 6 期

获《中篇小说选刊》2010—2011 年度奖

第二届郁达夫小说奖中篇小说大奖

晚祷

1972年，某个冬日，十岁的袁有桃放学后没有回家，她沿着一条小路来到了那个叫作海子的地方。海子当然不是海，而是一片湖洼。有桃家住在城边上，湖洼是这一带孩子们天然的乐园。夏天他们在海子里游泳，冬天则在冰封的湖面上溜冰车。说来，这两件事其实都是被禁止的，学校里一向有明文规定，因为这湖洼里差不多年年都要死人，夏天淹死的自然是耍水的人，冬天则是不小心被冰窟窿吞没的。大人们说，那是水鬼在找替死鬼。从前，在有规矩的年月，老师们常常在夏日午休后突击检查，让孩子们伸出胳膊，在赤裸的皮肤上用手指一划，游过水的皮肤就会有醒目的昭然若揭的白痕：原来它会说话！当然现在没人管这些了，谁还管这些呢？

天阴沉沉的，要落雪的样子，还不到5点，城市就变得昏暗——这是一天中最伤心的时刻。小风飕飕地打在人脸上，很冷。结了冰的海子上空无一人。岸边枯黄的没有割净的芦苇摇曳着，有一种不动声色零落的凄怆。有桃迟疑了一下，走下湖岸，站在了冰面上。她穿着那种家做的笨拙的棉窝，还是去年姥姥给她亲手做的，穿在脚上明显小了，夹着她的脚。但她舍不得脱下来，现在她想穿着这棉窝去找姥姥。

湖面冻得很结实，偌大的凛冽的冰湖上走着这个悲伤的孩子。她脚下打着滑，走得小心翼翼。后来，许多年之后，她想明白了一件事。她用长大的眼睛居高临下俯瞰着十岁的自己，那个要去冰窟窿寻死却害怕滑跤的孩子，她知道了，那不过是命运对她最恶意的一个作弄。

一、山高水远

有桃一出生就被送回了老家。她是家里的老二，上面一个姐姐，下面还有一个妹妹和一个弟弟。赵家四个孩子，只有她是跟着老家的姥姥长大的。当年她一出生，母亲就患上了乳腺炎，没办法哺乳，再加上工作又忙，只好把她丢给了老家的姥姥。紧接着妹妹弟弟相继来到人世，闹哄哄的一大家人，母亲自然顾不上去接她。就这样，一年一年地，有桃就在那个北方小镇长大了。

姥爷是个教师，在几十里外的一个公社中学教书，不常回家，家里常常只有姥姥和有桃，还有一只奶羊。那只羊是有桃刚出生时姥爷牵回来的，它新鲜干净的奶水喂养大了有桃。所以它是这家的功臣。姥姥一直不舍得卖掉它，更不舍得宰杀。姥姥有时会这么说："有桃啊，它可是你的奶妈。"有桃回答说："那过年时我是不是也要给它磕头?"姥姥就笑了，说："它也受得起你的头。"就这么，一年又一年，它从一只青春的奶水汹涌的母羊慢慢变成一只目光浑浊的老羊。

那个小镇地处这个内陆省份的最北端，干旱，严寒，荒凉。镇子很小，一条主街道一眼就可以望到尽头。但是天真蓝，真高，蓝天下的山脊上蜿蜒着残破的外长城的遗迹，还有更残破更孤独的烽火台。那种透彻的悠远辽阔的苍凉就像空气一样无处不在，这里的一切，庄稼、菜蔬、树、遍地的野草、牲畜和人，都呼吸着这样苍凉的空气，生长着。假如把他们移植或迁徙到那些热闹的地方，或许将是灭顶的灾难。

有桃临近十岁那年，这样的灾难降临了。

先是羊，接下来就是姥姥。她们都离去得很安静，像是怕吓住这个心疼的孩子。羊是在一个清早被发现死在羊栏里的，头枕着一堆青草，眼角上挂着泪痕。埋葬它的时候，有桃哭得很伤心。姥姥说："宝啊，这世上再好的物件、再亲的人，都有分手的一天啊!"有桃不知道，那是姥姥在跟她道别。

几天后，姥姥清早起来扫罢院子，觉得有点累，就靠着院子里的枣树坐下了，这一坐就再也没起来。医生后来说姥姥是死于突发的心脏病。那正是枣树挂果的大好季节，姥姥头上，一树新生的翡翠般鲜绿的果实预告着一个北方的丰年。千里外的母亲匆匆赶来料理了姥姥的后事。埋葬完姥姥，母亲对姥爷说："有桃我接走了。你在外边教书，带着她是累赘。"

姥爷叹口气，摸着有桃的头说："是啊，快十岁了，四年级了，也该进城里念书了。"

临行前，姥爷带着有桃和母亲去跟姥姥辞行。有桃在姥姥坟前长跪不起。姥爷对坟里的姥姥说："孩子要走了，这一走山高水远，回来一趟不容易。你好好的，别让孩子惦记……"

母亲在一旁说："爸，看你说的，这又不是古时候，火车也就一夜的路，怎么就山高水远？"

姥爷沉默不语。

有桃给姥姥磕了头，侧过身，也给埋在一旁安睡在泥土中的母羊恭敬地磕了一个头。有桃在心里对她们——她真正的母亲们说："我走了……"

后来，有桃不止一次地想起姥爷的话——山高水远。何止是山高水远啊！那是一个永远也回不去的故园。

有桃的家在城边上，周围都是一些大工厂。有桃的父母也都在工厂上班。父亲在工厂的俱乐部工作，母亲则是工厂职工医院的一名护士。他们住的是工厂的宿舍区。宿舍区很大，有楼房，有平房。有桃家住楼房，红砖的旧楼，两间独立的房屋，一间住父母和小弟弟，一间姐妹们合住。公用的厕所设在走廊的尽头，而走廊则是家家户户的厨房。家家户户门前摆着蜂窝煤炉，架着案板，堆着蜂窝煤、垃圾桶和各种杂物。好在这楼房是从前苏联专家设计的，走廊就像长长的出檐，又像可以眺望风景的有木栏杆的阳台。据说，从前站在楼上走廊凭栏远眺，可以看到田野，看到叫海子的湖洼，甚至可以看到更远处那条穿城而过流向黄河的大河，看到河上安静的落日。人们这样说："那时候啊，真荒凉。"如今不荒凉了，一座座楼房、厂房，一根根吐着黑烟的烟囱，遮蔽住了人的视线。无论有桃怎么努力，她看到的永远是对面楼房的墙壁，或者是一片灰蒙蒙暗淡的瓦顶，就连天空也不再是家乡那种透彻干净的蔚蓝。

一切都是陌生的，陌生的城市、陌生的家、陌生的口音、陌生的父母和兄弟姐妹、陌生的学校以及老师同学。她几乎不敢开口说话，一说话，同学还有兄弟姐妹就会嘲笑她的乡音。课堂上，她最害怕的事就是被老师提问，每次提问都是一场灾难，因此上课时，她总是缩着身子，似乎这样她就可以消失不见。渐渐地，缩肩缩背变成了一种习惯，不管在什么地方，只要人们的眼光落在她身上，她马上条件反射一般让自己瑟缩起来。这让她的母亲十分反感，母亲生气地骂她："你做了什么亏心事，还是上辈子缺了什么德？缩头缩脑的，你是娄阿鼠转世啊？"

姐姐妹妹捂着嘴笑起来，她们觉得娄阿鼠这名字很好玩，于是，就娄阿鼠娄阿鼠地追着她嘹亮地喊，一院子的小孩也都娄阿鼠娄阿鼠地这样叫她。有桃就这样有了一个绰号。

她不知道娄阿鼠是什么，她没有看过那个叫《十五贯》的戏曲电影，但她深信那不是一个好人。她就这样莫名其妙地变成了一个坏蛋。这让她愤怒。她表达愤怒的方式就是把自己更紧密地关闭起来。尽管住在一个屋子里，她再不和她们说话，就像一个哑巴。她漠视她们。她们那间十几平方米的屋子，两张上下铺床，格局好像学校的宿舍。她占用着一个上铺，那一米宽两米长的铺位是她在这个城市最后的堡垒。她把一张与姥姥姥爷的合影夹在一本书中，压在她的枕头下面，那书是从前姥爷买给她的，名字叫《中国古代医学家的故事》，姥爷一直希望有桃长大能当一个医生。那个未来的医生在照片中娇憨地依偎在姥姥姥爷身边，夜夜，她就这样和他们一起入睡。现在，只有在梦里，她才能做一个快乐的尊贵的孩子、从前的孩子，和亲人团聚，和姥姥、和她的羊妈妈还有姥爷，还有她想念到心疼的苍凉旷野和寥廓蓝天。

她不知道她在睡梦里是流泪的。她那么快活，醒来后却是满脸的泪水。她的眼泪只在梦里流，白天她不哭。无论她多么难受，她也不在冷酷的白昼里哭泣。她的两只大眼睛在白天像沙漠一样干旱，还有一种奇怪的不合情理的冷峻，看上去像某种隐忍而苍老的非洲动物。这双眼睛也常常触怒母亲，母亲觉得这简直不是一个孩子的眼睛。

"她到底是谁呀，啊？她是我生的吗？"母亲有时候忍不住会这样问父亲，"你说，是不是有鬼附在她身上了？你看她的眼睛，那是孩子的眼睛吗？让人害怕！"

父亲轻描淡写地回答说："瞎说八道！她不是你生的是谁生的？这你可赖不掉！"

"是啊，我赖不掉！"母亲叹息一声，摇摇头说道，"我要是没生她该多好……”

这话有桃听到了，有桃的姐妹们也听到了。本来母亲也就没打算掩饰，后来索性就把这话挂在了嘴边上。这话应该说不仅仅是母亲一个人的心声，也是全家人的，至少是姐妹们的。姐妹们想，是啊是啊，没有她该多好！她们怀念起没有她的好日子，姐妹俩合用一间房间的日子，姐姐有橘，妹妹有穗，一人一张上下铺，一人一个王国：下铺睡人，上铺则放她们各自的东西。她们忘了那时她们其实也常常吵嘴打架，互相使坏，告状，等等。现在，她们是同仇敌忾了，同仇敌忾来对付这个闯入者。假如这个闯入者肯向她们示弱，情况可能会有所不同，她们欺负她，作弄她，其实是一种试探。可是她们很快感觉到了，这个姐妹，这个古怪的孩子是不会屈服的，尽管她总是缩起身体，可她是一个不会屈服的人。她用她持之以恒的沉默和她们作战，她们感受到了那沉默冷硬的力量，还有那种凛冽的冰山般的寒气。每一个夜晚，从她睡觉的铺上，那寒气幽幽地散发出来，渐渐凝聚成一个固体的东西，压迫住了她们和她们的睡梦，就像梦魇。

她们对这沉默毫无办法，这让她们厌倦。

“要是在战争年代，敌人抓住她，她肯定不会开口叛变。”有橘沮丧地对妹妹这么说。

“钉竹签子呢，拔掉手指甲呢？也不叛变吗？”有穗疑惑地问。

有橘想了想，摇摇头：“恐怕不会。”

有穗从牙缝里嘶地出了一口凉气，说：“我可不行，我会当叛徒的。”

有橘瞪她一眼：“别瞎说！”

“真讨厌！”有穗叹息一声，“要是妈妈没有生她就好了，要是她永远在老家就好了！她为什么不回去呢？”

是啊，她为什么不回去呢？她为什么不回自己的地方去呢？

这一天，放学后，轮到有桃的小组值日，所以她到家比平时要晚一些。冬日的黄昏，家家窗户里都已亮起了灯光，城市似乎对这孩子流露出一点静谧的温情。可是一进门，她就闻到了一股扑面而来的臭味，像腐败的肉类的气味，那是劣质墨汁的味道。一抬眼，她看到了那标语，新鲜的标语贴在她的床栏杆上，上面用毛笔歪歪斜斜写着几个大字：滚回老家去！！！后面跟了三个浓墨重彩的惊叹号。然后，她就看到了她的书，姥爷的书——《中国古代医学家的故事》躺在了地上，被肢解了一般，撕得七零八落。还有她的照片，有桃最珍贵的东西——她的过去，她与幸福有关的一切，她眼前泥淖般生活中唯一的救赎，也被蹂躏了，躺在肮脏的地板中央，上面印着鞋印。照片上不见了有桃的脸，她的脸变成了臭烘烘黑黑的一团墨渍……而那两个肇事者则若无其事地坐在床边，正在用撕下来的书页折纸玩，把扁鹊、孙思邈、李时珍折成了小船、飞机还有手枪。

屋子里很静。

突然地，有桃扑了上去，毫无声息，却凶狠得如同一只猎豹。她一下子就扼住了有橘的脖子，她不知道自己的胸腔里突然挤出某种闷响，就像濒死野兽的哀鸣，那么绝望伤心。有穗尖叫起来，抱住头，一边凄厉地大哭。母亲冲了进来，母亲嘶吼着去救她的女儿。她奋力去掰有桃的手，哪里掰得开?父亲也冲进来了，父亲推开母亲，像拎小鸡一样拎起了有桃。有桃终于松手了，有橘一阵狂咳，哇地哭出了声。父亲把有桃朝地上一抛，母亲扑上去揪住了她的头发，把她的头咚咚地朝地上狠命地撞，扇她耳光，一下又一下，止也止不住。母亲气疯了，母亲嘴里喊:“你要杀人啊！你要杀人啊！你给我死！你给我死！你去死！去死——我也不活了！”

然后一阵号啕大哭。

那一夜，母亲把那两个女儿带进了自己的房间。四个人，一家子骨肉，挤在一张大床上睡了一夜。那肇事的现场只剩下了有桃一个人。那是进城以来最安静的一个夜晚，她一个人拥有了一个自由的空间。四壁之中没有别的眼睛，没有别的呼吸，没有作弄、嘲笑、恶意和伤害。她捡起了照片，把上面的鞋印努力擦干净，用手轻轻把它抚平。她抚摸着姥姥的脸，在心里说，对不起，对不起，对不起……她想说，对不起让你看到了这些，却没有说。就算在心里这么说，也是让她羞耻的。她也不知道怎么对付那一团墨渍，无论她怎么擦，那仍然是笼盖在她脸上的乌云。她只好就这样把它夹进了语文课本里。地上那些散落的书页，那书的残骸，她一张一张地捡起来。那一只只飞机、小船也捡起来。然后她盘腿坐在床上，就像安稳地坐在老家的火炕上一样，把它们拆开，抚平，一张张理好。她的扁鹊、孙思邈、李时珍始终安静地望着她，在尘世昏黄的灯光下，毫无怨言地望着这个无助的小姑娘。眼泪就是在这时候突然汹涌地滚落下来。

二、秦安康

秦安康是家里的独子。在他那个年代，独子的家庭还是稀少的。他爸老秦是这大厂里的八级钳工，有手艺，受人尊敬。他妈则是一个家庭主妇，也在居委会里担任着一些工作，比如通知家属去居委会学习开会，挨家挨户收收扫马路费，分发一些票证，等等。老秦每个月的薪水一百多元，三口之家，又没有其他用项，在这个北方内陆工业城市，日子可以过得滋滋润润。再加上秦妈妈又是一个精明强干很会过日子的女人，所以在厂区里，秦家是个让人羡慕的家庭。

十亩地里一根苗的人家，孩子自然就娇惯一些。秦安康吃他妈的奶，一直吃到了七岁上学。说来，这样恋母的孩子很可能会娘娘腔，可秦安康却是人高马大、黑黑壮壮，当然也很霸道、蛮横。他爸老秦，八级钳工的巧手，又有各种便利条件，所以秦安康手里的玩意总比别人的要讲究。同样的木头手枪，他那一把一定格外逼真；同样的冰车，他那一个居然带着弧度十分舒适的靠背；就连最普通的铁环，他那一只竟是在环上装饰了小铃铛的，推着跑起来泠泠泠地，清脆地撒一路。

孩子们看了自然眼热。

美中不足的是这秦安康不够聪明，念书念不进去，坐不住，又贪玩，回回考试，没几回及格过。好在这世道，考试这回事形同虚设，既不靠它升学，也不靠它奔前程，又没有留级这一说，所以秦安康一点也不在乎。倒是他爸，人要强，又是老派人，觉得丢脸，也关起门狠揍过几回，无奈这宝贝儿子到下回考试，该不及格还不及格。

没人喜欢和他坐同桌，女孩子们都受不了课堂上他花样百出的骚扰。于是，老师就把他一个人安排在了最后一排。好在他本来个子也就是高大的，独自坐最后一排，倒更是自由自在，还可以一个人占用两个抽屉。所以，当这个叫袁有桃的乡下丫头成了他的同桌，他被迫给她腾抽屉的时候，他就把她当成了敌人。

第一天，他像很多男孩子一样，用小刀在课桌上画了分界线，他指着那分界线说：“你敢过来试试！”这也是男孩子常见的威胁，不稀奇。只不过，他的分界线画在了课桌三分之二的位置上，公然是一个不平等条约。袁有桃没有说话，掏出自己的课本，啪地放在了分界线外。他愣了一下，立刻用胳膊肘狠狠地朝有桃肚子上就是一下，命令说："拿开！"

袁有桃咬了下嘴唇，不动声色。

他抬起胳膊，狠狠地又是一下。

可这个瘦瘦小小的乡下丫头一动不动，也不看他，就像他是空气。

这下他真的愤怒了，他甚至觉到了委屈。凭什么啊？他想。他望着她，只见她的手撑在了板凳上，明显也在他划定的分界线外。太过分了！他不再和她废话，抄起桌上的铅笔刀朝她手背上噌地一划。

血流了出来。

没有声音。血流得很安静。秦安康被这血吓住了。他张着嘴望着血像蚯蚓一样在那手背上爬，爬，渐渐把那只手涂染成逼人的恐怖的血手。更恐怖的是她的沉默。他从来不知道沉默可以是这样惨烈……突然，哇的一声，秦安康放声哭了。

就这样，秦安康和袁有桃只做了一天的同桌。

老师带有桃去卫生室包扎了伤口，给她重新安排了座位，这个位置远远离开了秦安康。老师说："秦安康，我怕了你了，大家都怕你了！你就一个人好好称王称霸吧！你就学美帝苏修吧！"

秦安康低头不语。他知道美帝和苏修都是纸老虎。他想起自己在课堂上的哇哇大哭，感到了深深的羞耻。他不知道自己原来怕血，他这样想。似乎怕血这个理由可以给他安慰。他确实是被血吓坏了，可是，可是他知道，真正让他恐惧的还有别的。

从那天起，他开始远远地、偷偷地注视那个女孩。在人群中，那个女孩缩头缩脑，毫不显眼。他听到老师背地里说她木，一个老师对另一个老师说："流那么多血，一声不叫，真木。"原来她木，秦安康想。她没有朋友，她也不爱说话。她的普通话说得走腔走调，语文课上老师让她念课文，她的荒腔走板让全班同学哄堂大笑。下课后，大家学着她的发音："纪念掰——球——鞥。"夸大着那不标准。她真是木的，一个人坐在座位上，像什么都没听见一样面无表情。

后来，同学们叫她娄阿鼠，他不知道这名字的来历，也不知道那是一只什么鼠，总之莫名其妙。可他觉得她和鼠没什么关系，如果拿她比动物，她倒更像——更像那种令人恐惧的……他也不知道她是否还恨他，他们偶尔面对面走过，在家属院或者在学校的走廊不小心碰上了，她就像没看见他，从她脸上既看不出恨，也看不出原谅。那是一张从不起风浪的脸。是，她木，可她也许深不见底。

总之，好好的日子让这个不知从哪里跑来的女孩改变了。十岁的秦安康有了一些心事。他不再那么喜欢和小伙伴们扎堆，总是哪里热闹往哪里钻。他也不再那么害怕孤单，放学后常常一个人到厂区外闲逛。他还会在天气最冷的时候，到空旷的海子上滑冰车。偌大的一个湖面，小小的灵巧的冰车会给他带来飞翔的感觉。车身下嵌入的豆条，一种粗粗的铁丝摩擦着冰面，那细细的清冷的声响偶尔会让他鼻酸。他就更用力地挥舞冰锥，让自己更快地飞，飞，好像这样可以飞出某种东西之外。然后突然地，他刹车了，冰车刚好停在一个冰窟窿的边上，汗从他戴着棉帽子的头上流下来，他分辨不出那是热汗还是冷汗。

黑黑的冰窟窿深不见底，这里那里，分布在开阔的湖心处。据说那是炸鱼的人用手榴弹炸出来的。也有人说是专门凿出来让湖里的鱼透气的。平时，在湖面上溜冰、滑冰车的孩子们，会选择避开它们。孩子们知道它的凶险，从大人们的嘴里，他们都听说过替死鬼这传说，也见过真的有人在这黑暗冰冷的水中丧生。而这个冬天，秦安康却放纵着他的冰车，让它冒险地在冰窟窿边缘横冲直撞。也许他是用这样的方式在考验着自己的胆量，在为他众目睽睽之下那一次羞耻的哭泣雪耻。

然后，就到了那一天。

那一天很冷，天寒地冻。他像往常一样吸溜着鼻子，带着他的冰车来到了海子，他知道这样的天气，冰上一定是人烟稀少。果然，湖上很空旷，只有一个人影在冰上趔趄地走着。一眼，秦安康就看出了那是谁。倒霉！他想。他掉头想往回走，又站住了，我为啥要怕她？他对自己说。他站在那里远远看她，忽然觉得奇怪。他想，她来这里干什么呢？她们女孩又不玩冰车，也不像是来滑冰，那她来这冰封的湖上做什么？抓鱼吗？

他看她渐渐渐渐走向湖心，走向——他最熟悉的那个地方，然后站住了。那是一个冰窟窿的边缘，他知道。她真是要抓鱼吗？这个男孩想。可是她站在那里，一动不动，一动不动。天阴沉沉地，压在湖面上，湖面那么大，那么空，而她是那么——伤心。奇怪，平时从她脸上什么都看不到，可是她的背影却是悲伤的。原来背影可以告诉别人那些隐藏的东西。

他跳下湖面，撑着冰车直奔她而去。

事情就这样发生了。一个要投湖自杀的人遇到了她的解救者。

其实站在冰窟窿的边缘，有桃就犹豫了。那冰窟窿就像一张深不可测的大嘴，又像洞穴，幽幽的，黑黑的，似乎可以隐隐听到某种喘息声，就像神秘而粗鲁的呼吸。它能把我带到姥姥那里吗？有桃这样想。这么黑，这么寒冷，这么不怀好意的去处，能指引我和姥姥重逢吗？有桃相信，姥姥，她在这世上最亲的亲人，无论活着还是死去，只要是她在的地方，就一定是光明、温暖、善良的，有透彻的蓝天白云，有清香的庄稼，有春天的野花和秋天的果实，有洁白的羊群和放羊人嘹亮苍凉的山歌……而这个城市，这个冷酷的地方，找得到这样一个通往姥姥世界的入口吗？

她望着脚下的冰窟窿，感觉到了一个城市的恶意从那深处扑面而来。

她背着书包，里面装着姥爷的书，不管她怎样用糨糊、针线粘贴、连缀，那都是一本残缺的伤痕累累的书了。还有毁掉的照片，她藏在了身上，这是她全部的珍藏。可是它们和她该往哪里去呢？——死和活着都是这样寒冷、充满恶意和耻辱。

她哭了。

就在这时，身后突然响起了一个惊诧的声音："嗨，你在这儿干什么？"

她吃惊地回头，看见了冰车上的男孩——秦安康。显然，更吃惊的是这叫秦安康的孩子，他没想到会看到一张满是泪水的脸。这张脸那么悲伤、无助，看上去一点也不像平时那个冷硬的袁有桃了，他几乎怀疑他认错了人。

"你，你，你想自杀吗？"他变得结结巴巴，"你想做替死鬼？"

袁有桃狠狠擦拭了眼泪，让他看到自己哭泣的样子，她觉得慌乱和羞耻。这个男孩和她的姐妹一样，对有桃来说都是那种噩梦般的存在。一时间，她好像觉得她的姐妹——有橘有穗就藏在他的身体里，用他的眼睛望着她一样。

"去年厂里有个人，跳冰窟窿自杀了。"秦安康说，"捞起他的时候，头肿了这么大……"他用手比画出了一个脸盆的形状："你想做他的替死鬼呀？"

袁有桃没有听出他其实毫无恶意，他用这种方式在笨拙地阻止着一个悲剧。这要到很多年之后，她才能明白这一点，要到她懂得和生活和解的时刻。可那时，这话突然激起了她的愤怒和——恐惧。

“你才想做替死鬼！”她冲着他的脸大喊一声，“你去死……”

说完她跑走了，泪流满面，她哭着在冰上奔跑。落雪了。憋了一天的雪终于飘落下来，一大片，一大片，轻盈，洁白，落在冰面上，落在干旱的城市。她不止一次滑倒，爬起来再跑。当她又一次重重地跌倒时，她不再爬，不再挣扎，她扑倒在冰面上，让自己的脸、让自己的身体贴在落了薄薄一层雪花的冰上，号啕大哭。她在心里说，雪，埋了我吧，埋了我吧……

秦安康一直、一直注视着她的背影，呆呆地坐在冰车上，看她一次一次跌倒爬起，再跌倒再爬，他又一次奇怪地感到了鼻酸。真冷，他想。可是她，她究竟为了什么这么难过，这么伤心呢？她为什么像一个大人那样伤心？他吸溜着鼻子，想不出答案。当她终于扑倒在冰上，她的哭声远远地、凄厉地传来时，他就像被谁抽了一鞭，撑着冰车朝她那边奔去。

他想对她说，袁有桃，你别哭了。

他还想对她说，那天我用刀划你，对不起。

可是，他什么也来不及说了。他飞驰着，只顾望着远处的女孩，忘记了他正处在危机四伏的湖心。一块冻结在冰上的砖头他没有看见，砖头绊住了飞驰的冰车，把他这个驾驭者抛了出去。而前方正是湖上最大的一个冰窟窿。只听扑通一声，他一头扎进了黑暗的深不可测的湖心——这个十岁的孩子、出壮的孩子真的飞出去了，飞出了生活之外。

远远地，当袁有桃跌跌撞撞跑过来时晚了，一切都过去了，发生过的一切销声匿迹。只有那架冰车，制作精良被小伙伴们羡慕的冰车孤独地躺在一旁，永远失去了主人。

三、夜晚的秘密

那天晚上，有桃踩着积雪回到厂区宿舍大院时，早已是万家灯火的时分。她听到一个女人正扯着嗓子喊：“安康！安康！回家吃饭了……”她还看到这女人逢人就问：“看到我家安康了吗？”

她慌不择路地躲开了女人，她知道那是秦安康的妈妈，她听到自己的牙齿嘚嘚嘚地打战，她的腿也在抖着，膝盖一软，一条腿跪倒在了雪地上。她想，真滑啊。

一家人围坐在餐桌旁，正在吃晚饭。折叠的圆餐桌支在父母的房间里。她没有进去。她一个人走进旁边的屋子，没有开灯，摸黑爬上了她的床铺，拉过棉被，用它紧紧包裹住了自己。可她仍然在发抖。雪光映着窗子，房间里有一种清冷的微光。她只好把头也埋进了棉被里，那光让她害怕。

这个家没有人像秦安康的妈妈那样，站在大雪中呼喊她的名字，说："有桃，回家吃饭……"可是这不再重要了，一点也不重要了。昨天还貌似生死攸关的事，此刻在灭顶的噩梦面前，一点也不重要了。

对，那是梦。

她必须快快地、快快地睡着，她哀求自己，睡吧！睡吧！袁有桃，睡着了就好了，睡一觉就过去了。明天早晨起来上学去，就会看见那个男孩，那个秦安康好端端地、活生生地、令人讨厌地坐在那里，举着小刀蛮横地威胁她说："你敢过来试试！"

大雪纷纷扬扬，下了一夜。一夜，他们的院子里也是纷乱的。人们很快找到了冰车，却没能很快打捞起它的主人。湖水太深了，厚厚的冰层下也许暗藏着潜流，假如人被潜流冲走，那就只能等到明年春天冰消雪化了。当然，没有人敢当着沉默的秦师傅说出这话，也不敢放弃希望。而秦师母则是在找到冰车的时候就晕了过去，被送到了厂里的医院。清晨雪住了，家家升起炊烟，吃早饭的时候传来了消息，人们争相传告着，说："捞上来了……"

人们说："谢天谢地，不用等到明年开春了。"

太阳升起了，新生的太阳，雪后初霁的太阳，照耀着洁白的城市。这惊悚的洁白刺疼了有桃的眼睛，她不知道自己的眼睛是血红的。是啊，太阳不是从前的太阳了，有桃这样想。她听着风中传来的秦师母的哭声，那哭声撕心裂肺，不像是哭，像是在凄厉地嘶喊。整整一天，这哭声与她如影随形，就像一个鬼魂。人人都在谈论着这件不幸的事情，学校、厂区、宿舍院，这城市的每一条大街小巷、每一个角落。原来昨晚之前，这城，她如此憎恶的这城其实并不是地狱……

饭桌上，母亲对姐姐妹妹说："都别去海子上滑冰玩了，看见没有，多可怕！活蹦乱跳的，说死就死了！幸亏捞上来了，要不然在湖里泡一冬天，成什么样？早喂了鱼了！"说着看了有桃一眼，说："你也一样！"

有桃不敢看她的眼睛。她也不知道自己在发烧。

一夜，高烧让她昏昏沉沉。她觉得自己是在一片大水中浮沉着，挣扎着。她对着一个人嘶喊，说：“你才想做替死鬼，你去死！”那个人坐在冰车上，无言地望着她，突然对她咧嘴一笑，说：“我已经死了呀！”她惊醒了，一头的汗水，一脊背的汗水，一身的汗水，那么多的汗水把床单都浸湿了。可是怎么这么湿？她下意识地伸手去摸，突然她翻身坐起，呆住了。

她尿床了。

十岁的有桃在这个心惊肉跳的夜晚，羞耻地尿床了。

月色如水，从无遮无挡的玻璃窗洒进来，没有心肝地、冰冷地照着这个绝望的孩子，这个走投无路的少女，她呆坐在湿漉漉的床铺上，看着曙色一点一点来临。天就要亮了，她不知道这个世界、这个人世，还有什么更大的不幸在明天等待着她——在每一个明天。她叹息一声，取下了挂在墙壁上的书包，取出铅笔盒，拿出一把削铅笔的小刀躺下，就躺在那湿漉漉的秘密之上，伸出手腕，在那上面狠狠地、深深地一划。

永别了，姥姥！鲜血喷涌而出时，她和姥姥郑重道别。她知道，她永远去不了姥姥所在的世界了。那是天堂。而天堂不再属于这个有罪的孩子。

黎明时分，有橘起床上厕所，一起身，头上垂下一只血手。淋漓的鲜血滴在了她脸上。她惊声尖叫，惊醒了她的父母。

要感谢那把铅笔刀，它不够锋利，还有十岁的孩子也缺乏知识：小刀划破的流了那么多血的，原来并不是致命的动脉。

当护士的母亲为她紧急处理了伤口，止血，清洗，敷消炎药，包扎。伤口触目惊心，只好送医院缝合。母亲一路走一路哭，说：“袁有桃，你可真够狠毒啊！你可真狠毒！”

太阳下，母亲为她清洗着被褥，血渍和尿液弄脏了它们。母亲忧心忡忡地洗着，蹲在一旁观看的有穗说道：“妈妈，她都十岁了还尿床啊！我要是十岁尿床，我也自杀……”

母亲呵斥着她，说：“袁有穗，你还让你妈活不让？”

没有一个人疑心什么。全家人都觉得，这未遂的自杀是因为遗尿。等到她伤口愈合拆线之后的第二天，姥爷来了，是母亲写信叫来了姥爷。母亲说：

“爸，你带她走吧……”话没说完，就委屈得红了眼圈。

就这样，有桃和姥爷乘上了北去的列车。一路上，她只是望着车窗外的风景，沉默不语。直到她看到烽火台，蓝天下的烽火台，它们苍凉地静默地扑进她眼睛里的时候，她哭了。

姥爷说：“孩子，回家了。”

四、苏慈航

就这样，有桃跟着姥爷来到了他任教的学校念书。姥爷不仅是这座七年制学校的校长，也教语文。那是更北的北边小镇，更严寒也更苦焦，而且名字中就带着一个堡字，一听就是从前的边关了。这里的太阳永远有一种凄清的明亮，天空也更高远。当然也有更酷烈的大风。大风刮起来的时候飞沙走石，也让有桃想起那些古代的边塞诗。

而且离外长城更近。出了学校门，沿一条小路爬上去，就是长城了。

没事的时候，有桃就常常爬到长城上，看书，晒太阳，吹风，发呆。

边塞的大风把她的皮肤吹得粗糙了，太阳晒黑了它们。她身上那一段城市生活的印迹被风和太阳轻易地抹去了。姥爷默默地看着这变化，想，但愿她心里的那痕迹也能这样抹去。

尿床的事没再发生过。姥爷也从没有问过，在那个城市究竟发生了什么。可是姥爷知道，一定是有大事的，是发生过什么的。否则，一个那么健康阳光的孩子，他的宝贝，怎么会——尿床？十岁的孩子啊！想到不知什么竟然能逼得孩子尿床，姥爷觉得自己的心都在打战。

姥爷等着，等她自己有一天能说出那心结。

有桃到来后，姥爷就在校门外一片旷野上开出了一小片菜地，移来菜秧，种下一些细菜，西红柿、豆角、黄瓜之类，为的是给有桃改善伙食。平日里，晚饭前，太阳慢慢西坠时，爷孙俩会来菜地里除草，浇水。姥爷生性沉默寡言，而有桃也不说话。他们只是默默地干活，闻着被太阳晒了一天后植物散发出的那一股生命的香气。蜂飞蝶舞之中，偶尔有桃会抬起头，叹息似的轻轻叫一声：“姥爷呀……”

姥爷就回答：“嗯，什么事？”

“没事。”有桃笑笑，“真好看啊！”

她是说夕阳。血红的一轮夕阳挂在山巅。山峦、天空、长城、烽火台、千沟万壑都变成了那样一种沉静的安详的金红色。她眯着眼睛看夕阳的神情让姥爷心疼。姥爷想，傻孩子啊，心里的疙瘩说出来就痛快了呀！

离小镇十几里有个叫鸦儿崖的村庄，村里住着一户北京来的下放干部。这家人有个儿子，叫苏慈航，也在镇上的这所学校读书，读七年级。这七年级有个名称，叫戴帽初中。

苏慈航不是寄宿生。他有一辆自行车，凤凰牌的，大链盒。每天，他骑着他的“凤凰”上学、下学，是这乡间公路上的风景。这里的自行车很少有大链盒，大家骑的都是加重型的“红旗”或者“飞鸽”。所以苏慈航很惹眼，这里人看他，就好像他真的是骑在一只凤凰身上。

苏慈航十三岁了，正在拼命蹿个，就像那些正在拔节的庄稼，夜里静静地听，似乎可以听到一个少年成长的那种神奇声响。从城里带来的衣服都无可救药地小了，他妈只好把他爸的旧衣服改给他穿。那些从前的衣服有着很好的质地，无论怎么改，都有一种异地的气息、过客的气息，和这里格格不入。

所以苏慈航没有朋友。

他骑着他的“凤凰”早出晚归，独往独来。中午，只要是好天气，他就总是带着他的饭盒和一本书，沿山坡走到残破的长城上去。他喜欢这里，他觉得这里是枯燥、艰苦的生活里唯一的一点诗意。不用说，他是那种布尔乔亚家庭里滋养出来的小文青。

这里人很少有谁去爬城墙玩的。没有人去惊扰它，偶尔会有放羊的羊倌赶着羊群从那里经过。苏慈航喜欢这宁静，喜欢没有别人眼睛的注视。但是在这年开春之后，情况变了，有一天他在这里碰上了一个女孩，后来他们就经常在这里相遇了。

起初不说话，相互保持着各自的矜持和礼貌的距离。终于有一天，苏慈航忍不住了，他抬起头来问她：“他们说你是从省城转学来的，是吗?”

她点点头，不能说不是啊。可她马上补充说：“我就是这里人，我家在这儿。”

“知道，你姥爷是校长。”他回答。

“你是北京来的?”轮到有桃问了。

“对。”他点点头。

有桃轻轻叹口气:“你很想北京吧?你一定不喜欢我们这里。”

他明亮的眼睛黯淡了。他们两人各自趴在一个城垛上，望着远处的山峦、沟壑、田野。许久，他回答说:“喜欢不喜欢，不都得在这里吗?我又不能选择……”

是啊，不能选择。这话让有桃心里一阵疼痛。她懂那无助。她不知道该用什么话来安慰他。

他忽然回头冲她一笑:“所以，我要找这儿让我喜欢的东西，你看，我找到了。”

她没有笑，望着他，她想，北京人，但愿你比我幸运。

“北京也有长城。”她说，自己也觉得这话很蠢。

他们就这样认识了。

苏慈航慷慨地借书给有桃看。那都是他父亲的书，劫后余生的书。俄罗斯小说、法国小说、英国小说，还有20世纪30年代中国的那些小说，巴金的、老舍的、茅盾的……有一次，他还带来过一本外文的杂志，里面都是法文，一个字也看不懂，但据说那是一本美术杂志。里面有一幅画迷住了有桃。画面上是满天的晚霞和正在等待收获的大地，一对男女，一对劳动者低着头，虔敬地祈祷……那里面有一种深深感动了这少女的巨大的静谧，有一种笼盖了天地的神秘和庄严的东西，似乎那里面有永远不会被破解的神圣的生活的秘密……有桃觉得，那里面的秘密似乎和她的灵魂有关。她捧着这幅画看了许久。这让苏慈航感到惊讶，他不知道是什么让她如此动情。于是他告诉她，这幅画是一个叫米勒的法国人画的，它的名字叫《晚祷》。听到这名字，有桃的眼睛一下子湿了。

“他们听到教堂的钟声了。”苏慈航这样告诉她。

“也许他们还听到了别的。”有桃轻轻说。

苏慈航很惊诧，他觉得这个小姑娘很奇特，就像一个小巫女，或者一个小圣徒。

当然，更多的时候，他充当着启蒙者的角色:给这个山区的小姑娘带去城市的文明。不用说，这个启蒙者必然拥有一本歌本，《外国民歌二百首》，那几乎是那个年代小资文青们的《圣经》。他总是喜欢用他刚刚变声的嗓子唱那些忧伤的歌曲："啊，你，命运，我的命运，我不幸的命运，为什么，我苦难的命运，送我到——西伯利亚……"

有桃听着这样的歌声，心想，这里就是他的西伯利亚啊。原来每个人都有自己的西伯利亚。她试着用苏慈航的眼睛来看这个地方，苦焦、严寒、干旱缺水，只生长莜麦、胡麻、糜谷、马铃薯这些高寒作物，人都很贫穷……可是即使如此，有桃也希望他能够被这片土地善待，他能够感受到这土地的悲悯与善意。

苏慈航的妈妈从前是大学里的老师，本来就不擅长家务，也不会做饭，加上老家是南方人，当然更不知道怎么料理这里的五谷杂粮。所以苏慈航每天装在饭盒里的午餐千篇一律，永远是小米捞饭。那捞饭还总是掌握不好火候，不是硬就是软。有桃就格外用心地打理自家的饭菜，她的厨艺或许是师承姥姥，或许是无师自通。她变着花样，粗粮细做，一样莜面，今天蒸栲栳栳，明天搓鱼儿，后天做野菜烫面蒸饺，再一天或许就是莜面饸饹。她从自家菜地摘来最新鲜的带着晨露的西红柿，和鸡蛋一起打卤，把豆角、茄子、马铃薯烧成烩菜。她一早起床，摘菜，和面，拉风箱烧火，该蒸的蒸，该切的切，中午放学只需稍稍加工，就是一顿香喷喷的午饭。她把饭菜装进饭盒，对姥爷说："我去班里和同学吃了！"就跑走了。

她当然不是去班里，姥爷知道。姥爷看着她日渐明亮起来的眼睛，心里感激着神明。姥爷望着她朝山坡奔跑的背影，眼睛渐渐潮湿了，在心里对一个亡人说道："老伴啊，谢天谢地，孩子挺过来了。是你在保佑她吧？你呀，你可不能撒手不管啊……"

两个孩子分吃着午餐。那是浪漫的午餐，群山环抱着他们，古长城废墟做了他们的餐厅。她吃他火候不到的硬邦邦的小米捞饭，把自己饭盒里的饭菜给他，告诉他说，她最喜欢吃的就是小米捞饭，怎么吃都吃不厌。他知道那是假话，却没有戳穿，他领受了这份情意。他一边吃一边说道："袁有桃，你怎么这么能干？怎么能把饭做得这么好吃？太神奇了！"

有桃回答说："不是我能干，是粮食香。在城里哪有这么香的粮食？你看，就算是你的西伯利亚，也有城里比不上的地方。"

她很自然地说出了城里这字眼。这两个字一出口，她静默了一下，很奇怪，也许是太阳太明亮了，蓝天太澄澈了，面前的莜面和小米都太香了，她觉得很平静。

苏慈航笑了："袁有桃，你知道吗？你简直可以去做政委，你太会做思想工作了，或者去做牧师，天天给人布道。"

"我？我没有资格。"有桃这样回答。

疼痛还是突然袭来了，她眼睛一阵黯淡，沉默下来。但是苏慈航好像什么也没有觉察到。

"那你就去给牧师做太太。"

有桃呀地笑了。

"苏慈航，你好坏！"有桃笑着说，"你才给牧师做太太呢！"

"我？"苏慈航一本正经望着她，"我怎么能做牧师太太？我只能做牧师啊！"

有桃的脸一下子红了。那是一种从未有过的鲜艳，初绽的羞涩的鲜艳。苏慈航惊讶地望着这突然红脸的女孩，想起一个成语：艳若桃花。原来她的名字真是暗藏玄机的……他的脸也有些红了。

"中国现在哪里还有牧师啊！"他嗫嚅地说道，"除非活在书里，或者画里……"

那就活在画里吧，有桃想，活在《晚祷》那样的画里，永远不要走出来。

那只能是梦。

两年后，姥爷突发脑溢血，在送往县医院的途中去世了。一路上，昏迷中，他的手和有桃的手始终紧握着。直到咽气，那只手仍旧紧紧攥着他对这人世的留恋，不肯撒手——他实在走得不放心，他放不下这个孩子啊！

五、隐疾

还是那座城，还是那个大院，还是那两间房，还是那些人，离开两年后，有桃又回来了。

爸爸妈妈看上去没什么变化，变了些的是姐妹们。姐姐有橘变白了，瘦了，好看了，也更高傲。妹妹和小弟弟都蹿个了。她们不再叫她那个难听的绰号娄阿鼠，可也不知道该怎么叫她，就叫她"哎——"。母亲对她也变得客气，还有一点小心翼翼，好像她是一个来做客的人。

她不再在意这一切。

珍贵的东西，无论是人还是时光，都那样容易消逝。她想起姥姥当年在母羊坟前对她说的话：“宝啊，这世上再好的物件、再亲的人，都有分手的一天啊。”南来的列车上，她一直、一直在想这句话，她对自己说：“袁有桃，你不要自艾自怜，你不比别人更倒霉，你只是比人家早一点看到了结局……”

和苏慈航是在他们的长城上道别的。一年前，苏慈航就已经离开了小镇，到县城去读高中了。不过差不多每个星期天，他都要骑着他的“凤凰”来这里看有桃，看他们的长城。苏慈航说：“袁有桃，你要给我写信。”

袁有桃说：“好。”

苏慈航又说：“袁有桃，放假了你可要回来，你能回来吧？”

袁有桃回答：“能。”

苏慈航又说：“一放假我就天天来这里等你，你可不要忘记。”

袁有桃点头：“不忘。”

那是临行前一天的傍晚，他们站在长城上，就要落山的夕阳将山峦、沟壑、村庄、公路、暮归的羊群、亲人的坟墓以及两个少年的身影，涂染成一片血色。袁有桃忍着眼泪答应着，可心里却像是和这一切永别一样难过。她爱着的东西和人都留在这里了。她知道许诺是没用的，前边有什么在等待着她，她怎么会知道？她留恋地、痴迷地望着眼前这个大男孩，其实已经是在望着过去。

很快地，有桃就收到了苏慈航的来信。信寄到了有桃的新学校——厂里的附属中学。信封上这样写着：某某市某某工厂子弟中学初一新生袁有桃收。

有桃笑了，她想起了“乡下，爷爷收”。有多少初一新生呀！可这也真像苏慈航的风格。有桃站在校门口，打开信，只见里面写道：

袁有桃：

就算那列火车再慢，你也早就该到达目的地了。你总不会坐上一列永远不停车的火车吧？可你怎么不来信呢？这么快你就忘记我们的约定了吗？我天天到我们学校传达室去问，天天失望而归。我要说实话，还从来没有人给我写过一封信。袁有桃，我想让你成为一生中第一个给我写信的人……

就在这时，校门口突然起了骚动。只听人们说道："疯子！疯子！疯子来了！"没等有桃弄明白发生了什么，一个女人已经站在了有桃面前，对她说道："你看见我家安康了吗?"

第一眼，有桃几乎没能认出眼前这个女人是谁，可那只是一瞬间。一瞬间的静默之后，有桃觉得世界远了，消失了，世界只剩下了这个女人，头发灰白，衣着古怪，眼神又犀利又迷乱，她用这样的眼睛审判似的凝视着有桃，说道："你看见我家安康了吗?"

阳光太强了，就像雪山上的阳光，白炽一片，晃着有桃的眼睛，晃得她流泪，晃得她天旋地转，几乎站不住脚。就在这时，有人过来拉住了那女人，嘴里说道："怎么又跑出来了呀? 学生，对不住，对不住！她啥话都不会说了，就会说这一句……"

你看见我家安康了吗? 整整一天，这句话响在有桃耳边，就像钻进她身体里一样安营扎寨。它还钻进了她的梦里，就像一条黑鱼，在冰冷的水里扑腾着，扑腾着。然后她就看见了他，那个久违的孩子，水淋淋的，头发变成了水草，脸色惨白，突然对她咧嘴一笑，说："我已经死了呀！"

有桃惊醒了，身下精湿一片。一切已经不能挽回，她尿床了。

从此一发不可收拾。

母亲寻来了各种奇怪的偏方，猪尿脬蒸米饭，用七根葱白捣碎和硫黄一起搅拌敷肚脐，屋檐下的燕子窝泥敲一块下来，在柴火灶上烧红泡水，等等。母亲沉默地、咬紧牙关做着这一切，生怕自己一开口就会崩溃。有桃更沉默，沉默地被摆布着，让吃猪尿脬就吃猪尿脬，让喝燕子窝水就喝燕子窝水。为了让她方便起夜，他们让她从上铺搬到了下铺。但是仍旧无济于事。

夜晚变成了最大的伤害和煎熬。有桃不敢睡觉。她大睁着眼睛望着窗外。透过蒙满灰尘的玻璃窗，夜色也好像是浑浊的。偶尔会有好月光，那会让她流泪。她对月光说，救救我。她以为月光是仁慈的，但是月光和偏方一样，救不了这孩子。

终于有一天，半夜里，有桃突然睁开了眼，黑暗中，一个人静静地、俯身望着她。是母亲。母亲慢慢地把一双手卡在了有桃的脖颈上，母亲望着有桃的眼睛，望了许久。母亲说道："我真想这样掐死你，然后自己死！"

说完她松开了手，抱起了有桃，失声痛哭。自从满月后，她还从来没有抱过这孩子，这骨肉。她一边哭一边说道："你就这样惩罚我啊！就这样折磨我啊！我那时候也是没有办法呀，我得了乳腺炎，疼得要死要活，没有奶，我哪有钱请奶妈？你说让我怎么办？怎么办？你怎么能这么狠毒？你怎么能这样惩罚我……"

有桃也哭了。

有桃在心里说："不是，不是，不是！"

如同奇迹一般，经过这个夜晚，有桃的病戛然而止。也许是那些猪尿脬燕子窝水渐渐起了疗效，也许是因为别的。母亲暗自嘘出一口长气，说道："阿弥陀佛！"她觉得自己得救了。但是没人知道，这隐疾只是更隐秘地潜伏在了有桃的身体里，就像一个休眠的特务等待着某个唤醒它的指令。也许连它自己也不知道，它有着怎样坚韧缠绵的耐心。

有桃始终没有给苏慈航写信。

这是天罚我，有桃这样想。就在她平生第一次接到朋友来信的同时，就在她那么快乐幸福的时刻，秦师母从天而降，质问她："你见到我家安康了吗？"秦安康，那个水淋淋的孩子就这样又潜回到了她的生活中，回到了她的每一个白昼和黑夜，回到她的梦里。

苏慈航，你知道吗？在这里的每一天都是惩罚，为了我的——过错。

苏慈航，你懂什么叫惩罚吗？你知道它多么诡异和羞耻吗？一个活在阳光下的幸福的人、一个没有罪和秘密的人永远不会知道这个。

我以为我可以遗忘。在我们的高原，在那么澄澈温柔的阳光和仁慈的天空下面，在我们长城的废墟之上，那些和你在一起的日子、有你的日子，我以为我可以忘记我需要忘记的，它们也似乎真的离开了我一段时日，我以为它们慈悲地放过了我，但是没有。

苏慈航，对不起，我不能做第一个给你写信的人了！我也不能在假期里去赴我们的约会……其实，那天我们的道别就已经是永别了，和我珍惜的、留恋的、爱着的一切永别了！否则我怎么会那么伤心？

谢谢你，苏慈航，谢谢你带给我的快乐，珍贵的快乐。也许这一生我都不会再有快乐了。

有桃在心里写着回信，永远也不会寄出的信，和她懵懂的、青涩而美好的那一点情愫郑重道别，和与幸福有关的一切道别。她感到了一种撕裂般的疼痛。这疼慢慢变作身体的记忆，伴随了她很久、很多年，直到她碰到那个来自法兰西的男人。

六、郑千帆

他们是在同事家的一个聚会上相识的。那天，同事要在家中招待一个老外吃饭，请有桃来掌勺做大厨。有桃的厨艺，认识的人差不多都知道。这同事的先生在大学里教书，那老外也在那大学里担任着教职。老外进来的时候，有桃一个人在厨房里煎炒烹炸地忙碌着。本来她一点也不想出去凑热闹，但是外面酒过数巡，饭吃到一半时，同事进来，非要拉她出去，说是老外一定要见见厨师。同事说："你知道那老外说什么？他说这些菜是奇迹！"

有桃笑笑："你也信！他们都太喜欢夸张。"

当然还是出去了。只见那个金发碧眼的法兰西绅士站起身，说道："你就是这些奇迹的创造者啊？太荣幸了！你好，我叫郑千帆。"一边向她伸出一只手。

有桃有些吃惊，惊讶他的汉语竟是如此流利，也惊讶他有这样一个文人气的中文名字，还惊讶他的年轻。

"袁有桃。"她轻轻说，也伸出了手去。

他们握住了。

"你怎么能把菜烧得这么好吃？太神奇了！"郑千帆望着她的眼睛，真诚地说。

那眼睛里的蓝色让有桃想起了天空，很久以前，遥远的以前，曾经有过的天空和时光。她的心痛了一下。

"你过奖了。"她笑笑。"都是一些普通的家常菜，不是什么了不起的大菜。要说神奇……"她想了想，"那就是这些食材，它们其实知道你是否真的珍惜它，用心料理它，它们通人性。"

那双蔚蓝色的眼睛突然像被阳光照亮了一样。

"你知道吗？我妈妈也说过同样的话，我妈妈也有很棒的厨艺。她曾经梦想能做一个米其林三颗星餐厅的主厨，当然没有实现。"郑千帆说。

有桃不知道什么是米其林三颗星，她望着他，心想，这个老外，他想家了。

当有桃再一次回到厨房，接着做剩下的菜肴时，她想了想，加做了一道餐后甜品。制作这甜品费了一些时间和心思，因为是第一次。当有桃最后把它端到餐桌上时，郑千帆惊呼一声："焦糖布丁！"

有桃笑了："你尝尝做得像不像？我还是第一次做。"

20世纪90年代初，在有桃的城市，西餐厅寥寥无几，也没有后来遍布大街小巷的面包房、蛋糕屋一类，焦糖布丁在一个家庭餐桌上出现，真的像一个小小的奇迹。

没有模具，有桃临时找来了几只小茶碗代替，褐色的糖浆散发出诱人的焦香。一口下去，郑千帆陶醉地闭了下眼睛，说："回家了。"

"你还会做西餐啊？"有桃的同事高兴地叫起来，"我说有桃，你干脆辞职算了，辞职开个小饭馆，一定能火。我也入伙！咱们一块干，你说一辈子当个护士能挣多少钱？"

同事的先生插嘴说："怎么听上去像是要拉人落草为寇似的？"

大家都笑了。

但是临分别时，郑千帆认真地、郑重地对有桃说："你要是真开饭店，千万别忘了告诉我，我一定天天去你的餐馆吃饭——你会开餐馆吗？"

有桃愣了一下，笑了，说："怎么会？那是开玩笑！"

"真遗憾。"郑千帆耸耸肩，"那，不开餐馆，我还有机会吃到你做的菜吗？"

有桃没有回答。她一时语塞。

郑千帆笑了，说："再见，魔术师！"

有桃想，不会再见了，萍水相逢的一个人，有什么理由再见呢？

但是真的再见了。

当有桃在她上班的医院门前看到等待在那里的那个法兰西青年，那个有着天空般蓝眼睛的郑千帆，不知为什么，心里突然响起一支俄罗斯歌曲的旋律："轻风吹拂不停，在茂密的山楂树下，吹乱了青年旋工和铁匠的头发……"

她想起了唱这歌的人，那个人无论什么样的歌曲，都能唱出那样一种明亮的少年人的忧伤。她想起了同样是明亮和忧伤的那些岁月，最好的岁月，心里一阵怅然。而他已经笑着向她跑了过来。

手里是两张戏票。

“请你听戏，”他说，“谢谢你那天的晚餐。”

“你已经谢过了。”有桃回答。

“是吗？可我没有谢芙蓉鸡片、菊花鱼丝、龙井虾仁，没有谢口蘑羊肉栲栳，还有焦糖布丁。”

有桃笑了，说：“它们说不用客气。还有，它们也不爱听戏。”

“京剧也不爱听吗？《锁麟囊》。”

“好像不爱。”有桃回答。

“噢！它们可真不给人面子！”这个异乡人夸张地说。

他是那么有活力，那么明亮、干净、快乐，但是尽管如此，有桃还是看出了一个异乡人眼睛里的那种渴望，取暖的渴望。这点渴望是有桃不忍心拒绝的。他们一起去听戏了。北京来的剧团，演的是程派名剧。有桃惊讶地发现，对于京剧，这个法兰西青年知道的竟比她还要多。至少胡琴声一起，他就知道那是西皮还是二黄，还有那声腔的妙处，而有桃则一片懵懂。

一场戏听下来，有桃很服气。

更让有桃吃惊的是在那之后。有一天，在一个朋友的家中，大家聊天，说起《红楼梦》里人物名字的隐喻，郑千帆忽然问道：“袁有桃，你的名字是谁给你起的？”

“我也不知道，”有桃回答，“我只知道太土了。”

“土？”郑千帆一挑眉毛，“它们出自《诗经·园有桃》。你姓袁，园袁同音，信手拈来，我觉得很妙。”

《诗经》？有桃一头雾水。

郑千帆开始背诵：“园有桃，其实之肴。心之忧矣，我歌且谣。不知我者，谓我士也骄……下面我记不清楚了，总之是一个文人、读书人忧伤的感叹。”

有桃很震动。原来她的名字里藏了典故，藏了一个人两千多年的忧伤和咏叹！是谁给了她这样一个名字？没人在意、没人珍惜、那么草率地来到人间的一个小生命，是谁让她去背负起了这样悠长几乎是永恒的孤独和忧伤？原罪般的忧伤。是谁给了她这样的使命？

他们家找不到一本《诗经》。有桃的父亲多年前已经死于癌症。父亲的离世使这个家陷入了窘境，也是有桃没有读高中而选择了中专的原因。有桃最终上了一所卫生学校，学了护理专业。三年后毕业，分配到了省城一家不错的大医院，开始挣钱养家，供妹妹和弟弟继续读书。如今妹妹也大学毕业了，做了北漂。而他们优秀的小弟弟则一路高歌猛进地读下去，读到了美国。

姐姐毕业后南下深圳，在那里结婚，安营扎寨，有了孩子，就把刚刚退休的母亲接去帮她带孩子。如今在这个城市，就只有有桃一个人留守了。他们的家，从前那个闹哄哄的家常常空寂无人，有桃平日里住医院宿舍，只有星期天才会回到那破败的家里看看。

那个热火朝天雄壮的大厂如今停产了，凋敝之气在整个厂区笼盖着，谁也不知道它未来将何去何从。有桃家还在那座筒子楼，这么多年下来，楼自然是更加地衰老、破旧、拥挤，可那两间屋子，那个家，只要有桃回来，就一定要把它们收拾得清清爽爽。两间屋子里的书柜，有桃整个翻找了一遍，没有《诗经》。他们家不管是从前热闹的时光还是寂寞的现在，从来不是《诗经》光顾的地方。

有桃去书店买了一本回来。

她找到了那一篇《园有桃》：

园有桃，其实之肴。心之忧矣，我歌且谣。不知我者，谓我士也骄。彼人是哉，子曰何其？心之忧矣，其谁知之？其谁知之，盖以勿思！

那是中国读书人与生俱来的忧伤，原罪般的忧伤，有桃确认了这个。虽然她远远算不上一个读书人，可她认识汉字。汉字应该就是这忧伤的种子，袁有桃伤感地想。

再见到那个法国人时，袁有桃忍不住感慨地问道：“郑千帆，上辈子你是一个中国人吗？”

郑千帆回答说：“这我没法确定。我能确定的是，这辈子我一定会和一个中国姑娘结婚。”他望着对面那温柔的、美好的、水一般清澈的女孩：“袁有桃，你是那个姑娘吗?”

那是一个初夏的黄昏，他们坐在餐桌旁。那是这城市刚刚开张的第一家咖啡馆，卖各种咖啡也卖中西式简餐。他们面前一人一份煲仔饭，煲仔饭的热气熏着有桃的眼睛。而窗外很远的地方，夕阳正在穿城而过的一条河流上慢慢坠落。

有桃摇摇头回答说:“郑千帆，我不是。”

“为什么?”郑千帆隔着桌子握住了她的手，“第一眼看见你，我就知道你是那个姑娘……是因为我是一个外国人吗?”

“不是。”

“那是什么?”

“是因为我不能。”有桃回答。

“不能什么?”

“不能结婚，不能和任何人——结婚。”

她平静地甚至是微笑地说出了这话，可是眼泪却慢慢溢出眼睛:“郑千帆，别问了，请你放过我。你是这么好的一个人，你应该找一个好姑娘，你应该幸福……”

“你就是那个好姑娘，最好的姑娘，你就是我的幸福。”郑千帆回答。

“可我不能!”

“你不能生育吗?那我们不要小孩，或者我们可以领养，这世界上有多少被遗弃的孤儿，对不对?或者你有绝症?那就在你病情恶化前我们闪电结婚，能和你在一起共同度过一天，我也是幸福的……袁有桃，我不让你马上回答我，我可以等，我是一个非常有耐心的人。也请你不要立刻拒绝，给我一些时间，行吗?”

他的眼睛，蔚蓝色的眼睛在这个黄昏变得更加深邃而辽阔，她就要像一只小鸟一样，无可阻挡地飞进这眼睛里去了。她在心里叫着自己的名字:“袁有桃，袁有桃，这不行，你不配，你是不能幸福的呀!”可是她知道，她是多么渴望、渴望着纵身一跃，飞进他的世界。

他是守信的。那个黄昏之后他不再追问，他只是默默地等候。有桃在儿科病房上班，三班倒，而他总会在最合适的时间出现在她面前。他总会给他们安排一些有趣的事情，比如去参加某个家庭音乐会，去看某个不知名的小画家的个人画展，去看大学生剧社的话剧、音乐剧，等等，当然也会去见他的各路朋友们。他的朋友可真多啊！生活原来可以是这样广阔的，而城市也不再是从前有桃认识的那个灰色城市。这个异乡人带领着她，这里那里，探寻着这城市的色彩，就像在沙漠中寻找花朵。而那突然相遇的坚韧的鲜艳常常让有桃感动，原来这城市也是有柔情的。

夏天过去了，秋天也过去了，冬天到了。12 月的某一天是这异乡人的生日。有桃决定给他做生日面吃。她带着各种食材去了他的公寓。认识这么久，她还是第一次去他的住处——这禁忌之地。她和面，洗菜，烧汤，打卤，他在一旁打下手，那情景就像一对夫妻。那天她做的是小拉面，浇头有好几种：最常见的西红柿鸡蛋卤、什锦小炒肉打卤，还有南方风味的爆炒鳝糊和冬菜肉末。几个清爽的家常凉菜，糖醋白菜心、炝莲藕之类，还烧了一小砂锅红烧肉，清蒸了一条鲈鱼。他开了一瓶红酒，在餐桌上点起了蜡烛，那蜡烛是红色的，就像洞房的花烛，还有一种异域的香气，那是暧昧的暗示。

他们举杯，她说："生日快乐。"

他回答："袁有桃，我想向你要一样生日礼物，可以给我吗？"

有桃叹息一声，回答说："我想我带来了。"

他们吻了。

灵魂出窍的时刻，她在他怀中发着抖，像呓语似的说："怎么办啊郑千帆，我该怎么办啊？"

他搂着她，说道："袁有桃，有我啊，有我啊！"

那是她的初夜，她把自己给他了，她给了他一份珍贵的生日礼物。看到落红，这个法兰西青年，这个异乡人哭了。

那一夜她要走，他不放她走。他说："袁有桃，今天我把它看作是我们的新婚之夜，我要介绍你认识我的家人。"

他有一台幻灯机，他就在幻灯机上一张一张放着家人的照片，雪白的墙壁做了银幕。

"这是我妈妈，我妈妈是家庭主妇，可她是一个非常聪明的女人，手很巧，厨艺很棒，她会做一种非常好吃的焦糖苹果塔，那是我家乡卢瓦尔河谷的美食。她做的红酒炖鳗鱼，好吃得简直让人灵魂出窍！袁有桃，我觉得你和她有点相像……这是我爸爸，我爸爸是个中学教师，是一所高级中学的校长。你看他很严肃是吧？其实他是一个很温柔的人，年轻时喜欢写诗，他就是用写诗追求到了我妈妈……这是我爷爷，这是我们的家，你看，这就是我家的葡萄酒窖，这是葡萄园，这就是卢瓦尔河，法兰西最美的河流，诗人眼中生生世世温柔的故乡……这漂亮的老建筑是乡村小旅馆，藏在绿荫之中，它已经有一百年的历史了。对，它是我爷爷的旅馆，我们家族的旅馆，也是我最喜欢的地方。它旁边不远是一座美丽的小教堂，我爷爷、我父母都是在那个乡村小教堂结婚的，我希望我们的婚礼也能在那里举行。袁有桃，我相信你一定也会喜欢……”

是，她喜欢，仅仅在照片上有桃就已经喜欢上它了，喜欢它如画的静谧、古老、安详。他的声音有一种梦幻般的魔力，是，那是梦里的声音，只有梦才可以是这样美好。那梦境里的声音说着诗一样的语言，教堂、钟声、婚礼、洁白的婚纱、草地上的派对、流向大西洋的美丽的河流……她含着眼泪静静聆听，被这声音催眠，而心里却有一种难舍的伤痛。她想，袁有桃，这是梦。

窗外下雪了。有桃的城市落了这个冬季的第一场大雪。鹅毛大雪在他们相拥着入睡后静静飘落。凌晨，有桃被一种恐怖的冰冷冻醒了，就像她躺在了雪地上一般。她睁开眼睛猛地起身，她知道有什么事情发生了——最绝望的事情。刺目的灯光下，只见他惊愕地呆坐在一旁，目瞪口呆注视着身下湿漉漉的床褥，注视着那纤毫毕现无遮无挡汹涌的羞耻……惩罚并没有结束，在每一个幸福的瞬间，它总是这样恶毒地不期而至，如同必然要到来的黑夜。

有桃默默地穿上衣服，没有一句辩解，走出了房间，走进了漫天大雪之中。她在凌晨的城市漫无目的地走，走，雪没住了她的脚踝，落在她头上、肩上、睫毛上，她早已成了一个洁白的雪人。突然她站住了，发现自己竟然来到了海子——许多年来，她一直、一直躲避的地方。可无论怎么躲避，这冰封雪盖的湖洼，这海子其实就一直住在她灵魂里，从没有离开过她一天。“你想自杀吗？你想做替死鬼？”隔了二十年遥远的时光，她奇怪地听到了那男孩声音里笨拙的善意。她抬起头望着大雪纷飞的天空，远远地从那深处传来一个声音，一个不灭的追问：“你看见我家安康了吗？”

整个城市都被这悲伤的回声笼盖。

冰消雪化的春天，在这城市消失了一段日子的郑千帆突然又出现了。一连三天，他等在有桃工作的医院门口，却没有等来他要等待的人。他就直接去儿科病房寻找。在护士站，他向一个帽子上有蓝色标志的姑娘打听有桃，他知道戴这种帽子的人是护士长。

"你是叫郑千帆吧?"护士长望着他，似乎一点也不意外，"她留给你一封信。她说如果有一天你来这里找她，就把这封信交给你。"

"她人呢？她到哪里去了?"

"不知道，她辞职了，走了。"护士长说。

信是这样写的：

现在你知道我的秘密了。你知道我为什么说不能做新娘。它比你当初想象到的任何理由都要荒诞、残酷。你问我是不是得了绝症，是，这就是我的绝症，而且没有治愈的希望。

假如我没有猜错的话，你在惊愕和痛苦之后，有可能回来找我，告诉我现代医学对付这疾患的方法，有可能你已经打听好了医生，因为你太善良。但是郑千帆，那没有用，对我而言那不是疾患，而是我必须背负的命运。你一定会问我为什么，我不能说。

你读过托尔斯泰的《复活》吧？那不幸的玛丝洛娃最初面对聂赫留道夫的忏悔时是那么愤怒。"你不过是要用廉价的忏悔，要用我的不幸来拯救你的灵魂!"我忘记原话是怎么说的了，但这谴责我永不会遗忘。假如一个作恶的人仅仅用忏悔就能拯救自己，就能解脱，那我宁愿选择沉默——请你尊重我的沉默。

再见了！你一定会遇到一个真正的好姑娘。好好生活，好好爱自己，爱她。

袁有桃就这样从这个城市消失了。

七、晚祷

星移斗转，许多年过去了。某一年，某个夏天，几对男女结伴从北京出发，开始了他们的欧洲七国之行。其中有一对夫妻，先生五十出头，而女人则要年轻许多，三十岁不到，非常漂亮，而且深知自己漂亮，眉目间难免就有一种傲骄之气。她的丈夫据说是某个上市公司的老总，和他的事业与年龄相比，他的体重算是轻量级的，几乎看不出岁月沉淀的痕迹。不用说，这是运动的结果。

显然，同行者应该是年轻女子的朋友或者熟人，年龄也都和她相差无几。他们都惊叹着这位大叔几近完美的体形。有人忍不住问他说："您平时做什么运动？打高尔夫吗，还是打网球？"

"大叔"还没来得及回答，旁边的女人搭腔了。女人貌似低调地说道："他不打高尔夫，他喜欢登山、冲浪、开飞机。"

"哇！"一片惊呼之声，"开飞机？真酷啊！"

大叔知道这是女人在向她的朋友们炫耀，也是在证明他这个老男人除了钱，还有别的一点什么是值得她以身相许的。他笑笑回答说："我在美国读书的时候，拿到过开小型飞机的执照。不过很久没开了。"

几个年轻人相视一笑，意思是不是一土豪。

他们的第一站是巴黎。巴黎大叔自然是去过的，但那几个同伴却都是初来乍到。几天下来，那些世人皆知的景点，巴黎的地标式建筑，卢浮宫、巴黎圣母院、凯旋门、埃菲尔铁塔、香榭丽舍大街自然游历了一番，也乘游轮游了塞纳河。最后一天，大家就分道扬镳了，有人要去这里，有人要去那里，女士们无一例外则是要去购物。而大叔却是去了奥赛，这是他每次来巴黎都要去朝圣的殿堂。大叔这个年纪热爱奥赛，是很容易理解的事，那些他们年轻时热爱的艺术家几乎都在这个殿堂里了。他们来这里朝拜自己的青春。

大叔想说服年轻的妻子与他同行："到了巴黎怎么能不去奥赛？"他认为这理由很充分。

妻子笑了，说："哪个女人到了巴黎，能让自己空手而归？麻烦你替我向凡·高问个好吧，还有你总是念叨的那个米勒。"

大叔就一个人去拜会他们了。

他像识途的老马一样直奔他的目标。他也不知道为什么他会那么热爱这个《晚祷》。他来到它面前站住了，那静谧从画作中布满晚霞的天空，从正在收获的秋天的田野，从那低头祈祷的年轻农夫和农妇的身上穿透出来，氤氲，弥漫，扩散，笼罩住了大叔的世界。那是多么庄严和神秘的静谧，他想，是静谧的灵魂。乡村小教堂悠长的钟声从天际远远传来，或者是从前世传来，一个少年在同样静谧、美好的苍穹之下，在正在生长的粮食朴素的香气中，对他的小女伴说道："我怎么能做牧师太太？我只能做牧师啊！"不错，那是前生前世的记忆。

奇怪，这《晚祷》里流淌着一种——她的气息。

"他们听到教堂的钟声了。"少年这样说。

"也许他们还听到了别的。"她轻轻回答。

是，一定还有别的，钟声之外的东西，更为宏大、永恒的东西，更深邃的秘密。他一阵鼻酸。

他回头转身要离去，发现身后站着一个女人，不年轻的东方女人，一脸沧桑，静静地伫立着，凝望着前面的画作。是那静，一种深深沉浸的静而非观光客浮光掠影的表情，吸引他多看了她一眼。和她擦肩而过的时候，他觉得心奇怪地跳了一下。他站住了，回头打量着她的背影，中等个头，瘦削，衣着朴素甚至土气，毫无出奇之处。这不应该是她。他不能允许她变成这样一个毫无色彩的中年妇女。为了打消自己的疑虑，他想了想，走到了她旁边。

"对不起，打扰一下，"他用中文说，"我可能太冒昧了，请问您认识一个叫袁有桃的人吗？"

她望着他摇摇头："不认识。"她又回答："您认错人了。"

"不好意思。"他笑笑，这样说。

是啊，哪里有这么巧的事？那是韩剧的桥段。走出奥赛的时候，他这样想，心里却一阵怅然。

假如这个大叔在走出十几米后猝不及防折返，他会看到那女人突然之间奔涌的热泪以及被柔情所照亮的美目。女人在心里温柔地说："你好，苏慈航，久违了。"

从那座痛苦的城市消失之后，有桃来到了南方一座小城。在那里，没有一个人认识这个北方姑娘，没有一个人知道她的前史。她把自己连根拔起，放逐到了一片荒凉之海。其实那是一座安逸、宁静、祥和、富足的小城，也是一座闭塞的小城。走在它的街头，听着满耳一句也不懂的方言，听着别人的乡音，有桃偶尔就会冷不丁想起那个词：西伯利亚。为什么，我苦难的命运，送我到，西伯利亚……

多年前，那个英俊少年忧伤的歌声、蓝天下的歌声就会在有桃心里响起。有桃默默地说，没有为什么，袁有桃，西伯利亚，那就是你的命运。

她在这小城一家很有实力的民营医院找到了一份工作。先是做护士，后来做护士长，再后来，随着医院规模的不断扩大，做到了总护士长。不知不觉，二十年的时光过去了。她变成了这医院元老级的人物，受人尊敬，也学会了一口不算地道的本地方言。他们的医院原本在城里，由于扩建，新院址选在了城郊，于是，她就在郊外租了一座农家小院，略事改造，加盖了卫生设施之类，就成了小小一个世外桃源。闲暇无事，她在院子里种花，种菜，种树，还种一点草药，像连翘、金银花之类。她用她的鲜花装点餐桌，用她菜园里的新鲜蔬菜做她的晚饭，用那些草药泡口味独特的草药茶。只是这一切，四季的鲜花、绿色的蔬菜、滋味悠长的茶汤，永远没有人和她一起分享。她没有成家，也不交朋友，从不邀请人到她家里做客。她独往独来，而她一个人走在这城市的孤单身影，渐渐地不再让人好奇。一个外乡人嘛，总有她的道理。

她以为生活就这样无风无浪地过下去了。她甚至想到了退休后的日子，她筹划到那时，她可以把这小院子买下来，办农家乐——施展她一手的好厨艺。她真是技痒啊！有多久没人吃过她烧的饭菜了！她是多么喜欢给人烧菜吃，听懂它的人真心的赞美。人家是以文会友，她是以味道觅知音……她有时会憧憬未来，一个满头银丝的老妇站在紫藤花架下，静静地、微笑地望着一桌子食客和一桌子美味佳肴。不知为什么，在那个画面里永远只是一桌，只有一桌，是她不贪心吗？她不知道。微风吹来，紫藤花一瓣一瓣无声而清香地飘落，满院子的落花啊！她远远地看，从不会去惊扰人家。也许她会听到这样的惊叹："怎么能把菜烧得这么好吃？太神奇了！"一生中曾经有两个人，两个她珍惜的人，这样赞美过她的厨艺。

但是，癌来了。

血尿，无痛血尿，毫无征兆地在一个清晨到来。洁白的马桶将那半盆鲜红映衬得格外惊悚。她望着那惊悚的鲜红，感到指尖都是冰凉的。一个资深护士长太明白这是一个什么预兆了。她没有声张，独自坐车去了省城的大医院，检查结果如她所料，膀胱癌，只是比她预想的更糟：晚期。

一周后，她请了长假。二十年来，她从没休过带薪假期，所以老板答应得很痛快。老板是个明白人，他知道一定有什么不寻常的事情发生了。她把全部的存款都取出来，存到了一张卡上，她笑笑，和她的农家乐告别，和梦想告别。她是不能有梦的，她是不能宽恕自己的。她手里握着那张卡在心里说。然后，她报名参加了一个旅行团，来到了法国，来到了巴黎。

奥赛不是旅行团的日程，她也是利用自由活动自由购物的时间来到了这个殿堂，来和一幅画约会。奇迹发生了。在她生命的末路，在她就要走到尽头的地方，她和那个叫苏慈航的英俊少年意外重逢。虽然只是擦肩而过，虽然他们彼此都已面目全非，但是足够了。她撞见了她生命中最美丽的一小段岁月，那岁月就像被点燃的一盏河灯，而那光可以引领她的灵魂勇敢地走进永恒的黑暗。

三天后，在卢瓦尔河谷一座乡村小教堂内，有桃点燃了一支蜡烛。她在神坛前跪下了。

“你好，上帝！你好，圣母！”她在心里这样说，她不是教徒，不懂祈祷的规矩。“你好，秦安康……”这个她背负了一生的名字就这样脱口而出，“秦安康，现在我可以告诉你了，其实四十年前，那一天，在我听到扑通的声响，发现你落水时，我，我没有在第一时间跑过去救你，我从雪地上爬起来站在那里，看见你扑腾，挣扎，我没有动……后来我一直对自己说，袁有桃，你那时是吓傻了，吓愣了。可我清楚，其实我那时听到了自己心里一个声音在说，‘活该，去死吧！’——那声音那么短促，转瞬即逝，可我确实是听到了这魔鬼的声音……我不知道这一刻到底有多长，几分钟或者几十秒，等我清醒过来时，冰窟窿那边已经没有动静了。我一路喊着你的名字跑过去，我趴在冰窟窿边上一边哭一边喊，我说，秦安康，秦安康，秦安康！你能听见我说话吗？没有人回答，那冰窟窿黑得像地狱一样，真恐怖啊！我朝四周喊，有人吗？有人吗？救人呀！可没有一个人！白茫茫的湖面上没有一个人！那时我是真吓傻了，拔腿就跑。雪下得那么大，我看到了你妈妈，秦师母，在那里问人家，‘你看到我家安康了吗？’我慌不择路地逃了……假如我没有过那几分钟或者几十秒的恶意，我一定不会躲，不会逃，我会一路跑来喊人，我会告诉她实情。后来我也一直在想，就算我在第一时间毫不犹豫朝冰窟窿那里跑，又能怎样？难道来得及吗？能救起你吗？很可能不能，很可能来不及！但是，但是那会多么不同！我是说对我而言，那会多么不同！——我可以不用我这一生，来偿还那几分钟或者几十秒的恶念和罪孽……

“是，秦安康，我偿还了一生。我惩罚了自己一生。这一生有过一些时刻，我可以忏悔，我知道，也许对珍惜的人说出口，或者当着你亲人的面悔过，我就不用这么沉重地背负你过这一生。但这对你公平吗？这样轻易地自我宽恕，我觉得羞耻……除了沉默地和你一起受难，我想不出还有什么方法，来度过我这有罪的一生。现在我来到了我生命的尽头，秦安康，你知道了我的罪孽，可以了。

“上帝，圣母，基督耶稣，在你们的圣殿里，我说出了我的秘密，谢谢你们！但我不求你们的原谅，我将继续带着这秘密远行，我知道我要去的地方很黑暗，那里不会有我至亲至爱的亲人——我的姥姥、姥爷，他们应该在花香四溢鲜草翻涌的好地方，而我，我知道我永不会再和他们相遇，所以我需要一点勇气，请帮帮我……”

她沉静地默默地说。

教堂外面是一座墓园，和她同行的旅游者们在墓园里拍照。这一晚，他们将会在附近的乡村小旅舍投宿。那小旅舍深深地隐藏在绿荫之中，迎接他们的是家庭风格的房间、干净芳香的床褥以及美味的晚餐：红酒炖鳜鱼、焦糖苹果塔，还有卢瓦尔河谷永生的葡萄酒。

晚祷的钟声响了。

2014 年 6 月 7 日于京郊顺义

发表于《小说月报·原创版》2014 年第 12 期

转载于《小说选刊》2014 年第 12 期

《中华文学选刊》2015 年第 1 期

理解蒋韵小说的几个关键词

——兼谈中篇小说《心爱的树》

王春林

我是蒋韵小说的忠实读者。大约自20世纪80年代后期开始，蒋韵几乎所有的小说作品都曾经进入过我的阅读视野。之所以会如此不懈地阅读蒋韵的小说，当然是因为喜欢蒋韵的小说。不仅仅是喜欢，在我的心目中，蒋韵其实更应该被看作是当下文坛并不多见的一位优秀作家。也正因此，我便特别认同蒋韵自己以及王尧、林建法对于蒋韵的基本定位。蒋韵在一次演讲中说：“‘失去’其实一直是我小说的主题和意象。80年代末，我小说中已经出现了那种被放逐到了时代之外的人物，出现了那种生活的‘外乡人’。我曾经看过一个电影剧本，是苏联的影片，名字记不清了，好像叫作《苦恼的女人》。这个影片中的女主角引起了我内心强烈的共鸣。她就是一个和急功近利的时代格格不入、固执地生活在时代之外、固执地想走回精神家乡的悲剧性人物。这个女人的精神气质后来成为我小说的底色，也决定了我小说的命运——80年代是一个大时代，而接踵而来的90年代是一个彻底的物质和欲望的年代，抛弃一切理想、道义和浪漫的年代，我的小说无论是对大时代而言，还是对一个欲望的年代而言，都是格格不入和异己的。我想这也是我不在任何一个文学思潮和文学流派之中的重要原因吧。”[①]而王尧、林建法则认为：“我们一直注意到，蒋韵似乎是个很难归类的作家，也是一个被批评家‘边缘’化了的作家。和一些作家相反，蒋韵的成就远在她的声名之上。她在伤痕文学时期的作品已出手不凡，此后蒋韵几乎是个孤独的写作者。蒋韵对人生、文学有自己独特的理解和坚持，在重新理解了苦难和乡愁之后，悲悯的情怀成为蒋韵写作的底色。”②实际的情形的确如此，很多年以来，蒋韵一直在以一种沉默的姿态坚持着自己孤独的小说写作，坚持着一种孤独的精神创造事业。在一篇篇幅不大的文章中，我们当然不可能对蒋韵的小说写作做出一种全面的分析与定位。本文的主旨乃是要结合对于作家新近创作的中篇小说《心爱的树》的文本解读，粗略地梳理归纳一下笔者认知视野内理解蒋韵小说所无法回避的几个关键词。虽然《心爱的树》并非蒋韵最出色的小说作品，但其中却也的确包含体现着蒋韵小说的基本艺术特质。

一是精神。精神当然是一个带有明显抽象意味的、不容易界定其内涵外延的大词，我们此处只是在一种与物欲、世俗相对立的意义上来使用这一语词的。阅读蒋韵小说，给我们留下深刻印象的人物形象几乎都具有一种超乎寻常的精神守护者的特征。无论是《栎树的囚徒》中的陈桂花、范金钗还是《闪烁在你的枝头》中的表姨幼容，无论是《我的内陆》中的陈枝、林萍还是《隐秘盛开》中的潘红霞、拓女子们，都突出地体现着这一特征。这可以说是一组打上了明显的蒋韵印记的最能凸显蒋韵艺术特质的人物形象。这组人物形象最根本的特点具体表现为一种明显的极端化特征。这就是说，在这些人物的心目中，都有着某种刻骨铭心的精神追求，虽然在不同小说中的不同人物身上，这精神会有不同的内涵与表现形态，但以一种义无反顾的姿态，甚至不惜付出生命的代价，也要维护自己内心的精神追求，却是这一组人物形象共同的特点。从这个意义上说，蒋韵的小说其实很有一些浪漫的意味，而她笔下的这一组人物也很有一些横空出世的意味。《心爱的树》的情形同样如此，其中的梅巧、凌香、大先生均可被归入此类形象之中。“梅巧就是这样，是那种能豁出去的女人”，豁出去三字准确地概括了梅巧的精神特质，这一点，无论是在梅巧嫁给大先生后仍然执意于自己学业的完成，还是在梅巧不愿意以家庭主妇的方式终了一生，而一意地要去国民小学校任教，尤其是在她最后毅然决然地抛却大先生以及自己的四个儿女，与心上人席方平一起离家出走的行为过程中，都得到了一种堪称淋漓尽致的表现。在某种意义上，女儿凌香乃可被看作梅巧精神的理想承续者。自从母亲出走之后，寻找母亲便成为凌香内心无法摆脱的一种情结。一直到八年之后，费尽周折历尽坎坷的凌香终于找到了自己的母亲。因为她牢记着母亲不会弃她而去的承诺，所以她说，自己来见梅巧只是“要告诉你一句话：你——不值得我这么、这么样牵挂”，虽然在这时候，同样历经人生沧桑的凌香已在内心原谅了自己的母亲。蒋韵曾经对我说，她在《心爱的树》中想写一位少见的中国君子形象，这君子的形象自然就是大先生了。无论是他在强敌逼迫下大义凛然的拒绝事敌行为，还是他四十多年来对梅巧的无法忘怀，以及他在梅巧处于困境时那以德报怨的恩义之举，都充分地显示着大先生的君子情怀。从这样的分析看，蒋韵的写作意图当然可以说得到了完满的实现。然而在我看来，大先生的君子情怀更多地说明他是一位有精神操守的人，因此，我还是要固执地将这一形象纳入到带有鲜明蒋韵个人印记的精神守护者系列之中来。

二是结构。结构对于一部小说的重要性是不言而喻的。一部成功的小说首先必然有一个成功的结构。对于结构而言，一个重要的方面便是作家如何处置时间和空间的问题。“通过与歌德在观察世界的方式上的比较，巴赫金发现了陀思妥耶夫斯基复调小说与歌德小说在文本结构上的一个重要差异：歌德小说重过程，重时间，重历时性，而陀式复调小说重横断面，重空间，重同时性或共时性”[③]。如果说历时性与共时性可被看作两种小说的不同结构方式的话，那么蒋韵的小说很显然是属于历时性的。这也就是说，在蒋韵那些成功的小说作品中，从结构的意义上更多地发挥着作用的乃是时间性因素。《心爱的树》的情形即是如此。虽然只有大约三万字的篇幅，但故事的时间跨度却长达四五十年。具体来说，在这四五十年间，作家倾力描写的只是其中的三个时间点：一为 20 世纪 20 年代，梅巧嫁给大先生时；二为抗战时期；三为 1949 年之后的 60 年代，亦即困难时期。正是因为蒋韵对于时间因素的刻意处置，所以人物的命运在这三个时间点上便呈现出了一种大起大落的变化，小说的意义也因此而得到了强有力的凸显表达。由此即可看出，蒋韵小说艺术上的成功与作家对于时间性因素的运用处理是密切相关的。不独《心爱的树》如此，作家其他许多小说也都突出地体现着这样一种时间性结构的特点，比如《栎树的囚徒》《我的内陆》《隐秘盛开》等，都堪称蒋韵的小说代表作。

三是语言。小说是语言的艺术，从某种意义上也可以说，小说始于语言也终于语言。一部优秀的小说当然不会仅仅是语言，但一部语言运用上存在明显问题的小说却无论如何都不可能成为一部真正优秀的小说。蒋韵当然是有着清醒的语言意识的作家，这一点在她诸多的小说文本中都有着突出的表现，《心爱的树》当然也不例外。“她伸手一抓，摊开手掌，满掌的阳光。又一抓，握紧了，再摊开，又是满满一掌。这么多的时光要怎么过才过得完?”“突然间她的嘴张大了，人就像钉在了地上，她的脸和手一下子变得雪白，浑身的血仿佛被什么东西在一刹那间吸光了。她站在那里，就像一个苍白透明的惊叹号……”蒋韵小说中类似这样精彩的语言段落俯拾皆是，例句一写嫁给大先生后梅巧对时光的感受，因了出嫁的无奈与被迫，所以才会有度日如年的感觉，但蒋韵对这度日如年感受的传达却极其形象而富于诗意。例句二写梅巧八年后见到凌香时身体的本能反应，那样一种无法预料的惊讶被蒋韵抒写得生动异常。一句“苍白透明的惊叹号”既收到了强烈的语言陌生化效应，同时却也极准确地捕捉传达出了人物此情此境中最真切的心理感受。小说的语言当然首先应该是及物的，但在此前提之下，我们却可以更进一步地体察到蒋韵小说语言那样一种精致、诗意、忧伤的品质的存在。能够同时具备这些品格的语言当然是一流的小说语言，然而更为难能可贵的是，蒋韵的小说语言也还具备着一种内在的呼吸节奏感，而这则进一步提升着蒋韵小说的语言品质。

四是悲悯情怀。悲悯情怀的生成表达当然与作家对于苦难、罪恶的展示与描写有关。悲悯情怀是一种带有超越性与宗教感的内在品质，一个作家只有首先以极大的勇气去直面并抒写苦难与罪恶，然后在此基础之上进一步表现出作家的仁慈与宽恕之心来，方才称得上是真正的悲悯情怀。而蒋韵则正是这样一位具有悲悯情怀的作家。《心爱的树》中写到凌香八年后见到梅巧，说完了她必须要说的一句话后，有这样一段叙事话语：“说完了，她才能重新成为一个善良温情柔软的孩子，一个悲天悯人的孩子。”因为母亲对自己的半途抛弃，因了母亲对自己诺言的背叛，凌香内心曾经充满了无法释怀的恨。在某种意义上，正是这恨支撑着凌香穿越重重障碍去寻找母亲的现实行为。然而当她看到满身沧桑的母亲，尤其是在凌香自己亲历了那么多苦难，目睹了许多的死亡场景之后，她理解并彻底原谅了自己的母亲，并最终成了一位悲天悯人的孩子。在这里，我们必须强调凌香的人生经历对其悲悯情怀形成的重要性。这就正如同，我们强调作家只有在直面并充分表现苦难与罪恶的基础上，才可能形成真正的悲悯情怀一样。而蒋韵在《心爱的树》，在她许多优秀的小说作品中，则正是这样表现的。即以《心爱的树》为例，大先生是一位君子式的人物，对于大先生而言，一生真正喜欢真正难以忘怀的女性正是梅巧。因此，虽然梅巧背叛了大先生，虽然梅巧曾经以背叛的方式如此之深地伤害过大先生，但大先生最终还是原谅了梅巧，牵系着梅巧，正如同凌香对于梅巧的原谅和牵系一样。很显然，大先生是一位宽恕者，他不仅宽恕了梅巧，而且还恩义有加地关心帮助着梅巧。实际上，不管是凌香还是大先生，都是蒋韵笔端塑造出的人物。他们身上所表现出来的其实正是作家蒋韵自己那悲天悯人的情怀。因此，在阅读蒋韵小说的时候，我总感觉到蒋韵在以一种无奈而忧伤的目光注视着自己笔端活动着的人物。人物自有其自身的性格与行为逻辑，这逻辑在很多时候是连作家自己也无法干预得了的。于是，作家蒋韵便只能以这样一种悲悯的情怀去默默地注视自己小说中的人物了。从这个意义上说，王尧、林建法的"在重新理解了苦难和乡愁之后，悲悯的情怀成为蒋韵写作的底色"这一评语，的确相当犀利地捕捉到了蒋韵小说最根本的艺术特质所在。

注释：

①蒋韵：《我们正在失去什么》，《当代作家评论》，2005 年第 4 期。

②王尧、林建法：《小说家讲坛·主持人的话》，《当代作家评论》，2005 年第 4 期。

③李遇春：《对话与交响》，《小说评论》，2006 年第 1 期。

2005 年 2 月 15 日于山西大学书斋

蒋韵主要作品年表

《我的两个女儿》（短篇小说）	《安徽文艺》1979 年第 2 期
《无标题音乐》（短篇小说）	《鹿鸣》1981 年第 3 期 《小说选刊》同年转载，并被改编为单本电视剧，于 1983 年在中央电视台一套播出
《我的两个女儿》（小说集）	北岳文艺出版社 1987 年
《盆地》（中篇小说）	《上海文学》1988 年第 6 期 获 1988 年《上海文学》奖
《失传的游戏》（小说集）	北岳文艺出版社 1995 年
《红殇》（长篇小说）	内蒙古人民出版社 1995 年 北岳文艺出版社 2002 年再版
《栎树的囚徒》（长篇小说）	《花城》1996 年第 5 期 花城出版社 1996 年 台湾城邦出版集团麦田出版社 2003 年
《现场逃逸》（小说集）	云南人民出版社 1998 年
《闪烁在你的枝头》（长篇小说）	湖北少儿出版社 1998 年
《谁在屋檐下歌唱》（长篇小说）	河北少儿出版社 1998 年
《我的内陆》（长篇小说）	中国青年出版社 2001 年 台湾城邦出版集团麦田出版社 2002 年 重庆出版社 2004 年再版

《现场逃逸》（小说集）	法国水星出版社 2001 年（法文版）
《失传的游戏》（小说集）	台湾一方出版社 2002 年
《想象一个歌手》（中篇小说）	《十月》2004 年第 1 期 获《北京文学·中篇小说月报》优秀作品奖
《北方丽人》（小说集）	群众出版社 2004 年
《上世纪的爱情》（小说集）	台湾城邦出版集团麦田出版社 2004 年
《隐秘盛开》（长篇小说）	《十月》2005 年芒种卷 北京十月文艺出版社 2005 年 台湾城邦出版集团麦田出版社 2005 年 作家出版社 2011 年再版 获 2005 年华语传媒大奖年度小说提名 获第三届赵树理文学奖优秀长篇小说奖
《心爱的树》（中篇小说）	《北京文学》2006 年第 5 期 获第四届鲁迅文学奖及《北京文学》奖
《英雄血》（中篇小说）	《北京文学》2008 年第 10 期 获《小说月报》第十三届百花奖
《人间——重述白蛇传》（长篇小说，与李锐合著）	重庆出版社 2007 年
《心爱的树》（小说集）	北岳文艺出版社 2008 年
《行走的年代》（中篇小说）	《小说界》2010 年第 5 期 获第二届郁达夫小说奖中篇小说奖
《行走的年代》（长篇小说）	上海文艺出版社 2010 年 韩国子音母音出版社 2010 年（韩文）

《琉璃》（中篇小说）	《人民文学》2012 年第 4 期
	获 2012 年《人民文学》柔石小说奖
《朗霞的西街》（中篇小说）	《北京文学》2013 年第 8 期
	获 2013 年老舍文学奖
	获第十六届《小说月报》百花奖
《晚祷》（中篇小说）	《小说月报·原创版》2014 年第 11 期
《晚祷》（小说集）	作家出版社 2016 年